Zum Buch:

Am liebsten würde sich Maighread mit ihrem Strickzeug in einer ruhigen Ecke verstecken und ihren Liebeskummer auskurieren. Doch um sie abzulenken, beginnt Maighreads Mutter, mit ihr den Dachboden aufzuräumen. Es funktioniert: Maighread findet ein Fotoalbum mit Bildern von einem wunderschönen Haus am Loch Lomond – dem Haus ihrer Großeltern. Jetzt erst erfährt sie, dass ihre Großeltern – anders, als Maighread ihr Leben lang glaubte – nicht bei einem Flugzeugabsturz ums Leben gekommen sind, sondern noch immer am Loch Lomond wohnen. Maighread beschließt, dorthin zu fahren und sich auf die Suche nach ihren Wurzeln zu machen. Doch als sie sich nach einem üblen Sturm in einer Herde Schafe wiederfindet und glaubt, Ed Sheeran auf der Wiese den Loch Lomond Song singen zu sehen, beginnt sie zu zweifeln, ob sie auf dem richtigen Weg ist.

Zur Autorin:

Susanne Oswald lebt in Neuried in der Ortenau. Sie schreibt Kinder- und Erwachsenenromane, Krimis und Sachbücher. Neben dem Schreiben betreibt sie gemeinsam mit ihrem Mann eine Senfmanufaktur, die »Senferia«. Fast immer an ihrer Seite: Mops Töps.
Mehr zur Autorin unter www.susanneoswald.de

Lieferbare Titel:

Ein Jahr Inselglück

Susanne Oswald

Der kleine Strickladen in den Highlands

Roman

HarperCollins

2. Auflage 2022
Originalausgabe

Dieses Werk wurde vermittelt durch die Literaturagentur Beate Riess.
Umschlaggestaltung: Bürosüd, München
Umschlagabbildung: mauritius images / Hoxton / Tom Merton,
Glasshouse / Trevor Dixon, Shutterstock / Beatriz Vera,
Lucky Business, Atiketta Sangasaeng, Africa Studio, Diana Taliun,
g215, Kurteev Gennadii, lynnette / Shutterstock
Gesetzt aus der Stempel Garamond
von GGP Media GmbH, Pößneck
Druck und Bindung von GGP Media GmbH, Pößneck
Printed in Germany
ISBN 978-3-365-00060-1
www.harpercollins.de

Klimaneutral
Druckprodukt
ClimatePartner.com/15109-2009-1001

MIX
Papier
FSC FSC® C014496

Für alle Heldinnen,
die den Mut haben,
mit einem Lächeln
den Stürmen zu trotzen.
Und für jene,
die noch auf der Suche sind
nach diesem Mut.
Und von Herzen für Andrea –
die besondere Worte so sehr liebt.

Kapitel 1

Maighread

»Das war schon lange überfällig. Sieh dir nur den alten Kram an. Wie gut, dass du hier bist und mir hilfst, mein Schatz.«

Maighreads Mum Lindsay lächelte ihre Tochter kurz an, wischte sich mit dem Ärmel ihres Karohemds die rotblonden Haare aus der verschwitzten Stirn und betrachtete zufrieden das Chaos um sich herum.

Wie gut, dass du hier bist, der Satz hallte in Maighreads Gedanken nach. Sie schluckte, die Worte schmerzten, rieben wie kratzige Wolle auf ihrer wunden Seele.

Natürlich war ihr klar, dass Lindsay versuchte, sie aufzuheitern und vom Grübeln abzuhalten. Aber an der Situation war nichts Gutes, überhaupt nichts.

Maighread sollte nicht bei ihrer Mum in Kilmarnock sein, sondern in Edinburgh. Sie sollte nicht alte Sachen aussortieren, sondern an Dylans Seite das Leben genießen, mit ihm an neuen umwerfenden Marketingideen tüfteln und ihm zwischendurch den einen oder anderen Kuss entlocken.

Doch ihr altes Leben gab es nicht mehr, stattdessen saß sie hier auf dem Dachboden und atmete den Staub der letzten Jahrzehnte ein, während sie versuchte, Haltung zu bewahren und nicht in das schwarze Loch zu stürzen, das sich so unvermittelt vor ihr aufgetan hatte.

Energisch schluckte Maighread gegen die aufsteigenden Tränen an. Sie hatte die ganze Fahrt von Edinburgh nach

Kilmarnock, die letzte Nacht und den halben Vormittag durchgeheult. Das war mehr als die gesamten letzten drei Jahre – mindestens.

Erst als ihre Hündin Molly es nicht mehr ausgehalten und ihr winselnd das Gesicht geleckt hatte, war es Maighread ihrem treuen Seelentier zuliebe gelungen, das Schluchzen zu stoppen.

Es fiel ihr schwer, aber sie kämpfte energisch gegen neue Tränen an. Sie hatte genug geweint.

Ihre Mum hatte recht, wenn sie sagte, Dylan sei diese Tränen nicht wert. Von Lindsays »Sei froh, dass du ihn los bist« war Maighread allerdings noch meilenweit entfernt. Was auch kein Wunder war, denn bis vor zwei Tagen hatte sie glücklich und unbeschwert in dieser Traumblase gelebt, in der Dylan und sie ein verliebtes Pärchen auf dem Weg in eine gemeinsame Zukunft gewesen waren. Dass Dylan längst abgebogen war und eine andere Richtung eingeschlagen hatte, das hatte Maighread nicht einmal im Ansatz gewusst. Wie hatte sie nur so ahnungslos sein können?

Selbst als er mit ernstem Gesicht meinte, er müsse mit ihr sprechen, waren ihre Alarmglocken nicht angesprungen – im Gegenteil. Ein kleiner Teil ihres Herzens hatte sich sogar auf einen Antrag gefasst gemacht. Und dann hatte Dylan ihr die Ungeheuerlichkeit einfach so vor die Füße geschleudert. Er hatte nicht einmal den Versuch unternommen, es ihr schonend beizubringen.

Es tut mir leid, aber meine Gefühle haben sich verändert, ich liebe dich nicht mehr. Ich halte es für besser, wenn wir künftig getrennte Wege gehen.

Und weil es ihm nicht reichte, ihr das Herz aus der Brust zu reißen, hatte er ihr im selben Moment noch ihren Job genommen und sie gebeten, möglichst bald aus seiner Wohnung auszuziehen.

Was für ein Hohn! Sie hatten zwei Jahre zusammengelebt, die Wohnung gemeinsam gestaltet und sich ein Heim geschaffen. Plötzlich war es *seine* Wohnung.

Nach dieser Offenbarung war Maighread nichts anderes übrig geblieben, als die Koffer zu packen. Verwirrt und eingehüllt in eine Wolke aus Schmerz war sie zu ihrer Mutter geflüchtet.

Maighread stand noch immer unter Schock. Wenn sie wenigstens noch ihren Job hätte. Wenn sie sich in die Arbeit stürzen und sich dadurch ein Stück Normalität erhalten könnte. Der aktuelle Auftrag, an dem sie bis zu ihrem Rauswurf – also genau genommen bis gestern Vormittag – gearbeitet hatte, war so charmant gewesen und forderte so viel Kreativität.

Die Lorbeeren für ihre Ideen würden ab jetzt andere einheimsen. Er hatte es zwar nicht gesagt, aber Maighread war ziemlich sicher, dass Dylan den neuen Auftrag persönlich übernehmen würde. Und die junge Praktikantin durfte ihm garantiert helfen – vermutlich nicht nur dabei.

Während Maighread darüber nachdachte, wie es dazu hatte kommen können, dass sie jetzt mit ihrer Mum hier oben auf dem Dachboden kramte, zog diese weiter Stück um Stück aus den hintersten Winkeln der Dachschräge und sortierte unerbittlich aus. Sie schien wild entschlossen, keinen Karton auf dem anderen zu lassen.

Mottenzerfressene Vorhänge, altes Spielzeug, Bücher, Schallplatten, Gemälde, Kisten mit Unterlagen, die keinen Menschen jemals mehr interessieren würden. Auf diesem Dachboden hatte sich über viele Jahre von Krempel bis Kunst ein schier unüberschaubarer Fundus angesammelt.

Die aufgewirbelten Staubkörnchen flimmerten im schräg durch das Fenster fallenden Licht der Herbstsonne und kitzelten Maighread in der Nase. Sie musste dreimal hintereinander niesen. Nachher würde sie sich erst einmal unter die Dusche stellen, vermutlich waren ihre dunklen Locken inzwischen staubig und grau.

Maighread kannte dieses Prozedere schon. Hin und wieder packte ein Anfall von Arbeitswut ihre ohnehin immer sehr ruhelose Mum, und sie war nicht mehr zu bremsen. Wenn man das Pech hatte, in so einen Wirbel hineinzugeraten, gab es kein Entrinnen.

Ein wehmütiger Gedanke huschte zum Sofa im Wohnzimmer und Maighreads dort liegendem Strickzeug. Diese wunderbare Aran Falklandwolle in tiefen Beerentönen war genau das Richtige für die herbstlichen Temperaturen. Maighread hatte die handgefärbte Wolle im Frühjahr beim Yarn Festival in Edinburgh erstanden. Wie glücklich sie damals gewesen war mit ihrer wunderbaren Beute. Ihr Leben war rundherum schön gewesen.

Es machte sie fassungslos, dass sie sich so in Dylan hatte täuschen können. Zumindest meine Wolle ist mir geblieben, dachte Maighread und versuchte, den Kloß der Enttäuschung hinunterzuschlucken, den sie plötzlich im Hals spürte.

So wie Lindsay sich hier austobte, würde der Seelenwärmer, den sie als nächstes Strickprojekt angefangen hatte, noch eine Weile warten müssen. Vermutlich gab ihre Mum erst Ruhe, wenn der Dachboden komplett entrümpelt und entstaubt war. Um sich Lindsays Energie entgegenzustellen, fehlte Maighread die Kraft. Ein leises Seufzen stieg in ihr hoch.

Sie saß vor einer Truhe auf dem Boden, in der etliche Fotoalben lagen. Ihre Mum hatte immer sehr viel fotografiert. Maighread begann, den Truheninhalt zu sichten. Als sie das erste Buch aufschlug, stiegen Erinnerungen an die Oberfläche.

So viele Momente, so viele Erfahrungen waren zwischen diesen zwei Buchdeckeln konserviert. Bild für Bild breitete sich ihr Leben vor Maighread aus.

Sie betrachtete die Babyfotos. Ihre Mum hatte wirklich nichts ausgelassen. Es gab Maighread im Kinderwagen, Maighread auf einem Karussell, Maighread auf dem Töpfchen, mit Brei im Gesicht, weinend, lachend, Zunge rausstreckend. Kindergartenbilder, der erste Schultag, unzählige Bilder von ihren Ausflügen, vor vielen Burgen, am Loch Ness, an der Küste. Sie bräuchte eine ausgeprägt narzisstische Ader, um beim Betrachten nicht irgendwann peinlich berührt zu sein. Immer wieder überblätterte Maighread etliche Seiten.

Wie unbeschwert sie als Kind gewesen war. Das Leben war ihr voller Abenteuer erschienen, und Maighreads Kopf war voller Träume gewesen.

»Was treibst du eigentlich da?«, fragte Lindsay, als sie eine kurze Pause machte. Neugierig ging sie neben Maighread in die Hocke. Minuten später saßen Mutter und Tochter Seite an Seite und blätterten sich durch die Vergangenheit.

»Weißt du noch?«, »Ach, sieh nur, das war toll!«, »Himmel, ist das lange her!«, »Diese Frisur! Schrecklich. Und die Klamotten! Ein Albtraum!«, warfen sie sich die Sätze hin und her.

Sie tauchten in alte Zeiten ein, tauschten ihre Erinnerungen aus und vergaßen, dass sie mitten im Chaos auf dem staubigen Dachboden saßen. In den kupferfarbenen Haaren ihrer Mum hatten sich Spinnweben verfangen und schimmerten silbern.

»Dieser Garten ist wunderschön«, hauchte Maighread. Sie hatte das letzte Album aus der Truhe geholt und bestaunte die Bilder eines romantischen Gartens.

Ein Ehepaar mittleren Alters saß auf einer rosenumrankten Bank. Auf einem anderen Foto harkte die Frau in einem Kräuterbeet und lächelte dabei in die Kamera. Ein merkwürdiges Gefühl ergriff Maighread. Sie fühlte sich mit den zwei Menschen verbunden, sie wirkten sehr vertraut, doch es waren Fremde – zumindest hatte Maighread keine greifbare Erinnerung an sie.

»Wo ist das?«, fragte sie und spürte ein ahnungsvolles Zittern in ihrer Stimme. Eine merkwürdige Unruhe hatte sie erfasst. »Wer sind die beiden?«

Lindsays Gesichtsausdruck änderte sich augenblicklich, ihr Blick wurde finster. Plötzlich wirkte sie verschlossen.

»Genug getrödelt«, murmelte sie und räusperte sich. Sie erhob sich rasch, klopfte sich den Staub von der Hose und begann, energisch weiterzuräumen.

Der Zauber ihrer gemeinsamen Reise durch die Zeit war ebenso verflogen wie die gute Stimmung.

Doch so schnell gab Maighread sich nicht geschlagen.

»Komm schon, Mum. Du musst doch wissen, wen du fotografiert hast. Dieser Garten ist wirklich bezaubernd. Gibt es den noch? Kann man ihn besichtigen? Wir wollten doch schon lange mal wieder gemeinsam auf Gartentour gehen.«

Die Liebe zu Gärten hatte sie von ihrer Mum geerbt. Früher hatten sie oft gemeinsame Gartenreisen durch ganz England unternommen. In den letzten Jahren war Maighread jedoch meist alleine oder mit Dylan auf Streifzug gegangen.

Gerade erst vor ein paar Wochen hatte Maighread wieder einmal den Shepherd House Garden in Inveresk besucht. Die Beete und Wege dort gehörten seit vielen Jahren zu ihren Lieblingsplätzen.

Der Garten auf den Bildern erinnerte sie daran, er schien ähnlich angelegt, wenn auch deutlich kleiner.

»Maighread, was meinst du, könntest du bitte schon mal runtergehen und die Kartoffeln schälen? Ich bekomme langsam Hunger. Ich mache das hier noch fertig und komme nach.«

Der Gesichtsausdruck ihrer Mum war so verschlossen und strahlte eine solche Bitterkeit aus, dass Maighread sich geschlagen gab. Was war das für ein Geheimnis, das ihre Mum so entschieden vor ihr zu verbergen suchte?

Maighread stand auf und klopfte sich, wie eben Lindsay, den Staub von der Hose. Dann beugte sie sich nach vorn und schüttelte ihre dunklen Locken, um zumindest einen Teil des Staubes loszuwerden.

»Okay«, sagte sie. »In einer halben Stunde können wir essen.« Noch während sie die Treppe hinabstieg nahm sie sich vor, beim Essen noch einmal ernsthaft mit ihrer Mutter zu sprechen.

In der Küche wurde sie schwanzwedelnd von Molly begrüßt, die froh war, ihr Frauchen wieder bei sich zu haben.

Kapitel 2

Joshua

Joshua McLoughlin kam frisch geduscht und zufrieden vor sich hin summend aus dem Bad. Die Vorfreude auf den Tag machte ihm gute Laune.

Die Probennahme auf dem Loch Lomond war immer wieder ein Vergnügen. Dieses Mal sicher noch mehr als im Hochsommer. Joshua liebte die Zeit auf dem Wasser außerhalb der Saison ganz besonders, denn dann hatte er den See meist für sich allein.

Barfuß durchquerte er sein Arbeitszimmer, trat an die in die Rundung des Turmzimmers eingelassene Fensterfront und warf einen prüfenden Blick nach draußen.

»Verflixtes Wetter«, murmelte er. Plötzlich war er um einiges weniger gut gelaunt.

Callwell Castle lag nur einen kurzen Spaziergang vom See entfernt. Die dazugehörigen Ländereien erstreckten sich bis zum Fuße des Ben Lomond. Hier gab es Natur satt.

Wenn man Einsamkeit suchte, war man hier genau richtig, und dennoch hatte man auch die Möglichkeit, sich unter Menschen zu mischen. Besonders am Südufer des Lochs war immer etwas los.

Heute allerdings konnte Joshua nichts von all der Schönheit sehen, von der er wusste, dass sie sich zu seinen Füßen ausbreitete. Die Wolken hingen so tief, dass sie die von blühender Heide überzogenen Hügel berührten. Noch nicht einmal die Auffahrt zum Castle, die links unterhalb seines Fensters lag, war durch den Nebel erkennbar.

Joshua seufzte ein wenig frustriert. Er liebte das raue Wetter, und auch der häufige Regen, wie er für Schottland typisch war, störte ihn nicht. Wenn aber so wie heute aus den Regenschauern Sturzbäche wurden und der Wind dafür sorgte, dass das Wasser von allen Seiten gleichzeitig kam, dann verlor selbst er die Lust am Draußensein. Das war kein Regenwetter mehr, es glich eher einer Sturmflut. Noch ein bisschen mehr, und er müsste beginnen, eine Arche zu bauen.

Der Herbst hatte es in diesem Jahr eilig. Es war erst Ende September, und er präsentierte sich schon jetzt von dieser rauen Seite.

Hier drinnen allerdings knisterte das Kaminfeuer und schenkte dem Raum Behaglichkeit, die Hunde lagen dösend davor und ließen sich das Fell wärmen.

Mit Blick auf den Holzstapel neben der Feuerstelle rieb Joshua sich über seinen frisch gestutzten Bart. Er würde noch einmal für Nachschub sorgen müssen, damit sie Callwell Castle warm durch den Winter brachten. Der Vorrat im Schuppen war schnell verbraucht, wenn es so früh mit der Kälte losging.

Die Jogginghose saß locker auf Joshuas Hüfte, und auf seiner nackten Brust schimmerte die Haut noch feucht von der Dusche. Gedankenversunken rubbelte er sich die rotbraunen Haare trocken. Eigentlich müsste er sie mal wieder schneiden lassen, aber mit dem Winter vor der Tür kam ihm die Wolle auf dem Kopf gerade recht. Die Schafe scherte man schließlich auch nicht mehr, wenn es bereits kalt wurde.

Damit argumentierte er auch immer, wenn Eilidh ihm wieder einmal durch die Haare fuhr und dabei ihren tadelnden Blick aufsetzte, als wäre er ein unerzogener Lausbub. Sie hatte nie akzeptiert, dass er kein kleiner Junge mehr war, und Joshua mochte sie viel zu gern, als dass er ihr deshalb böse sein könnte.

Eilidh gehörte quasi zur Familie. Sie war schon vor seiner Geburt Haushälterin auf Callwell Castle gewesen und würde wohl auch immer hierbleiben. Er konnte sich das Haus ohne sie nicht vorstellen. Sie war die gute Seele, die aufpasste, dass ihre beiden Männer nicht verhungerten und »immer frische Unterwäsche in der Schublade hatten«. Letzteres betonte Eilidh bei jeder Gelegenheit mit einem Augenzwinkern. Sie liebte es, Joshua zu necken. Die Schmutzwäsche war zu einem Running Gag zwischen ihnen geworden.

Nach seinem Wiedereinzug hatte Joshua versucht, das Waschen selbst zu übernehmen, wie es sich seiner Meinung nach für einen modernen, unabhängigen Mann gehörte. Aber diese Rechnung hatte er ohne Eilidh gemacht, denn damit hatte er ihr fest verankertes Weltbild ins Wanken gebracht. Das konnte sie nicht dulden. Also hatte sie zum Gegenangriff angesetzt. Gegen ihren schottischen Dickschädel kam selbst der stärkste Highlander nicht an – das hätte Joshua gleich klar sein müssen, er hatte es schließlich als Kind oft genug versucht und war immer mit Bravour gescheitert. So auch dieses Mal.

Nachdem Joshua das erste Mal selbst eine Fuhre Wäsche in die Maschine getan hatte, hatte Eilidh kein Wort mehr mit ihm geredet und ihn bei jeder Gelegenheit mit abfälligem Schnauben gestraft. Es hatte nicht lange gedauert und Joshua hatte seinen Widerstand aufgegeben, sich gefügt und fortan Eilidh seine Wäsche überlassen.

Seither war die Welt in Callwell Castle wieder in Ordnung.

Beim Gedanken daran lachte Joshua in sich hinein.

In der Spiegelung des Fensters fiel ihm auf, wie seine Bauchmuskeln auf jede seiner Bewegungen reagierten. Auch das Muskelspiel von Brust und Oberarmen konnte sich sehen lassen, wie Joshua zufrieden feststellte. Das Leben am Loch Lomond tat ihm ganz offensichtlich gut.

Andere stemmten Gewichte oder rannten mithilfe eines Laufbands stumpfsinnig auf der Stelle – selbst im sonnigen Kalifornien. Einige seiner Kommilitonen hatten sich sogar regelmäßig auf die Sonnenbank gelegt, statt am Strand echte Sonne zu tanken.

Für ihn war das nichts. Je weniger Wände er um sich hatte, desto besser. Bewegung draußen im Wald und auf dem See war seiner Erfahrung nach der beste Trainer. Die Arbeit mit den Schafen tat ihr Übriges. Und alles zusammen kam nicht nur dem Körper zugute, sondern auch der Seele.

Joshua lebte von Herzen gern in Schottland. Während seines Studiums hatte er ein Jahr in Kalifornien verbracht und sich bereits nach kurzer Zeit nach dem schottischen Klima gesehnt. Die ewig gleich laue Luft war ihm auf die Nerven gegangen, die Wärme hatte ihn eingelullt und seinen Verstand träge werden lassen. Da half es nur wenig, dass er das Surfen für sich entdeckt hatte. Selbst die Küste und das kalifornische Wasser konnten nicht mit Schottlands Schönheit und Naturgewalt mithalten. Und so war es keine Frage für ihn gewesen, nach dem Abschluss wieder in seine Heimat zurückzukehren.

Er hatte Glück gehabt. Seine jetzige Arbeit war wie auf ihn zugeschnitten. Die staatliche Forschungsstation war neu gegründet worden, gerade als Joshua nach dem Studium auf Arbeitssuche gewesen war. Als er gehört hatte, worum es bei den Untersuchungen gehen sollte, war er sofort begeistert gewesen. Die Einheit widmete sich der Erforschung der Klimaerwärmung und den Folgen für die Natur in England.

Joshua hatte die Highlands als Bereichsleiter unter sich und betreute selbst die Gegend um den Loch Lomond.

Regelmäßige Wasserproben, Temperaturmessungen und organisierte Zählungen von Fisch-, Wildtier- und Pflanzenbeständen gehörten dazu. Genauso wie Naturbeobachtung.

Umweltschutz und die schottischen Seen lagen Joshua von jeher am Herzen, besonders natürlich der Loch Lomond. Er mochte die Forschungsarbeit und konnte sogar den dazu hin und wieder notwendigen Schreibtischzeiten etwas abgewinnen. Aber niemals könnte er sich einen Vollzeitbürojob vorstellen. Er brauchte die Freiheit der Natur. Das alles konnte er nun miteinander verbinden, und er genoss sein Leben genau so, wie es war. Die Entscheidung, nach Schottland zurückzukehren, hatte er noch nicht eine Sekunde bereut.

Außerdem hatte er seine geliebten Schafe, die ihn für vieles entschädigten. Diese Tiere hatte er schon als Junge gemocht. Sein Großvater hatte eine große Herde Scottish Blackface gehalten, und Joshua hatte ihm so oft wie möglich bei der Arbeit geholfen. Heute war er stolz und glücklich, diese Tradition fortführen zu können, auch wenn die Leidenschaft für die Schafzucht eine Generation übersprungen hatte.

John McLoughlin, Joshuas Vater, mochte Lamm allenfalls im Stew oder als Braten mit Kartoffelbrei. Auch zu gegrillten Lammkoteletts sagte er nicht Nein. Nur mit den lebenden Schafen wollte er nichts zu tun haben, und so hatte er nach dem Tod von Joshuas Großvater die Herde kurzerhand an einen Nachbarn verkauft.

Joshua hatte damals nicht zu Hause gelebt und es deshalb nicht verhindern können. Doch nach seiner Rückkehr nach Callwell Castle hatte er ziemlich schnell neue Tiere angeschafft und den Bestand wieder aufgebaut. Dabei hatte er sich nach ausgiebigen Erwägungen für die Rassen Bluefaced Leicester und Wensleydale entschieden und damit den Schwerpunkt auf die Wolle gelegt.

Der Erfolg der letzten Jahre gab ihm recht. Inzwischen waren beide Herden zusammen auf etwa einhundertfünfzig Tiere angewachsen, wobei die Wensleydales sich etwas stärker vermehrten. Es gab häufig Zwillingsgeburten, und die Mütter nahmen ihre Lämmer meist problemlos an; es gab nur wenige Ausfälle.

In diesem Frühjahr hatte es sogar zweimal Drillinge gegeben, was natürlich mehr Aufwand für Joshua bedeutete, da er zufüttern musste, aber selbst das war reibungslos verlaufen. Joshua war sehr zufrieden mit der Entwicklung und hoffte, dass es genauso weiterging.

Er mochte nicht nur die Schafe, sondern alles, was mit ihrer Haltung zusammenhing. Die Gänge über die Weiden, das Treiben der Herde, das Schnauben, Blöken und neugierige Schnuppern.

Schafe waren sehr speziell und eigen. Jedes hatte einen eigenen Charakter, und einige seiner Tiere hatten Komikertalent. Sie brachten Joshua mit ihren Sprüngen und Kapriolen immer zum Lachen. Die Tiere kannten ihn gut, denn er hielt sich so oft wie möglich bei ihnen auf. Sie mochten ihn und vertrauten ihm – darauf war Joshua stolz.

Selbst die schweißtreibende Zeit der Schur, die so mancher Schafzüchter verfluchte, genoss er. Er mochte es, den Tieren so nahe zu sein, fühlte sich mit ihnen verbunden und war dankbar für die Wolle – den Lohn seiner Arbeit.

Die Vliese im Herbst an die British Wool Association zu liefern war für Joshua immer der Höhepunkt des Jahres. Von dort bezogen auch die West Yorkshire Spinners, die er als eine der letzten Kammgarnspinnereien des Landes sehr schätzte, den Großteil ihrer Wolle. Wenn er schließlich die von Eilidh gestrickten Socken über seine Füße streifte, schloss sich der Kreis für Joshua.

Es war ihm wichtig, wertvolle Traditionen zu pflegen – dazu gehörten in England nicht nur Kilt und Dudelsack, sondern eben auch ganz selbstverständlich die Schafzucht und die Wollverarbeitung – und außerdem die Highland Games.

In zwei Wochen würde der alljährliche, typisch schottische Wettstreit stattfinden. Das mentale Kräftemessen mit Eilidh hatte Joshua zwar haushoch verloren, bei den Spielen hatte er seinen Titel aber bereits vor drei Jahren gewonnen und seither verteidigt. Er hatte nicht vor, ihn in diesem Jahr abzugeben. Der Rekord für den Gesamtsieg lag bei fünf Jahren in Folge – den wollte Joshua brechen. Wie gut, dass ihn seine Arbeit, egal ob mit den Tieren, im Wald oder auch auf dem Wasser, fit hielt, ohne dass er sich groß zusätzlich anstrengen musste.

Er schob die Gedanken an das bevorstehende Event beiseite und blickte wieder hinaus in den Regen und Nebel.

Ob sein Vater schon losgefahren war? John McLoughlin hatte am nächsten Tag eine Gastlesung an der Universität in Leeds und war vermutlich schon früh aufgebrochen. Er genoss es, hin und wieder Großstadtluft zu schnuppern und solche Arbeitsreisen mit einem Theaterbesuch oder einem Konzert zu verbinden. Dieses Mal wollte er direkt im Anschluss auch noch mit einem Freund auf Angeltour gehen.

Joshua warf einen sehnsüchtigen Blick zu seinem Buch über die Seen Schottlands und seufzte. Die weich gepolsterte Sitzbank mit offenem Blick auf die Heidelandschaft und mit dem Bücherschrank direkt in Griffweite war schon seit Jahren Joshuas Lieblingsplatz, obwohl Callwell Castle einige schöne Nischen und Ecken zu bieten hatte.

Seine Mutter hatte alles darangesetzt, das Haus zu einem Heim zu machen. Überall sah man ihre Handschrift.

Unwillkürlich musste Joshua lächeln, als er an sie dachte,

und hörte das Echo ihres hellen Lachens, das durch das Haus wehte.

Schluss jetzt mit der Tagträumerei, befahl er sich selbst und widerstand schweren Herzens der Versuchung, sich in die Polster fallen zu lassen und noch eine halbe Stunde zu schmökern. Er würde seine Pläne für heute wohl ändern und sich diesen verflixten Anträgen für die neuen Forschungsgelder widmen müssen, die er ohnehin schon etwas zu lange von einer Schreibtischecke zur anderen schob. Wie sehr er doch diesen ganzen bürokratischen Aufwand hasste! Doch er hatte einen Job zu erledigen. Einen wichtigen Job, wie er fand. Also musste er sich auch der unangenehmen Seite stellen und diese verflixten Formulare ausfüllen. Die Natur würde es ihm eines Tages danken.

Die Klimaerwärmung ging auch an Schottland nicht unbemerkt vorüber, und Gewässer hatten schon immer sensibel auf Veränderungen reagiert. Es war wichtig, der Wahrheit ins Auge zu sehen und sich nicht vor den unbequemen Fakten zu verschließen, davon war Joshua überzeugt. Leugnen brachte niemanden weiter.

Seine Border-Collie-Hündin Bonny erhob sich. Nachdem sie gegähnt und sich ausgiebig gestreckt hatte, kam sie zu ihm ans Fenster und rieb ihren Kopf an seinem Bein.

Joshua sah zu ihr hinunter. »Na, ist dir langweilig? Aber draußen ist es ziemlich ungemütlich.« Er tätschelte seiner Hündin den Kopf und gab ihr einen Schubs Richtung Kamin, vor dem Lennox, der Rüde und ältere der beiden Hunde, leise schnarchend immer noch schlief. »Leg dich wieder zu deinem Bruder, ich werde noch ein bisschen Büroarbeit erledigen. Vielleicht hört es ja irgendwann auf zu regnen.«

Seinen Plan, heute mit dem Boot rauszufahren und Proben zu nehmen, hatte er endgültig aufgegeben. Ein paar Tage früher oder später waren für den Zeitplan unerheblich, er hatte in weiser Voraussicht für jede Probenentnahme ein Zeitfenster von zwei Wochen vorgesehen.

Der Loch Lomond konnte bei kräftigem Wind ziemlich unberechenbar werden, und Joshua wollte nicht aus Leichtsinn als Fischfutter enden.

Kapitel 3

Maighread

Der Wind pfiff über die Hügel und trieb dicke Regentropfen gegen die Windschutzscheibe ihres Mini. Gegen die Wucht dieser Wassermassen bestritten die Scheibenwischer einen ebenso eifrigen wie aussichtslosen Kampf.

Als eine Böe den Wagen erfasste und ihn beinahe von der Straße schubste, schrie Maighread erschrocken auf.

Mit aller Kraft stieg sie in die Bremsen, denn ein Eichhörnchen, das ebenfalls versuchte, dem Unwetter zu trotzen, purzelte ein paar Meter vor ihr hilflos über die Straße. Maighread stemmte sich auf das Pedal und gegen das Lenkrad und schickte ein Stoßgebet zum Himmel: Kein Tier totfahren! Bitte, bitte, lass es gut gehen!

Als das Auto endlich stand, riss sie ihre Augen auf und stieß erleichtert den Atem aus.

So schnell sie konnte öffnete sie die Fahrertür, hechtete um ihren Mini herum und kniete im nächsten Moment vor dem Eichhörnchen, das vollkommen durchnässt inmitten eines Haufens aus Blättern, Zweigen und Ästen lag und benommen blinzelte. Der Schock saß ihm vermutlich noch in den zarten Knochen.

»Hey, du Süßer«, flüsterte Maighread und streckte die Hand aus.

Das rote Eichhörnchen zitterte so sehr, dass seine Barthaare vibrierten. Panisch rappelte es sich auf und versuchte wegzulaufen, doch sein Schwanz war unter einem größeren Ast eingeklemmt. Es war gefangen.

»Ruhig, ganz ruhig. Hab keine Angst. Ich will nur wissen, ob du dich auch nicht verletzt hast. Ruhig. Es ist alles gut, ich tu dir nichts. Versprochen.«

Während sie immer weiter auf das verängstigte Tier einredete, tastete Maighread es vorsichtig ab. Zum Glück schien nichts gebrochen zu sein.

Behutsam hielt sie das zitternde Eichhörnchen mit einer Hand fest und hob mit der anderen den Ast an. Jetzt war der Puschelschwanz frei. Sanft drückte Maighread das zarte Wesen an ihre Brust und lief zum nächsten Baum.

Dort öffnete sie die Hand, und schon raste der kleine Racker behände den Stamm empor. In sicherer Entfernung drehte er sich noch einmal um und warf einen Blick auf seine Retterin.

»Pass auf dich auf!«, rief sie ihm hinterher und wankte, als die nächste Böe sie packte.

Jetzt erst merkte Maighread, dass sie während ihrer Rettungsaktion klatschnass geworden war. Alles an ihr tropfte und triefte, und ihre Haare klebten ihr am Kopf, aber das war es ihr wert.

Gerade die roten Eichhörnchen brauchten dringend Schutz und Fürsorge, damit sie sich gegen ihre eingewanderten grauen Widersacher behaupten konnten. Soweit Maighread wusste, war die Population bereits gefährdet.

Sie ging zurück zum Auto, zerrte sich mühsam den durchnässten Anorak vom Körper und schnappte sich stattdessen ihre Wolljacke vom Beifahrersitz. Kurz streifte ihr Blick das wunderschöne Fair-Isle-Muster, und sofort breitete sich die Freude in ihr aus.

An dieser Jacke hatte sie viele Monate gearbeitet. Es war

Maighreads eigener Entwurf. Lange hatte sie an den Mustern, der Farbkombination und der Wollauswahl getüftelt. Nach einigen Teststricks war ihre Wahl auf ein dunkles Grün als Grundfarbe gefallen. Trüffel und Cremeweiß bildeten die Muster. Farblich passte die Jacke perfekt zu ihren meergrünen Augen und ihrem blassen Teint.

Als Material hatte Maighread eine kuschelweiche und leicht schimmernde Mischung aus Schurwolle und Maulbeerseide gewählt. Teuflisch teuer und himmlisch schön, die Wolle hieß nicht ohne Grund »Exquisite«.

Beim Stricken hatte sie es kaum abwarten können, das erste Mal in das fertige Stück hineinzuschlüpfen. Genau wie jetzt gerade.

Doch gegen die Kälte, die Maighread zittern ließ, kam auch ihre Lieblingsjacke nicht an. Deshalb zog sie zusätzlich noch ihr Tuch aus der Handtasche. Bevor sie es sich um den Hals wickelte, beugte sie sich nach vorne und drückte das Wasser aus ihren schulterlangen Locken. Wenn sie nass waren, schimmerte das Dunkelbraun ihrer Haare fast schwarz.

Auf der Fußmatte hatte sich ein regelrechter See gebildet. Maighread öffnete die Autotür und kippte das Wasser auf die Straße.

Sofort nutzte der eisige Wind die Gelegenheit und blies frech ins Wageninnere. Maighreads Zähne klapperten. Schnell zog sie die Tür wieder zu und kroch tief in ihre Wolljacke hinein.

»Das ging gerade noch mal gut, was, Molly? Dann wollen wir mal wieder. Mir ist nach einer Tasse Tee, einem Kaminfeuer und etwas Zeit für mich. Eine heiße Dusche wäre auch nicht schlecht. Sehr weit kann es eigentlich nicht mehr sein.«

Sie hoffte, auf Anhieb eine Pension zu finden, die auch noch ein freies Zimmer hatte.

In ihrer Fantasie sah Maighread sich schon in einem

gemütlichen Sessel vor einem prasselnden und knisternden Feuer sitzen – eine warme Decke über den angezogenen Beinen und das Strickzeug in der Hand, ihre Ruhe genießend. Das wäre eine Wohltat nach dem Stress der letzten Tage.

Ihre Hündin Molly, die Frauchens Einsatz aufmerksam verfolgt hatte, legte sich auf ihre Decke zurück und war im nächsten Moment erneut eingeschlafen. Woher diese ausgeprägte Gelassenheit in schwierigen Situationen kam, wusste Maighread nicht. Mollys Vater war ein Border Collie und die Mutter ein Australien Shepherd. Vielleicht hatte sich dieser Charakterzug von beiden Rassen in Molly potenziert? Die Hündin war entspannt bis in die braun-weißen Fellspitzen und ließ sich nicht stören.

Also konzentrierte Maighread sich wieder auf die Straße, startete den Motor und steuerte ihrem Ziel entgegen. Der Sturm tobte noch immer ungebremst und schüttelte den Wagen, als wolle er mit ihm spielen. Nach der heftigen Böe gerade hielt Maighread das Lenkrad so fest umklammert, dass sich ihre Haut porzellanweiß über den Fingerknöcheln spannte. Während die rauer werdende Landschaft an ihr vorüberzog, konzentrierte sie sich darauf, nicht im Graben zu landen. Langsam, aber sicher nahm das Unwetter beängstigende Züge an. Manchmal konnte sie nur in Schrittgeschwindigkeit schleichen, weil sie vor lauter Wassermassen die Strecke kaum noch sah. Immer wieder liefen Sturzbäche quer über die Straße und ließen den Mini schwimmen.

Gegen das ohrenbetäubende Heulen, Pfeifen und Prasseln kam auch die tiefe Stimme Toni Braxtons, die aus dem Radio tönte, kaum noch an. Maighread ahnte das Lied mehr, als es zu hören, trotzdem sang sie mit. Es war ein hilfloser Versuch, sich ein bisschen Mut zu machen. Im Gegensatz zu Molly war sie nämlich leider alles andere als entspannt.

Als der Sturm kurz Atem holte, bemerkte Maighread, dass Rea Garvey mit *Beautiful Life* Toni Braxton längst abgelöst hatte. Sie schnaubte unwillig. Sosehr sie das Lied liebte, in ihrer jetzigen Stimmung hätte sie Rea für seine Fröhlichkeit und Zuversicht am liebsten gegen das Schienbein getreten.

Er hatte ja auch leicht singen. Von wegen »schönes Leben«. Von schön war ihr Leben Lichtjahre entfernt. Sie wäre schon dankbar, wenn keine weitere Katastrophe über sie hereinbräche. Schließlich wusste sie noch nicht einmal, wo sie die nächste Nacht schlafen oder wie die kommenden Tage ablaufen würden.

Wenn sie jetzt, in diesem Augenblick, einen Wunsch frei hätte – Maighread wäre überfordert.

Wie sollte man wissen, was man wollte, wenn man nicht mal mehr sagen konnte, wo oben und unten war?

Je tiefer sie in die Highlands vordrang, desto beklommener fühlte sich Maighread. Mit jeder zurückgelegten Meile wurden ihre Zweifel drückender.

War es richtig, was sie tat? Für sich selbst, aber auch für ihre Großeltern oder ihre Mum?

Von dem Moment an, als sie das Foto gefunden und den verschlossenen Gesichtsausdruck ihrer Mutter gesehen hatte, war Maighreads Neugier geweckt gewesen. Es konnte kein Zufall sein, dass sie dieses Bild von dem Garten ausgerechnet jetzt gefunden hatte. Ihre Mutter hütete ein Geheimnis, und Maighread war überzeugt gewesen, dass es nur diesen Weg geben konnte: Sie musste die Wahrheit ans Licht bringen.

Beim Essen und während des folgenden Abends hatte Lindsay sich weiter gegen das Gespräch gesträubt und versucht, ihr Geheimnis zu bewahren. Doch Maighread hatte nicht lockergelassen, und so hatte ihre Mutter irgendwann aufgegeben und einen Teil der Geschichte erzählt.

Maighread hatte erfahren, dass ihre Großeltern nicht – wie es ihr seit ihrer Kindheit erzählt worden war – bei einem Flugzeugabsturz ums Leben gekommen waren, sondern noch immer am Loch Lomond lebten. Lindsay hatte sich noch vor Maighreads Geburt mit ihnen überworfen und den Kontakt komplett abgebrochen. Die Geschichte des Flugzeugabsturzes war eine Lüge. Mehr hatte Maighread allerdings nicht aus ihrer Mutter herausbekommen.

Sofort nach ihrer Beichte hatte Lindsay Maighread angefleht, ihr nicht böse zu sein, sie zu verstehen, weil sie in jener Situation einfach keine andere Wahl gehabt habe. Es sei ihr nicht leichtgefallen, sich so komplett von ihrer Familie abzuwenden, aber der einzige Weg gewesen, hatte sie beteuert. Sie hatte so verzweifelt ausgesehen, so traurig und verletzt.

Doch die Fassungslosigkeit über das, was ihre Mutter ihr offenbart hatte, hatte Maighread völlig aus der Bahn geworfen und sie nur ihren eigenen Standpunkt sehen lassen.

Vor zwei Tagen war ihr Leben noch wie ein blühender Garten gewesen, sie hatte ihren festen Platz gehabt, und alles war prächtig gediehen. Und jetzt? Maighread fühlte sich entwurzelt. Wie viel konnte ein Mensch ertragen? Innerhalb weniger Stunden war sie gleich zweimal aus der ihr vertrauten Erde gerissen worden. Erst von Dylan und dann von ihrer Mutter. Was blieb ihr jetzt noch? Sie wusste es nicht. Sie hatte keine Ahnung, wie es weitergehen würde.

Wieder nach Edinburgh zu ziehen kam nicht infrage. Was sollte sie dort? Es gab nichts, was auf sie wartete, und zu viele Dinge, die sie an Dylan erinnerten.

Aber auch zurück nach Kilmarnock konnte sie auf keinen Fall. Ihre Mutter wollte Maighread in nächster Zeit erst einmal nicht sehen. Nicht, solange diese nicht bereit war, offen mit ihr zu sprechen. Schließlich wusste Maighread noch immer nicht, was Lindsay derart erschüttert hatte, dass sie bis heute nicht darüber sprechen wollte. Wie hatte ihre Mum ihr einen derart wichtigen Bereich ihres Lebens vorenthalten können?

Maighread konnte diese durch das Schweigen verursachte Schwärze zwischen ihnen nicht ertragen. Sie hatte doch ein Recht auf die Wahrheit! Auf alles – nicht nur auf einen Teil der Geschichte.

Sie fühlte sich plötzlich wie eine Heimatlose, körperlich und emotional. Die Fahrt an den Loch Lomond war eine Flucht ins Ungewisse, doch die Highlands erschienen ihr im Moment als das Einzige, was ihr geblieben war. Dabei wusste sie noch nicht einmal, ob sie dort willkommen war.

Natürlich keimten inzwischen einige Zweifel in ihr auf. Hatte sie wirklich das Recht, das Leben anderer Menschen mit ihrem Auftauchen auf den Kopf zu stellen? Oder war der immer stärker werdende Sturm ein Zeichen? Eine Warnung?

Vielleicht hatte ihre Mutter recht und es gab Dinge, die man lieber unberührt ließ.

Maighread versuchte wirklich, ihre Mum zu verstehen, aber sie schaffte es nicht. Wie sollte man etwas verzeihen, das man noch gar nicht wirklich begreifen konnte? Ganz sicher hatte ihre Mum das alles nicht ohne triftigen Grund getan. Aber sie konnte von Maighread keine Absolution verlangen, wenn sie ihr weiterhin etwas so Wichtiges verschwieg.

Trotz allem kam zu Maighreads Wut und Enttäuschung auch die Angst vor der Wahrheit. Aber Angst hatte sie noch nie abgehalten, wenn sie der festen Überzeugung war, dass etwas getan werden musste.

Genau deshalb hatte sie auch ihre Habseligkeiten in den Mini gepackt. Ihre Mutter hatte alles versucht, um Maighread von der Fahrt abzuhalten.

»Wenn du mir die Adresse nicht gibst, fahre ich auf gut Glück los«, hatte Maighread gesagt und keinen Zweifel daran gelassen, dass sie genau das wirklich tun würde. »Ich werde sie schon finden.«

Sie wusste nicht, wie, aber sie hatte es geschafft, die Worte so auszusprechen, dass eine Überzeugung mitschwang, die sie nicht einmal annähernd gefühlt hatte.

Irgendwann hatte Lindsay Robertson kapituliert und ihrer Tochter die Adresse genannt.

»Melde dich, wenn du da bist. Bitte!«

»Lass mir etwas Zeit.« Dann hatte sie sich von Lindsay verabschiedet und war aufgebrochen. Nur mit Mühe hatte sie es geschafft, nicht im Zorn wegzufahren.

Auf alle Fälle brauchte sie Abstand.

Als der Wind wieder einmal kurz innehielt, als würde er Kraft für die nächsten Böen sammeln, klang Mollys leises Schnarchen von der Rückbank zu Maighread nach vorne. Ein warmes Gefühl vertrieb für einen kurzen Moment die Kälte, die Maighread in ihrer eisigen Umklammerung hatte.

Wenn sie nicht höllisch aufpasste und sich auf die Straße konzentrierte, dann war sie bald eine Verlorene – verschollen zwischen den Hügeln und Tälern der Highlands.

Vermutlich würde sie, wenn sie hier mitten im Nirgendwo einen Unfall baute, lange Zeit niemand finden. Wenigstens hatte sie ihren Ausweis bei sich, man würde den Leichnam identifizieren können, ging es ihr in einem hilflosen Versuch, die Lage mit schwarzem Humor zu nehmen, durch den Kopf. Doch auch dadurch wurde sie die Beklommenheit nicht los.

Fast sehnte sie sich nach dem Verkehrschaos in Glasgow, dabei war sie erleichtert gewesen, als sie das Stadtgebiet hinter sich gelassen hatte und es endlich etwas ruhiger auf der Straße geworden war. Dass es hier so verlassen sein würde – damit hatte sie nicht gerechnet.

Kaum zu glauben, dass zwischen dieser Einsamkeit hier und der Lebendigkeit der Stadt nur ein paar Meilen lagen. Bei gutem Wetter konnte man die Strecke von Kilmarnock an den Loch Lomond vermutlich in einer Stunde schaffen. Heute hatte sie schon bis hierher fast die doppelte Zeit gebraucht.

»Tapferer Bob, weiter so, du schaffst das!« Maighread wollte aufmunternd das Armaturenbrett tätscheln, doch sie traute sich nicht, ihren Griff zu lockern. Weit vorgebeugt saß sie mit der Nase fast an der Windschutzscheibe und bemühte sich, an dem über die Scheibe rinnenden Wasser vorbei den Weg zu erkennen. Vor lauter Anspannung brannte bereits ihre Nackenmuskulatur, und ihre Finger waren eiskalt.

Maighread hoffte von Herzen, dass ihr himmelblauer Mini, den sie liebevoll Bob getauft hatte, sie heil durch dieses Abenteuer bringen würde. Bob – wie ihr vermeintlich toter Großvater, von dem sie nicht viel mehr wusste als seinen Namen und den sie nie hatte kennenlernen dürfen. Ihn nicht und auch nicht ihre Großmutter.

Als sie den Namen für ihren Mini ausgewählt hatte, war ihr diese Verbindung zuerst gar nicht klar gewesen. Es musste ihr Unterbewusstsein gewesen sein, das sie dahin gelenkt hatte. Später, als es ihr aufgefallen war, war sie glücklich gewesen über diese Fügung. Es fühlte sich an, als wäre ihr Grandpa bei ihr, um sie zu beschützen.

Als Kind hatte sie sich immer vorgestellt, wie ihre Großeltern auf einer Schäfchenwolke saßen und von dort aus vom blauen Himmel auf sie hinuntersahen.

Und nun war sie auf dem Weg zu ihnen.

Dieser kurze Gedanke raubte ihr mit seiner Macht schier den Atem.

Alles, was in den letzten Stunden über sie hereingebrochen war, wirbelte wild in ihr herum. Es musste sich setzen, sie musste sich und die Überreste ihres Lebens neu sortieren, um wieder klar denken zu können.

Eine Überschwemmung riss Maighread aus ihren Gedanken. Bob schlingerte, sie versuchte gegenzulenken, doch der Mini reagierte nicht.

»Stopp!«, schrie Maighread und trat auf die Bremse. Ihr Herz wummerte schmerzhaft, sie sah das Grün und Violett des mit Heide überzogenen Hügels auf sich zukommen. Es holperte. Ein Baum schob sich in ihr Blickfeld. Es rumpelte und schüttelte heftig.

Kapitel 4

Joshua

Erschöpft legte Joshua den Kugelschreiber aus der Hand, gähnte und streckte sich. Ein paar Mal ließ er langsam den Kopf kreisen, um die angespannte Nackenmuskulatur zu lockern.

Er hatte es tatsächlich geschafft, obwohl er zwischendrin gedacht hatte, es nähme nie ein Ende.

Jetzt lagen fünf Formulare samt Briefumschlag fein säuberlich ausgefüllt vor ihm, er betrachtete sie und war überaus zufrieden mit sich selbst. Das war wahrlich genug Schriftkram für einen Tag, der Rest der Schreibarbeit musste warten.

Nachdem der Regen endlich nachgelassen hatte, die Wolkendecke zwischendurch sogar aufriss und ein Sonnenstrahl über Joshua hinweghuschte, als wolle er ihn locken, beschloss er, es zu wagen und zu den Schafen zu gehen. Er brauchte jetzt dringend Bewegung, genau wie Bonny und Lennox.

Bonny hatte ihm bereits einen Ball und ihren Plüschtiger vor die Füße gelegt, in der Hoffnung, dass er endlich von seiner Arbeit ablassen und sich ihr widmen würde. Nachdem er nicht reagiert hatte, war sie auf ihren Platz neben Lennox zurückgeschlichen und hatte von dort aus Joshua so lange beobachtet, bis ihr irgendwann vor Langeweile die Augen zugefallen waren.

Erleichtert ließ er den Computer herunterfahren, schob den Ordner mit den Zahlenreihen der letzten Wasseruntersuchungsergebnisse ins Regal zurück und stand auf. Er ging in sein Schlafzimmer hinüber und tauschte die Jogginghose gegen seine Arbeitsjeans und einen warmen Pullover. Mit dicken Socken an den Füßen ging er zurück ins Arbeitszimmer, um die Hunde zu wecken.

»Hopp, ihr zwei. Genug gefaulenzt. Wir werden uns jetzt mal ordentlich die Füße vertreten.«

Sofort sprangen die beiden auf und umrundeten ihn voller Vorfreude.

»Was ist? Lust auf ein bisschen Spaß? Gehen wir zu den Schafen?«

Wie erwartet kam ein zweifaches begeistertes Aufheulen als Antwort. Bonny und Lennox liefen erwartungsvoll zur Tür, wo sie schwanzwedelnd auf ihn warteten. Joshua freute sich über den Eifer seiner beiden Fellnasen. Auf die Hunde war Verlass, mit ihnen zusammen war die Arbeit mit den Schafen immer ein Vergnügen.

Heute stand ein Weidewechsel an, denn die beiden Herden sollten auf die Wiese unterhalb von Callwell Castle umsiedeln. Zuerst waren die Wensleydales dran.

Immer zwei Stufen auf einmal nehmend, sprang Joshua fast so übermütig die breite Treppe hinunter wie die Hunde. In der Eingangshalle rannte er kurz los und schlitterte dann auf dem blanken Boden bis zur Haustür, die genau in dem Moment aufging, als er sie erreichte.

»Hallo Eilidh«, grüßte er die Haushälterin, die sich die Mütze vom Kopf zog und ihre weißen Locken schüttelte. Ihr Einkaufskorb war prall gefüllt mit allerlei frischen Dingen vom Markt.

»Joshua, hallo. Zieh dir unbedingt einen Schal an, wenn du rausgehst. Der Wind ist bissig, als wäre es Januar.«

»Wenigstens gönnt sich der Regen eine Pause«, erwiderte Joshua und zupfte sich brav seinen Schal und die dicke

Jacke von der Garderobe. Dann schlüpfte er in die gefütterten Gummistiefel und winkte Eilidh zum Abschied über die Schulter zu. »Bis später!«

Ihre Antwort riss eine Böe mit sich, bevor sie Joshuas Ohr erreichte. Vermutlich wollte Eilidh, dass er seine Jacke zuknöpfte, was er im nächsten Moment freiwillig tat, denn es war tatsächlich kälter, als er erwartet hatte. Seine beiden Border Collies rannten gut gelaunt und vom eisigen Wind vollkommen unbeeindruckt voraus. Joshua ging um das Gebäude herum ein Stück Richtung See.

Demnächst musste er sich links halten. Die Tiere standen auf der äußersten Weide, ein gutes Stück entfernt südlich von Callwell Castle.

Jeder andere hätte vermutlich das Quad genommen, doch Joshua hatte keine Lust auf Motorenlärm, und gesessen hatte er die letzten Stunden wahrlich mehr als genug. Er genoss es, ordentlich marschieren zu können. Beim Gehen konnten die Gedanken fliegen, und der Kopf wurde frei. Also stapfte er gut gelaunt über die nassen Wiesen und durch die Rinnsale.

Lennox tat es ihm mit großem Eifer nach. Der Rüde ließ keine noch so kleine Pfütze aus. Er sauste mit fliegenden Ohren durch das Wasser, dass es nur so nach allen Seiten wegspritzte.

Ganz im Gegensatz zu Bonny. Die Hündin mied nach Möglichkeit jeden Kontakt mit Wasser und Matsch. Es hatte sich etwas gebessert, seit sie erwachsen war. Als Welpe hatte Joshua sie bei Regenwetter mehr oder weniger vor die Tür tragen müssen. Sobald sie gemerkt hatte, dass es nass war, hatte sie alle vier Pfoten in den Boden gestemmt, den Schwanz zwischen die Hinterbeine geklemmt und sich geweigert, auch nur einen Schritt zu tun. Heute weigerte sie sich zumindest nicht mehr, aber Spaß sah eindeutig anders aus.

Um nur ja nicht durch einen Wasserlauf waten zu müssen, machte die Hündin immer wieder große Sätze. Bei der Regenmenge, die in den letzten Stunden vom Himmel gefallen war, nutzte all die hündische Vorsicht allerdings überhaupt nichts. Es dauerte nicht lange, und auch die wasserscheue Bonny war bis zum Bauchfell pitschnass. Sie nahm es mit damenhafter Gelassenheit und ließ sich die gute Hundelaune dadurch nicht verderben.

Während der halben Stunde Fußmarsch lösten sich die Büronebel in Joshuas Kopf langsam auf, genau wie er es gehofft hatte. Er schritt weit aus, beobachtete seine zwei so unterschiedlichen Hunde und amüsierte sich über ihr Verhalten.

Lachen löst Stress in Wohlgefallen auf – das war eine der Weisheiten, die sein Großvater ihm ans Herz gelegt hatte, und Joshua nutzte jede Gelegenheit, diesem Rat zu folgen.

Erleichtert atmete er die kalte, feuchte Luft ein und spürte seine Lebensgeister neu erwachen. Es dauerte nicht lange, und er begann zu singen.

Bonny liebte es, wenn Joshua sang, und unterstützte ihn mit Vorliebe, indem sie hin und wieder sehr gekonnt und tonsicher die zweite Stimme dazu jaulte. Sie hätten in *Britain's Got Talent* auftreten können – zumindest behauptete Chloe das immer. Doch Joshua winkte jedes Mal ab und wollte von so einem Quatsch nichts wissen. Er sang, weil es ihm Spaß machte. Ebenso wie Bonny.

Beim letzten Refrain von *Flower of Scotland* kam er an der hinteren Weide an und blieb stehen. Die Herde hatte sich ziemlich weit hinten versammelt, er konnte erkennen, dass die Tiere ganz entspannt weideten.

»Hey, heeeeyyyyy, koooommt, kommt, kommt!«

Als Joshuas Stimme über das Feld schallte, ließ die Mehrzahl der Tiere trotz der Entfernung sofort vom Gras ab und hob die Köpfe. Nur wenige Augenblicke später strebten sie auf ihn zu.

Genau das war es, was er an seinen Wensleydales so schätzte – die Tiere waren extrem zutraulich, ja sogar beinahe anhänglich und verschmust. Außerdem waren sie ausgesprochen hübsch mit ihrer langen Wolle. Die kleinen Löckchen sahen aus wie eine frisch gelegte Dauerwelle.

Die Bluefaced Leicesters waren zwar auch freundlich, aber doch deutlich weniger an ihrem Menschen interessiert. Um deren Aufmerksamkeit musste er viel mehr kämpfen.

In den nächsten Tagen sollten die Tiere ihren Herbsttrank verabreicht bekommen, das war der Grund für den Weidenwechsel. Die Koppel direkt bei Callwell Castle hatte alle notwendigen Vorrichtungen, um die Tiere einzeln durch ein Gatter zu schleusen. So konnte Joshua sicherstellen, dass wirklich alle Schafe ihren Anteil des Stärkungstranks bekamen, und er hatte zusätzlich die Gelegenheit, jedes einzelne Tier kurz zu untersuchen, um sicherzugehen, dass alle gesund waren. Joshua wusste, dass er wegen seiner ausgeprägten Fürsorge von anderen Schafzüchtern der Gegend belächelt wurde, aber das war ihm egal. Für ihn waren die Schafe Teil seines Clans und verdienten nur das Beste.

Schon sein Großvater hatte seinen Tieren zweimal jährlich einen stärkenden Kräutersud verabreicht. Er hatte auf die Kraft der Natur geschworen. *Nicht warten, bis das Schaf im Brunnen liegt, Junge. Tu lieber vorher was.* Joshua hatte die Worte seines Großvaters noch im Ohr, und er beherzigte die Ratschläge aus Überzeugung. Alistair McLoughlin war ein kluger Mann gewesen, Joshua war dankbar, so viel von ihm gelernt zu haben.

Auch das Wissen um die Zusammensetzung des Kräutertranks hatte er selbstverständlich von ihm übernommen, genau wie sein Großvater zuvor von dessen Vater.

Die Pflanzen dafür zu sammeln war für Joshua kein Problem, auf den Wiesen und in den Wäldern der Highlands wuchs alles, was nötig war. Nur das Trocknen und Ansetzen des Suds mochte er nicht sonderlich. Dabei plagte ihn von jeher eine nervende Ungeduld.

Allein bis die Kräuter in kleinen Bündeln gebunden waren und an einem luftigen, dunklen Ort trocknen konnten, war für ihn eine Tortur. Später ging es dann mit dem Trank selbst weiter. Aufkochen, rühren, abkühlen und ziehen lassen, erneut aufkochen … Über Wochen hinweg täglich schütteln und tütteln – nein, das war nichts für Joshua. Da hackte und stapelte er lieber Holz.

Deshalb hatte er sich auch sehr gefreut, als Chloe Baxter nach Callwell zurückkehrte und sich innerhalb kürzester Zeit als Kräuterexpertin entpuppte.

Chloe und er waren zusammen zur Schule gegangen und hatten sich immer gemocht – es hatte sogar eine Zeit gegeben, da hatte ein leises Prickeln in der Luft gelegen, wenn sie zusammen gewesen waren. Doch außer ein paar pubertären Neckereien und ungeschickten Flirtansätzen hatte sich nichts entwickelt. Nach der Schule hatten sich ihre Wege getrennt, und Joshua hatte Chloe aus den Augen verloren.

Nun lebte sie wieder in ihrem Elternhaus, das inzwischen ihr gehörte. Die alte Vertrautheit zwischen ihnen war neu aufgeblüht, von dem Prickeln von damals war jedoch nichts mehr zu spüren. Das kam Joshua sehr entgegen. Er hatte absolut kein Interesse an romantischen Verwicklungen.

Manchmal tranken sie eine Tasse Tee zusammen und unterhielten sich über damals und heute, über *Weißt du noch?* und *Wie siehst du das?*, und freuten sich, wenn sie sich bei Themen einig waren, die ihnen beiden wichtig waren.

In Chloe hatte Joshua eine Verbündete, wenn es um den Schutz der Natur und den Kampf gegen die Klimaerwärmung ging.

Hin und wieder hatten sie auch gemütliche Abende zu dritt, denn ein paar Häuser neben Chloe lebte und arbeitete ihr Cousin Peter, mit dem Joshua auch schon seit er denken konnte befreundet war.

Peter war nicht nur ein guter Freund, sondern auch Joshuas härtester Gegner bei den Highland Games und Inhaber einer kleinen Whisky-Destillerie – *McDurmanns Whisky*.

Wenn Peter dazukam, wurden aus den ruhigen Gesprächsabenden oft sehr feucht-fröhliche Zusammenkünfte, bei denen nicht nur die Lachmuskeln, sondern auch die Geschmacksknospen gekitzelt wurden. Ganz besonders wurde es immer, wenn weitere Nachbarn dazustießen und Gitarren und Dudelsäcke ausgepackt wurden.

Wie aus dem Nichts entstand bei solchen Gelegenheiten manchmal ein Ceilidh, wie man hier in Schottland ein geselliges Beisammensein mit Musik und Tanz nannte. Sie spielten gemeinsam schottische Lieder, sangen, tanzten, tranken, aßen und lachten. An solchen Abenden wurden das Leben und die Freundschaft gefeiert.

Für Joshua waren diese traditionellen Zusammenkünfte ein wichtiges Stück Heimat und gelebte Geborgenheit. Er genoss es, Teil dieser verschworenen Gemeinschaft zu sein.

Aber er mochte auch die ruhigen Abende und die Gespräche nur mit Chloe. Sie war eine sehr warmherzige Person, die genauso gern lachte wie er. Joshua ahnte aber, dass ein Schatten auf ihrer Seele lag. Etwas belastete sie, das konnte er deutlich spüren. Hinter ihrem Lachen lauerte eine Traurigkeit, die er nicht greifen konnte.

Chloe lächelte seine Vorstöße in diese Richtung immer

gekonnt weg, und ehe er es merkte, hatte sie jedes Mal geschickt das Thema gewechselt.

Da Joshua nicht der Mensch war, der andere bedrängte, hatte er inzwischen beschlossen, ihre Mauer des Schweigens zu akzeptieren. Wenn es so weit war, würde sie ihm vielleicht sagen, welche Dunkelheit ihr das Leben schwer machte. Dann würde er ihr zuhören, und wenn er konnte, würde er ihr selbstverständlich nach Kräften helfen, das Problem zu überwinden, das sie quälte. Dafür waren Freunde schließlich da.

Abgesehen von diesem dunklen Fleck, den Joshua nicht einordnen konnte, schien Chloe sehr glücklich mit ihrem neuen Leben am Loch Lomond. Stundenlang streifte sie über die Wiesen und sammelte Kräuter, die sie zu Tees, Salben, Seifen und sonstigem Allerlei weiterverarbeitete.

Eilidh schwor auf Chloes Wissen und deckte sich bei ihr regelmäßig mit Kräutertees und Hausmitteln ein. Sie hatte Joshua auf die Idee gebracht, die Brauerei des Tranks an Chloe abzugeben.

Nach kurzem Zögern – immerhin handelte es sich bei dem Rezept um ein in der Familie von Generation zu Generation vererbtes Geheimnis – hatte Joshua diesen Vorschlag aufgegriffen und Chloe angesprochen. Sie hatte sich über Joshuas Vertrauen gefreut und sofort zugestimmt. So war es dazu gekommen, dass sie nun Geheimnisträgerin für das Rezept war und den Kräutertrank für Joshuas Schafe braute.

»Bonny rechts! Lennox links«, rief Joshua, um die Hunde zu lenken. Es waren lediglich Feinheiten, die Joshua mit seinen Rufen korrigierte. Die beiden Hunde brauchten seine Kommandos kaum, denn sie wussten auch so genau, was zu tun war. Sie waren ein gut eingespieltes Team.

Voller Elan stürzten sie voran, umrundeten die Herde und trieben sie in Joshuas Richtung.

»Platz!«, kommandierte Joshua, und sofort lagen beide Hunde flach im immer noch nassen Gras. Wenn es um die Arbeit ging, vergaß Bonny sogar ihre Wasserscheu.

Joshua begrüßte die Schafe, als sie ihn erreichten. Er ließ sich die Hände lecken, klopfte einigen die Wolle, kraulte andere hinter den Ohren und lachte, als Caila, eine stürmische Einjährige, versuchte, ihn umzuschubsen.

»Dann wollen wir mal. Bonny, Lennox, vorwärts.« Sofort jagten beide los. »Langsam!«, kommandierte Joshua. »Wir sind doch nicht auf der Flucht.«

Umringt von seinen Tieren lief er los und hatte im nächsten Moment auch schon wieder ein Lied auf den Lippen. *The Bonnie Banks of Loch Lomond* – eines seiner Lieblingslieder.

Lauthals singend marschierten sie den Hügel hinunter. Zwischen den Liedtext packte Joshua immer wieder ein lang gezogenes »Laaaangsaaaammm«, um Bonny und Lennox in ihrem Eifer zu bremsen. Er hatte keine Lust, zu schnell am Ziel anzukommen, lieber wollte er die Zeit unterwegs genießen.

Am Fuße des Hügels angekommen, bog er samt Herde rechts auf die Straße ein. In den Highlands war es üblich, dass hin und wieder Schafe über die Straße streunten; die Autofahrer wussten das und passten sich den Gegebenheiten üblicherweise an. Außerdem war in der Gegend um Callwell so wenig Verkehr, dass Joshua keinen Gedanken an mögliche Autos verschwendete. Ganz entspannt ließ er die Tiere ein Stück auf der Straße gehen. Hier auf der Ostseite des Lochs war es selbst im Sommer während der Hochsaison ruhig. Jetzt im Herbst kam außer dem Postwagen manchmal tagelang niemand hier entlang.

»Where in deep purple hue the Hieland hills we view,

And the moon comin' out in the …« Joshua hörte mitten im Lied auf zu singen, blieb erstaunt stehen und musterte den Wagen am Straßenrand. »Platz«, rief er über die Schulter.

Bonny und Lennox gehorchten prompt.

Einige der Schafe nutzen die Gelegenheit des Stopps, um zu grasen, andere drängten auf den himmelblauen Mini zu, den sie neugierig beschnupperten.

Wer hatte sich denn da verirrt? Und wieso stand er mitten im Nichts? Hoffentlich war nichts passiert.

Beunruhigt ging Joshua zu dem Fahrzeug hinüber und suchte nach Hinweisen auf einen Unfall. Auf den engen und oft kurvigen Straßen hier in der Gegend konnte ein ortsunkundiger Fahrer schnell an seine Grenzen kommen – bei dem Sturm und Regen, den es gegeben hatte, sowieso.

Doch das Auto schien auf den ersten Blick unversehrt.

Auf dem Fahrersitz saß eine Frau. Sie hatte die Augen geschlossen und sah ziemlich blass aus. Ihre Lippe blutete.

Erschrocken riss Joshua die Fahrertür auf und beugte sich ins Wageninnere.

Unvermittelt öffnete die Frau die Augen. Ihre Blicke trafen sich. Sie versanken ineinander. Blau traf Meergrün.

Im nächsten Moment schrie die Frau laut auf.

Damit hatte Joshua nicht gerechnet. Erschrocken richtete er sich abrupt auf, knallte voller Wucht mit dem Hinterkopf an den Türrahmen und stieß vor Schmerz einen Fluch aus.

Gleich darauf stand er wieder neben dem Auto. Etwas bedröppelt rieb er sich den Schädel und brauchte ein paar Sekunden, um wieder klar denken zu können.

Kapitel 5

Maighread

Kurz vor dem Aufprall mit dem Stamm fanden die Reifen wieder Halt. Maighread lenkte scharf ein. Der Mini rutschte nur Zentimeter entfernt an dem Baum vorbei, so nah, dass Maighread die Einzelheiten der Rindenmaserung wahrnehmen konnte. Wieder auf der Straße zurück, blieb der Mini endlich stehen.

Maighreads Puls raste. Erschöpft legte sie die Stirn auf das Lenkrad und zwang sich, tief ein- und auszuatmen.

Molly hob den Kopf, gähnte und setzte sich auf. Sie schien zu spüren, dass ihr Frauchen gegen eine aufsteigende Panik kämpfte, denn sie legte den Kopf schief und winselte.

Noch einer derart brenzligen Situation würden ihre Nerven nicht standhalten – Maighread hatte genug. Sie fühlte sich außerstande weiterzufahren, auch wenn es eigentlich nicht mehr weit sein konnte.

»Wir fahren links ran und warten, bis das Wetter sich etwas beruhigt hat, Molly. Ich kann nicht mehr.«

Das war allerdings leichter gesagt als getan, denn Bob humpelte und schüttelte seine Insassen heftig durch. Bei dem Ausflug in die Rabatten musste ein Reifen etwas abbekommen haben. Zum Glück waren es nur wenige Yards bis an den Straßenrand.

Kaum standen sie, drehte Maighread auch schon den Schlüssel. Das Motorbrummen erstarb, zurück blieb nur das

Tosen des Sturms und das Rauschen der vielen Bäche und Rinnsale. Der Regen selbst hatte eine Pause eingelegt.

Vermutlich wartet er, bis ich aussteige, dachte Maighread in einem Anflug schwarzen Humors und lachte dabei bitter auf.

Trotz ihres Versuchs, die Situation locker zu nehmen, blieb ihr ein Kloß in der Kehle sitzen. Sie hatte das fiese Gefühl, ein Spielball zu sein, und sie kannte weder das Spiel noch die Spielregeln.

Frierend und erschöpft zog Maighread ihre Strickjacke enger um sich. Die nasse Herbstkälte kroch ihr in die Glieder und in die Seele. Ihre Hände zitterten, sie vergrub sie unter ihrer Jacke und war dankbar für das Gefühl der edlen Wolle auf ihrer Haut.

Nachher musste sie sich um Bobs Reifen kümmern – so konnte sie auf keinen Fall weiterfahren. Doch für den Moment wollte sie einfach nur dasitzen und abwarten, bis sich Sturm und Nerven beruhigt hatten.

Es war auf jeden Fall besser, sich etwas zu sammeln, bevor sie in den Ort kam, in dem ihre Großeltern lebten. Auch wenn sie nicht vorhatte, direkt auf Konfrontation zu gehen, sondern erst einmal in einer Pension Zuflucht suchen wollte – alleine das Wissen, dass sie ihnen so nahe war, würde ihre Aufregung sicher noch weiter steigern. Für die erste Begegnung brauchte sie eine große Portion Nervenstärke und Kraft.

Sie musste sich gut überlegen, wie sie dieses erste Zusammentreffen gestalten wollte, und sich in Ruhe einen Plan zurechtlegen. Wenn es irgendwie möglich war, wollte sie vorab ein paar Fakten herausfinden, doch Maighread ahnte bereits, dass das nicht einfach werden würde. In diesen kleinen Ortschaften kannte doch jeder jeden – da blieb ein Geheimnis nicht lange geheim, und ihre Ankunft würde sich vermutlich wie ein Lauffeuer verbreiten. Dennoch – sie musste es zumindest versuchen.

Sie wollte wissen, was für Menschen ihre Großeltern waren, wie sie lebten, wie es ihnen gesundheitlich ging – sie waren ja nicht mehr die Jüngsten. Maighread wollte auf keinen Fall riskieren, dass ihre Großeltern vor Schreck und Überraschung einen Herzinfarkt bekamen.

Wieder fragte sie sich, wie es nur so weit hatte kommen können.

Vielleicht konnte sie ihre Mutter besser verstehen, wenn sie den Vortag noch einmal reflektierte. Vielleicht hatte sie vor lauter Schock etwas Wesentliches übersehen? Etwas, das ihr helfen konnte, Lindsay Robertsons Verhalten nicht als so schäbig zu empfinden. Gab es einen Hinweis auf die Beweggründe, die ihre Mum zu dieser Lüge getrieben hatten?

Maighread schloss die Augen.

Die Erinnerung an die Ereignisse, die ihr Leben auf den Kopf gestellt hatten, flammte auf. Sie sah sich wieder auf dem Dachboden und ließ sich in das Geschehen hineinfallen.

»Oh ye'll take the high road and I'll take the low road,

And I'll be in Scotland afore ye!« Der Refrain des Loch-Lomond-Liedes, das sie wie jeder Schotte natürlich in- und auswendig kannte, riss Maighread aus ihren Erinnerungen.

Es war zwar nicht die Version, die sie so gerne hörte, aber auch klangvoll. Der Song wurde a cappella und voller Inbrunst geschmettert.

»But me and my true love will never meet again, on the bonnie, bonnie banks of Loch Lomond.«

Sie öffnete die Augen und schloss sie sofort wieder. Sie musste eingeschlafen sein und träumen.

Bob war umringt von Schafen, und mitten in der Herde stand Ed Sheeran und sang.

»'Twas there that we parted in yon shady glen,
On the steep, steep side of Ben Lomond,
Where in deep purple hue the Hieland hills we view,
And the moon comin' out in the …«

Ed Sheeran war verstummt.

Maighread blinzelte unter ihren geschlossenen Lidern hervor und kniff die Augen dann doch schnell wieder zusammen.

Jetzt kam er zu ihr rüber.

Gespannt hielt sie die Luft an und wartete, was passieren würde. Im nächsten Moment wurde die Autotür aufgerissen.

Als sie die Augen öffnete und sein Gesicht ganz nah vor ihrem sah, schrie sie vor Schreck auf! Das wiederum erschreckte wohl ihn, denn er zuckte heftig zurück. Als er beim hastigen Aufrichten mit dem Hinterkopf gegen den oberen Türholm donnerte, stieß er einen kurzen lauten Fluch aus.

Was fiel dem Kerl denn ein?

Maighread fühlte sich wie gelähmt. Sie konnte nichts tun, außer diesen Mann, der sie so dermaßen erschreckt hatte, anzustarren wie das Kaninchen die Schlange. Sie beobachtete, wie er sich den Hinterkopf rieb.

Nach Minuten oder auch Stunden – Maighreads Zeitgefühl schien sich in Luft aufgelöst zu haben – hatte sie sich so weit gesammelt, dass sie bereit war, ihm ihre Empörung entgegenzuschleudern.

»Alles okay bei Ihnen?«

Gerade als sie tief Luft holte und losschimpfen wollte, umspülte seine unglaublich sanfte und tiefe Stimme sie wie ein warmes Bad und ließ ihre Wut schneller verpuffen, als die Schafe mähen konnten.

Maighreads Neugier übernahm das Kommando. Sie starrte nicht mehr länger, sondern musterte ihr Gegenüber nun eingehend.

Was sie sah, fand sie durchaus sympathisch.

Der Mann war in etwa in ihrem Alter, vielleicht ein kleines bisschen älter. Anfang dreißig, schätzte Maighread.

Rotbraune Locken, mehr rot als braun, die ungebändigt wild abstanden und eine Geschichte von Freiheit und Unangepasstheit erzählten. Blaue Augen – sehr ungewöhnlich für einen Rothaarigen, schoss es Maighread durch den Kopf. Ein im Gegensatz zum Haupthaar kurz geschnittener und gezähmter Vollbart, natürlich im gleichen attraktiven Rotton wie die Locken.

Seine Lippen bildeten einen schwungvollen Bogen. In den Mundwinkeln schien sich ein Lächeln bereitzuhalten, das nur darauf wartete, sich zu zeigen.

Der Mann war ziemlich groß – ganz anders als Ed Sheeran – und wirkte sehr durchtrainiert. Er trug eine Jeans, die ihm ziemlich gut stand, wie Maighread feststellte. Auch wenn der Stoff schon ein wenig in die Jahre gekommen wirkte. Abgesehen von der Größe erkannte Maighread auch jetzt, nachdem er direkt vor ihr stand, noch eine gewisse Ähnlichkeit.

Maighread spürte, wie die Verlegenheit in ihr hochstieg und ihr Gesicht heiß wurde. Was für ein Glück, dass er ihre Gedanken nicht lesen konnte, sicher hätte er sich über ihre Naivität köstlich amüsiert. Wieso sollte Ed Sheeran inmitten einer Herde Schafe in den Highlands stehen und den Loch-Lomond-Song singen?

»Wollen Sie den ganzen Tag hier sitzen und mich anstarren? Alles in Ordnung mit Ihnen? Hatten Sie einen Unfall? Ihre Lippe blutet.«

Erschrocken tastete Maighread nach ihrem Mund und zuckte im nächsten Moment zusammen. Als sie ihre Unterlippe berührte, tat es weh. Sie betrachtete erstaunt ihre Fingerspitzen, auf denen ihr eigenes Blut leuchtete.

Vom Rücksitz ertönte ein leises Jaulen. Molly hatte die beiden Hunde entdeckt, die sich jetzt neugierig neben ihr Herrchen drängten, und wollte rausgelassen werden. Maighread versuchte gleichzeitig, in den Spiegel zu sehen, um herauszufinden, was mit der Lippe los war, und auszusteigen, um Molly die Tür zu öffnen.

Das funktionierte natürlich nicht.

Eins nach dem anderen, mahnte sie sich zur Ruhe und zwang sich, durchzuatmen.

Die Situation war so schon peinlich und seltsam genug, sie musste es nicht noch schlimmer machen, indem sie sich benahm wie eines dieser Schafe, die um Bob herum grasten.

Auch wenn es ausgesprochen hübsche Schafe waren. Wensleydales, wenn sie sich nicht irrte. Tolle Wollqualität, die sie sehr gern verstrickte, deshalb kannte sie die Rasse, obwohl sie ansonsten eher wenige Berührungspunkte mit Schafen hatte.

Reiß dich zusammen!, mahnte sie sich energisch selbst.

Wenn sie weiter ihre Gedanken wild herumspringen ließ und sich nicht endlich klar artikulierte, würde der Mann endgültig an ihrem Verstand zweifeln.

»Entschuldigung. Ich bin ein bisschen durcheinander. Kann ich Molly rauslassen?« Sie zeigte auf die Rückbank, um keinen Zweifel aufkommen zu lassen, wer Molly war. »Sind Ihre beiden Hunde freundlich?«

Ein breites Lächeln zog über das Gesicht des Highlanders. »Ebenso freundlich wie ihr Herrchen.«

Er machte eine angedeutete Verbeugung.

Fehlte nur noch, dass er *MyLady* hintendran hängte.

Maighread schmunzelte.

Vielleicht war sie durch ein Zeitloch gefallen wie Claire, die Protagonistin der Highlandsaga *Outlander*, und vor ihr stand der Held Jamie? Das könnte spannend werden – und ausgesprochen schwierig. Auch wenn manche Menschen behaupteten, sie hätte eine gewisse Ähnlichkeit mit der Schauspielerin. Dass sie dieselbe Nervenstärke und den Mut aufbringen könnte wie Claire, wagte Maighread allerdings sehr zu bezweifeln. Sie hatte genug damit zu tun, in der Gegenwart zurechtzukommen.

Wieder erklang Mollys ungeduldiges Winseln vom Rücksitz.

Nachdem offenbar keine Gefahr drohte, stieg Maighread aus und öffnete ihr die hintere Tür. Die Hündin ließ sich nicht lange bitten. Mit einem Satz sprang sie in die Freiheit.

Sekunden später umkreisten die drei Hunde sich schwanzwedelnd und beschnüffelten sich. Nach einem kurzen Kennenlernen rannten sie wie auf Kommando gleichzeitig los und zogen weite Kreise über die Wiese. Im Slalom um die Schafe herum. Dabei überholten sie sich gegenseitig und hatten offensichtlich einen ziemlichen Spaß.

Nachdem Maighread sicher sein konnte, dass es Molly gut ging, setzte sie sich auf den Fahrersitz zurück und betrachtete prüfend ihr Gesicht im Rückspiegel. Sie wollte herausfinden, wieso sie blutete.

Vorsichtig tastete sie über die verletzte Stelle.

»Ich muss mir auf die Lippe gebissen haben, als der Wagen weggerutscht ist. Halb so schlimm. Es hat schon aufgehört zu bluten.«

Das restliche Blut tupfte sie mit einem Taschentuch ab, stieg wieder aus und streckte dem Fremden die Hand hin. »Maighread Robertson. Hallo.«

***

»Nichts zu finden.« Maighreads Stimme klang dumpf aus den Tiefen des Kofferraums, wohin sie auf der Suche nach dem Ersatzreifen abgetaucht war.

»Okay, dann müsste aber etwas zum Abdichten da sein.«

Etwas zum Abdichten – Himmel, sie hatte keine Ahnung, wovon er redete. »Und wie soll das aussehen?«

»Eine Dose oder ein Karton. Keine Ahnung, es gibt unterschiedliche Hersteller.«

Noch einmal suchte sie alles ab, aber da war nichts außer ihrem Gepäck und einem Verbandskasten. Ein Pflaster war wohl kaum geeignet, um einen Reifen zu flicken. »Tut mir leid, nichts. Weder Reifen noch Abdichtzeugs.«

»Das ist nicht gut.« Er warf einen weiteren prüfenden Blick auf den kaputten Vorderreifen und schüttelte den Kopf. »Dann kann ich Ihnen nicht helfen. Es tut mir leid, aber ohne Ersatzreifen sitzt der Wagen hier erst einmal fest.«

Nachdem ihr Retter sich vorgestellt hatte – Joshua McLoughlin, der Name passte zu ihm –, hatte er voller Enthusiasmus Bob untersucht. »Nicht das erste Auto, das ich wieder flott bekomme«, hatte er sich gebrüstet.

Jetzt hob er bedauernd die Schultern.

Maighread stand etwas ratlos da und überlegte, was sie als Nächstes unternehmen sollte. Der Pannendienst würde vermutlich Stunden brauchen – und sie obendrein ein Vermögen kosten. Sollte sie doch in den nächsten Ort laufen?

Als hätte der Himmel Spaß daran, die Sache noch schlimmer zu machen, begann es nun wieder zu schütten. Dicke Tropfen prasselten aus den Wolken, die so tief hingen, dass die Illusion entstand, man könnte sie berühren.

»Verflixt!«, knurrte Joshua McLoughlin und zog den Kragen seiner Wetterjacke enger.

Maighread stürzte sich auf ihr Gepäck, durchwühlte ihre

Tasche auf der Suche nach ihrem Ersatzanorak und fand ihn ganz unten. Organisiertes Packen gehörte offensichtlich nicht zu ihren Stärken, wobei dieses Chaos eindeutig ihrer emotionalen Ausnahmesituation geschuldet war. Sie hatte schließlich nicht voller Vorfreude für einen Urlaub gepackt, sondern war zweimal sehr spontan aufgebrochen. Unter diesen Umständen konnte sie stolz sein, überhaupt an ihr Gepäck gedacht zu haben.

Bis sie endlich in die Jacke schlüpfen konnte, war die Nässe ihr bereits bis auf die Haut gedrungen.

Und nun? Alles aus- und etwas Trockenes anziehen? Der Regen klatschte so heftig auf sie hinunter, dass es ihr vermutlich den Kofferraum ausschwemmen würde, wenn sie die Klappe noch einmal öffnete. Außerdem konnte sie vor dem fremden Mann wohl schlecht einen Striptease hinlegen.

Eine Welle der Schwäche schwappte über sie hinweg.

Maighread fühlte sich hilflos und ausgeliefert und mit einem Mal so unendlich müde, als wäre sie Dornröschen und hätte sich an der Spindel gestochen. Sicher würde sie im nächsten Moment umfallen und hundert Jahre schlafen. Die Vorstellung fand sie durchaus verlockend.

Die Realität präsentierte sich allerdings anders, vor allem sehr viel nasser als im Märchen.

Das alles war doch eine Schnapsidee!

Was tat sie hier überhaupt? Wieso hatte sie nur dieses verflixte Fotoalbum gefunden? Wieso hatte sie ihre Mutter so lange bearbeitet, bis sie mit der Geschichte herausgerückt war. Wenn es dumm lief, verletzte sie nicht nur sich selbst, sondern auch ihre Mutter und die Großeltern mit ihrer Suche nach der Wahrheit.

Doch jetzt, nachdem die Geister geweckt waren, konnte sie nicht mehr einfach so tun, als gäbe es sie nicht. Selbst wenn –

es war müßig, sich im Moment darüber Gedanken zu machen, denn jetzt gerade war es sowieso egal, ob sie sich der Situation wirklich stellen oder umdrehen und weglaufen wollte. Dank der Umstände war beides unmöglich.

Es führte wohl kein Weg am Pannendienst vorbei.

Maighread graute davor, stundenlang hier in der Kälte zu sitzen und auf den Abschlepper zu warten.

Selbst wenn Joshua McLoughlin ihr Hilfe organisierte und es dadurch vielleicht etwas schneller ging, fror sie jetzt schon erbärmlich.

Das gäbe die perfekte Schlagzeile: Enkelin auf dem Weg zu tot geglaubten Großeltern erfroren.

Das wäre ein Märchen, wie es das echte Leben schrieb – ohne Happy End.

Kapitel 6

Maighread

»Eine halbe Stunde Fußmarsch entfernt wohne ich. Schaffen Sie das?« Joshua musterte sie, als versuchte er abzuschätzen, ob sie im nächsten Moment in Ohnmacht fallen würde.

»Und wie weit ist es bis Callwell?« Wenn sie schon laufen musste, würde sie besser direkt in den Ort gehen und sich dort eine Unterkunft suchen. Vom Warmen aus könnte sie dann alles Weitere in Ruhe organisieren.

»Noch mal etwa zwanzig Minuten«, kam seine Antwort prompt, und Maighread verzog unwillkürlich das Gesicht. Noch länger – sie fühlte sich schon erschöpft, wenn sie auch nur an den langen Fußmarsch dachte.

»Sie können bei mir einen Zwischenstopp einlegen, sich trocknen und aufwärmen.« Joshua McLoughlin stand vor ihr und hob fragend die Augenbrauen. Sein Angebot klang verlockend, trotzdem zögerte Maighread.

Sollte sie wirklich mit einem wildfremden Mann nach Hause gehen? Kein Mensch wüsste, wo sie war. Was, wenn er ganz andere Dinge im Sinn hatte, als ihr zu helfen? War es die Rettung, oder käme sie vom Regen in die Traufe?

Enkelin auf dem Weg zu tot geglaubten Großeltern einem Meuchelmörder in die Falle getappt, korrigierte Maighread ihre gerade erfundene Schlagzeile.

Doch was hatte sie für eine Wahl? Alleine loslaufen? Direkt nach Callwell durchmarschieren? Bei ihrem Pech würde sie sich verirren oder unterwegs vor Schwäche zusammenbrechen.

Er wirkt nicht wie ein Mörder, der sein Opfer zu sich nach Hause einlädt, versuchte sie sich Mut zu machen. In seinen Augen entdeckte sie Besorgnis, die wie goldene Punkte im tiefen Blau seiner Iris funkelte. Das gab den Ausschlag. Maighread verscheuchte die dunklen Gedanken und gab sich einen Ruck.

»Vielen Dank für das Angebot. Ja, das schaffe ich. Einen Moment bitte, es kann sofort losgehen.«

Sie öffnete den Kofferraum, schnappte sich blitzschnell einen Pulli und ein paar trockene Socken, gerade das, was sie in der Eile greifen konnte, und schob die Klamotten in ihre Handtasche. Bevor alles triefnass war, knallte sie die Klappe auch schon wieder zu. Alles andere musste warten, bis Bob wieder fahrtüchtig war.

»Lennox, Bonny, hier!«, schallte die tiefe Stimme ihres Retters über die Wiese.

Die Hunde gehorchten unmittelbar und kamen wie der Blitz angerannt. Molly wollte zuerst hinterhersetzen, blieb dann aber doch bei dem Schaf, mit dem sie gerade auf Schnupperkurs war.

Mit aufgestellten Ohren standen Bonny und Lennox vor ihrem Herrn und warteten auf den nächsten Befehl. Der ließ sich nicht lange bitten – zum Glück, denn es regnete immer noch Katzen und Hunde.

»Nach Hause, ihr beiden. Vorwärts. Laangsam! Wir haben Gäste.«

Die Schafe hatten ihre Köpfe gehoben und setzten sich widerspruchslos in Bewegung, kaum dass die Hunde mit ihrer Arbeit begannen.

Maighread fiel es nicht leicht, mit den großen Schritten des Schäfers mitzuhalten. Vielleicht sollte sie ihm eines seiner lang gezogenen »Laaangsams« zurufen, mit denen er die Hunde bremste? Sie entschied sich dagegen. Immerhin war es keine Selbstverständlichkeit, dass er eine gestrandete fremde Frau aufsammelte, die seinen Wegesrand säumte. Sie sollte dankbar sein und nicht quengeln. Also versuchte sie, sich seinem Tempo anzupassen, und stolperte prompt. Wieder erwies sich ihr Retter als Held, indem er sie auffing und dadurch vor einem Schlammbad bewahrte.

»Danke«, murmelte Maighread und senkte den Blick. Sie machte sich ihm gegenüber wirklich zum Schaf. Erst war sie zu blöd gewesen, an den Ersatzreifen zu denken, und jetzt auch noch zu ungeschickt, um einen Fuß vor den anderen zu setzen. Ihre Großeltern wären beglückt, wenn sich herausstellte, dass ihre Enkelin ein lebensuntauglicher Tollpatsch war. Maighread, inzwischen klatschnass, spürte, wie ihr Tränen in die Augen stiegen. Doch sie atmete energisch dagegen an.

Nicht auch noch das!

»Entschuldigung. Gerade sage ich noch, wir haben Gäste, und im nächsten Moment benehme ich mich wie ein Stoffel.« Er schrie die Worte fast, damit sie ihn verstand.

Sie hätte ihm gern widersprochen, ihm gesagt, dass es ihre Schuld war, doch sie konnte gerade nicht sprechen; sie befürchtete, die Tränen sonst nicht mehr zurückhalten zu können. Deshalb lächelte sie ihn einfach nur an und hoffte, dass er ihr ihren Gemütszustand durch den Regen hindurch nicht ansehen konnte.

Nachdem Maighread wieder sicher stand, gingen sie weiter. Dieses Mal achtete Joshua McLoughlin darauf, sich ihrem Tempo anzupassen, und Maighread spürte, wie die Bewegung und seine Gegenwart ihr halfen, sich zu stabilisieren – auch emotional.

So schlimm waren die Umstände im Moment doch gar nicht. Für das Unwetter konnte sie nichts, und eine Panne konnte jeder einmal haben. Pech, wenn es mitten im Nirgendwo passierte, aber kein Grund, sich deshalb derart klein zu machen.

Wäre ihre Kleidung nicht so durchnässt und ihr selbst nicht so kalt und elend, hätte diese Situation durchaus romantisch sein können. Sie und ein überdurchschnittlich attraktiver Mann, gemeinsam in der Einsamkeit der Highlands, umgeben von Schafen und Hunden.

Die Realität war von Romantik leider so weit entfernt wie Haggis von einem Sternemenü.

Während sich Maighread durch den Regen vorwärtskämpfte und sich bemühte, ihre Schritte sicher zu setzen, beobachtete sie Molly.

Ihre Hündin hielt sich eng an Bonnys Seite. Es sah aus, als wäre sie selbst ein ausgebildeter Hütehund, dabei war das erst ihre zweite Begegnung mit Schafen. Maighread freute sich, als wie unkompliziert Molly sich wieder einmal erwies und wie locker sie sich in die ungewohnte Situation fügte.

»Es ist wirklich ausgesprochen nett, dass Sie mir helfen, Mr. McLoughlin«, schrie Maighread durch den lautstarken Regen zu ihrem Begleiter hinüber. »Hoffentlich bringe ich mit meiner Panne nicht all Ihre Pläne durcheinander.«

Sie hatte ein schlechtes Gewissen.

Schäfer zu sein war ein harter Job und bei diesem Wetter sicher kein Vergnügen. Nun musste er wegen ihr auch noch einen Umweg machen.

Er winkte ab. »Kein Problem. Ich wollte die Herde ohnehin nach Hause holen.«

Na, wenigstens etwas, dachte Maighread erleichtert.

Sie hasste es, anderen Menschen zur Last zu fallen. Aber vielleicht konnte sie sich revanchieren?

Falls er Unterstützung brauchte, beim Marketing zum Beispiel. Maighread hatte in den Jahren in Dylans Agentur viel gelernt in Sachen Marketing und Verhandlungen. Für jemanden, der den ganzen Tag mit seinen Schafen arbeitete, war es doch sicher nicht so einfach, sich auch um den Absatz der Wolle zu kümmern, die richtigen Kontakte zu knüpfen und was sonst noch dazugehörte.

Sie könnte ihm auch Socken stricken, darüber freuten sich die meisten Menschen – jemand, der wie ein Schäfer bei jedem Wetter draußen war, vermutlich noch mehr als manch anderer. In ihrem geheimen Vorrat hatte sie sicher passende Wolle. Sie dachte an den zusätzlichen Koffer, der in Bobs Kofferraum lag.

Oder sollte sie ihm Geld anbieten? Vermutlich wurde man nicht reich mit der Schäferei.

Wie er wohl lebte?

Maighread stellte sich ein kleines, abseits gelegenes Häuschen vor. Wenn sie die Jeans betrachtete, die ihre besten Jahre schon lange hinter sich hatte, vermutete sie, dass Joshua McLoughlin sich wirtschaftlich nicht auf der Sonnenseite des Lebens bewegte.

Vielleicht war er einer dieser Aussteiger, die beweisen wollten, dass materielle Dinge überbewertet wurden und dass Glück nicht an tollen Kleidern und Äußerlichkeiten hing? Luxus konnte man schließlich durchaus unterschiedlich interpretieren.

Maighread hoffte, dass er keiner dieser Sonderlinge war. Sie konnte mit Extremen nicht viel anfangen – für sie musste es eine Balance geben.

Genug Geld, um beruhigt leben zu können, fand sie wichtig. Ganz weg von allem Materiellen – das konnte sie sich als Lebensentwurf überhaupt nicht vorstellen. Aber es mussten auch keine Millionen sein. Durften durchaus – sie fände sicher Mittel und Wege, ihren Reichtum mit anderen zu teilen –, aber es war nicht wichtig. Glücklich sein konnte sie auch, ohne wie Dagobert Duck in Gold zu baden.

Luxus bedeutete für sie vor allem, Herzensdinge leben zu dürfen. Das konnte ein Gang durch einen Garten sein, die Freude an Blüten und Pflanzen. Sich die Zeit nehmen zu können, etwas zu genießen. Aber sie war auch materiellem Luxus nicht abgeneigt und weit davon entfernt, Besitz abzuschwören.

Wenn sie daran dachte, wie sehr sie es liebte, sich exklusive Wolle zu kaufen, das war unbestritten ein sehr materieller Luxus – allerdings einer, der ihre Seele wärmte. Sie liebte es, wenn weiche Wolle ihre Haut berührte. Wenn sie in einem Wollgeschäft die unterschiedlichen Qualitäten prüfen konnte und sich dabei schon überlegte, was für ein Projekt wohl zu welcher Wolle passen würde und wie sich das Strickbild und die Farben entwickeln würden. Maighread fand es wichtig, sich hin und wieder etwas zu gönnen.

»Was verschlägt dich denn in die Gegend?« Joshua McLoughlins Frage drängte sich in Maighreads Überlegungen hinein.

Er rief seinen Hunden ein kurzes Kommando zu, dann wandte er sich wieder an Maighread. »Ich hoffe, das Du ist okay. Immerhin haben wir jetzt bereits gemeinsam Schafe gehütet«, scherzte er und zwinkerte ihr zu.

Seine Mundwinkel zuckten. Erst zeigte sich das Lächeln, das Maighread vom ersten Moment an dort vermutet hatte, dann wurde ein herzliches lautes Lachen daraus.

Auf seinen Wangen entdeckte sie kleine Grübchen und stimmte in sein Lachen ein. Ihre Zähne klapperten den Takt dazu.

Sie konnte sich nicht erinnern, wann ihr jemals so kalt gewesen war. In ihren Fingern hatte sie inzwischen kein Gefühl mehr, und auch ihre Zehen waren taub vor Kälte.

»Das Du ist prima.« Sie machte eine kurze Pause und überlegte, wie sie sich ausdrücken sollte, um seine Frage zu beantworten.

Die Situation war so kompliziert, das ließ sich nicht in einem Satz zusammenfassen. Trotzdem versuchte sie es.

»Meine Großeltern wohnen in Callwell. Ich möchte sie kennenlernen.«

Sie hatte *besuchen* sagen wollen, aber dann war ihr doch *kennenlernen* rausgerutscht, was zwar absolut der Wahrheit entsprach, aber vermutlich ziemlich absurd klang.

Jetzt war es zu spät. Zurücknehmen konnte sie die Worte nicht.

Der Regen ließ nach und hörte Augenblicke später komplett auf. Als plötzlich die Sonne durch die Wolkendecke brach, als hätte sie sie mit ihren Strahlen förmlich auseinandergeschoben, spannte sich ein Stück vor ihnen ein Regenbogen. Er reichte vom See, der links zwischen ein paar Sträuchern in Sicht gekommen war, bis zu einem Hügel etwas weiter rechts.

Maighread hoffte, dass das ein gutes Omen war. Sie wollte am Fuß des Regenbogens kein Gold finden, aber sie hoffte darauf, ihre Wurzeln zu entdecken.

»Deine Großeltern?« Joshua blieb stehen und musterte Maighread neugierig. »Sagtest du, du möchtest sie kennenlernen?«

Sie konnte die Fragezeichen in seinen Augen sehen und

beobachten, wie er die Informationen wie bei einem Puzzle versuchte, an die richtige Stelle zu rücken.

Es dauerte auch nicht lange, dann sprach er weiter. »Moment. Robertson, richtig? Jetzt sag nicht, Elisabeth und Bob Robertson!«

Was für ein merkwürdiges Gefühl, ihre Namen aus seinem Mund zu hören. Zu wissen, da war jemand, der ihre Verwandten kannte. Plötzlich wurde aus dem vagen Gefühl, Großeltern zu haben, ein fast greifbares Erleben.

Nicht mehr lange, und aus den körperlosen Buchstaben wurden echte Menschen aus Fleisch und Blut.

»Wieso kennenlernen?«, wiederholte Joshua seine Frage.

Sie überquerten einen weiteren Hügel, und vor ihnen tauchte ein herrschaftlich anmutendes Haus auf. Eines der unzähligen Castles Schottlands.

»Bonny, links! Lennox vorwärts!« Joshua sah in Maighreads Richtung. »Einen kleinen Moment bitte, die Schafe müssen auf diese Weide, bin gleich wieder bei dir.«

Maighread blieb stehen und betrachtete das große Haus.

Es hatte zwei runde Erker und ein beeindruckendes Hauptportal. Rechts vor dem Anwesen lag ein liebevoll angelegter Garten, links eine große Rasenfläche mit einigen Rosen, die an schmiedeeisernen Obelisken emporkletterten. Gartenkunst, wie Maighread sie liebte. Vielleicht durfte sie den Garten bei Gelegenheit einmal besuchen. Sie würde schließlich, wenn alles gut ging, eine Weile in Callwell bleiben.

Ein beeindruckender Rosenbogen spannte sich über den Hauptweg, der auf das Portal zuführte. Zur Vollblüte würde man den Duft vermutlich weit über die Wiesen hinweg riechen können. Jetzt gab es nur noch einzelne Blüten, die versuchten, dem Herbst rosig die Stirn zu bieten. Nicht mehr lange, dann wären auch diese letzten Farbtupfer verschwunden.

Zwischen dem Garten und der Rosenanlage gab es eine schmale Zufahrt, die vor dem Gebäude in einem Rondell endete.

Alles wirkte sehr gepflegt und strahlte trotz der Größe elegante Behaglichkeit aus.

Wer hier wohnte, gehörte nicht zu den armen Leuten.

Maighread ließ den Blick, auf der Suche nach dem kleinen Schäferhaus, zu dem Joshua sie gleich führen würde, am Haus vorbeischweifen. Sie konnte außer ein paar lang gezogenen Stallungen nichts entdecken.

»Da bin ich wieder. Wollen wir?« Joshua zeigte auf das Gebäude. »Weißt du was? Lass uns nachher in Ruhe über deine Großeltern sprechen. Du hast mich neugierig gemacht. Aber jetzt solltest du dich erst einmal unter einer heißen Dusche aufwärmen. Danach trinken wir eine Tasse Tee und unterhalten uns.« Er sah auf seine Armbanduhr und nickte. »Perfektes Timing, Eilidh hat sicher schon den Kessel auf dem Herd.«

Zielstrebig hielt er auf das Haus zu. Maighread lief neben ihm her. Sie öffnete ihren Mund und schloss ihn wieder, ohne dass sie etwas rausbrachte. Es hatte ihr schon wieder die Sprache verschlagen.

Merkwürdig, das passierte ihr sonst so gut wie nie, und Joshua hatte es in der kurzen Zeit, in der sie ihn kannte, schon mehrfach geschafft, sie sprachlos zu machen.

Wie konnte es sein, dass ein armer Schäfer in einem solchen Haus lebte? Nahm er sie auf den Arm?

»Macht es dir was aus, mit mir durch die Waschküche ins Haus zu gehen? Eilidh dreht mir den Hals um, wenn ich mit den dreckigen Hunden durch die Halle marschiere.« Er wirkte etwas verlegen.

Ob Eilidh seine Frau war? Vielleicht waren sie und Joshua im Haus angestellt? Diese Möglichkeit schien Maighread plausibel.

Sie hatte das Überraschungsmoment überwunden und konnte sich wieder artikulieren.

»Hauptsache, es wird wärmer«, antwortete sie. »Egal, durch welchen Eingang wir gehen.«

Er nickte und hielt ihr die Tür auf. »Willst du Molly selbst abtrocknen, oder sollen wir Eilidh bitten, sich um die Hunde zu kümmern?«, fragte er, kaum dass sie in dem geräumigen Wirtschaftsraum standen.

»Hast du ein Handtuch für mich? Ich mache das gern selbst.« Maighread konnte es zwar kaum erwarten, endlich unter die Dusche zu kommen, aber Molly ging vor. Sie würde sie nicht irgendeiner fremden Person überlassen, die sie noch nicht einmal gesehen hatte. Dankbar nahm sie das Handtuch entgegen, das Joshua ihr hinstreckte.

Die Tür öffnete sich, und eine Frau mit weißen Locken trat in den Raum.

»Ah, dann habe ich also richtig gehört, da bist du ja, Joshua. Junge, wie du aussiehst. Zieh sofort diese schlammigen Schuhe aus. Putz dir die Füße ab, der Dreck ist doch bestimmt in die Stiefel reingelaufen, so wie das geschüttet hat, und dann nichts wie ab mit dir unter die Du…« Jetzt hatte die Frau Maighread entdeckt. »Du hast Besuch mitgebracht! Ach du meine Güte, Kindchen. Sie sind ja ganz blau gefroren und klatschnass. Joshua, wie kannst du nur? Lässt das arme Ding hier erfrieren, anstatt dich um sie zu kümmern.« Energisch zog die Frau Maighread das Handtuch aus der Hand und fasste sie am Arm. »Lassen Sie nur, ich kümmere mich gleich um Ihren Hund. Erst einmal sind Sie dran.«

Molly wedelte mit dem Schwanz, als die Frau ihr kurz über den Kopf streichelte und sie hinter den nassen Ohren kraulte. »Wir zwei kommen schon klar miteinander, was, du Hübsche?«

»Eilidh, darf ich vorstellen: Das ist Maighread Robertson. Maighread, das ist Eilidh, die gute Seele von Callwell Castle.«

»Die gute Seele, die dir gleich die Ohren lang zieht, wenn du nicht machst, was ich dir gesagt habe. Du holst dir noch den Tod!«

Kapitel 7

Maighread

Der warme Wasserstrahl prickelte auf ihrer Haut, und ganz langsam kam das Gefühl in Händen und Füßen zurück. Maighread legte den Kopf in den Nacken und ließ sich das Wasser über das Gesicht prasseln. Sie drehte an dem Knopf, mit dem man den Sprühstrahl einstellen konnte. Nun hüllten Tausende weiche Tropfen sie in einen warmen Dunst. Noch nie hatte sie eine Dusche so sehr genossen wie in diesem Moment. Das Duschgel duftete zart nach Rosen und streichelte ihre Haut, als sie es verteilte.

Ihre Lebensgeister, die sich in den letzten Stunden immer weiter zurückgezogen hatten, reckten und streckten sich.

Lange stand Maighread in der geräumigen Kabine und genoss es, mit der Kälte auch den Frust und Ärger abspülen zu lassen. Als sie endlich das Gefühl hatte, wieder lebenstauglich zu sein, trat sie, das Handtuch als Turban um ihre nassen Locken gewickelt und in einen übergroßen Bademantel gehüllt, in das Gästezimmer, in das Eilidh sie gebracht hatte.

Sonnenzimmer, taufte Maighread den Raum, der sehr einladend eingerichtet war. Zwei bequeme Sessel mit sonnengelben Hussen luden zum gemütlichen Verweilen ein. Das große Himmelbett schien Maighread zuzuzwinkern.

Wie gern wäre sie einfach unter die Decke geschlüpft und hätte sich eingekuschelt. Doch das kam selbstverständlich nicht infrage.

Mit einem kleinen Seufzer auf den Lippen kramte Maighread den Pulli und die Socken aus ihrer Tasche und bedauerte, nicht auch eine Jeans eingepackt zu haben.

Doch dann stellte sie enttäuscht fest, dass der Regen auch die Ersatzkleidung komplett durchnässt hatte. Sie schauderte bei dem Gedanken, in die nassen Sachen steigen zu müssen.

Es klopfte.

»Herein«, rief Maighread und zog den Bademantelgürtel enger. Erleichtert erkannte sie Eilidhs weißen Lockenkopf. Joshua im Bademantel zu empfangen wäre ihr peinlich gewesen.

»Liebes, ich habe Ihnen ein paar trockene, warme Sachen zusammengesucht. Es ist nicht perfekt, aber für den Moment sollte es reichen.« Damit legte sie ein Bündel Kleidung auf die Kommode. »Manchmal zahlt es sich eben doch aus, wenn man die Dinge aufbewahrt. Joshua hat da mal reingepasst, aber das ist schon einige Jahre her.«

Ein zarter Lavendelgeruch umwehte Maighreads Nase. Offenbar hatte Eilidh Kräutersäckchen zwischen dem Stoff aufbewahrt, vermutlich als Mottenschutz. Wie gut, dass sie keine Mottenkugeln dazwischengepackt hatte, Lavendel duftete sehr viel angenehmer.

»Das riecht nicht nur gut, sondern beruhigt auch noch die Nerven«, sagte Eilidh, als hätte sie Maighreads Gedanken gelesen.

»Vielen Dank, Mrs. Eilidh. Ich bin wirklich froh, nicht die nassen Kleider anziehen zu müssen.«

»Eilidh, Kindchen. Einfach nur Eilidh. Also dann, jetzt hopp, anziehen. Der Tee steht bereit, das Feuer im Kamin prasselt, und Joshua ist auch schon unten.« An der Tür drehte sie sich noch einmal um. »Ihre Molly ist versorgt. Darf sie mit den anderen beiden Futter bekommen?«

»Wahrscheinlich frisst sie es nicht, sie ist etwas mäkelig. Aber wenn sie will, von mir aus gerne. Danke schön.«

Eilidh schenkte ihr ein warmes Lächeln, nickte, und weg war sie.

Nie hätte Maighread gedacht, dass ein Tag, der mit einem Streit mit ihrer Mum begonnen hatte und im weiteren Verlauf Unwetter und Autopanne für sie bereitgehalten hatte, so eine günstige Wende nehmen würde. Hatte der Regenbogen recht gehabt? Wurde nun alles gut?

Als Maighread daran dachte, dass die Begegnung mit ihren Großeltern nun nicht mehr lange hin war, flatterte es in ihrem Bauch.

Hoffentlich tat sie das Richtige. Wieder versuchte sie sich vorzustellen, wie die Situation aussehen würde. Sie wollte es irgendwie sanft gestalten, nicht mit dem Holzhammer in das Leben der beiden Menschen donnern, die ihre Familie waren. Aber wie könnte sie die beiden vorwarnen? Gab es eine sanfte Vorbereitung darauf, dass plötzlich eine Enkelin auftauchte?

Wie würde es sein? Würden sie ihre Enkeltochter in die Arme schließen und willkommen heißen? Oder reichte die Fehde, die offensichtlich zwischen ihrer Mum und ihren Großeltern bestand, über Generationen hinweg und betraf auch sie? Sie konnte es sich nicht vorstellen, aber hätte man sie vorab gefragt, hätte sie sich so einiges, was sie nun als Fakten annehmen musste, nicht vorstellen können.

Die Tatsache, dass ihre Mum nicht über den Bruch mit ihren Eltern sprechen wollte, nagte an Maighread. War es vielleicht doch etwas so Unaussprechliches, dass sie mit ihrem Auftauchen die Büchse der Pandora öffnete?

Trotz der Ansätze schlimmster Befürchtungen: Maighreads positives Gemüt behielt die Oberhand. Sie wollte diesen Menschen, die ihr verwandtschaftlich so nahstanden, nicht schon mit einem schlechten Gefühl gegenübertreten. Lieber stellte sie sich vor, wie ihr Großvater die Arme ausbreitete und sie an seine Brust drückte, während ihre Großmutter mit dem Schürzenzipfel ihre Glückstränen trocknete.

Dylan hatte sie bei solchen Gelegenheiten immer etwas herablassend »sein Naivchen« genannt. Er fand es besser, sich auf das Schlimmste vorzubereiten, dann war man seiner Meinung nach gewappnet.

Maighread dagegen fand es gesünder, immer vom Bestmöglichen auszugehen. Sollte es schlechter kommen als erwartet, musste sie sich dann eben damit arrangieren. Doch die Zeit bis dahin war zumindest mit positiven Gefühlen und Gedanken gefüllt.

Wenn sie so darüber nachdachte, war es kein Wunder, dass es mit ihr und Dylan nicht funktioniert hatte. Das war ihr bislang nie bewusst gewesen, vermutlich hatte sie es einfach nicht sehen wollen, aber im Grunde waren sie beide wie Feuer und Wasser.

Entschlossen stoppte Maighread die Gedankenflut und zog sich an. Die Jeans war zwei Nummern zu groß, doch mit dem Gürtel, den sie aus den Schlaufen ihrer eigenen Hose zog, ging es. Shirt und Pulli waren angenehm oversized, genau wie Maighread es liebte. Noch die kuschligen Wollsocken über die Füße gezogen, dann fühlte sie sich bereit für den Tee mit ihrem Retter.

Ihre feuchten Sachen legte sie zusammen und nahm sie unter den Arm.

Nach einem letzten prüfenden Blick, ob sie auch nichts vergessen hatte, schloss Maighread die Tür des Gästezimmers hinter sich und machte sich auf den Weg ins Wohnzimmer. Während sie den Flur entlanglief, betrachtete sie etliche Porträts.

Generationen der McLoughlins, vermutete sie. Wie es aussah, hatte ihr Gastgeber eine Familie mit langer schottischer Tradition.

»Ich weiß tatsächlich nicht, was zwischen meiner Mutter und meinen Großeltern vorgefallen ist«, beendete Maighread eine halbe Stunde später ihre Erzählung und nahm einen Schluck Tee. »Aber ich werde es herausfinden und alles dafür tun, dass es aus der Welt geschafft wird.«

Joshua, Eilidh und sie saßen in dem gemütlichen Wohnzimmer vor dem Kamin. Die Sessel in diesem Raum hatten dunkelblaue Hussen. Auf dem kleinen Tisch zwischen ihnen stand eine Etagere mit Gurkensandwiches und Scones. Selbstverständlich fehlten auch die Clotted Cream und Erdbeermarmelade nicht. Eilidh hatte noch Shortbread, Lemon-Curd-Pralinen und Dundee Cake aufgetischt.

Maighread hatte so viel gefuttert, dass sie versucht war, ihren Gürtel ein Loch weiter zu schnallen. Erschöpft lehnte sie sich zurück und genoss die Wärme des Kaminfeuers.

Joshua hatte noch einmal genau nachgefragt und die ganze Geschichte wissen wollen, und Maighread hatte erzählt. Jetzt kehrte die Müdigkeit zurück, die sie eine Weile verdrängt hatte. Wenn sie die Augen schloss, würde sie auf der Stelle einschlafen. Die Versuchung war groß.

Doch dann merkte sie, dass die Atmosphäre um sie herum sich verändert hatte. Die lockere Stimmung war einer bedrückten Stille gewichen.

Hatte sie etwas Falsches gesagt?

»Eine schlimme Geschichte«, sagte Joshua nun gedehnt. »So viel unnötiger Schmerz. So viel vertane Zeit. Maighread, es tut mir wirklich leid. Ich merke, wie sehr du dir wünschst, deine Großeltern kennenzulernen, aber …«

Er hielt inne und warf Eilidh einen Hilfe suchenden Blick zu. Die verstand seine Not und übernahm es, weiterzusprechen.

»Maighread, es tut mir in der Seele weh, aber …« Sie holte tief Luft und seufzte. Dann stand sie auf und nahm Maighreads Hand in die ihre. »Liebes, dein Großvater ist letztes Jahr gestorben.«

In Maighreads Ohren dröhnte es. Sie wollte nicht glauben, was Eilidh ihr offenbarte.

Dankbar nahm sie das Taschentuch an, das Eilidh ihr hinhielt. Sie hatte keine Kraft mehr, sich zu kontrollieren, und ließ den Tränen freien Lauf.

***

»Und ich soll dich wirklich nicht fahren?«

Joshua sah kurz über den gedeckten Tisch zu Maighread hinüber und widmete sich dann wieder seinem Frühstück. Zwei Scheiben Toast mit Rührei und ein paar Würstchen hatte er bereits verdrückt und offensichtlich einen gesegneten Appetit, denn er stapelte sich gut gelaunt weitere drei Würstchen auf seinen Teller.

Maighread stocherte in ihrem Porridge herum, von dem sie noch nicht einmal gekostet hatte, und schüttelte den Kopf. »Das Angebot ist wirklich nett, aber das Wetter ist wunderbar, und das kleine Stück zu Fuß wird mir guttun.«

Sie hatte die Gastfreundschaft der McLoughlins wahrlich genug strapaziert. Nachdem sie am Abend vorher in Tränen ausgebrochen war und auch der Regen nicht mehr nachgelassen hatte, hatte Eilidh Maighread beinahe gezwungen, im Sonnenzimmer zu übernachten und sich erst am Morgen auf den Weg in den Ort zu machen.

Abgesehen davon hatte Maighread die Hoffnung, dass die Bewegung ihr vielleicht half, etwas von der in ihr tobenden Aufregung loszuwerden. Sie wollte jeden einzelnen Schritt nutzen, um den notwendigen Mut aufzubauen, den sie nachher benötigen würde.

Den Schock über die Neuigkeiten hatte sie längst noch nicht überwunden, und bei dem Gedanken an das Zusammentreffen, das ihr bevorstand, zog sich der Knoten in ihrem Bauch noch fester zusammen.

Wie würde ihre Großmutter reagieren?

Eilidh schenkte ihr Tee nach und musterte Maighread besorgt.

»Alles in Ordnung, meine Liebe?« Im nächsten Moment schüttelte sie den Kopf, dass ihre weißen Locken flogen. »Nein, natürlich nicht. Ich bin ein dummes Huhn.« Sie tätschelte Maighread aufmunternd den Rücken. »Nichts ist so schlimm, wie es auf den ersten Blick wirkt. Das wird schon. Ganz bestimmt! Kopf hoch, Kindchen.«

Maighread lächelte die Haushälterin dankbar an.

Sie spürte, wie ihre Lippe zitterte, aber sie kämpfte verbissen gegen die Tränen an. Sie war sonst auch keine Heulsuse, und sie hatte nicht vor, hier am Loch Lomond eine zu werden. Ganz egal, wie viele Haken das Schicksal noch zu schlagen gedachte.

Um sich zu beruhigen und auch um Molly zu zeigen, dass alles in Ordnung war, beugte sie sich zu ihrer Hündin hinunter, die zu ihren Füßen unter dem Tisch lag, und kraulte sie hinter den Ohren. Bonny und Lennox hatten es sich zu Joshuas Füßen bequem gemacht.

Nachdem Maighread das zittrige Gefühl niedergezwungen und den Kloß in ihrem Hals hinuntergeschluckt hatte, kam sie wieder hoch und straffte ihre Schultern.

»Vielen Dank, dass ich auf Callwell Castle übernachten durfte. Das Gästezimmer ist ein Traum, und dieses Himmelbett ist einfach nur wundervoll«, sagte sie. Sie war froh, dass ihre Stimme fest und klar klang. »Eure Gastfreundschaft war wirklich meine Rettung. Ich hätte nicht gewusst, was ich sonst hätte tun sollen. Vermutlich hätten Molly und ich frierend im Auto übernachtet.«

»Und hättet euch womöglich den Tod geholt! Was für ein Glück, dass Joshua euch gefunden hat«, sagte Eilidh. »Dafür haben wir doch schließlich Gästezimmer. Du hättest umgekehrt sicher genau das Gleiche getan. Wir Schotten sind nun mal ein gastfreundliches Volk. Und wenn einer der Unseren in Not ist, dann stehen wir zusammen. Ohne Wenn und Aber.«

»Da hörst du es.« Joshuas Mundwinkel gaben wieder einmal das in ihnen wohnende Lächeln frei, und auf seinen Wangen bildeten sich die Grübchen, die Maighread merkwürdigerweise schon sehr vertraut waren. »Und wo Eilidh recht hat, da hat sie recht.«

»So ist es.« Die Haushälterin nickte zufrieden. »Merk es dir nur, ansonsten werde ich dich bei Gelegenheit daran erinnern«, stichelte sie in Joshuas Richtung und zog ihn kurz am Ohr. Es war offensichtlich, wie sehr sie ihn ins Herz geschlossen hatte.

Maighread spürte einen Stich.

Würde sie irgendwann mit ihrer Großmutter auch so vertraut sein? Wobei Eilidh noch nicht einmal zur Familie gehörte, zumindest nicht im offiziellen Sinn.

Die Erinnerung an die vielen verlorenen Jahre tat weh, auch wenn Maighread sich bemühte, diese Gefühle gar nicht erst hochkommen zu lassen.

Es lohnt sich nicht, um vergossene Milch zu weinen. Das war einer von Lindsays Lieblingssprüchen. Maighread konnte nicht mehr zählen, wie oft ihre Mum ihn ihr gepredigt hatte. Und es war ja richtig. Daran änderte auch ihre momentane Wut auf ihre Mutter nichts. Die Milch war verschüttet, das ließ sich nicht mehr ändern. Alles Grübeln brachte in diesem Punkt nichts, dann konnte sie es auch sein lassen.

Lieber richtete sie ihre Energie auf die Gegenwart und die Zukunft. Die konnte sie beeinflussen – oder es zumindest versuchen. Und genau das würde sie auch tun.

»Du bist wirklich ein Schatz, Eilidh. Aber für mich ist eure Gastfreundschaft überhaupt nicht selbstverständlich, und ich bin euch sehr dankbar.« Bevor Eilidh erneut widersprechen konnte, wandte Maighread sich Joshua zu. »Euch beiden.«

Er hatte es sich gestern Abend nicht nehmen lassen und war in Dunkelheit und Regen noch mal losgefahren, um Maighreads Gepäck aus dem Auto zu holen.

Trotz ihres Protestes war sie sehr froh gewesen, später in ihren eigenen Pyjama schlüpfen zu können.

Nachdem sie todmüde in das wundervolle Himmelbett gesunken war, das ihr schon nach ihrer Dusche einladend zugezwinkert hatte, konnte Maighread dennoch nicht schlafen.

Zu viele Gedanken und zu viele Gefühle hatten ihre Kreise in Maighread gezogen. Sie hatte sich von rechts nach links und von links nach rechts gewälzt und irgendwann ziemlich entnervt aufgegeben.

Molly hatte ungerührt von Maighreads Unruhe am Fußende des Bettes gelegen und leise geschnarcht. Zwischendurch hatten ihre Pfoten gezuckt. Vermutlich war sie im Traum mit ihren neuen Freunden über die Wiese gesaust und hatte Schafe gehütet.

Dank Joshuas Einsatz hatte Maighread nicht nur ihre Kleidung, sondern auch die Tasche mit ihren Stricksachen bei sich gehabt und konnte sich in ihre geliebte Handarbeit flüchten.

Eingekuschelt in die flauschig weichen Kissen und Decken, die Wärmflasche im Rücken, die Eilidh ihr ins Bett gelegt hatte, hatte sie an ihrem Schultertuch mit Strukturmuster gearbeitet. Das Tuch hieß *Misty Meadow*, nach einem Design von Juliana Yeo. Die Anleitung hatte sie im Onlineshop der West Yorkshire Spinners gefunden und sich spontan in Form und Farben verliebt.

Es hatte Maighread gutgetan, sich auf die Maschen zu konzentrieren. Dass sie immer wieder hatte zählen und prüfen müssen, hatte ihr dabei geholfen, die Sorgen und Ängste für eine Weile beiseitezuschieben. Das leise Klackern der Nadeln war wie zarte Musik gewesen. Die weiche Wolle auf der Haut hatte sich angefühlt wie sanftes Streicheln.

Runde um Runde hatte Maighread sich vorangestrickt und dabei ihre Nerven langsam zur Ruhe gebracht.

Gegen vier Uhr morgens hatte sie den zweiten Abschnitt mit dem Katzenpfötchenmuster beendet, das Strickzeug zur Seite gelegt und versucht, doch noch etwas zu schlafen.

Leider hatte ein Schaf in einem humpelnden Rennwagen, das mit wehenden Locken über die Wiese flog und über Zäune setzte, als gäbe es keine Hindernisse, die es bremsen konnten, sie bereits um sechs Uhr wieder hochschrecken lassen.

Was für ein wilder und total verrückter Traum.

Schnell kam Maighread aus der Erinnerung wieder in die Gegenwart und lenkte ihre Gedanken zu Joshua, der noch immer genüsslich sein Frühstück in sich hineinschaufelte. Die Menge, die er verdrückte, würde Maighread eine Woche reichen.

Sie sah ihm direkt in die Augen und entdeckte wieder diese goldenen Punkte. Für einen Moment trafen sich ihre Blicke und schienen zu verschmelzen.

Maighread spürte eine Sehnsucht in sich brennen, die sie so noch nie erlebt hatte. Was hatte dieser Mann an sich, was sie so berührte? Sie hatte kein Interesse an einem Flirt, wieso flatterte dann ihr Herz?

Im nächsten Moment erlosch das Funkeln des Goldes. Joshua löste die Verbindung.

»Kein Problem«, sagte er.

Seine Stimme hatte die Weichheit verloren und klang rau. Obwohl er nichts Unhöfliches gesagt hatte, kratzten die Worte wie Schmirgelpapier auf Maighreads Haut.

Was war das denn?

Im ersten Moment verstand sie gar nicht, was er meinte. Dann wurde ihr klar, dass er sich auf ihren Dank bezog.

Maighread sah verwirrt auf ihren Porridge, der noch immer darauf wartete, von ihr gegessen zu werden.

Hatte sie sich diesen Moment nur eingebildet, oder war da wirklich etwas gewesen? Und wieso wirkte Joshua mit einem Mal, als hätte er einen Zaun aus Maschendraht um sich herumgezogen?

War sie ihm zu nahegetreten? Doch womit? Sie hatte sich doch einfach nur bedankt.

Als Eilidh aufstand und in die Küche ging, breitete sich zwischen Maighread und Joshua eine merkwürdig angespannte Gesprächspause aus. Jeder starrte auf seinen Teller und bemühte sich, dem Blick des anderen auszuweichen.

Joshua räusperte sich, rückte auf dem Stuhl ein Stück nach vorne und fühlte sich offensichtlich ebenso unbehaglich wie Maighread.

Als wäre er plötzlich in Eile, schob Joshua sich mit einer schnellen Bewegung das letzte Stück Würstchen in den Mund, kaute hastig und schluckte.

»Dann will ich mal.« Schon stand er auf. »Ich muss ohnehin nach Glasgow. Wenn es dir recht ist, besorge ich einen neuen Reifen und kümmere mich um deinen Wagen.«

Bonny und Lennox sprangen auf und wollten mit, doch Joshua schüttelte den Kopf. »Ihr bleibt bei Eilidh, bei dem Meeting würdet ihr euch nur langweilen.«

Mit einem Schnaufen ließ Lennox sich wieder auf den Boden plumpsen. Bonny überlegte einen Moment, dann tat sie es ihrem Bruder gleich.

Joshua streckte Maighread die Hand hin.

»Viel Erfolg nachher.«

»Danke.«

Er verzog seine Lippen, doch es war ein gebrochenes Lächeln ohne Seele. Die Wärme, die sie von Beginn an so gerne an ihm gemocht hatte, fehlte.

Was war denn nur mit ihr los? Wo kamen diese lächerlich poetischen Gedanken her? Was kümmerte es sie, ob Joshua nun warmherzig war oder nicht?

Er half ihr, sie war dankbar. Fertig.

Mehr Berührungspunkte gab es nicht, und mehr stand auch nicht auf dem Plan. Sie hatte wahrlich genug damit zu tun, ihr Leben wieder in den Griff zu bekommen.

So gesehen sollte Maighread sogar froh sein über die Grenze, die er zog. Seine warmherzige Art hatte sie merkwürdig schwach gemacht. Wenn er sie ansah, mit diesen goldenen Sprenkeln in den Augen und dem Lächeln in den Mundwinkeln, dann fühlte sie eine ungute Sehnsucht, sich in seine Arme zu flüchten und halten zu lassen. Dabei hatte ihr Freund sie gerade erst bitter enttäuscht und zum Teufel gejagt. Ihr Bedarf an Männern war gedeckt. Außerdem hatte sie sich noch nie in die Arme eines Mannes geflüchtet und an dessen Schulter Schutz gesucht.

Was also sollten diese merkwürdigen Anwandlungen?

Da war etwas Distanz auf jeden Fall die bessere Lösung.

Andererseits hatte Maighread auch noch nie einen Mann

mit derart breiten und Geborgenheit versprechenden Schultern kennengelernt. Und sie hatte sich noch nie derart verloren und klein gefühlt wie in der jetzigen Situation. Kein Wunder also, dass sie so ungewohnte Bedürfnisse verspürte. Keinesfalls wollte sie das überbewerten und stattdessen seine deutlichen Signale respektieren und Abstand wahren. Sobald Bob wieder fahrtüchtig war, würde sie ihre Sachen ins Auto packen, und Joshua hätte wieder seine Ruhe.

In diese Gedanken versunken, sah sie ihm noch hinterher, als er die Tür längst hinter sich geschlossen hatte.

Schluss mit der Tagträumerei!, rief sie sich selbst irgendwann zur Ordnung.

Entschlossen schob Maighread den Stuhl zurück und stand auf. Sie nahm das Tablett von der Anrichte, stapelte das Frühstücksgeschirr darauf und brachte es zu Eilidh in die Küche. Molly, die jede von Maighreads Bewegungen aufmerksam verfolgte, kam unter dem Esstisch hervor und lief schwanzwedelnd hinter ihrem Frauchen her. Bonny und Lennox schlossen sich an.

»Das musst du doch nicht«, protestierte Eilidh und nahm Maighread umgehend das schwere Tablett aus der Hand.

»Doch, das gehört dazu. Danke für das Frühstück«, sagte Maighread. »Ich werde jetzt aufbrechen. Es ist wirklich in Ordnung, dass Molly hierbleibt?«

»Sie fühlt sich wohl hier und spielt mit unseren beiden Lausern. Mach dir keine Gedanken, Liebes. Ich passe auf deine Molly auf, und du kümmerst dich um dich.«

»Ich beeile mich.«

»Untersteh dich!« Eilidh fuchtelte mit dem Zeigefinger vor Maighreads Nase herum. »Meinetwegen kannst du auch erst abends zurückkommen. Molly und ich kommen bestens klar, und genug Futter, um deine Kleine satt zu bekommen, habe ich allemal. Also, jetzt ab mit dir. Und wehe, du kommst zu früh zurück. Wenn du willst, kannst du auch anrufen. Joshua holt dich gern ab.«

Einem Impuls folgend beugte Maighread sich vor und gab der Haushälterin einen Kuss auf die Wange.

Von sich selbst überrascht, löste sie sich schnell wieder von der Älteren, erkannte an der sanften Rötung, die nun ihr Gesicht überzog, aber sofort, dass die sich über die Geste freute. Dennoch ließ Eilidh gar nicht erst zu, dass sie in einen Gefühlstaumel gerieten. Resolut schob sie Maighread zur Tür hinaus.

»Ab mit dir«, sagte Eilidh betont forsch und rief Maighread nach ein paar Schritten noch hinterher: »Viel Glück!« Dann schloss sie die Tür.

Kapitel 8

Elisabeth

Erschöpft kippte Elisabeth Robertson Abschnitte und Blätter auf den Kompost und stellte Eimer samt Rechen und Rosenschere in den Schuppen. Mit dem Ärmel ihres Pullovers wischte sie sich die grauen Haare aus der Stirn und schlurfte die Rabatte entlang auf das Haus zu.

Sie hatte wieder einmal schlecht geschlafen und fühlte sich wie gerädert. Doch nach dem Sturm und den enormen Regengüssen am Vortag hatte ihr der Garten keine Ruhe gelassen. Sie konnte nicht gemütlich drinnen am Tisch sitzen, wenn ihre Blumen draußen litten. Also war sie aller Abgeschlagenheit zum Trotz hinausgegangen, um etwas Ordnung zu schaffen.

Den Glanz früherer Zeiten hatte der Garten längst verloren. Vor Jahren waren oft Besucher vorbeigekommen, um ihr kleines Paradies zu bewundern. Doch Elisabeth alleine schaffte es nicht, alles instand zu halten und zu pflegen. In einigen Beeten wucherten Stauden und Wildkräuter und breiteten sich aus, ohne dass eine Gärtnerhand sie bändigte.

Doch auch wenn vieles nicht mehr Elisabeths früheren Ansprüchen genügte, legte sie immer noch Wert darauf, ihre geliebten Rosen zu hegen. Sie waren alles, was ihr geblieben war.

Jetzt war zumindest ein Teil der abgeknickten Triebe geschnitten und die meisten der heruntergefallenen Blätter und Äste aufgesammelt.

Ein paar der abgebrochenen Blüten hatte sie zur Seite gelegt. Die würde sie in einer Vase auf den Küchentisch stellen. Der liebliche Duft der Rosen war Balsam für ihre rau gewordene Seele.

Es war gut, dass das Wetter sich beruhigt hatte, doch so wie Elisabeths rechte Hüfte schmerzte, würde der nächste Herbststurm nicht lange auf sich warten lassen.

Ihre müden Knochen ächzten, dabei war sie nur eine Stunde im Garten gewesen.

»Guten Morgen, Elisabeth«, trällerte es von der Straße zu ihr herüber.

Henry hatte die Gartenpforte geöffnet und kam mit der Posttasche über der Schulter auf Elisabeth zu. Sie blieb stehen und sah ihm entgegen.

Bei seinen schwungvollen Schritten kam man im ersten Moment nicht auf die Idee, dass er bereits stramm auf die Fünfundsechzig zusteuerte und demnächst in Rente gehen wollte. Erst wenn man einen Blick auf sein wetterzerfurchtes Gesicht und auf die unzähligen Falten warf, die sich um Augen und Mund herum eingenistet hatten, ahnte man, dass er nicht mehr vierzig war.

Der Postbote blieb vor Elisabeth stehen. Er hob den Blick zum Himmel, schirmte die Augen mit der Hand ab und blinzelte in das helle Blau.

»Heute scheint das Wetter friedlicher gestimmt. Sieht aus, als würde es zur Abwechslung mal wieder ein sonniger Tag werden.«

Doch damit brauchte er Elisabeth nicht zu kommen. Sie und ihre Hüfte wussten es besser.

»Freu dich nicht zu früh, der nächste Regen wird nicht lange auf sich warten lassen«, antwortete sie deshalb mürrisch.

Henry grinste.

»Gut gelaunt wie immer, meine Liebe?«, neckte er sie gutmütig und zwinkerte ihr zu.

Ohne ihre Antwort abzuwarten, drückte er Elisabeth eine Werbebroschüre und einen Brief in die Hand, wandte sich um und eilte auch schon wieder den Weg entlang Richtung Straße. An der *Lady Emma Hamilton* blieb er kurz stehen. Er nahm einen der vollen orangefarbenen Blütenköpfe in die Hand, beugte sich darüber und schnupperte.

»Himmlisch, Elisabeth, dieser Duft! Ich liebe deine Lady!« Dann ging er weiter und rief »Schönen Tag noch!«, als er das Gartentürchen hinter sich zuzog.

Sie hörte ihn zufrieden summen, als er sich auf den Weg zum Nachbarhaus machte.

»Pah! Von wegen schöner Tag. Ist doch einer wie der andere«, murmelte Elisabeth mehr zu sich selbst.

Seine Frotzelei von wegen gut gelaunt durfte dieser Grünschnabel sich gerne schenken. Sie hatte Henry schon gekannt, da hatte er noch in die Windeln gemacht. Sollte er erst mal in ihr Alter kommen und erlebt haben, was sie durchgemacht hatte, dann konnte er sich über ihre Launen lustig machen.

Trotzdem hatte ihr die kurze Begegnung gutgetan.

Vielleicht war es gerade das, was sie wurmte? Henry mit seinem sonnigen Gemüt ließ ihre Stacheln schmelzen, als wären es Eiszapfen vor einem im Kamin brennenden Feuer. Ohne ihren stachligen Panzer fühlte Elisabeth sich schutzlos und unbehaglich.

Sie wusste, dass sie wegen ihrer Muffelei ihren Ruf im Dorf weghatte, doch das war ihr egal.

Seit letztem Sommer war sowieso alles egal.

Elisabeth trat in den Hausflur und schloss die Tür hinter sich. Mit zusammengezogenen Augenbrauen betrachtete sie den

Umschlag, den Henry ihr in die Hand gedrückt hatte. Es war die Stromrechnung – die hätte er gern behalten können. Diese Aasgeier wollten doch immer nur mehr und mehr, als hätte sie einen Goldesel in der Abstellkammer stehen.

Auch der Werbeflyer hob ihre Laune nicht.

Was die Supermärkte alles anboten, brauchte doch kein Mensch. All dieser unnötige Krimskrams – noch dazu in einer erbärmlichen Qualität. Was bitte schön sollte von einem Pullover für unter zwanzig Pfund für eine Qualität zu erwarten sein? Einmal gewaschen, und man hatte einen Fetzen, der nicht einmal mehr als Putzlappen taugte.

Doch anscheinend hatten die Menschen heutzutage keinen Verstand mehr. Sie kauften nur, weil etwas billig war, und warfen die Dinge kurz darauf weg, weil sie schneller kaputtgingen, als man sie auspacken konnte.

Und dann wurde neu gekauft – natürlich wieder billig.

Die Menschen waren so dumm, sie merkten gar nicht, dass sie an der Nase herumgeführt wurden. Dabei war es doch offensichtlich. Für derart kleines Geld konnte man noch nicht einmal die Wolle für einen Pullover bekommen – von der Arbeitszeit ganz abgesehen.

Verächtlich schmetterte Elisabeth das Prospekt in die Papiertonne. Sie versorgte die Rosen, die sie mit hereingebracht hatte, suchte eine hübsche Vase für sie heraus und setzte den Wasserkessel auf den Herd.

Eine Tasse Tee würde ihr guttun.

Während das Wasser warm wurde, nahm Elisabeth den Umschlag mit der Rechnung wieder zur Hand und ging ins Wohnzimmer. Dort hatte sie neben dem Sideboard einen kleinen Sekretär stehen.

In einem Ordner sammelte sie alle Unterlagen, die das Haus betrafen. Sie würde die Rechnung mit der des letzten

Jahres vergleichen und Widerspruch einlegen, wenn es ihr zu hoch erschien. So leicht ließ sie sich nicht über den Tisch ziehen, auch wenn sie eine alte Frau war. Die Welt glaubte doch ohnehin, mit den Alten könne man alles machen.

Das leichte Zittern ihrer Hände, als sie den Umschlag öffnete, ärgerte Elisabeth. Alt zu werden war wirklich nichts für Schwächlinge.

Wieder einmal beneidete sie die anderen Alten aus ihrer Nachbarschaft, denen es so gar nichts auszumachen schien, tüdelig zu werden. Für Elisabeth war es ein Graus.

Jedes Zittern, jeder unsichere Schritt schürte die Wut, die in ihr loderte. Die viel gepriesene Altersgelassenheit konnte ihr gestohlen bleiben. Sie wollte nicht gelassen sein, sie wollte ihre Kraft behalten und ihre Eigenständigkeit.

Elisabeth lebte allein. Was, wenn sie eines Tages nicht mehr konnte? Wenn aus dem leichten Zittern, der kleinen Schwäche, irgendwann ein »Es geht nicht mehr« wurde?

Diese Angst hatte sich mit scharfen Krallen in ihrer Seele festgeklammert und machte Elisabeths Einsamkeit nur noch schlimmer. An manchen Tagen drohte sie sie zu ersticken. Lieber wollte sie sterben, als irgendwann in ein Heim zu gehen.

Das Leben hatte Elisabeth bitter enttäuscht. Alle Menschen, die ihr lieb gewesen waren, hatten sie im Stich gelassen. Aus diesen Erfahrungen heraus war in Elisabeth die Überzeugung gewachsen, dass es sich nicht lohnte, einem anderen sein Herz zu schenken. Am Ende blieb man immer nur alleine und traurig zurück.

Und von den Nachbarn brauchte sie auch nichts zu erwarten – das wollte sie aber auch überhaupt nicht. Die sollten sie mal schön in Ruhe lassen, das war besser für alle.

Sie wusste sehr wohl, dass sie in ganz Callwell als streitsüchtig und unbeherrscht galt. Sogar die Menschen, die sich früher ihre Freunde genannt hatten, mieden inzwischen den Umgang mit ihr. Es kam kaum noch jemand freiwillig auf eine Tasse Tee vorbei.

Elisabeth schnaubte unwillig. Alles Heuchler!

Sie sollten bleiben, wo der Pfeffer wuchs. Sie wollte nichts mehr von der Welt und deren Bewohnern wissen. Zu sehr hatte das Leben sie gestraft – wieder und immer wieder.

So viele Träume, so viele Pläne und Sehnsüchte hatte sie gehabt. Immer hatte sie an das Gute geglaubt, daran, dass sich alles fügen würde. Geblieben war ihr nichts außer Einsamkeit und Verbitterung.

Und diese Deppen im Dorf regten sich auf, weil sie unbeherrscht war? Pah! Sie pfiff auf alle. Sollten sie sich ruhig die Mäuler zerreißen.

Das zweistimmige Pfeifen des Wasserkochers riss Elisabeth aus ihren düsteren Gedanken. Mühsam erhob sie sich und schleppte sich in die Küche. Kurz war sie versucht, das Wasser einfach zur Seite zu stellen und noch einmal ins Bett zu kriechen. Aber sie schob den Gedanken wieder weg. Sie durfte der Schwäche keine Macht über sich geben.

Entschlossen goss sie den Tee auf, nahm Kanne und Tasse mit ins Wohnzimmer und platzierte alles auf dem kleinen Tisch, der an ihrem dunkelroten Ohrensessel neben dem Kamin stand. Dort lag auch ihr Strickzeug griffbereit.

Nachdem sie das Feuer geschürt hatte, ließ sie sich in das Polster sinken. Erschöpft legte sie den Kopf zurück und schloss für ein paar Minuten die müden Augen.

Die kurze Pause tat ihr gut.

Nachdem sie sich etwas erfrischt fühlte, nahm sie den Kinderpullover zur Hand, an dem sie seit zwei Tagen arbeitete.

Sie hatte sich für ein Fair-Isle-Muster in Braun und Gelb entschieden. Die Vorstellung, Kindern eine Freude zu machen, denen es von Hause aus nicht sehr gut ging, besänftigte ihren Zorn auf die Welt ein wenig.

Mochte sie die Menschen um sich herum noch so sehr wegbeißen, eine Misanthropin hatte das Schicksal nicht aus ihr gemacht, und das würde ihm auch in Zukunft nicht gelingen. Egal, welche Gemeinheiten es ihr noch vor die Füße werfen würde.

Schon in ihrer Jugend hatte Elisabeth sich dem *National Federation of Women's Institute* angeschlossen. Genau wie vorher ihre Mutter. Seither strickte sie regelmäßig für einen guten Zweck.

Als junge Frau hatte sie es geliebt, die außergewöhnlich zarten und filigranen Shetland-Lace-Tücher herzustellen. Sie war immer stolz gewesen, wenn eines ihrer Hochzeitstücher durch einen Ehering gezogen werden konnte. Das war der Anspruch, den es zu erfüllen galt. So zart musste ein Tuch sein, um der Tradition nach als Hochzeitstuch anerkannt zu werden.

Diese Tücher hatte sie dem Women's Institute gestiftet. Auf verschiedenen Basaren bot die Frauenvereinigung die Spenden ihrer Mitglieder, die nicht direkt an Arme verteilt wurden, zum Kauf an. Der Ertrag wurde dann auch wieder für Bedürftige verwendet.

Heute konnte Elisabeth derart feine Arbeiten längst nicht mehr fertigen. Ihre Augen machten das nicht mehr mit, ebenso wenig wie ihre Hände oder ihr Kopf. Vermutlich hätte sie auch die Geduld nicht mehr, die man für solche Kunstwerke brauchte.

Trotzdem liebte sie es, weiterhin zu stricken. Ihre Leidenschaft für Wolle war ungebremst, und Bedarf herrschte auf der Welt mehr denn je. Dicke Schals, Handschuhe und Wollmützen waren immer gefragt.

In den Anfängen ihrer ehrenamtlichen sozialen Arbeit waren es Kriegsflüchtlinge und Kriegsgeschädigte gewesen, die Unterstützung brauchten. Weitere Hilfsprojekte waren gefolgt. Hatte man ein Loch gestopft, zeigten sich sofort viele andere.

Was war nur mit der Welt los?

Wie konnte es sein, dass sich manche Menschen die gebratenen Trüffel in den Schlund stopften, während andere sich nicht einmal Haggis leisten konnten?

Während ihre Hände die Nadeln hielten und die Finger den Faden durch jahrzehntelange Übung sicher führten, ließ Elisabeth ihre Gedanken wandern und schüttelte ein ums andere Mal den Kopf über das Elend um sie herum.

Und dann wunderten sich die Menschen im Ort, wieso sie immer verbitterter wurde. Sollte ihr einer einen Grund sagen, der ein Lachen rechtfertigte. Sie jedenfalls wusste keinen.

Die Glocke der Haustür ließ Elisabeth vor Schreck zusammenfahren. Verwundert hob sie den Kopf und lauschte dem Klang einen Moment nach.

Wer konnte um diese Zeit etwas von ihr wollen? Hatte sie sich das Geräusch nur eingebildet?

Ein erneutes Klingeln brachte Bewegung in ihre müden Glieder. Sorgfältig, damit keine Maschen verloren gingen, legte Elisabeth das Strickzeug auf den kleinen Tisch. Sie stand auf und hielt sich dabei die schmerzende Hüfte. Hoffentlich hatte derjenige, der sie aus dem Sessel zwang, einen guten Grund.

Als sie endlich an der Haustür war und öffnete, schnappte Elisabeth vor Überraschung nach Luft.

Bevor ihr Verstand es begreifen konnte, wusste ihr Herz, wer ihr gegenüberstand. Ein paar Sekunden blieb sie wie vom Donner gerührt stehen.

Zuerst fürchtete sie, in Ohnmacht zu fallen, doch dann siegte ihre Selbstbeherrschung. Nur das Flattern ihres rechten Augenlids verriet den Sturm, der in ihr wütete. Wenn sie Glück hatte, würde ihr Gegenüber das nicht bemerken.

»Ja bitte?«, fauchte sie, als sie wieder in der Lage war zu sprechen. Dabei war sie sorgsam darauf bedacht, all ihre Stacheln aufgestellt zu haben.

Die junge Frau vor ihrer Haustür öffnete den Mund und schloss ihn wieder, ohne etwas gesagt zu haben.

Ihre Lippen zitterten.

Elisabeth sah, dass in den grünen Augen Tränen schwammen. Sie las Angst, Verzweiflung und Hoffnung in ihnen. Doch sie stand nur da und tat nichts, um der Frau den nächsten Schritt zu erleichtern.

Ihr Gegenüber versuchte sich an einem Lächeln, doch es wirkte seltsam verrutscht. Noch einmal holte die junge Frau tief Luft. Dann straffte sie die Schultern und warf ihre dunklen Locken nach hinten.

»Guten Tag, Grandma. Ich bin Maighread.« Sie streckte ihr die Hand entgegen und sah ihr fest in die Augen. Dann fügte sie hinzu: »Ich weiß nicht, ob du weißt, dass es mich gibt, aber ich bin deine Enkeltochter.«

Kapitel 9

Maighread

Fünf mal war sie bereits an dem Haus vorbeigegangen und hatte nicht den Mut gefunden zu klingeln. Noch immer kämpfte sie gegen ihren Fluchtinstinkt an. Auch wenn Eilidh ihr versichert hatte, dass Elisabeth Robertson eine sehr robuste Person sei, die so schnell nichts aus der Bahn werfen konnte, hatte Maighread noch immer Bedenken.

Wer konnte schon voraussehen, was so ein Schock auslösen würde? Für einen Herzinfarkt verantwortlich zu sein war so ziemlich das Letzte, was Maighread wollte.

Vielleicht wäre es doch besser gewesen, zuerst eine Nachricht zu schreiben? Aber das war so unpersönlich, alles in Maighread sträubte sich dagegen, sie wollte dabei sein, wenn ihre Grandma erfuhr, dass es sie gab. Letztlich konnte auch die Schriftform an der Dramatik nichts ändern.

Die Nachbarin war bereits misstrauisch geworden. Während sie bei offenem Fenster in ihrer Küche Gemüse schnippelte, ließ sie Maighread nicht aus den Augen.

War es richtig, was sie tat? Immer wieder dieselbe Frage. Noch konnte sie umdrehen. Sie könnte sich ein Zimmer suchen und sich langsam an ihre Großmutter herantasten, so wie sie es ursprünglich geplant hatte.

Nein, korrigierte sie sich selbst, das war nicht mehr möglich – nicht nachdem sie Eilidh und Joshua erzählt hatte, wer sie war. Sie konnte und wollte die beiden nicht in die Geschichte hineinziehen. Wie sollte sich Eilidh denn verhalten, wenn sie ihrer Großmutter beim Einkaufen über den Weg lief? So tun, als sei nichts? Die alte Frau anlügen? Oder sie würde sich am Ende vielleicht verhaspeln und versehentlich zwischen dem Kauf von einem Pfund Kartoffeln und ein paar Zwiebeln etwas verraten, was Elisabeths Leben erschüttern würde.

Nein – der Stein rollte und ließ sich nicht mehr aufhalten. Sie musste sich der Situation stellen – und zwar jetzt. Wenn sie noch länger wartete, hätte sie vielleicht nicht mehr den Mut.

Genau aus diesem Grund gab es nur eine Richtung – vorwärts.

Zu viel hatte sie bereits versäumt. Es gab jetzt schon zu vieles, was nicht mehr nachgeholt werden konnte.

Maighreads Herz pochte, als wäre sie den Weg von Callwell Castle bis in die Rosewood Street gejoggt. Tatsache war aber, dass sie den Schneckengang eingelegt hatte. Aus den von Eilidh geschätzten zwanzig Minuten Fußmarsch war fast eine Stunde geworden.

Aber sie musste zugeben, dass es nicht nur an ihrem Zögern gelegen hatte. Hier in dieser Gegend war ihre Mutter aufgewachsen, dieses Wissen war sehr berührend. Und so hatte Maighread sich den kleinen Umweg zum Ufer des Loch Lomond gegönnt und war einen Moment dort stehen geblieben. Sie hatte dem Plätschern des Wassers gelauscht, den Tanz der Wellen beobachtet und sich Lindsay als Kind vorgestellt. Ihren spärlichen Erzählungen nach hatte sie hier am See eine sehr glückliche Kindheit erlebt.

Auch der Garten, in den Maighread jetzt von der Straße aus hineinsah, musste einmal wunderschön gewesen sein – im Moment wirkte er der Jahreszeit entsprechend etwas trist, und insgesamt schien es, als käme die Gärtnerin nicht ganz mit der Pflege hinterher.

Ein paar einzelne Rosenblüten trotzten Kälte und Wind und brachten Farbtupfer in die Beete. Wie bunt leuchtende Hoffnungsfunken in der Dunkelheit, ging es Maighread durch den Kopf. Durfte sie hoffen? Wollten die Rosen ihr ein Zeichen geben?

Ihre Gedanken sprangen wild umher und ließen ein Kaleidoskop von Bildern, Eindrücken und Emotionen in ihr entstehen.

Als ihr wieder bewusst wurde, wie wenig sie von ihrer Mutter wusste, schnaubte sie unwillig. Lindsay hatte nie mit ihr über ihre Kindheit gesprochen. Die angeblich toten Großeltern waren kein Thema gewesen, bis auf die Namen wusste Maighread nichts von ihnen.

Und sie hatte es immer akzeptiert – bis zu dem Moment auf dem Dachboden, als sie dieses Bild entdeckt hatte.

Wenigstens hatte Lindsay ihr anschließend ein klein wenig von früher erzählt. Die Probleme zwischen ihrer Mutter und den Großeltern hatten wohl erst begonnen, als Lindsay in die Pubertät gekommen war.

Ab diesem Punkt der Geschichte konnte Maighread nur noch raten, denn ihre Mutter hatte sich geweigert, über den Grund ihrer Flucht zu sprechen.

Lindsays »Es war besser so« brachte sie der Wahrheit kein Stück näher. Und es machte Maighread Angst, denn ein so resolut und unerbittlich gezogener Schlussstrich geschah nicht wegen eines kleinen Streits; es musste etwas vorgefallen sein, was Lindsay bis in ihr Innerstes erschüttert hatte – und es wohl heute noch tat.

Entschlossen öffnete Maighread das Gartentörchen und ging über den Plattenweg auf das Haus zu. Ohne weiteres Zögern zog sie an der Glocke und lauschte dem Klingen nach.

In ihren Ohren rauschte es, als setzte ein Hubschrauber zur Landung an. Ihre Nerven waren bis zum Äußersten gespannt.

Nichts passierte. Das Klingeln verhallte, und aus dem Haus kam kein Mucks.

Ihre Großmutter musste zu Hause sein. Sie musste einfach! Nachdem Maighread so viel auf sich genommen hatte, um hier zu stehen, durfte es jetzt nicht daran scheitern, dass ihre Großmutter nicht da war.

Sie klingelte erneut und lauschte dem Rauschen in ihren Ohren.

Nach einer gefühlten Ewigkeit hörte sie auf der anderen Seite der Tür endlich schleifende Schritte, die langsam näher kamen. Als sich die Tür öffnete, war Maighread so aufgeregt, dass sie befürchtete umzukippen.

Der erste Blick auf das fremde und doch so vertraute Gesicht raubte ihr fast den Atem.

Das also war ihre Großmutter.

Stummes Staunen nahm von Maighread Besitz. All die Sätze, die sie sich während der letzten Stunden zurechtgelegt hatte, waren verschwunden. In ihr gab es nur noch dieses merkwürdige Gefühl der Vertrautheit.

Im zweiten Anlauf schaffte sie es schließlich, sich ihrer Großmutter vorzustellen. Obwohl das gar nicht nötig gewesen wäre. Maighread hatte in den Augen der alten Frau das Erkennen gesehen. Elisabeth Robertson wusste sehr genau, wer vor ihr stand.

Ihre Stimme klang merkwürdig fremd, als Maighread die ersten Worte an ihre Großmutter richtete.

Deine Enkeltochter. Diese zwei Worte schienen um sie herumzutanzen. Sie säuselten, lockten und hofierten.

Maighreads Herz pochte derart schnell, dass die Schläge sich gegenseitig zu überholen schienen. Sie hatte Probleme zu atmen. Ihre Mundhöhle war so ausgetrocknet, dass sie das Gefühl hatte, es könnte stauben, wenn sie versuchte zu sprechen.

Ihre Hand, die sie ihrer Großmutter entgegenstreckte, zitterte. Die Finger leuchteten schneeweiß und waren eiskalt.

Bitte, flehte sie stumm. Granny, bitte!

In Gedanken benutzte Maighread längst das Kosewort. Sie war plötzlich absolut sicher, dass sie alles aus dem Weg räumen konnte, was zwischen ihrer Großmutter und ihrer Mum stand. Die beiden mussten sie nur lassen.

Doch schon der nächste Lidschlag wischte alle Hoffnung weg.

Ihre Worte erreichten das Herz der alten Frau nicht. Maighread sah es, bevor sie die Worte hörte.

Die Augen ihrer Großmutter, in denen sie das Erkennen ebenso ablesen konnte wie die Bestürzung, verschlossen sich. Die Liebe, die Maighread sich erhofft hatte, die Wärme, in die sie sich wünschte eintauchen zu dürfen, blieben ihr verwehrt.

Dabei war sie überzeugt, dass es irgendwo unter der harten Hülle auch Weichheit gab. Da war ganz sicher eine Sehnsucht, die vielleicht ebenso verzweifelt auf Erfüllung wartete wie ihre. Sie wünschte es sich so sehr, dass es ihr ein Loch in die Seele zu brennen schien.

Maighread fürchtete, dass ihre Großmutter ihr jeden Augenblick die Tür vor der Nase zuschlagen würde.

Hastig machte sie einen kleinen Schritt auf Elisabeth Robertson zu, die ihr so vertraut und gleichzeitig so schrecklich fremd war.

»Grandma, bitte.« Die Worte kratzten ihr in der Kehle. »Ich wusste es nicht. All die Jahre. Ich hatte keine Ahnung, dass …« Maighread erkannte, dass sie noch immer nicht zu ihr durchdrang.

Ihre Hoffnung erstarrte in der Kälte, die ihr entgegenschlug. Sie hatte keine Kraft mehr, weiterzusprechen.

Sie fühlte, wie sie in sich zusammensackte, die Hand noch immer zitternd der alten Frau entgegengestreckt, die ihre Großmutter war.

Elisabeth Robertson kniff die Augen zusammen und schoss Maighread Blitze entgegen.

»Ich habe keine Tochter. Und deshalb kann ich auch keine Enkeltochter haben. Verschwinden Sie und lassen Sie mich in Ruhe.« Brüchig klang sie, die Stimme ihrer Großmutter – brüchig und verletzt. Aber auch unerbittlich.

Elisabeth Robertson drehte sich um und schlug die Tür mit einem lauten Knall vor Maighreads Nase zu.

Damit war die schlimmste Wendung eingetroffen, die Maighread sich hatte vorstellen können. In Zeitlupe ließ sie ihre noch immer ausgestreckte Hand sinken.

Lange stand sie da und starrte auf das Holz der Haustür, von dem der Lack abplatzte.

»Ich habe dir doch gar nichts getan«, flüsterte sie tonlos. »Wieso hasst du mich?«

Die Tür blieb verschlossen. Ihre Frage wehte über die Rosen hinweg Richtung Himmel.

Mühsam kämpfte Maighread um Beherrschung. Sie schleppte sich den Gartenweg entlang zur Straße zurück, dort blieb sie stehen.

Wohin sollte sie jetzt gehen? Was sollte sie tun? Die Verzweiflung drohte sie zu überfluten. Als sie das Gefühl hatte, dass ihre Knie nachgaben, ließ sie sich auf das Gartenmäuerchen sinken.

Sie musste den Feuertanz der Warums in ihrem Kopf stoppen – dringend! Die Enttäuschung und das Nachdenken darüber saugten alle Energie aus ihr heraus. Noch ein bisschen länger, und sie würde zusammenbrechen.

Ob Elisabeth Robertson ihrer Enkelin helfen würde, wenn sie hier vor ihrem Haus ohnmächtig wurde? Maighread wollte es lieber nicht darauf ankommen lassen. Wer hatte eigentlich gesagt, Blut sei dicker als Wasser?

Um sich irgendwie wieder zu stabilisieren, klammerte Maighread sich an die letzte schöne Erinnerung, die sie hatte. Den Vormittag mit Joshua und Eilidh. Menschen, die nichts mit ihr zu tun hatten und trotzdem ohne Zögern für sie da gewesen waren.

Ganz egal, wie viele Haken das Schicksal noch zu schlagen gedachte – an diesen Satz ihrer Erinnerung klammerte sich Maighread.

So leicht würde sie nicht aufgeben!

Jetzt wusste sie auch, wohin sie gehen wollte. Und sie hatte zum Glück wieder genug Kraft gesammelt, um aufstehen zu können. Entschlossen stemmte sie sich von dem Gartenmäuerchen hoch. Sie verbiss es sich, zum Haus ihrer Großmutter zurückzublicken.

Sie würde wiederkommen, so viel war sicher.

Maighread wandte sich nach rechts Richtung Kirche, doch sie hatte es nicht eilig. Während sie die Straße entlangschlenderte, beobachtete sie die Menschen Callwells und betrachtete die Häuser und die wenigen Geschäfte, die es hier gab.

In der Ortsmitte entdeckte sie einen Metzger, einen Bäcker und einen kleinen Supermarkt. Die Grundversorgung war für die Bewohner also gesichert, das gefiel ihr. Ob ihre Mum sich hier beim Bäcker früher Kuchen geholt hatte? Oder ein Eis?

In ihrer Fantasie sah sie ein kleines Mädchen mit Zöpfen fröhlich auf die Bäckerei zuhüpfen.

Callwell war ein hübscher Ort, der sich seine Ursprünglichkeit bewahrt hatte. Alles, was Maighread entdeckte, mochte sie. Sogar eine kleine Destillerie – *McDurmanns Whisky* – und natürlich einen Pub gab es, das allerdings war keine Überraschung. Eine Ortschaft ohne einen Pub war keine Ortschaft – das galt, soweit Maighread wusste, in ganz England als geflügeltes Wort.

Auch die Wohnhäuser gefielen ihr sehr. Sie strahlten eine Heimeligkeit aus, die genau ihrem Geschmack entsprach. Eines der Häuser unweit der Destillerie wirkte besonders liebevoll gepflegt. In den Fenstern hingen Kräuterbüschel, im Garten standen alte Stühle, auf denen Blumentöpfe arrangiert waren, aus Gießkannen wuchsen allerlei Fetthennen, und unter einem kleinen Dach standen ein Tischchen und ein Schaukelstuhl und luden zum Verweilen ein. Dieser Ort wirkte beinahe magisch.

Ihre nächste Entdeckung ein Stück die Straße hinunter entlockte Maighread einen freudigen Ausruf. Tibbys Strickladen stand auf dem alten, etwas verwitterten Schild über der Tür des Ladens. Damit hatte sie hier in diesem kleinen Ort wirklich nicht gerechnet – ein Strickladen in den Highlands. Das war genau das, was sie jetzt brauchte! Schon drückte Maighread sich am Schaufenster des Wollgeschäfts die Nase platt.

Viel Ware wurde in der Auslage allerdings nicht präsentiert. Ein paar Stränge Sockenwolle und etwas Merinowolle in gedeckten Grautönen. Es wirkte alles ein wenig vernachlässigt. Trotzdem konnte Maighread nicht widerstehen.

Den einen oder anderen Strang für ihren Vorrat würde sie sicher finden, und diese graue Merinowolle wäre perfekt für ein Paar Handstulpen. Sie hatte die spontane Idee, ein kleines Dankeschön für Eilidh zu stricken. Vielleicht bekam sie hier auch Ersatzseile für ihr Nadelset. Sie brauchte mindestens noch ein weiteres langes Seil, und ein neues Nadelspiel war auch überfällig.

Voller Vorfreude ging Maighread auf die Ladentür zu. Doch dort baumelte ein Schild: Geschlossen. Es war elf Uhr vormittags, da hatten Geschäfte doch normalerweise geöffnet. Zur Sicherheit drückte Maighread die Klinke herunter. Vielleicht hatte ja nur jemand vergessen, das Schild umzudrehen. Doch der Wollhimmel, auf den Maighread gehofft hatte, blieb ihr für diesen Moment leider verschlossen – das Geschäft hatte tatsächlich zu. Maighread schob enttäuscht die Unterlippe nach vorn.

Ein paar schöne neue Wollschätze und vielleicht ein Fachgespräch mit einer anderen strickverliebten Person wären genau das Richtige gewesen, um sie ein wenig aufzumuntern.

Nur zögernd und unwillig setzte sie ihren Weg fort. Mehrmals drehte sie sich um, in der Hoffnung, dass der Besitzer vielleicht nur mal eben kurz weg gewesen war und sich die Tür doch noch öffnete. Aber es tauchte niemand auf. Auch hierher würde sie auf jeden Fall wiederkommen, das nahm Maighread sich fest vor und beschleunigte ihre Schritte etwas. Callwell war wirklich nur ein kleiner Ort, schon nach kurzer Zeit hatte sie ihr Ziel erreicht.

Bevor Maighread den Friedhof betrat, legte sie einen Stopp in der Gärtnerei ein und kaufte ein paar Blumen.

Zögerlich ging sie die Reihen der Gräber entlang und studierte die Namen auf den Grabsteinen.

Ihr Herz pochte schmerzhaft gegen ihre Brust. Sie musste sich zwingen zu atmen.

Wann genau hatte das Schicksal beschlossen, sie zum Spielball zu nehmen? Und wieso musste das Leben derart grausam zu ihr sein?

Achtundzwanzig Jahre lang hatte sie geglaubt, ihr Großvater sei tot. Dann hatte sie erfahren, dass er doch noch lebte. Und nun – gerade als sie ihn endlich kennenlernen wollte – musste sie ihn doch auf dem Friedhof besuchen.

Ihr Schritt stockte, sie hatte gefunden, wonach sie gesucht hatte.

Bob Robertson stand da – der Name ihres Großvaters.

Neben seinem Grab, etwas geschützt unter einer Kiefer, entdeckte sie eine kleine Steinbank, dort setzte Maighread sich. Das war ein guter Ort, um nachzudenken.

Natürlich war sie gewarnt gewesen, sie hatte gewusst, dass das Zusammentreffen mit ihrer Großmutter keine einfache Begegnung werden würde.

Ihre Mutter hatte geahnt, dass sie nicht auf offene Türen und Herzen stoßen würde. Und auch Joshua und Eilidh hatten bestätigt, dass Elisabeth nicht gerade ein einfacher Mensch war.

Nie jedoch hätte Maighread erwartet, dass ihre eigene Großmutter ihr die Tür vor der Nase zuschlagen würde.

Nie!

Wie von allein begann sie, mit ihrem Großvater zu sprechen.

»Grandpa, es tut mir schrecklich leid, dass ich zu spät komme. Ich hätte dich so gern kennengelernt. Aber weißt du, ich hatte keine Ahnung, dass es dich gibt. Bis vor ein paar Tagen dachte ich, du seist schon lange tot. Dann erfahre ich, dass du lebst, will dich besuchen, und nun bist du doch schon gestorben. Schon irgendwie klar, dass ich durcheinander bin, oder?

Was warst du für ein Mensch? Grandma will nicht mit mir sprechen, dabei könnte sie mir sicher Geschichten von dir und euch erzählen. Und ich ihr von mir und Mum.

Wir könnten uns einen Teil der verlorenen Zeit schenken. Aber sie will nicht. Weshalb? Was kann ich tun, um sie umzustimmen? Ich möchte sie so gerne kennenlernen, Zeit mit ihr verbringen und für sie da sein.

Wie hättest du reagiert? Hättest du mir auch die Tür vor der Nase zugeknallt? Oder hättest du dich gefreut, dass ich jetzt hier bin?«

Maighread lauschte dem Rauschen des Windes in den Baumkronen und versuchte, eine Verbindung zu dem Mann aufzubauen, an dessen Grab sie saß.

Sie wünschte, sie hätte ein Bild von ihm, um ihn sich besser vorstellen zu können. Sie kannte nur das eine, das sie auf dem Dachboden gefunden hatte. Wie er wohl im Alter ausgesehen hatte?

Wieso machte sie sich überhaupt um solche Äußerlichkeiten Gedanken? Als ob das jetzt noch wichtig wäre.

Was gäbe sie darum, ihren Grandpa einmal zu sehen. Ihn zu umarmen, zu fühlen und zu riechen. In ihrer Fantasie sah sie ihn mit einer Pfeife im Mundwinkel vor sich. Sie glaubte, den feinen Tabakgeruch wahrzunehmen.

»Ach, wie sehr ich mir wünsche, ich wäre eher gekommen. Aber es lässt sich nicht mehr ändern. Ich hab dich lieb, Grandpa. Auch wenn wir uns nicht kannten. Weißt du, dass ich deine Ohren habe? Eilidh hat es gestern festgestellt. Sie mochte dich, und ich stelle mir vor, dass du sie auch mochtest. Also nur so, natürlich. Versteh mich nicht falsch. Sie hat mir gesagt, dass du meine Grandma sehr geliebt hast und oft verzweifelt warst, weil sie sich über die Jahre so verändert hat.

Was hat sie so verbittert, Grandpa? Kannst du mir helfen, das herauszufinden? Was ist zwischen Lindsay und Grandma geschehen, dass meine Mutter keinen Weg mehr zurückfinden konnte?«

Maighread spürte die Tränen, die ihr über die Wangen liefen und auf ihrer Jacke landeten. Eine tropfte ihr auf den Handrücken.

»Was würdest du mir raten? Soll ich aufgeben und in mein altes Leben zurückkehren? Oder soll ich um die Wahrheit kämpfen?« An der Stelle lachte Maighread bitter auf. »Nebenbei sei dir verraten, dass ich gar kein altes Leben mehr habe. Da ist nichts. Keine Wohnung. Kein Job. Kein Mann. Ich könnte mich hier auf der Stelle in Luft auflösen, und kein Hahn würde nach mir krähen. Mum vielleicht, aber sonst? Also, was meinst du? Was kann ich tun?«

Von der Straße klang ein Lachen zu ihr hinüber, und kurz darauf kam eine junge Frau beschwingt den Weg entlang. Als sie Maighread sah, blieb sie stehen.

»Hey, alles okay mit dir? Kann ich dir helfen?«

»Alles okay, danke.«

Doch die junge Frau ging entgegen Maighreads Erwartungen trotzdem nicht weiter. Im Gegenteil – sie kam näher und setzte sich neben Maighread auf die Bank.

Eine Weile schwiegen sie gemeinsam.

»Ich bin Chloe«, sagte ihre Sitznachbarin irgendwann. »Du musst Maighread sein. Ich hab schon von dir gehört. Eilidh hat mich gebeten, nach dir zu sehen. Wir dachten uns schon, dass du hier bei Bob landest. Hat Elisabeth dich abblitzen lassen?«

Kapitel 10

Joshua

Das Treffen in Glasgow gestaltete sich sehr zäh für Joshua, er hatte große Mühe, sich auf die Arbeit zu konzentrieren, immer wieder schweiften seine Gedanken ab.

Sein Kollege George legte ihm die Werte der Wasserprüfungen entlang der Nordküste vor, erläuterte seine Einschätzungen und die Beobachtungen, die selbstverständlich in diversen Tabellen erfasst und mit messbaren Werten verknüpft worden waren. Die Standards dafür waren zum Teil vorgegeben und zum Teil von ihnen gemeinsam erarbeitet worden.

Doch Joshua konnte ihm kaum folgen. Immer wieder verlor er den Faden. Mehrfach musste er nachfragen oder warf Einwände und Fragen ein, die bereits jemand anders vorgebracht hatte.

Kein Wunder, dass die anderen irritiert waren – Joshua spürte ihre verwunderten Blicke. Derart zerstreut kannte man ihn nicht, das war ihm klar.

Und so war es auch verständlich, dass George mitten in seinen Ausführungen stoppte und Joshua fixierte.

»Was ist los?«, fragte er. »Komm, spuck es aus. Wollen sie uns die Gelder streichen? Wir bringen doch gute Ergebnisse. Wichtige Fakten, neue Projektideen. Die können uns auf keinen Fall jetzt das Wasser abgraben!« Um die Wichtigkeit seiner Aussage zu unterstreichen, donnerte George mit der Faust auf den Tisch und brachte damit die Teetassen zum Klirren.

»George, beruhige dich. Niemand gräbt uns das Wasser ab, ich habe gerade erst die neuesten Anträge auf den Weg gebracht, die Finanzierung unserer Arbeit ist gesichert«, beeilte Joshua sich, seinen Freund und Mitarbeiter zu beschwichtigen. »Ich habe schlecht geschlafen, das ist alles. Können wir bitte weitermachen.«

Um nicht noch mehr Fragen heraufzubeschwören, riss er sich die letzte halbe Stunde zusammen und bemühte sich, aufmerksam zuzuhören, während Mara ihre aktuellen Ergebnisse darlegte. Doch der Enthusiasmus, der normalerweise bei diesen Treffen durch seine Adern prickelte, als sei es perlender Champagner, war heute nur schal wie abgestandene Brause.

Nach zwei Stunden, kaum dass der offizielle Teil des Treffens abgearbeitet war, verabschiedete sich Joshua – froh, endlich wieder ungestört seinen Gedanken nachhängen zu können.

In letzter Sekunde riss Joshua das Steuer herum. Verflixt, das war knapp! Er musste sich jetzt wirklich zusammennehmen, sonst endete diese Tagträumerei am Steuer doch noch an einer Mauer.

Dabei war er unterwegs, um ein anderes Auto wieder flott zu bekommen, nicht um seinen Rover zu Schrott zu fahren.

Was für ein Glück, dass er das Arbeitstreffen hinter sich hatte! Normalerweise liebte er diese Termine. Für den reinen Datenaustausch wäre das nicht notwendig, aber beim Klimaschutz ging es um so viel mehr. Die regelmäßigen Meetings mit Gleichgesinnten gaben ihm das Gefühl, nicht alleine gegen die Welt kämpfen zu müssen. Gemeinsam etwas bewegen – das war die Devise.

Vor allem aber ging es darum, auch die Menschen mitzunehmen, die sich nicht wissenschaftlich mit dem Thema auseinandersetzten. Sie wollten die Bevölkerung aufklären und ihre Empathie wecken. Nur wer ein Bewusstsein für die Schönheit der Natur und deren Bedrohung hatte, war auch bereit, etwas für das Gleichgewicht zu tun.

Die Öffentlichkeitsarbeit genau wie das Fachsimpeln mit Kollegen, das Faktensammeln und auch das Entwickeln von Strategien gegen die stetig schlimmer werdende Umweltverschmutzung – all das war Teil dieser Zusammenkünfte.

Oft genug diskutierten sie stundenlang und setzten mit ihren Ideen neue Projekte in Gang. Die größte Kampagne, die sie bislang gestartet hatten, war das jährliche *Together Against Highland Waste*. Schon im ersten Jahr war das Echo regional und überregional überwältigend gewesen. Seither wurde die Bewegung immer größer. Und es waren bei Weitem nicht nur Einheimische, die sich engagierten. Viele Menschen legten ihren Urlaub inzwischen extra so, dass sie an diesem Tag vor Ort sein konnten.

Seit vier Jahren, immer am ersten Samstag im September, fanden sich an festgelegten Treffpunkten Freiwillige ein, um dann gemeinsam einen Tag lang durch die Natur zu streifen und alles aufzulesen, was dort nicht hingehörte. In diesem Jahr hatten knapp vierhundert Helfer teilgenommen.

Heute war das alles nicht interessant genug gewesen, um Joshuas Aufmerksamkeit zu wecken. Zu sehr war er mit seinen Gedanken bei Maighread.

Wie schaffte es diese Frau, ihn derart aufzuwühlen? Was war das, was ihn so unglaublich elektrisierte?

Dabei war er bis gestern der festen Überzeugung gewesen, zumindest die nächsten Jahre kein Interesse an einer neuen Beziehung zu haben. Nicht nach dem Desaster, das den Namen Chelsea trug. Er hatte gedacht, sie wäre diese eine große Liebe, die sich jeder Mensch für sein Leben wünscht. Und am Ende hatte sie ihn bitter enttäuscht und ohne mit der Wimper zu zucken gegen eine – wie sie es nannte – bessere Option ausgewechselt, als wäre Liebe austauschbar.

Verletzungen und Gefühlsverwirrungen hatte er im Überfluss erlebt. Darauf konnte er gern verzichten. Und Überhaupt – er brauchte keine Frau, um glücklich zu sein.

Doch was interessierten sein Herz seine Gefühle vom Vortag? Es scherte sich nicht um Vorsätze und Lebenspläne. Stattdessen fing es bei nächstbester Gelegenheit an zu flattern und einen eigenen Rhythmus zu schlagen.

Maighread – er mochte den Klang ihres Namens. Und nicht nur das. Nach allem, was er inzwischen von ihr wusste und wie er sie kennengelernt hatte, war sie eine besondere Frau.

Er hatte noch nie so viel Verletzlichkeit und gleichzeitig so viel Stärke bei einem Menschen erlebt.

Und diese Augen. Sie sahen aus, als spiegelten sich die Highlands in ihnen. Je nach Stimmung wechselte die Intensität der Grüntöne. Manchmal, wenn Wut in ihr aufstieg, wurde die Iris geheimnisvoll schwarzgrün, wie das Wasser des Loch Lomond bei Joshuas gelegentlichen nächtlichen Bootstouren.

Schluss! Seine Gedanken benahmen sich, als gehörten sie zu einem pubertierenden Teenager, der gerade das erste Mal bis über beide Ohren verknallt war. Das war er aber nicht – weder Teenie noch verknallt.

Er hatte eine zauberhafte Frau kennengelernt, die etwas in ihm berührte, was er eigentlich verschlossen halten wollte, das war alles.

Er würde sich jetzt um diesen Mini kümmern, und dann würde sie ihren eigenen Weg gehen und er sein Leben weiterleben, genau so, wie er es tat, seit er nach Callwell Castle zurückgekehrt war.

Wenn er den Reifen gewechselt hatte, würde er ein Extratraining einlegen. Die Highland Games standen kurz bevor, und wenn er sich so richtig auspowerte, dann hörte seine Fantasie sicher auf, derartige Blüten zu treiben.

Der Gedanke an den bevorstehenden Wettkampf tat ihm gut. Das war viel besser, als über grüne Frauenaugen zu sinnieren.

Wie es ihr wohl ergangen war?

Schon hatten seine Gedanken einen Bogen geschlagen und waren wieder bei ihr. Joshua war machtlos dagegen. Er hoffte zwar, dass alles gut gegangen war, aber neben dieser Hoffnung hatte sich ein hartnäckiges, ungutes Gefühl in ihm festgesetzt, das er nicht abstreifen konnte.

So ein Treffen mit der eigenen Großmutter war ganz sicher emotional ziemlich aufgeladen. Und Elisabeth war für ihre Kratzbürstigkeit bekannt, auch wenn sie durchaus anders konnte. Er mochte sie und vermutete, dass sich ein sehr sensibler Mensch hinter all den aufgestellten Stacheln verbarg.

Der Knackpunkt war, dass sie den Menschen den Rücken zugekehrt hatte. Als hätte sie die Nase voll von der Welt.

Joshua hatte durchaus Verständnis für Elisabeths Art. Kratzbürstigkeit konnte ein guter Schutz sein.

Nach seiner Trennung von Chelsea hatte er die Einsamkeit der Highlands, die Hunde und Schafe auch jeder menschlichen Gesellschaft vorgezogen.

Eilidh hatte oft mit ihm geschimpft, er würde ein einzelgängerischer Sonderling werden, wenn er so weitermachte.

Und dabei war es bei ihm nur um Liebeskummer gegangen.

Er wüsste nicht, wie weit es mit seiner Gesellschaftsfähigkeit her wäre, wenn er das hätte durchmachen müssen, was Elisabeth offensichtlich erlebt hatte.

So richtig konnte Joshua das alles noch immer nicht fassen. Natürlich hatte er hin und wieder die Gerüchte gehört, die sich um die verschwundene Tochter der Robertsons rankten. Aber er hatte das immer eher in das Reich der überbordenden Fantasie der Erzähler eingeordnet – wie die Bewohner kleiner Ortschaften eben waren, sie schmückten Geschichten gerne aus. Bei jedem Erzählen kamen neue Details dazu, und irgendwann war um ein Körnchen Wahrheit eine wilde Fantasiegeschichte gestrickt worden.

In diesem Fall übertraf die Realität die Fantasie der Menschen jedoch tatsächlich noch. Nicht die verlorene Tochter kehrte heim, sondern die Enkelin, von der, wenn es nach Eilidh und ihren Informationen ging, niemand auch nur eine Ahnung gehabt hatte.

Hoffentlich war alles gut gegangen. Elisabeth war keine junge Frau mehr. Hatte ihr Herz den Schreck heil überstanden?

Und Maighread? Sie war so durch den Wind gewesen, als er sie aufgelesen hatte. Ihre Nerven schienen nicht viel mehr Belastung aushalten zu können.

Dieses Wechselbad der Gefühle, die Freude über ihre neu gefundenen Großeltern und die erneute Enttäuschung, als sie erfahren hatte, dass ihr Großvater doch gestorben war, waren ziemlich viel für sie gewesen.

Bei der tiefen Traurigkeit, die Joshua in ihren Augen erkannt hatte, vermutete er, dass es noch mehr gab, was ihr zusetzte. Er spürte Verletzungen, die über diese Familientragödie hinausgingen.

Obwohl er Maighreads Privatsphäre respektierte, war er mehr als einmal nahe dran gewesen, sie darauf anzusprechen.

Zum Glück hatte er den Impuls immer wieder rechtzeitig unterdrückt. Es ging ihn nichts an, und er wollte es gar nicht wissen!

Er würde es gerne nicht wissen wollen, korrigierte Joshua sich selbst in Gedanken. In Wirklichkeit dachte er seit gestern ständig darüber nach, was sie so verletzt haben könnte. Ob wohl ein Mann dahintersteckte?

Joshua wusste nichts über Maighread. War sie Single, oder lebte sie mit jemandem zusammen? Einen Ehering trug sie nicht, aber das musste nichts heißen. Vielleicht war sie ja sogar verheiratet?

Joshua ärgerte sich über den schmerzhaften Stich, den dieser Gedanke ihm versetzte. Was sollte das denn? Seinetwegen konnte sie verheiratet sein und fünf Kinder haben. Das ging ihn doch überhaupt nichts an, rief er sich selbst energisch zur Ordnung.

Er bremste etwas zu scharf hinter dem Mini ab. Die Reifen blockierten und rutschten mit einem hässlichen Knirschen ein Stück über den Asphalt, bevor der Rover zum Stehen kam.

***

Joshua legte seine ganze Konzentration in das Training. Immerhin ging es um die Titelverteidigung, da musste er sich ordentlich ins Zeug legen. Obendrein hoffte er, etwas von seiner emotionalen Anspannung loszuwerden.

Im Moment stand Steinwurf auf dem Trainingsplan, danach wollte er Baumstammwerfen üben. Hoch konzentriert nahm Joshua Anlauf, holte so weit wie möglich aus und stieß den Stein mit einem beinahe animalischen Schrei ab. Das Wurfgeschoss flog in einem ansehnlichen Bogen und landete mit einem satten Schmatzen auf der noch feuchten Wiese.

Noch etwas außer Atem wischte Joshua sich den Schweiß aus dem Gesicht und warf das Tuch, mit dem er sich abgetrocknet hatte, in den Kofferraum. Sehr zufrieden mit dem Wurf machte er sich auf den Weg zu dem Stein und zählte dabei seine Schritte, um die Entfernung abschätzen zu können.

Das Ergebnis entlockte ihm einen überraschten Pfiff. Fast neun Yards! Donnerwetter, das war nicht schlecht für eine Übung. Wenn es am nächsten Samstag auch so gut lief, dann hatte er wirklich gute Chancen, den Titel erneut zu holen und sich als Loch-Lomond-Champion zu behaupten.

Genau wie erhofft, tat ihm die körperliche Auslastung gut. Joshua spürte, wie seine gute Laune wieder zurückkehrte.

»Na, dann mal weiter im Programm!«, feuerte er sich selbst an. Entschlossen rieb er sich die Hände am Kilt ab und konzentrierte sich auf den etwa fünf Meter langen Baumstamm, der vor ihm im Gras lag. Er bückte sich, hob das eine Ende an und stellte den Stamm auf.

Jetzt galt es!

Immer wieder ausbalancierend ging Joshua, das Holz gegen die rechte Schulter gelehnt, mit gestrecktem Rücken in die Knie. Er holte noch einmal tief Luft, dann umfasste er den Stamm, presste ihn gegen den Oberkörper und richtete sich mitsamt seiner Last auf. Um das Gleichgewicht zu halten, musste er mit dem wankenden Stamm mitgehen. Ein paar Schritte vor, ein paar Schritte zurück. Es war wie ein Tanz.

Er durfte nicht zu lange überlegen, das Ausbalancieren kostete Kraft, die er gleich brauchte, um die fast fünfzig Kilo zu schleudern.

Um die Hände in Wurfposition zu bekommen, wechselte er den Griff und brachte seine Hände nach unten, an die Kopfseite des Holzes. Kaum war das geschafft, hievte er den Stamm ein kleines Stück höher, rannte los und schleuderte das

Gewicht mit einem Schrei, der die Kraft bündelte, aufwärts und nach vorne weg. Dabei versuchte er einerseits, dem Baum den notwendigen Drehimpuls zu geben, und andererseits, möglichst in einer Linie zu bleiben.

Der Stamm flog, drehte sich, traf mit dem oberen Ende fast senkrecht auf und legte sich wie geplant von Joshua weg um.

Mit einem dumpfen *Klong* schlug das Holz der Länge nach vor ihm auf das Gras.

So weit okay, doch Joshua schüttelte unzufrieden den Kopf. Die Abläufe waren nicht geschmeidig genug gewesen. Er hatte gespürt, dass die Bewegungen nicht so flossen, wie er das gewohnt war.

Er kratzte sich am Kopf und begutachtete die Lage. Verflixt, es war eindeutig. Beim Abstoßen des Stamms hatte er einen leichten Linksdrall gehabt. Das gäbe Punktabzug, er musste dringend an seiner Präzision arbeiten.

Peter lauerte nur auf seine Chance, ihn vom Thron zu stoßen, und das wollte Joshua mit aller Macht verhindern.

Die letzten Jahre hatten die beiden Freunde sich immer einen erbitterten Zweikampf geliefert. Jedes Mal hatte Peter beim gemeinsamen Ale im Pub hinterher angekündigt, im nächsten Jahr würde er als Sieger vom Platz gehen. Und jedes Mal hatte er nur lautstarkes Gelächter von Joshua als Antwort bekommen. Joshua den Sieg streitig zu machen würde ihm nicht gelingen, auch dieses Jahr nicht!

Joshua beschloss, den Baumstammwurf später noch einmal zu wiederholen. Erst wollte er sich um die notwendige Kondition kümmern, die für die Spiele ebenso unerlässlich war wie Wurftechnik und Kraft. Wenn dem Athleten die Puste ausging, wäre am Ende das ganze Training fürs Schaf gewesen. Er würde einen kleinen Lauf absolvieren.

Und so fiel er in eine lockere Trabbewegung und achtete darauf, Schritte und Atmung perfekt zu koordinieren. Der Stoff des Kilts schwang im Rhythmus der Schritte mit. Wenn es um die Highland Games ging, war das traditionelle schottische Kleidungsstück Pflicht, und so war es selbstverständlich, dass Joshua es auch beim Training trug. Er mochte das Gefühl, wenn der Tweed ihm im Rhythmus seiner Bewegungen über die Beine streifte.

Einen Moment bedauerte er, dass die Hunde nicht bei ihm waren, aber bei Eilidh ging es ihnen gut, und er würde sie später noch mal mit zu den Schafen nehmen.

Es gab für Joshua kaum etwas Schöneres, als über die Wiesen und durch die Wälder seiner Heimat zu strolchen – wie Eilidh seine Ausflüge gern betitelte. Ob er nun joggte oder wanderte, war Joshua im Grunde egal. Wichtig war die Freiheit, die er dabei fühlte.

Das Schöne war, dass er dabei sogar Arbeit und Vergnügen verbinden konnte. Schließlich war er als Wissenschaftler für das Gebiet verantwortlich.

Joshua McLoughlin, du bist ein glücklicher Mann! Dieser Gedanke brachte ihn unvermittelt wieder zu Maighread.

Ob sie auch joggte?

Doch sofort mäßigte er seine galoppierenden Gedanken wieder und konzentrierte sich auf sich und die sich ständig wiederholende Abfolge von Schritten und Atemzügen.

Einatmen, Schritt, ausatmen, Schritt, einatmen …

Nach dem Regen gestern roch die Luft frisch gewaschen und würzig. Er kannte nichts Köstlicheres als den Herbstduft der Natur hier in den Highlands. Kein Vergleich zu dem ewig blumigen und für ihn etwas stumpfen Geruch in Kalifornien. Und London war zwar ein Schmelztiegel an Düften, allerdings vermischt mit jeder Menge Gestank. Nie und nimmer mit dem zu vergleichen, was ihn hier, wo der Himmel die Erde berührte, so glücklich machte.

Hier in den Wäldern fühlte er sich lebendig. Wenn die Atemwölkchen sich bildeten, einen Moment in der Luft zitterten und sich dann auflösten, dann war ihm, als löse sich Innen und Außen auf – er fühlte sich eins mit seiner Umgebung.

Wieder tauchte Chelsea in seinen Gedanken auf.

Wieso musste er plötzlich dauernd an sie denken? Sollte sie glücklich werden in ihrem Großstadttrubel. Sollte sie Cocktails schlürfen und mit den Lichtern der Stadt tanzen. Im hektischen Atem des nie ruhenden Straßenverkehrs ihrem eigenen Rhythmus hinterherhechten.

Sie hatte nie verstanden, was Joshua nach Callwell Castle zurückzog. Ebenso wenig, wie er verstanden hatte, was sie an der Stadt so faszinierend fand. Und dann diese Arroganz!

Als wären alle Menschen, die sich dem schnellen Pochen der urbanen Welt entzogen, geistig minderbemittelte Hinterwäldler. Es hatte nicht lange gedauert, und sie hatte auch ihn, Joshua, mit diesem überheblichen, im besten Falle noch mitleidsvollen Blick bedacht, als hätte er nicht alle Schafe auf der Weide.

So faszinierend er sie beim Kennenlernen und in der ersten Zeit ihrer Beziehung gefunden hatte – im Laufe der Monate wurde aus der Faszination immer mehr Frust.

Dann war der Moment gekommen, als Joshua klar wurde, dass es keine gemeinsame Zukunft geben konnte. Ihre Welten und Wertvorstellungen waren auf Dauer nicht kompatibel.

Er hatte sich sehr mit der Entscheidung rumgequält. Immer wieder hatte er die Worte in seinem Kopf hin und her geschoben und nach Möglichkeiten gesucht, die Beziehung zu beenden, ohne Chelsea unnötig zu verletzen. Doch sie war ihm zuvorgekommen.

Ohne mit der Wimper zu zucken hatte sie Schluss gemacht und ihm gesagt, dass sie einen anderen kennengelernt hatte. Einen, von dem sie sich mehr versprach als ein kleines Castle am Ende der Welt.

So in Gedanken versunken, stolperte Joshua und hatte Mühe, wieder in seinen Laufrhythmus zu finden.

Es war okay für ihn. Sollte sie sich einen reichen Mann von Welt schnappen, im Nachhinein war ihm klar, dass sie hier am Loch Lomond sowieso nie glücklich geworden wäre. Sie hatte ihn nicht geliebt und er sie auch nicht – heute wusste er das.

Was ihn allerdings auch nach all den Monaten noch ärgerte, war seine eigene Naivität. All die Stunden, in denen er nach der richtigen Formulierung gesucht hatte, um sie nicht zu verletzen, hatte sie sich längst mit seinem Nachfolger amüsiert. Nie wieder würde er einer Frau die Gelegenheit geben, ihn so dermaßen vorzuführen!

»Hey, hallo Joshua.«

Unvermittelt war Maighread auf seinen Weg eingebogen. Sie kam aus Richtung des Sees.

»Maighread, hallo! Das ist ja eine Überraschung.« Abrupt blieb er stehen und musterte sie aufmerksam.

Und?, wollte er fragen, doch er hielt sich zurück. Sie würde es ihm erzählen, wenn sie es für richtig hielt.

»Frag nicht«, sagte sie da auch schon. Sie hielt sich die Hände vors Gesicht und schüttelte den Kopf. Dann holte sie tief Luft und ließ die Hände wieder sinken. »Es war grauenvoll.«

Sie fixierte die Eiche neben Joshua, als sie mit kurzen Worten von der ersten Begegnung mit ihrer Großmutter berichtete. Von ihrer Fassungslosigkeit und von ihrem Besuch auf dem Friedhof.

»Du kennst Chloe auch, oder?«, fragte sie nun, und endlich riss sie sich von dem Baum los und sah Joshua in die Augen. »Sie hat mir angeboten, bei ihr zu wohnen. Sie hat ein Zimmer, das sie manchmal vermietet. Ich bin gerade auf dem Weg nach Callwell Castle, um meine Sachen zusammenzusuchen.«

Joshua nickte.

»Chloe ist in Ordnung. Wir kennen uns seit der Schulzeit.« Er überlegte kurz, wie er sich ausdrücken sollte, dann sprach er weiter. »Es tut mir leid mit deiner Großmutter. Gib euch etwas Zeit, ich kann mir nicht vorstellen, dass sie dauerhaft so ablehnend bleibt.«

Er beobachtete Maighread, wie sie mit hängenden Schultern und traurigem Blick vor ihm stand. Sie tat ihm unglaublich leid.

»Oh, den Reifen hab ich übrigens gewechselt, der Autoschlüssel liegt noch bei mir im Rover. Weißt du was, ich habe genug trainiert. Gehen wir zusammen zu meinem Wagen?«

Ganz offensichtlich freute sie sich über sein Angebot, für einen kurzen Moment zog ein Strahlen über ihr Gesicht.

Joshua war zufrieden mit sich. Die Ablenkung würde ihr sicher guttun.

Langsam gingen sie nebeneinander den Weg entlang.

Am liebsten hätte er gesagt, Maighread könne auf Callwell Castle bleiben. Doch wie käme er dazu? Es gab keinen Anlass für ein solches Angebot. Sie kannten sich gerade erst einmal ein paar Stunden. Wieso sollte er eine quasi Fremde einladen, für eine längere Zeit bei ihnen auf dem Castle zu wohnen?

»Chloe ist super nett. Ihr werdet euch sicher prima verstehen.« Er warf einen Blick zu Maighread hinüber, versuchte abzuchecken, ob er weiterfragen sollte. Er konnte es schlecht einschätzen. »Was hast du jetzt vor?«, fragte er also auf gut Glück.

Ein tiefer Seufzer war ihre spontane Antwort. Maighread schien in ihre Gedanken verloren. Joshua ließ ihr Zeit, sich zu sammeln.

»Um ehrlich zu sein: Ich habe keine Ahnung«, sagte sie schließlich. »Chloe meint genau wie du, ich solle meiner Großmutter Zeit lassen, und vermutlich habt ihr damit recht. Ob die Zeit aber etwas an ihrer Haltung ändern wird, das wissen die Götter – falls es überhaupt jemand wissen kann. Ich werde versuchen, meinen Aufenthalt als Urlaub zu betrachten. Lange Spaziergänge, stricken, Tee trinken, eine Bootstour auf dem Loch Lomond machen. All das, was man eben so macht, wenn man Urlaub hat. Es wird mir sicher guttun.«

»Und dein Freund?« Kaum hatte er es gesagt, hätte Joshua die Worte am liebsten wieder eingefangen. Wie konnte er nur? Es war ihm schneller rausgerutscht, als er denken konnte.

Ein unwilliges Schnauben zeigte ihm, dass es nicht Maighreads Lieblingsthema war. Es dauerte eine Weile, dann antwortete sie: »Ich bin Single.«

Die Art, wie sie es sagte, warnte Joshua, die Tatsache besser nicht zu kommentieren.

Merkwürdig nur, wie glücklich ihn diese drei Worte machten. Plötzlich hatte er unbändig gute Laune.

Mit einem Satz sprang er an einen dicken Ast, unter dem sie gerade hindurchkamen, und machte ein paar Klimmzüge.

»Nicht schlecht. Ist das das klassische Highlander-Fitnessprogramm?«, lobte Maighread seine Vorführung, wenn auch mit einem Hauch freundlicher Spöttelei in der Stimme.

Mit einem gekonnten Schwung sprang er ab und landete wieder neben ihr. »Absolut. Besser als jedes Indoortraining. Nächste Woche Samstag sind die Highland Games in Callwell. Was ist? Kommst du und feuerst mich an?«

»Ich hab es schon gehört! Das werde ich mir auf keinen Fall entgehen lassen! Ich wollte tatsächlich schon immer mal zu Highland Games und habe es irgendwie nie geschafft. Hast du deshalb den Kilt an?«

Ein sanftes Rot überzog Maighreads Wangen. Sie bückte sich und pflückte eine Heideblüte.

Joshua freute sich über Maighreads Zusage. Und darüber wiederum ärgerte er sich gleichzeitig. Wie kam er dazu, sich so wegen einer Frau zu freuen? Sie war nett, sie würde vielleicht ein paar Wochen bleiben und dann wieder verschwinden.

Single, Single, Single. Das Wort hüpfte in seinem Kopf herum.

»Erraten. Bei den Spielen ist Kilt Pflicht – und damit es sich am Tag der Tage nicht ungewohnt anfühlt, trainiere ich deshalb immer im Wettkampfoutfit.«

»Ich freue mich schon auf nächste Woche Samstag. Was meinst du? Hast du eine Chance?«

»Na was glaubst du wohl? Du hast den Sieger der letzten Jahre vor dir!«

»Peter hat allerdings fest vor, dir den Titel streitig zu machen«, warf sie in leichtem Ton ein und grinste.

Die Worte trafen Joshua wie eine Eisdusche. Was hatte Peter mit Maighread zu schaffen?

Hey Mum!

Alles okay? Ich habe an deiner Stimme gehört, dass Grandpas Tod dich viel mehr getroffen hat, als du zugeben möchtest. Du hast unser Gespräch so schnell beendet.

Weißt du was? Ich glaube, du bist genauso durcheinander wie ich. Mit dem Unterschied, dass du es in der Hand hast, die Wahrheit auf den Tisch zu bringen – ich nicht.

Nein, nein, roll jetzt nicht genervt mit den Augen! Ich will nicht wieder damit anfangen, aber dein Schweigen macht es echt nicht leichter.

Für mich nicht, aber für dich garantiert auch nicht.

Immerhin danke ich dir dafür, dass du mir meine Angst, Grandpa könnte irgendetwas Schlimmes getan haben, genommen hast. Darüber bin ich unendlich erleichtert!

Ich werde ihm eine Blume von dir ans Grab legen. Ist das in Ordnung?

Du hast nicht danach gefragt, aber ich vermute, es interessiert dich dennoch, wie mein Zusammentreffen mit Grandma war. Vielleicht ahnst du auch schon, dass es nicht so harmonisch lief, wie ich es mir gewünscht habe.

Um ehrlich zu sein: Sie war alles andere als begeistert, mich zu sehen. Sie hat mir die Tür vor der Nase zugeknallt und mich zum Teufel gejagt.

Aber das lasse ich nicht gelten, das wird dir sicher klar sein. Wenn mich nicht alles täuscht, ist sie ebenso starrköpfig wie du und steht sich – auch genau wie du – selbst im Weg.

Ich werde mir Zeit nehmen und eine Weile in Callwell bleiben. Im Moment habe ich sowieso nichts Besseres zu tun, und wer weiß, vielleicht wird mir hier klar, wie mein Leben weitergehen soll. Irgendwann muss ich mir schließlich auch wieder einen Job suchen; leider habe ich gerade noch keine Ahnung, was für einen.

Vom Marketing habe ich die Nase gestrichen voll. Ich brauche etwas Ehrliches, etwas für die Seele.

Vielleicht überlegst du es dir ja doch noch anders und kommst auch an den Loch Lomond? Jetzt, nachdem Grandpa tot ist, hat sich doch alles verändert. Oder nicht?

Überleg es dir. Bitte!

Egal, was vorgefallen ist, es ist Jahre her, und es wäre an der Zeit, darüber zu sprechen.

Sollte die Kluft zwischen dir und Grandma unüberbrückbar sein, kannst du immer noch wieder gehen. Aber dann hast du es zumindest versucht.

Ich habe ein zauberhaftes Zimmer gefunden. Chloe, meine Vermieterin, ist fantastisch. Wir sind im gleichen Alter, und ich habe das Gefühl, als würden wir uns schon seit Jahren kennen. Du siehst also: Es geht mir gut – irgendwie.

Den Umständen entsprechend sozusagen.

Früher konnte ich mit dieser Formulierung nichts anfangen, jetzt verstehe ich sie.

Mum, ich hab dich lieb. Vergiss das nicht!

Kuss!
Deine Maighread

Kapitel 11

Maighread

Maighread und Chloe saßen in der gemütlichen Wohnküche und genossen ihr erstes gemeinsames Frühstück. Maighread konnte ihr Glück kaum fassen, dass sie nun ausgerechnet in diesem liebevoll dekorierten Haus wohnte, das sie auf ihrem ersten Weg durch die Straßen so gemocht hatte.

Während sie Toast aßen und Tee tranken, ließ Maighread ihren Blick durch den Raum schweifen. Als sie die zarten Vorhänge aus gestrickter Spitze entdeckte, stand sie auf und ging zum Fester. Voller Bewunderung nahm sie die zarten Gespinste in die Hand. Die Spitze war akkurat gearbeitet, und das Maschenbild war perfekt gleichmäßig.

»Die sind wunderwunderschön. Hast du die gemacht?«, fragte Maighread an Chloe gewandt.

»Nein, das war meine Großmutter. Ich stehe mit Nadeln eher auf Kriegsfuß – es sei denn, es sind Kiefern- oder Tannennadeln am entsprechenden Zweig – daraus mache ich dir im Handumdrehen ein hübsches Gesteck.«

»Deine Großmutter war eine Künstlerin«, erklärte Maighread und ließ den zarten Stoff noch einmal ehrfürchtig über ihre Finger gleiten, bevor sie sich wieder an den Tisch setzte.

»Granny hat das Spitzenstricken geliebt, ich hab noch eine ganze Truhe voll mit ihren Arbeiten – Vorhänge, Spitzendeckchen, Hochzeitstücher …«

»Wie schön! Darf ich mir das irgendwann einmal ansehen? Ich liebe solche traditionellen Handarbeiten.«

Nachdem Chloe genickt hatte, erinnerte Maighread sich an deren Worte von gerade. Sie hakte ein: »Ich finde es übrigens viel einfacher, ein Tuch zu stricken, als ein ansprechendes Blumengesteck zu zaubern. Und du kannst das? Hast du das wunderschöne Kunstwerk im Flur etwa selbst gemacht?«

»Natürlich. Es ist ein bisschen groß geworden, oder?« Chloe zuckte kurz die Schultern. »Wenn es um Blumen und Kräuter geht, reißt mich meine Leidenschaft manchmal mit. Ich konnte der Fülle einfach nicht widerstehen, die der Herbst bietet.«

»Es ist bezaubernd und absolut perfekt. Toll, dass du das kannst.« Dass dieses in einer Kupferwanne dekorierte, kunstvoll arrangierte Herbstgesteck selbst gemacht war – darauf wäre Maighread nicht gekommen. Sie konnte im Handumdrehen eine Schleife stricken, um einen Strauß individuell zu dekorieren, aber die Blumen selbst sperrten sich immer, sobald Maighread Hand anlegte. Sie fand es schon schwierig, einen Strauß ansprechend in einer Vase zu drapieren, doch von einem selbst gemachten, kunstvollen Gesteck konnte sie nur träumen – und das, obwohl sie Gärten und Blumen liebte. Deshalb war sie automatisch davon ausgegangen, dass Chloe dieses kunstvolle Gebilde in der Gärtnerei gekauft hatte.

»Du machst so viel mit Kräutern, kannst wunderschöne Gestecke herstellen – bist du Gärtnerin oder Floristin von Beruf?«, fragte Maighread interessiert.

Chloe und sie kannten sich gerade erst ein paar Stunden, und außer dem Drama um Maighreads Großeltern wussten sie beide noch kaum etwas voneinander.

»Pflanzen waren schon immer mein Hobby – das habe ich

nun zum Beruf gemacht. Das Stecken und alles andere habe ich mir selbst beigebracht.«

Maighread hätte gern weitergefragt, um mehr von Chloes Leben zu erfahren, doch Chloes Gesichtsausdruck signalisierte ihr, dass es nicht das richtige Gesprächsthema war – zumindest nicht für diesen Moment. Deshalb ließ sie es dabei bewenden und sagte nur: »Toll, wenn man das, was man liebt, auch als Beruf ausüben kann. Die Leute hier in Callwell sind sicher glücklich über deine Entscheidung.«

Vielleicht sollte ich Tuchhändlerin werden, Tücher stricken ist das, was ich am meisten liebe, ging es ihr im gleichen Atemzug durch den Kopf. Doch sie wischte den Gedanken sofort wieder weg, denn es war Blödsinn. Kein Mensch konnte vom Stricken leben – selbst wenn es nicht nur Tücher waren.

Chloe lächelte kurz, dann stand sie auf, goss Tee nach und setzte sich wieder.

Gedankenverloren biss Maighread ein Stück von ihrem Toast mit Erdbeermarmelade ab und sah sich genauer in der Küche um. Sie genoss es, die vielen Kleinigkeiten zu entdecken, die Chloe überall verteilt hatte.

Neben einigen Keramikfiguren entdeckte Maighread vor allem immer wieder Tassen. Ihre Untervermieterin hatte eindeutig ein Faible für große handgetöpferte Tassen – Maighread versuchte, sie zu zählen, wurde aber immer wieder durch andere Dinge abgelenkt. Am Ende kam sie auf fünfundzwanzig Tassen, doch sie war sich sicher, dass sie einige übersehen hatte.

Vor allem aber war Chloes Leidenschaft für Kräuter unverkennbar – und das nicht nur in der Küche, sondern im ganzen Haus. Überall hingen kleine Bündel oder standen mit Kräutern gefüllte Gläser und Keramikdosen. Die Seifen im Bad schienen ebenso handgemacht wie der Badezusatz, und zwischen den Handtüchern lagen kleine selbst genähte und gefüllte Lavendel- und Rosmarinsäckchen.

Das ganze Haus war kunterbunt gemischt eingerichtet, doch es wirkte dabei nichts zusammengewürfelt. Chloe hatte alte Möbel und moderne Elemente geschickt kombiniert. Maighread spürte, wie liebevoll jedes Teil ausgesucht worden war.

Das Highlight in der Küche war der Herd. Ein hochmoderner Induktionsherd im Look eines alten Holzfeuerofens. Er wirkte so echt, dass Maighread am Vorabend Chloe gefragt hatte, ob sie ihr Holz reinholen solle. Chloe hatte daraufhin mit einem verschmitzten Grinsen das Geheimnis des Herdes gelüftet und Maighread damit ziemlich verblüfft. Die Täuschung war nahezu perfekt. Holz hatte Maighread mit Mollys Unterstützung dann trotzdem reingeholt – allerdings für den Kamin im Wohnzimmer.

Eine Stunde hatten sie ohne viel zu sprechen gemütlich zusammen vor dem Feuer gesessen. Chloe hatte neue Kräutersäckchen gefüllt, und Maighread hatte in ihren Vorräten passende Wolle gefunden und die Handstulpen für Eilidh begonnen. Sie war dankbar gewesen, einfach nur still vor sich hin arbeiten zu dürfen und ihren Nerven eine Auszeit zu gönnen, während die Stulpen Reihe um Reihe wuchsen.

Chloe mit ihrer natürlichen und offenen Art machte es Maighread einfach, sich wohlzufühlen. Maighread staunte und konnte es selbst kaum glauben, aber es war, als hätte sie schon immer hier gelebt. Sie fühlte sich wie zu Hause.

Und auch Molly hatte keinerlei Eingewöhnungsprobleme – ganz im Gegenteil, sie benahm sich, als wäre Chloes Haus genau der Ort, an den sie gehörte.

Sehr zu Maighreads Verwunderung entwickelte die ansonsten beim Futter sehr mäkelige Hündin einen ordentlichen Appetit. Normalerweise leerte sie ihren Napf nie ganz, heute hatte sie sogar einen Nachschlag verlangt.

Maighread hatte, weil das noch nie vorgekommen war, eine ganze Weile gebraucht, um Mollys Verhalten richtig zu deuten, sich dann aber nicht mehr lange bitten lassen, sondern umgehend eine Handvoll Trockenfutter nachgelegt.

Obwohl es erst kurz nach sechs war, fühlte Maighread sich quicklebendig und voller Tatendrang. Sie konnte es kaum erwarten, aufzubrechen. Sie und Chloe hatten sich früh mit Joshua verabredet, um ihm zu helfen, wenn er die Schafe mit dem Kräutertrank versorgte.

»Und, was hast du letzte Nacht geträumt?«, fragte Chloe und lächelte Maighread über den Tisch hinweg an. »Du weißt ja: Was man in der ersten Nacht im neuen Heim träumt, geht in Erfüllung.«

Maighread hob fragend die Augenbrauen. »Gilt das auch, wenn es nur ein … vorübergehendes Zuhause ist?« Bei dem Wort »vorübergehend« zögerte sie kurz. Sie fühlte sich bei Chloe derart wohl und geborgen, dass es sich falsch anfühlte, es so zu bezeichnen, auch wenn es natürlich genau das war. Sie konnte sich schließlich nicht für immer hier verkriechen. Irgendwann müsste sie durchatmen und sich dem Leben wieder stellen.

Aber daran wollte sie jetzt noch nicht denken. Erst einmal würde sie sich Zeit nehmen für sich selbst und für ihre Grandma. Sie war fest entschlossen, deren Panzer zu knacken.

Und auch Chloe schien es ähnlich zu empfinden, denn sie bemühte sich, dieses »vorübergehend« zu relativieren.

»Immerhin hast du dich auf unbestimmte Zeit bei mir eingemietet. Da gilt der Traum auf jeden Fall. Außerdem bist du gerade erst eingezogen und wirst hoffentlich eine ganze Weile bleiben. Es ist schön, dich hier zu haben. Frauen in unserem Alter sind in Callwell leider dünn gesät. Also: Willst du es mir verraten?«

»Was?« Maighread hatte den Faden verloren, doch schon im nächsten Moment war sie wieder in der Gesprächsspur – der Traum, natürlich! »Ach so, Moment, ich muss überlegen.«

Sie schloss die Lider. Vor ihrem inneren Auge spielte sich der Film ihres Traumes noch einmal ab. Maighread ließ sich in die Erinnerung fallen und genoss das schöne Gefühl, das dadurch ausgelöst wurde. Dann begann sie zu erzählen.

»Ich war in einer großen Scheune oder einem Lagerraum, ich kann es dir nicht genau sagen, jedenfalls lagerte dort ein Berg unbearbeiteter Schafwolle, und ich bin immer wieder und wieder mit Anlauf von einem Sprungbrett aus hineingesprungen. Die Wolle war flauschig weich und hat mich bei der Landung sanft abgefedert und umhüllt. Ich habe dieses Gefühl sehr genossen. Wenn sich das in echt auch so kuschelig anfühlt, dann darf sich dieser Traum von mir aus sehr gern erfüllen.«

Chloe nippte nachdenklich an ihrem Kräutertee. »Interessant«, murmelte sie. »Sehr interessant.« Dann sah sie Maighread in die Augen. »Wie würdest du den Traum deuten?«

»Deuten?«, wiederholte Maighread gedehnt. Sie überlegte, zuckte dann aber mit den Schultern. »Dass ich ein kindliches Gemüt habe und gerne mal kopfüber in einen Berg Wolle springen würde«, erklärte sie. Selbst war sie allerdings wenig überzeugt von ihrem Deutungstalent.

Jetzt strahlte Chloe und sprang auf. »Ich hab eine Idee! Pass auf. Mir fallen zu deinem Traum zwei Deutungen ein. Aber ich will dich nicht beeinflussen, jeder Mensch sollte seinen eigenen Weg gehen. Also werde ich meine Ideen notieren, und wir deponieren die Zettel irgendwo. Wenn sich etwas davon erfüllt, werde ich es dir sagen. Und damit du siehst, dass ich nicht flunkere, kannst du meine notierten Ideen dann nachlesen. Einverstanden?«

»Sag mal, bist du vielleicht nicht nur eine Kräuterhexe, sondern betreibst auch Wahrsagerei?«, fragte Maighread. Wieder wurde ihr bewusst, dass sie Chloe noch gar nicht wirklich kannte. Sie wusste kaum etwas von ihrer Vermieterin und neuen Freundin.

»Einer meiner Schwerpunkte für den Master war kognitive Traumdeutung – es fasziniert mich, wie unser Unterbewusstsein uns verschlüsseltes Wissen zukommen lässt.« Chloe hatte ein leeres Marmeladenglas mit Schraubverschluss, Zettel und einen Stift geholt und setzte sich wieder.

»Master?« Jetzt verstand Maighread gar nichts mehr. Gerade hatte Chloe doch erzählt, dass sie sich alles selbst beigebracht hatte. »Also wenn, dann doch Biologie, oder? Aber wie passt die Traumdeutung dazu?«

Chloe, die angefangen hatte zu schreiben, hob kurz den Kopf. »Ich erkläre es dir gleich. Lass mich nur erst meine Gedanken festhalten.«

Nachdem sie den Zettel sorgfältig gefaltet, in dem Glas verstaut und als Siegel einen Zettel über den Schraubverschluss und das Glas geklebt hatte, sagte sie knapp: »Ich habe Psychologie studiert, mich aber vor einem Jahr umentschieden, und jetzt bin ich hier und arbeite mit den Kräutern und Gestecken.«

Überrascht hob Maighread den Blick. Chloe hatte ein mehrjähriges Psychologiestudium und sicher nicht ganz einfache Prüfungen absolviert und sammelte jetzt in den Highlands Kräuter? Das war ungewöhnlich!

Bevor Maighread nachfragen konnte, stand Chloe auf. »Es wird Zeit, sonst fängt Joshua ohne uns an.«

Gemeinsam räumten sie den Frühstückstisch ab und brachten die Küche in Ordnung.

Chloe bückte sich, um die Schuhe zu schnüren. Das war eine Gelegenheit, die Molly sich nicht entgehen ließ. Schnell fuhr sie ihrer neuen Freundin mit der Zunge übers Gesicht.

»Uuhh. Molly, Süße, ich hab dich auch lieb, aber küssen möchte ich doch lieber jemand anderen.«

Molly gab ein kleines Wuff als Antwort. Was sie damit sagen wollte, blieb ihr Geheimnis.

»Tut mir leid«, schaltete Maighread sich ein. »Sie versteht einfach nicht, dass nicht jeder von ihren Küssen begeistert ist.«

»Kein Problem.« Chloe knotete die Schleife am zweiten Schuh fertig und kam aus der Hocke hoch. »Ich freue mich, dass sie sich so wohlfühlt bei mir.«

»Wir beide fühlen uns wohl. Es ist ein Geschenk, dass wir uns getroffen haben. Ich weiß nicht, was ich ohne dich gemacht hätte.«

»Ich glaube, Dinge kommen so, wie sie kommen müssen.« Chloe zwinkerte Maighread zu. »Oder, wenn du in Callwell lebst, wie Eilidh möchte, dass sie kommen.«

Jetzt lachten sie zweistimmig und traten aus dem Haus. Der Morgen schlug ihnen mit feuchter, kühler Luft entgegen, Maighread zog unwillkürlich ihr Tuch ein wenig enger.

»Das ist wunderschön«, sagte Chloe, die Maighreads Bewegung gefolgt war. »Hast du das auch selbst gestrickt?«

»Natürlich!«, bestätigte Maighread und freute sich über die Bewunderung in Chloes Blick. »Es ist ein Doubleface-Schal, ich liebe ihn.«

»Was auch immer das sein mag, auf jeden Fall ist er toll.« Sie lachte, als Maighread zu einer Erklärung ansetzen wollte, und sagte schnell: »Lass stecken – bei allem, was mit Häkeln oder Stricken zu tun hat, bin ich ein hoffnungsloser Fall. Aber falls du je deine Sachen verkaufen willst, werde ich deine beste Kundin werden.«

Molly, die schon ein Stück vorausgelaufen war, kam zurück und bellte kurz auffordernd, um die beiden Frauen anzutreiben.

»Was meinst du – willst du unbedingt fahren, oder können wir nach Callwell Castle laufen? Ich liebe die Natur hier, es ist viel zu schade, das Auto zu nehmen, da bekommt man nichts mit von der Gegend und der tollen Luft.«

Chloe lachte. »Na, dich hat das Loch-Lomond-Fieber ja so richtig gepackt. Schön, dass es dir bei uns so gut gefällt – ich verstehe das voll und ganz, ich möchte nie wieder woanders leben. Und wenn es ums Laufen geht, bin ich sowieso dabei.« Sie machte ein paar Schritte und drehte sich zu Maighread um, die sich für einen Moment im Anblick des Wolkenhimmels verloren hatte. »Was ist? Wurzeln schlagen oder losmarschieren. Die Schafe warten. Und ihr süßer Schäfer.«

Bei dem letzten Satz warf Chloe Maighread einen vielsagenden Blick zu.

»Sag nicht so was. Es sei denn …« Maighread ignorierte die Hitze, die ihr in die Wangen stieg, und setzte sich in Bewegung. »Du findest ihn also süß?«, fragte sie. »Hast du gerade an ihn gedacht, als du Molly sagtest, du möchtest lieber jemand anderen küssen?«

»Wie?« Chloe wehrte lachend ab. »Nein. Ja. Bei mir steht gerade niemand Spezielles auf der Wunschliste für heiße Küsse. Joshua ist süß, ja, aber nicht für mich.« Als sie Maighreads zweifelndes Räuspern hörte, sagte sie: »Ganz sicher nicht. Diesen Versuch haben wir hinter uns gebracht, als wir noch Teenies waren. Für mich ist Joshua ein wunderbarer Freund, und darüber bin ich sehr froh. Ich dachte da eher an den Blick, den er dir gestern zugeworfen hat. Sag nur, du hast es nicht gemerkt. Mit deinem blassen Teint und den tollen dunklen Locken scheinst du eine ziemliche Wirkung auf

Männer zu haben. Peter ist auch hin und weg – ich vermute mal, ich werde meinen Cousin in nächster Zeit viel häufiger sehen als sonst.«

»Chloe, du spinnst. Joshua und ich kennen uns gerade mal ein paar Stunden. Und außerdem habe ich überhaupt kein Interesse an ihm als Mann. Und an Peter auch nicht.«

Sie spürte, dass die Antwort etwas brüsk rüberkam, aber sie konnte es nicht ändern. Lieber gleich für klare Fronten sorgen, als dass es später zu unwillkommenen Verwicklungen führte.

»Tut mir leid«, sagte Chloe, und ihre Stimme hatte den amüsierten Unterton verloren. »Das mit Peter musst du nicht ernst nehmen, der flirtet einfach für sein Leben gern. Aber ich hatte tatsächlich das Gefühl, dass zwischen dir und Joshua eine besondere Energie war. Weißt du, ich mag ihn so unglaublich gern, ich hätte mich sehr für euch gefreut, wenn es gefunkt hätte. Aber ich wollte dir auf keinen Fall zu nahe treten. Sicher hast du deine Gründe, wenn du eine derart klare Grenze ziehst.« Sie stupste Maighread mit ihrem Ellbogen an, während sie nebeneinanderher über die Wiese liefen. »Nicht sauer sein. Ich schieße manchmal übers Ziel hinaus, wenn ich eine Chance für die Liebe wittere. Vergiss mein Geschwätz.«

Maighread stupste Chloe zurück, um ihr zu zeigen, dass sie nicht sauer war.

Liebe – was für ein großes Wort.

Gern hätte Maighread Chloe von ihrer Enttäuschung erzählt. Davon, wie ihr Traum von der Liebe zerplatzt war und dass sie keine Lust hatte auf neue Verletzungen. Außerdem war in ihrem Leben gerade gar kein Platz für einen Mann. Erst einmal musste sie ihre Familienbande entwirren.

»Ich glaube, Liebe wird überbewertet. Was wirklich zählt, ist Freundschaft. Es ist echt super, dass Joshua mich eingeladen hat, bei der Kräuterbehandlung mitzuhelfen. Ich bin schon so gespannt auf die Arbeit mit den Schafen. So nahe dran war ich noch nie.«

»Ich glaube, ich werde Joshua ab jetzt Tom nennen«, konterte Chloe trocken. Maighread hob fragend die Augenbrauen, da erklärte Chloe es ihr. »Tom Sawyer. Joshua macht das mit den Schafen und dem Kräutersud genauso clever wie Tom die Sache mit dem Zaun. Er lässt andere für sich rackern und bekommt auch noch ein Danke dafür.«

Doch das ließ Maighread nicht gelten. Sie konnte gar nicht sagen, weshalb, aber sie hatte das Bedürfnis, Joshua zu verteidigen. »Er wollte mir eine Freude machen. Und das ist ihm auch gelungen. Es ist hundert Mal besser, sich um Schafe zu kümmern, als den eigenen Gewittergedanken nachzuhängen und sich immer weiter dem Unwetter auszusetzen. So habe ich das Gefühl, wenigstens für etwas gut zu sein.«

»Das verstehe ich, und es tut mir so leid, dass für dich gerade alles so schwierig ist. Elisabeth ahnt ja nicht, was für einen lieben Menschen sie da wegbeißt. Ich verspreche dir, in der Zeit, in der du bei mir wohnst, werde ich auf dich aufpassen. Wir lassen nicht zu, dass du dich in der Dunkelheit verlierst. Auf keinen Fall!«

Chloes Tonfall hatte etwas derart Eindringliches, dass Maighread die Haare auf den Unterarmen zu Berge standen. Plötzlich hatte sie einen Kloß im Hals und das deutliche Gefühl, dass sie nicht die Einzige war, die mit dem Leben und den damit verbundenen Katastrophen kämpfte.

»Sieh dir das an! Ist es nicht umwerfend, was die Natur uns schenkt?« Bevor Maighread etwas auf Chloes Versprechen erwidern konnte, zeigte ihre neue Freundin mit einer ausladenden Geste über den sich neben ihnen erstreckenden Hügel. »Ein ganzes Feld voll Thymian. Was meinst du? Wollen wir morgen zusammen sammeln gehen? Ich möchte gern noch Thymian-Honig ansetzen, die Erkältungszeit steht bevor.«

»Thymian-Honig?«

»Ja, das ist ein wirksames Mittel gegen Husten.« Chloe überlegte kurz. »Aber wenn du keine Lust hast, mit mir Kräuter zu sammeln, könnten wir auch die Wallabys besuchen. Das wollte ich schon länger mal wieder machen und hab es immer aufgeschoben.«

Chloe hatte sich offenbar vorgenommen, ihren Gast von allen trüben Gedanken abzuhalten.

»Okay, okay, ich verspreche, die nächsten Stunden keine Probleme zu wälzen. Du musst dir nicht extra für mich Witze ausdenken. Oder liegt das den Highlandern im Blut und ihr macht das immer?«

»Wieso Witze? Sehe ich aus, als hätte ich einen Clown gefrühstückt? Ich meine das ernst, Maighread. Ich freue mich, wenn wir etwas zusammen unternehmen.«

Chloe schien enttäuscht von Maighreads ausbleibender Begeisterung, und Maighread war damit beschäftigt, nach dem richtigen Tonfall zu suchen.

Irgendwie schienen ihre Gastgeberin und sie doch nicht ganz so gleich zu ticken, wie sie es anfangs gedacht hatte. Jedenfalls konnte sie Chloes Komik nicht mehr folgen.

»Ja, ich fände gemeinsame Unternehmungen auch schön, aber wie kommst du auf die Idee, dass ich mit dir nach Australien fliege, um Wallabys zu besuchen? Oder gibt es hier in der Nähe einen Zoo, von dem ich nichts weiß?«

Chloes Miene, über die sich dunkle Schatten gelegt hatten, hellte sich wieder auf. »Entschuldige, ich dachte, du weißt das. Auf der Insel Inchconnach, die im Loch Lomond liegt, leben Wallabys. Wild, nicht im Zoo. Und das schon seit 1940.«

Maighread versuchte verzweifelt herauszufinden, ob Chloe sie verulkte oder es ernst meinte.

Aber wieso sollte sie so einen merkwürdigen Scherz machen? So albern war sie doch nicht, oder doch?

»Hey, da seid ihr ja. Wir warten schon auf euch. Was ist? Wollen wir gleich anfangen?« Joshuas Begrüßung ersparte Maighread eine weitere Reaktion. Das kam ihr gerade recht. Sie würde Chloe beobachten und versuchen herauszufinden, ob sie vielleicht wirklich ein Scherzkeks war oder was sie mit ihren Ulkereien bezweckte.

Molly begrüßte Bonny und Lennox, die Wiedersehensfreude war riesig, und besonders Molly und Bonny taten gerade so, als wären sie jahrelang getrennt gewesen und hätten sich nun endlich wiedergefunden.

Molly rannte los und lud Bonny zum Fangenspielen ein. Und auch Lennox wurde nicht vergessen. Die drei tobten mit wehenden Ohren über die Wiese.

Kapitel 12

Maighread

»Ich kann nicht mehr.« Maighread stöhnte und wischte sich mit dem Handrücken die Haare aus der verschwitzten Stirn.

Sie sah zu Joshua rüber, der in seinem blau-schwarzen Holzfällerhemd und den ausgewaschenen Arbeitsjeans verboten gut aussah. Würde sie sich verlieben wollen – er wäre ganz sicher in der engeren Wahl. Nicht nur wegen des unverkennbaren Sex-Appeals, sondern vor allem auch wegen seiner liebevollen Art, wie er mit den Tieren umging.

Kein Vergleich zu Dylan. Er hatte Molly zwar nach einigen Anlaufschwierigkeiten gemocht, aber ein Tierfreund war er nicht. Vielleicht wäre auch »geduldet« das richtigere Wort, denn wirklich innig war er mit der jungen Hündin nie gewesen.

Maighread schüttelte über sich selbst den Kopf. Wieso fing sie jetzt an, Dylan und Joshua zu vergleichen? »Joshua, wie machst du das? Du kletterst immer noch mit einer Leichtigkeit über die Gatter, als wären wir nicht schon stundenlang im Einsatz.«

Maighread schloss das Tor hinter dem letzten Schaf der Wensleydales und sprang vom Zaun auf die Wiese. Dort blieb sie einen Moment stehen, massierte ihren schmerzenden Rücken und bog sich nach hinten durch.

In einiger Entfernung rannte Molly immer noch voller Begeisterung über die Weiden. Seit Stunden jagte sie abwechselnd mit Lennox und Bonny über die Wiesen oder döste in der Sonne – zwischendurch kam sie immer mal zu Maighread, um nach dem Rechten zu sehen – nur um im nächsten Moment wieder loszusausen. Sie hatte unglaublich viel Spaß; wäre sie ein Menschenkind, würde sie vermutlich vor Glück jauchzen.

Beruhigt setzte Maighread sich auf den Boden und ließ sich rücklings auf die Wiese fallen. Dort blieb sie mit ausgestreckten Armen liegen. Sie war so verschwitzt und schmutzig, da kam es auf ein paar Grasflecken auch nicht mehr an.

Vielleicht waren es ihre Worte, die ihn anstachelten – oder es war purer Übermut –, jedenfalls sprang Joshua mit Anlauf noch einige Male über das Gatter, immer hin und her, und kam am Ende vor Maighread zum Stehen. »Du hast wohl vergessen, dass die Wettkämpfe anstehen. Wenn ich jetzt nicht in Form wäre, dann hätte ich nächsten Samstag schlechte Karten.«

Maighread stellte fest, dass er kein bisschen außer Atem war. Ganz offensichtlich war er wirklich gut trainiert.

Aber gegen das Schwitzen bei der schweren körperlichen Arbeit half ihm auch seine gute Kondition nichts, das Hemd klebte förmlich an ihm. Wäre es Sommer, hätte er sicher gar keines an. Dann hätte ich vermutlich jetzt beste Sicht auf einen durchtrainierten Männeroberkörper, ging es Maighread durch den Kopf. Bevor sie sich dagegen wehren konnte, hatte sie die zu diesem Gedanken passenden Bilder im Kopf, die da überhaupt nicht willkommen waren.

»Was ist, machst du etwa schon schlapp?«, fragte Chloe in Maighreads Richtung und riss sie damit aus ihren auf Abwege geratenen Gedanken.

»Mpf«, machte Maighread nur, als Ausdruck ihrer hochgradigen Erschöpfung. Einen sinnvollen Satz hätte sie auf die

Schnelle ohnehin nicht formulieren können, während sie ihre Fantasie wieder einfing.

Chloe schraubte die Flasche mit dem Kräutersud zu und ließ sich ebenfalls ins Gras sinken.

»Schon was anderes als das bequeme Stadtleben, was?«, fragte sie neckend. Doch damit brauchte sie Maighread nicht zu kommen. Die Stadt konnte ein Dschungel sein – in der Werbebranche wurde mit harten Bandagen gekämpft, und es wurde einem wahrhaftig nichts geschenkt.

»In Kostüm und High Heels gezwängt, mit einem Dauerlächeln auf den Lippen Geschäftsleute von Marketingideen zu überzeugen und Fragen zu beantworten, über die du innerlich den Kopf schüttelst, ist schon auch anstrengend. Nur anders eben. Dabei werden Füße und Nerven strapaziert – das allerdings reichlich. Hier bei den Schafen werden die Nerven geschont, dafür ist der komplette Körper gefordert. Und wenn ich daran denke, dass das erst die Wensleydales waren – wir haben die Bluefaced Leicesters noch vor uns!« Maighread stöhnte. »Ich glaube, ich kann morgen keinen einzigen Muskel mehr bewegen – falls ich den Tag überhaupt überlebe.«

Es war ein eigenartiges Gefühl für Maighread, über ihr Leben in der Stadt zu sprechen. Obwohl es erst vier Tage her war, dass sie ihre Koffer gepackt und zu ihrer Mutter gefahren war, fühlte es sich ganz weit weg und sehr fremd an. Vier Tage! Maighread konnte es kaum fassen.

Seit sie in Callwell angekommen war, fühlte sie sich viel mehr bei sich selbst als während der Jahre in Edinburgh – und das, obwohl sie noch nicht einmal eine eigene Wohnung oder einen Job hatte. Von ihrer Großmutter, die sie gar nicht hier haben wollte, ganz zu schweigen. Wenn sie nur eine Idee hätte, was sie tun könnte, um ihre Granny für sich zu gewinnen.

»Dann machen wir uns morgen wohl besser einen gemütlichen Tag, um deinen Muskeln eine Verschnaufpause zu gönnen. Eine Fahrt mit dem Boot rüber nach Inchconnach wäre doch gar nicht schlecht, was meinst du? Wir packen einen Picknickkorb und lassen es uns gut gehen.«

»Ihr wollt zu den Wallabys?«, fragte Joshua prompt.

Maighreads Blick flog zwischen Chloe und Joshua hin und her. Hatten die beiden sich abgesprochen? Nein, es schien wirklich zu stimmen, Maighread staunte – damit hätte sie wirklich nicht gerechnet.

Chloe interpretierte Maighreads Blick als Misstrauen. »Maighread scheint Schwierigkeiten zu haben, mir zu glauben, dass es auf der Insel frei lebende Wallabys gibt«, erklärte sie Joshua, und Maighread hatte den Eindruck, sie sei etwas gekränkt.

»Nein, das stimmt nicht – anfangs hab ich gezweifelt, aber jetzt glaube ich dir«, beeilte sie sich deshalb einzuwerfen. »Ich habe einfach nur noch nie etwas davon gehört. In meiner Vorstellung gibt es Kängurus wirklich nur in Australien oder im Tierpark, deshalb staune ich so.«

Joshua saß auf dem Gatter und ließ die Beine baumeln.

»Das ist im Grunde auch richtig«, sagte er. »Aber du weißt ja: Ausnahmen bestätigen die Regel. Und wir Highlander hatten schon immer ein Faible für das Besondere.«

»Genau«, mischte sich jetzt Eilidh in das Gespräch ein, die unbemerkt von den dreien zu ihnen gestoßen war. »Deshalb gibt es nachher auch ein besonders gutes und nahrhaftes Essen. Und jetzt als Zwischenimbiss Sandwiches und ein paar Leckereien. Ihr glaubt ja wohl nicht, dass ich euch ohne Verpflegung durchschuften lasse. Ich habe alles auf die Terrasse gebracht, dann braucht ihr nicht aus der Arbeitskleidung raus und später wieder in die feuchten und schmutzigen Sachen hineinzusteigen.

Wenn ihr fertig seid, gibt es eine heiße Dusche, und dann wird richtig gegessen.« Sie wandte sich an Joshua. »Sag mal, lässt du deine Gäste hier rackern und bietest ihnen nicht mal etwas zu trinken an?« Sie schüttelte missbilligend den Kopf. »Du bist wirklich unaufmerksam, Joshua.«

Ertappt versuchte er sich zu verteidigen. »Genau das wollte ich doch gerade tun! Was ist, habt ihr Durst? Und Hunger? Ich hoffe es. So wie Eilidh schaut, wird sie uns nicht weitermachen lassen, ehe nicht alle Schüsseln und Teller leer gefuttert sind.«

»Perfekt, Eilidh. Ich fürchte, du hast meinen Magen bis zu dir in die Küche knurren hören. Danke, du Liebe!« Chloe stand auf, ging zu ihr rüber und gab der Haushälterin einen Kuss.

Doch die rümpfte die Nase und schob Chloe von sich. »Geh weg!«, schimpfte sie lachend. »Du stinkst, als hättest du mit dem Hammel getanzt.«

»Hab ich doch auch«, kommentierte Chloe trocken und grinste. »Und es hat sogar Spaß gemacht. Er rümpft zumindest nicht die Nase, wenn ich mich ihm nähere.«

»Eilidh, vielen Dank«, beeilte sich nun auch Maighread, ihren Dank auszusprechen.

Sie hatte den Wortwechsel mit einem warmen Gefühl der Geborgenheit verfolgt. Diese Menschen mochten sich wirklich, das spürte man bei jedem Wort und bei jeder Geste. Und es rührte Maighread, wie selbstverständlich sie in diese Gemeinschaft aufgenommen worden war.

»Nur das mit dem Essen hinterher wird nichts, meine Liebe«, meldete sich Chloe noch einmal zu Wort. »Maighread und ich haben keine Wechselkleidung dabei. Wir werden nachher lieber direkt nach Hause laufen.«

Eilidh legte den Kopf schief und überlegte. Eine Absage kam nicht infrage, das sah Maighread ihr an.

»Dann nehmt ihr nachher den Rover, macht euch tauglich für ein Abendessen und kommt wieder. Ganz einfach.«

»Howgh, der Häuptling hat gesprochen.« Joshua schwang sich vom Zaun hinunter und streckte Maighread die Hand hin, um ihr aufzuhelfen. »Auf Mylady. Das Essen wartet.«

Beim Hochziehen bekam Maighread etwas zu viel Schwung, sie landete an Joshuas Schulter, was er mit einem warmen Lächeln registrierte. Fast hatte sie das Gefühl, er hätte absichtlich etwas zu kräftig gezogen.

Doch er sollte sich nur nichts einbilden! Maighread hob ihre rechte Augenbraue und schob sich von ihm weg. »Ich möchte ja nicht unhöflich sein, aber ich schätze, das sind mindestens dreißig Olf. Man kann riechen, dass du bei dem Hammeltanz auch dabei warst«, sagte sie und rümpfte ihre Nase.

In der Werbung waren verschwitzte starke Männer immer so unglaublich sexy, aber das lag vermutlich nur daran, dass es kein Geruchsfernsehen gab. Doch trotz der Geruchsintensität genoss sie seine Nähe, am liebsten hätte sie ihn wieder zu sich herangezogen.

»Olf?«, fragte Joshua.

»Eine Maßeinheit für Gerüche«, erklärte Maighread mit einem verschmitzten Grinsen auf den Lippen. »Ein sitzender durchschnittlich reinlicher Mensch hat eine Geruchsintensität von etwa einem Olf. Ein Kettenraucher liegt bei rund fünfundzwanzig Olf.«

»Dreißig?«, fragte Joshua, und in seinen Augen blitzte der Schalk und noch etwas anderes – etwas, was Maighread direkt im Herz berührte. Sie wollte es nicht, aber sie betrachtete fasziniert die Goldpunkte in seiner Iris, die sie zum Tanz einzuladen schienen. »Dann warte mal, bis Scherzeit ist. Vielleicht knacke ich die Fünfzig.«

»Wenn ihr wollt, komme ich mit, dann braucht ihr euch nicht um eine Überfahrtsmöglichkeit zu kümmern – wir nehmen mein Boot.«

Sie saßen satt und zufrieden auf der Terrasse, streckten ihre Nasen der Sonne entgegen, die es heute zum Glück sehr gut mit ihnen meinte, und plauderten. Gerade waren sie wieder bei der Planung für ihren morgigen Ausflug nach Inchconnach gelandet.

»Prima Idee. Wir zeigen Maighread, wie schön ihre neue Heimat ist«, stimmte Chloe sofort begeistert zu.

Meine neue Heimat, hallte es in Maighread nach. Diese drei Worte lösten ein merkwürdiges Glücksgefühl in ihr aus. Auf Chloes fragenden Blick hin nickte sie.

Wieso auch nicht? So ein Ausflug zu dritt konnte sicher Spaß machen. Wenn sie sich erst mit ihrer Granny ausgesprochen hatte, dann wären Callwell und der Loch Lomond ja tatsächlich so etwas wie eine Heimat für sie – auch wenn sie nicht immer hier leben konnte. Es wäre schön, Freunde hier zu haben und einen Ort, an den sie sich zurückziehen konnte, wenn das Leben zu stürmisch wurde.

Bei dem Versuch, sich ihre Zukunft vorzustellen, stieß Maighread allerdings gegen Mauern in ihrem Kopf. Sie hatte überhaupt kein Gefühl für das, was sie vielleicht tun könnte. Nur was sie nicht mehr wollte, wusste sie sehr genau.

Nie wieder würde sie im Marketing arbeiten. Sie brauchte etwas Handfestes, etwas Ehrliches, was die Menschen glücklich machte – und sie selbst auch. Sie hatte sich lange genug Seifenblasen und Luftschlösser für ihre Kunden ausgedacht und zwischen Fakten und Fantasie jongliert.

»Hey, hallo Leute. Na, so wie ihr arbeitet, möchte ich Urlaub machen. Ich dachte hier wird geschuftet«, grüßte Peter gut gelaunt in die Runde.

Er war um das Castle herum zu ihnen auf die Terrasse gekommen. Jetzt zog er sich einen Stuhl unter dem Tisch vor und setzte sich, ganz offensichtlich fühlte er sich wie zu Hause. »Wo soll es denn hingehen? Ach, egal, sagt es mir nicht, überrascht mich lieber. Ich bin jedenfalls dabei. Ich kann diesem Kerl schließlich nicht zwei wehrlose Frauen überlassen, da braucht es schon jemanden, der auf euch aufpasst.«

Er grinste in die Runde und schnappte sich einen Cookie.

»Hast du heute schon zu tief in deine Whiskyfässer geguckt?«, fragte Chloe prompt – woraufhin Peter ihr zuzwinkerte und sich den Cookie zwischen die Lippen schob.

»Solltest du nicht besser weniger essen und stattdessen deine Puddingarme trainieren, damit der Baumstamm dich nächsten Samstag nicht erschlägt?«, fragte Joshua trocken. Obwohl es ein Scherz war, wirkte Joshua nicht, als wäre ihm nach Lachen zumute.

Hätte Maighread nicht gewusst, dass die beiden gute Freunde waren, hätte sie gedacht, Peter sei ein unwillkommener Störer. Ob das an den Highland Games lag? Überschattete der Wettkampf die Freundschaft, oder konnten die beiden das trennen und es war nur normales männliches Geplänkel?

»Na, du schöne Frau? Ist mein Cousinchen auch lieb zu dir? Und dieser feine Pinkel hier mit seinem Castle – lass dich nur nicht ausbeuten von dem Kerl! Der ist ein Blender. Nächsten Samstag werde ich es dir beweisen.«

»Wenn ihr noch weiter hier sitzen und dem Kerl zuhören wollt, wie er Süßholz raspelt und sich aufspielt – von mir aus. Ich jedenfalls mache jetzt mit den Schafen weiter. Höchste Zeit – die Pause war länger als vorgesehen.«

»Kein Problem, geh du nur zu deinen Schafen, ich kümmere mich derweil um die Ladys.«

Wie abgesprochen, standen Maighread und Chloe gleichzeitig auf. »Na, dann guck mal, wie die Ladys dir weglaufen«, sagte Chloe und streckte ihrem Cousin lachend die Zunge raus. »Komm einfach mit und hilf uns. Zeig mal, was für ein starker Kerl du bist – umso schneller werden wir fertig.«

Auch wenn Maighread im Moment keinerlei Interesse an einem neuen Mann in ihrem Leben hatte, genoss sie die Arbeit mit Joshua doch sehr. Er strahlte so viel Ruhe aus, dass sie das Gefühl hatte, in seiner Nähe könnte der Sturm ihres Lebens ihr nichts anhaben.

Nachdem Peter sich verabschiedet hatte – es war ihm eingefallen, dass er dringend noch etwas zu erledigen hatte –, hatte sich Joshuas Laune schnell wieder gebessert. Mit viel Geduld beantwortete er Maighreads Fragen zur Schafhaltung und Wollverarbeitung.

Im Laufe des Nachmittags war ihr Körper über den Schmerzpunkt hinweg. Sie hatte sich an die Abläufe gewöhnt. Routiniert legte sie Schaf um Schaf den Arm um den Hals und hielt den Kopf so, dass sie dem Tier den Kräutersud ins Maul spritzen konnte.

Der Trick war, schnell genug loszulassen, bevor das Schaf ungeduldig wurde und versuchte, sich zu befreien.

»Du machst das echt prima«, lobte Joshua. »Als hättest du Erfahrung. Wenn du Lust hast, beim Scheren sind geschickte Helfer auch immer sehr willkommen.«

»Wenn ich dann noch da bin, helfe ich sehr gern.« Maighread spürte, wie ihre Wangen warm wurden. Sie freute sich über sein Lob. Albernes Huhn, schalt sie sich im nächsten Moment selbst. Um ihre Verlegenheit zu überspielen, nahm sie den Gesprächsfaden von vorher wieder auf. »Was mich aber auch sehr interessieren würde, wäre der Weg der Wolle bis auf meine Nadeln. Ich kenne mich gut mit dem Endprodukt Wolle aus, aber ich muss gestehen, ich weiß sehr wenig über die Verarbeitung. Einmal habe ich bei einem Wollfestival versucht, mit einer Handspindel zu spinnen, aber das war nicht sehr erfolgreich. Und auch die Ergebnisse meiner ersten Färbeversuche sind noch nicht legendär. Irgendwann will ich das aber unbedingt lernen.«

»Mein Freund Steven arbeitet bei den West Yorkshire Spinners. Wir haben zusammen studiert, und er ist dort in der Qualitätssicherung tätig. Wenn du Lust hast, könnte ich ihn fragen, ob wir die Spinnerei einmal besichtigen dürfen. Er kann dir ganz bestimmt viel mehr über die Wollverarbeitung erzählen als ich.«

»Oh, das wäre klasse. Ich fürchte allerdings, wir müssen mit einem extra großen Auto fahren, ich sehe mich schon Berge von Wolle kaufen.«

Joshuas herzliches Lachen war wie eine warme Umarmung. Dylan hätte spätestens jetzt genervt die Augen verdreht und sie auf ihren übervollen Vorrat hingewiesen. Natürlich war der groß, aber Dylan hatte einfach nicht verstanden, dass es bei Wolle für Maighread kein Zuviel gab.

»Notfalls mieten wir einen Hänger«, kommentierte Joshua lakonisch, »alles kein Problem. Also abgemacht: Ich werde Steven anrufen und fragen.«

Sie hatte wirklich Glück im Unglück gehabt, dass der erste Highlander, den sie kennenlernen durfte, Joshua McLoughlin gewesen war. Und auch Chloe war ein Geschenk. Als wollte das Schicksal ihr zeigen, dass es ihr nicht nur Schwierigkeiten brachte, sondern auch schöne Momente und gute Entwicklungen für sie in petto hatte.

***

»Lass uns bitte kurz bei meiner Grandma halten«, bat Maighread, nachdem sie neben Chloe in deren moosgrünen Crossland gestiegen war.

Chloe warf ihr einen fragenden Blick zu, nickte dann aber nur kurz zur Bestätigung.

»Ich will ihr nur sagen, dass ich noch da bin und auch bleiben werde – vorerst zumindest«, erklärte Maighread ihrer Freundin. »Ich habe beschlossen, sie so lange immer wieder kurz zu besuchen, bis sie endlich mit mir spricht.«

»Bleib ganz du selbst, dann wird es klappen. Sie braucht einfach Zeit. Elisabeth ist kein schlechter Mensch; ich glaube, sie ist sehr verletzt – aber sie wird spüren, dass du ihr nichts Schlechtes möchtest, davon bin ich überzeugt.«

»Wenn meine Mutter nicht so stur gewesen wäre, dann hätten wir … Ach, das bringt ja nichts. Es ist eben, wie es ist. Ich möchte einfach nicht noch mehr Zeit verlieren. Am liebsten würde ich einfach vor Grandmas Tür stehen bleiben, bis sie endlich aufmacht.«

»Und dir damit eine dicke Erkältung und vermutlich am Ende noch eine Anzeige wegen Belästigung oder Stalking einfangen.« Sie schüttelte den Kopf. »Nein, das wäre der falsche Weg. Mach es so, wie du es geplant hast: immer kurz vorbeischauen und ihr zeigen, dass du noch da bist. Klage sie nicht an und mach ihr keine Vorwürfe. Am besten sprichst du von dir, wie es dir geht, was dich bewegt. Ich könnte mir vorstellen, dass sie bei aller Ablehnung doch auch neugierig auf dich ist – das kannst du vielleicht ausnutzen.« Chloe parkte den Wagen direkt vor Elisabeths Haus. »Viel Glück!«, sagte sie.

»Danke. Chloe, fahr ruhig nach Hause, ich komme gleich nach. Die paar Schritte werden mir sicher guttun. Darf Molly bei dir bleiben?«

Nach einem kurzen, prüfenden Blick auf die Rückbank nickte Chloe und startete den Motor. »Klar, darf sie. Ich koch uns schon mal einen Tee, bis später«, sagte sie noch. Maighread schickte ein dankbares Lächeln in ihre Richtung und warf die Beifahrertür zu. Sie hob kurz die Hand zum Gruß und wandte sich dem Haus zu.

Ihre Granny hatte die Vorhänge geschlossen, aber Maighread sah, dass Licht brannte, sie war also noch wach. Es war ja auch erst kurz nach neun.

Entschlossen schritt Maighread auf die Haustür zu und klingelte. Kurz darauf hörte sie die schlurfenden Schritte, die ihr schon beinahe vertraut vorkamen. Dann wurde es still. Die Tür blieb geschlossen.

Maighread klopfte, es geschah nichts.

»Grandma, ich weiß, dass du hinter der Tür stehst. Ich will dir nur sagen, dass ich noch immer hier in Callwell bin. Und ich werde auch bleiben. Falls du mich suchst, ich wohne bei Chloe Baxter.« Sie machte eine kurze Pause und lauschte – nichts. Also sprach sie weiter.

Maighread ließ die Worte, ohne lange zu überlegen, aus ihrem Herzen fließen. »Ich weiß nicht, was zwischen dir und Mum geschehen ist, Grandma, aber ich weiß, dass ich unendlich froh bin, eine Großmutter zu haben. Mein Leben lang dachte ich, du wärst längst tot, und es macht mich so traurig, wenn ich an unsere verlorene Zeit denke. All die Dinge, die wir zusammen hätten tun können, die wir gemeinsam hätten erleben sollen. Aber das kann ich nicht ändern, ich muss es akzeptieren. Jetzt bin ich einfach glücklich – unglaublich glücklich! Denn ich weiß, dass wir uns nun doch noch kennenlernen dürfen. Das Schicksal hat uns eine Chance geschenkt. Ich kenne dich noch nicht, Granny, aber ich weiß, dass ich dich lieb habe. Du bist meine Großmutter.« Ihre Stimme zitterte, aber sie atmete entschlossen tief durch und verlor sich nicht in ihrer Verzweiflung.

Sie musste ihrer Großmutter zeigen, wer sie war, was sie ausmachte. Sie musste ihr klarmachen, dass es ihr Leben bereichern würde, wenn sie sich öffnete. »Ich gehe jetzt, Granny. Ich werde mit Chloe Tee trinken, mich in den Ohrensessel oder auf das Sofa kuscheln und stricken. Stricken tut mir gut, weißt du. Es hilft mir, meine Gedanken zu sortieren. Die weiche Wolle tröstet mich, die Maschen, die ineinandergreifen und sich in meinen Händen zu einem Strickstück formen, geben mir ein Gefühl von Geborgenheit. Strickst du auch? In meiner Vorstellung sitzen wir beide zusammen, jede mit ihrer Handarbeit auf dem Schoß, und plaudern. Kannst du das sehen, Granny?«

Immer noch rührte sich im Haus nichts, aber Maighread hatte das Gefühl, ihre Großmutter hinter dem Türblatt atmen zu hören. Sie lächelte.

Eines Tages würde es genauso sein, wie sie es sich gerade ausgemalt hatte. Daran glaubte sie fest. »Gute Nacht, Granny. Schlaf gut. Ich komme wieder, das verspreche ich dir!«

Kapitel 13

Elisabeth

Elisabeth lauschte hinter der geschlossenen Haustür. Sie hatte ihre Wange gegen das Türblatt gelehnt und versuchte, möglichst leise zu atmen. Ihr Herz pochte so laut, dass sie fast befürchtete, man könnte es auf der anderen Seite der Tür hören.

Warm und eindringlich drangen die Worte ihrer Enkelin durch das Türblatt in den Flur. Sie hat eine angenehm melodische Stimme, ging es Elisabeth durch den Kopf, und eine schöne Stimmfarbe. Ein wenig erinnerte das Timbre, das in den Worten mitschwang, sie an Bob, und diese Tatsache ließ Elisabeths Hände zittern.

Es fiel ihr schrecklich schwer, nicht nachzugeben. Immer wieder musste sie den Impuls unterdrücken, die Klinke zu drücken und sich der Begegnung zu stellen. Doch sie blieb standhaft! Es wäre falsch, jetzt nachzugeben, absolut falsch – und zwar für alle.

Elisabeth straffte die Schultern und schüttelte den Kopf. Dieses junge Ding da vor der Tür sollte lieber wieder in sein Leben zurückkehren und hier bei ihr die Dinge so belassen, wie sie waren. Sie wollte diese ganze Aufregung nicht, die ein Kontakt mit sich brächte, sie hatte genug Leid erlebt in ihrem Leben. Lindsay sollte nicht noch eine Chance bekommen, sie vor den Kopf zu stoßen. Elisabeth würde ihrer Tochter nicht noch einmal die Möglichkeit geben, ihr das Mutterherz herauszureißen und es zu zerfetzen – zu sehr schmerzten die

Narben, die sie von damals zurückbehalten hatte, auch heute noch.

Und davon abgesehen – was wollte diese junge Frau, die ihre Enkeltochter war, denn von ihr? Die verlorenen Jahre konnten sie nicht mehr zurückholen, und heute war sie, Elisabeth, eine alte Frau. Sie hatte nichts mehr zu geben, und sie erwartete auch nichts mehr vom Leben.

Wer wusste schon, wie lange sie überhaupt noch hier wäre, und wenn die Kleine sie jetzt kennenlernte, dann wäre der Schmerz hinterher nur umso größer. Der Tod machte auch vor einer neu gewonnenen Granny, wie ihre Enkelin sie einfach genannt hatte, nicht halt, da bildete Elisabeth sich nichts ein.

Die Stimme vor der Tür war verstummt.

Nachdem Elisabeth hörte, wie die Schritte ihrer Enkeltochter sich vom Haus entfernten, atmete sie erleichtert auf und schlurfte müde zu ihrem Sessel im Wohnzimmer zurück. Das Feuer im Kamin wärmte ihren Körper, doch innerlich fror sie ganz erbärmlich.

Gedankenverloren nahm sie ihr Strickzeug zur Hand.

Sie strickt also auch, dachte Elisabeth. Ob Lindsay ihr das beigebracht hatte? Als Kind hatte ihre Tochter nicht viel Interesse am Handarbeiten gezeigt. Elisabeth hatte es immer wieder versucht, aber mehr als einen Schal, bei dem etliche Maschen von der Nadel gerutscht waren, und eine angefangene Mütze, die seit damals in einer Kiste lag, hatte Lindsay nicht zustande gebracht. Zumindest nicht, solange sie hier in Callwell gelebt hatte – vielleicht hatte sich das später geändert.

Dafür hatte sie als junges Mädchen umso mehr Interesse an den Jungs gezeigt, die sie umschwirrt hatten wie Motten das Licht. Der Gedanke war schneller durch ihren Kopf gehuscht, als Elisabeth hatte reagieren können.

Sie wollte nicht mehr an damals denken. Sie wollte die Wunden nicht wieder aufreißen, es war vorbei.

Lindsay hatte ihren Weg gewählt und war seither dabeigeblieben. Sie hatte die Chance für einen Neuanfang verstreichen lassen, es war offensichtlich, dass sie kein Interesse an diesem Teil ihres Lebens und den Menschen, die dazugehörten, mehr hatte. Die Brücken zwischen Mutter und Tochter waren zerstört, daran konnte niemand etwas ändern, auch nicht dieses hoffnungsvolle junge Wesen, das gerade versuchte, mit Elisabeth in Kontakt zu kommen.

Maighread – wiederholte Elisabeth in Gedanken den Namen ihrer Enkeltochter. Und noch einmal: »Maighread.« Das zweite Mal sprach sie es leise aus. Sie fühlte der Melodie des Wortes nach und dem Gefühl, das es in ihr hervorrief.

Der Name passte zu der jungen Frau. Hätte man Elisabeth gefragt, wie sie sich jemanden vorstellte, der Maighread hieß, hätte sie wohl ziemlich genau eine Person mit dem Äußeren ihrer Enkeltochter beschrieben. Mittelgroß, schlank, ein zarter blasser Teint, dunkle Locken und tiefgrüne Augen, in denen Entschlossenheit, viel Gefühl und neben der Stärke eine große Portion Verletzlichkeit lagen.

Und dann diese Ähnlichkeit! Elisabeth konnte es noch immer kaum fassen: Wie Lindsay auch war sie Bob wie aus dem Gesicht geschnitten.

Schluss jetzt! Sie hatte nun wirklich genug vor sich hin geträumt! Entschlossen nahm Elisabeth ihre Hände hoch, die sie samt Strickzeug während ihrer Tagträumerei in den Schoß gelegt hatte. Sie wollte vor Weihnachten noch ein paar Mützen und Handschuhe fertig bekommen – für den Weihnachtsbasar.

Gleich darauf erfüllte neben dem Knistern des Kaminfeuers und dem Ticken der Standuhr das leise Klappern der Nadeln den Raum. Nur Elisabeths Gedanken ließen sich auch von neuen Maschen nicht bremsen.

Wie Lindsay es wohl fand, dass ihre Tochter hier in Callwell auf den Spuren der Vergangenheit wandelte? Hatte sich bei ihr vielleicht etwas geändert und sie schob jetzt ihre Tochter vor, weil sie selbst nicht den Mumm hatte? Nein, korrigierte Elisabeth diesen Gedanken sogleich wieder.

Wenn Lindsay es wollen würde, käme sie selbst. Sie hatten ihre Probleme miteinander, aber an Entschlossenheit hatte es ihrer Tochter nie gemangelt. Wenn sie etwas wollte, stand sie dafür ein – mit allen Konsequenzen.

Schmerzhaft kamen die Erinnerungen an die Oberfläche, und Elisabeth hatte Mühe, sie wieder in den Teil ihres Geistes zu schieben, den sie verschließen konnte.

Sie gab einen unwilligen Laut von sich und verlor vor lauter Anspannung zum ersten Mal seit Jahren eine Masche. Mit gekonnten Bewegungen und unter Zuhilfenahme einer weiteren Nadel konnte sie die Masche, die bereits vier Reihen abwärtsgerutscht war, wieder nach oben holen, aber ihre Hände zitterten, und das machte sie zornig – was das Zittern natürlich noch verstärkte.

Sie wollte das alles nicht – keine Erinnerungen und keine Besuche, die ihr die Seele schwer machten. Es tat ihr nicht gut. Sie spürte, dass ihr Herz hin und wieder zu schnell schlug, es fühlte sich an wie das Flattern eines ängstlichen Vögelchens in ihrer Brust.

Sie war eine alte Frau, ihr Leben war so gut wie vorbei. Wozu also alte Wunden wieder aufreißen und die Geister der Vergangenheit heraufbeschwören. Wer hätte etwas davon?

»Ach Bob«, sagte sie leise. »Was würdest du tun?« Im gleichen Moment wusste sie die Antwort. Aber das kam nicht infrage! »Ja, ich weiß, du hättest die Tür geöffnet und die Kleine mit offenen Armen empfangen. Was frag ich überhaupt!«, schimpfte sie halblaut in das leere Zimmer hinein. »Ich weiß, dass du bis zum Schluss gehofft und gewartet hast, dass dein Sonnenschein Lindsay zurückkommt.«

Verflixt noch mal. Sonst tat es ihr immer gut, mit ihrem Bob zu sprechen und zu erahnen, welche Antworten er ihr geben würde, wäre er noch am Leben. Doch nicht, wenn es um seine Tochter Lindsay ging.

Schon zu Bobs Lebzeiten war sie das einzige Tabuthema zwischen ihnen gewesen. Er hatte es nie ausgesprochen, doch Elisabeth wusste, dass er ihr die Schuld gab für den Verlust seines Kindes. Das hatte bei aller Liebe und Zuneigung immer zwischen ihnen gestanden.

Sie hatte so sehr versucht, ihre trotzige Tochter zu erreichen! Doch jeder Brief, den sie geschrieben hatte, hatte nur ihren Schmerz verstärkt.

Irgendwann hatte Elisabeth einfach keine Kraft mehr gehabt. Sie hatte aufgehört, den Kontakt zu suchen, und hatte auch Bob gebeten, damit Schluss zu machen. Das hatte er ihr nie wirklich verziehen. Sie wusste das, aber sie hatte es tun müssen, sie war gezwungen gewesen, ab einem bestimmten Moment an sich selbst zu denken. Ab wann hatte eine Mutter denn ein Recht, einen Schlussstrich zu ziehen und sich um ihr eigenes Leben zu kümmern? Diese Frage konnte wohl nur jeder für sich selbst beantworten, und Bob und sie hatten unterschiedliche Auffassungen darüber gehabt. Er hatte sich ihrem Wunsch gebeugt, doch der Vorwurf in seinen Augen war nie vollkommen verschwunden.

Erschöpft ließ Elisabeth die Nadeln wieder in den Schoß sinken, beugte sich nach vorn und barg ihr Gesicht in ihren Händen.

Wie hatte es nur so weit kommen können? Hatte sie tatsächlich alles falsch gemacht in ihrem Leben? Dabei hatte sie immer versucht, ein guter Mensch zu sein, sie hatte immer auch an andere gedacht – tat es heute noch.

Stöhnend erhob sie sich. Heute würde sie keine Ruhe mehr finden, um hier friedlich zu sitzen und zu stricken. Sie würde jetzt ihr Bett frisch machen und schlafen gehen.

Abgezogen hatte sie das Bettlaken vormittags bereits. Doch nachdem sie die Wäsche gewaschen und aufgehängt und sich um ihr Mittagessen gekümmert hatte, war ihre gesamte Energie aufgebraucht gewesen, deshalb hatte sie das Beziehen aufgeschoben.

Müde schleppte sie sich in das kühle Schlafzimmer, zog die große Schublade der Kommode auf und suchte ein Laken und die dickere Wolldecke heraus, die Nächte waren mittlerweile schon sehr kalt.

Mit geübten Handgriffen warf Elisabeth gleich darauf das frisch gestärkte Laken über das Bett und beugte sich über die Matratze, um die Ecken darunterzuziehen.

Mitten in der Bewegung rutschte ihr plötzlich der Stoff aus der linken Hand. Sie beugte sich vor, um ihn wieder zu greifen, doch ihre Hand bewegte sich nicht, obwohl das Hirn den Befehl dazu gab. Der Arm hing leblos herunter.

Im ersten Moment erschrak Elisabeth fürchterlich, und Panik drohte sie zu übermannen, doch sie erlaubte ihren Nerven keinen Zusammenbruch. Mit fest aufeinandergepressten Zähnen konzentrierte sie sich auf ihre linke Hand – keine Reaktion, die Hand bewegte sich noch immer nicht.

Der Schreck löste eine Welle der Schwäche in ihr aus, die Beine gaben nach, und vollkommen erledigt ließ Elisabeth sich auf das Bett sinken.

Was sollte sie jetzt tun? Den Arzt rufen? Der hatte keine Sprechstunde mehr, und sie wollte ihn nicht in seinem wohlverdienten Feierabend stören. Außerdem war sie ja nicht krank! Wenn sie etwas vom Doktor wollte, konnte sie ihn ohne Weiteres morgen in der Praxis aufsuchen. Vermutlich war das sowieso nichts, womit man einen Doktor behelligen musste.

Ihr oberer Rücken schmerzte schon seit einigen Tagen. Wahrscheinlich hatte sie sich einen Nerv eingeklemmt, und das wirkte sich auf den Arm aus, versuchte sie sich selbst zu beruhigen. Eine durchaus logische Erklärung, fand Elisabeth.

Sie hatte einmal von einem Mann gehört, der aufgrund eines entzündeten Zahnes nicht mehr hatte gehen können und am Ende sogar im Rollstuhl gelandet war. Wenn ein Zahn schon so eine Auswirkung haben konnte, war ein eingeklemmter Nerv doch durchaus naheliegend.

Die schlimmeren Gedanken und Bilder von Herzinfarkten oder Schlaganfällen, die sich vor Elisabeths harmlose Erklärungsversuche schieben wollten, verdrängte sie sehr energisch. Nur weil einmal eine Hand nicht so wollte, wie sie sollte, musste man ja nicht gleich mit dem Rettungsflieger über dem Loch Lomond kreisen. Sie würde sich lächerlich machen, wenn sie wegen dieser Lappalie den Notruf wählte!

Noch einmal versuchte Elisabeth, die Hand zu heben. Dieses Mal reagierten die Finger. Erst zögerlich zwar, aber ein paar Sekunden später war alles wieder wie immer – die Hand reagierte, ohne zu zögern und ließ sich heben und bewegen.

Elisabeth schluchzte auf vor Erleichterung, denn auch wenn sie es sich selbst nicht hatte eingestehen wollen: Sie hatte sich bereits hilflos und verloren in einem Krankenhaus liegen sehen – oder in dem Feld neben ihrem Bob.

»Du bist ein dummes altes Suppenhuhn, Elisabeth«, schimpfte sie leise mit sich selbst. »Da sind halt die Leitungen mal ein bisschen träge, und es dauert, bis der Arm den Befehl aus dem Kopf umsetzen kann. Kein Grund, gleich ein solches Theater zu machen.«

Ihre kleine Strafpredigt an sich selbst half ihr, neue Energie zu sammeln. Die Erleichterung verjagte die Schwäche, die ihr in den Knochen gesessen hatte, und mit neuem Schwung war das Bett im Handumdrehen gerichtet.

Jetzt fühlte Elisabeth sich so wach, dass sie gar nicht mehr das Bedürfnis hatte, direkt schlafen zu gehen. Stattdessen ging sie in die Küche und setzte neues Teewasser auf. Eine Tasse Kräutertee würde ihr nach dem überstandenen Schrecken sicher guttun.

Während das Wasser langsam heiß wurde, begab Elisabeth sich ins Wohnzimmer und holte ein Fotoalbum hervor, das dort im Regal neben einigen Büchern stand. Das legte sie auf ihren kleinen Tisch neben dem Kamin.

Kurz darauf setzte sie sich in ihren dunkelroten Lieblingssessel, nahm ein paar Schlucke Tee, legte sich das dicke Buch auf den Schoß und schlug es auf.

Kapitel 14

Maighread

Auch wenn sie nicht erwartet hatte, dass ihre Grandma sie mit offenen Armen empfangen würde, tat die erneute Ablehnung scheußlich weh. Der Schmerz über die Zurückweisung ballte sich in Maighreads Bauch zu einem Knoten zusammen. Enttäuscht wandte sie sich von dem Haus ihrer Großmutter ab und machte sich auf den Weg zu Chloe.

Als sie bei Tibbys Strickladen vorbeikam, blieb sie stehen und betrachtete die Auslage im Schaufenster. Es sah noch genauso aus wie beim ersten Mal; wie es schien, war niemand im Laden gewesen. Details konnte sie im spärlichen Licht der Straßenlaterne nicht erkennen, trotzdem tat es ihr wohl, die Wolle zu betrachten.

Während Maighread sich ausmalte, was sie alles mit den Schätzen, die da hinter der Scheibe lagen und auf sie zu warten schienen, stricken würde, löste sich der Knoten in ihrem Bauch langsam auf.

Beim Schwelgen in Ideen über Wolle, Muster und Projekte kam es Maighread vor, als könne sich ihre angeschlagene Seele in diese schönen Gedanken hineinkuscheln, sie schuf sich damit ein Stück Geborgenheit.

Wie schade, dass der Besitzer so wenig Liebe in den Laden steckt, dachte sie. Und bevor sie wusste, wie ihr geschah, träumte sie davon, selbst die Besitzerin zu sein. Sie sah es lebhaft vor sich, wie sie die Regale mit schönster Wolle füllte, wie sie ihre selbst gestrickten Arbeiten drapierte, sodass die Kunden gleich sehen konnten, was aus der Wolle gezaubert werden konnte und wie sie gestrickt aussah. Vielleicht könnte sie ein kleines Sofa oder ein paar Sessel aufstellen, und bei einer Tasse Tee könnten Kunden nicht nur Wolle kaufen, sondern auch für ein gemütliches Strickstündchen zusammensitzen. Maighread fühlte sich wie elektrisiert.

Bislang hatte sie immer nur im Scherz gesagt, sie würde irgendwann ihre Tücher verkaufen, weil sie mehr strickte, als sie brauchte – und das, obwohl sie auch oft welche verschenkte. Es war ihr dabei aber immer klar gewesen, dass man vom Handel mit handgestrickten Waren nicht leben konnte. Deshalb hatte sie diese Idee auch nie ernsthaft verfolgt. Den gedanklichen Schritt zum eigenen Strickladen hatte sie nie zuvor vollzogen. Im Moment verstand sie gar nicht mehr, wieso eigentlich nicht.

War es möglich, dass sie hier, auf den Spuren ihrer Vergangenheit, die sich ihr noch immer verwehrte, plötzlich einen Blick auf ihre Zukunft werfen konnte? Hatte sich hier ein Tor für sie geöffnet? War es das, was sie wollte – wonach sie sich die ganze Zeit schon gesehnt hatte? Ein kleiner, schnuckliger Strickladen?

Blieb allerdings die Frage, wo sie ein solches Unternehmen starten könnte und wie sie das finanzieren würde. Sie hatte zwar die Abfindung von Dylan, aber um ein Unternehmen zu gründen, wäre das bei Weitem nicht genug. Allein die Kosten für die Erstausstattung des Ladens überstiegen schon ihr Budget.

Sie hatte genug hoffnungsvolle Neugründer an den Finanzen verzweifeln sehen – in diesem Punkt machte sie sich nichts vor, das wäre nicht einfach zu wuppen.

Doch gerade jetzt in diesem Moment schien ihr alles möglich. Wenn sie es wirklich wollte, würde sie einen Weg finden.

Auf jeden Fall wollte sie diesen Gedanken in den nächsten Tagen weiterspinnen und sich intensiver damit auseinandersetzen.

Sie musste herausfinden, ob es wirklich das war, was sie wollte. Und wenn sie diese Frage absolut sicher mit Ja beantworten konnte, müsste sie anfangen, Pläne zu machen. Am Ende der Vorbereitungsphase müsste ein tragfähiger Businessplan stehen, sonst hätte sie keine Chance auf einen Kredit. Das alles kannte sie, und sie könnte das auf die Beine stellen – wenn die Idee wirklich trug.

Aber wenn hier in Callwell ein Wollshop existieren konnte, müsste das doch in einer größeren Stadt ohne Probleme auch möglich sein. Mit ihrem zusätzlichen Know-how im Marketing könnte sie mit dem stationären Laden auch direkt einen Onlineshop verbinden und dadurch einen viel größeren potenziellen Kundenkreis ansprechen. Mit der entsprechenden Vernetzung standen ihr ganz sicher viele Türen offen. Sie müsste das so präsentieren, dass den Bankmenschen die Pfundzeichen in den Augen leuchteten.

Bislang hatte sie sich lediglich bei Bedarf Fachvideos angesehen, die ihr bei Problemen mit komplizierten Mustern halfen. Ansonsten hatte sie sich den sozialen Netzwerken immer verwehrt und Strickgruppen gemieden. Selbst Ravelry – das wohl größte Netzwerk im Bereich Stricken und Häkeln – konnte sie nicht locken. Wenn sie die Wahl hatte, zog sie immer das echte Leben dem virtuellen vor. Mehr Schein als Sein hatte sie während der Arbeit in der Agentur mehr als genug gehabt, das wollte sie in ihrem Privatleben nicht auch noch.

Doch mit einem Wollshop im Rücken wäre das natürlich etwas anderes. Mit einem guten Netzwerk schaffte man sich Sicherheit – das hatte sie ihren Kunden in allen Branchen immer versucht zu vermitteln. Und wieso musste es immer

Schein sein, nur weil es virtuell war? Wenn sie echt bliebe, könnte das doch vielleicht sogar Spaß machen, und am Ende würden die virtuelle Welt und die reale Welt sich vielleicht sogar überschneiden.

Sie könnte Kurse anbieten – online oder auch vor Ort – und dabei auch Wolle verkaufen. Ihre Gedanken und Ideen drängten mit aller Macht an die Oberfläche, als hätten sie längst in ihr geschlummert und nur auf den richtigen Moment gewartet, um aufzutauchen. Maighread war völlig überwältigt von ihrer eigenen Energie.

Vielleicht konnte sie Tibby, die Ladenbesitzerin, um Rat fragen. Wenn sie in Glasgow oder London ein Geschäft aufmachen wollte, wäre sie keine direkte Konkurrenz, das erhöhte ihre Chance auf ein paar Tipps. Sie könnte Tibby zum Ausgleich ihre Hilfe anbieten – so wie der Laden aussah, könnte er eine liebende Hand und ein paar moderne Ideen dringend gebrauchen.

Beschwingt von der Flut ihrer Gedanken löste Maighread sich schweren Herzens vom Schaufenster und lief mit federleichten Schritten die Straße hinunter zu Chloes Haus.

»Da bin ich!«, rief sie, kaum dass sie die Haustür geöffnet hatte, so gut gelaunt, dass Chloe erstaunt den Kopf zur Küchentür hinausstreckte und sie fragend musterte.

»Sag nicht, du hast die harte Schale schon geknackt? Ich war sicher, dass du es schaffen würdest, aber so schnell habe ich absolut nicht damit gerechnet.«

Der Ideenfaden, den Maighread spann, verhedderte sich bei Chloes Frage. Die Leichtigkeit, die sie gefühlt hatte, war genauso schnell verschwunden, wie sie aufgetaucht war, als sie erneut an ihre Großmutter dachte. Maighread schüttelte den Kopf.

»Nein, keine Chance. Grandma hat die Tür nicht geöffnet.«

Sie zog ihre Jacke aus und hängte sie an die Garderobe. Dann stellte sie die Schuhe in das Regal und streichelte Molly, die voller Freude um sie herumtänzelte, als hätten sie sich hundert Jahre nicht gesehen.

»Ich hab sie atmen hören«, berichtete Maighread. »Aber die Tür blieb zu. Trotzdem habe ich alles gesagt, was ich mir vorgenommen hatte. Und morgen gehe ich wieder hin.«

»Ach schade, als du gerade so strahlend hier hereingestürmt bist, habe ich einen Moment gehofft, ihr hättet zueinandergefunden.«

»Das wäre so schön, aber nein, ich hab mir nur gerade die Nase am Schaufenster des Strickladens platt gedrückt.« Sie zögerte kurz, dann fügte sie hinzu: »Schöne Wolle macht mir immer gute Laune.«

Ihre Pläne waren noch im Seifenblasenstadium. Eine falsche Bewegung, ein zu kräftiger Hauch, und alles würde zerplatzen. Sie wollte vorerst nicht darüber sprechen, erst musste sie sich selbst darüber klar sein und Fakten sammeln.

»Prima. Wie wäre es, wenn du gut gelaunt die Tassen mit rüber ins Wohnzimmer nimmst? Ich komme mit Tee und Cookies hinterher.« Damit drückte sie Maighread zwei ihrer besonderen handgetöpferten Tassen in die Hand, sie waren blau mit weißen Disteln darauf.

»Kaum zu fassen, wir haben so viel gegessen, aber hör nur, mein Magen freut sich schon auf die Kekse.« Und tatsächlich, ihr Magen knurrte so laut, dass Molly, die neben Maighread stand, erstaunt die Ohren spitzte und den Kopf schief legte.

»Möchtest du mir erzählen, was dich nach Callwell zurückverschlagen hat?«, fragte Maighread eine gute Weile später. Sie und Chloe hatten es sich vor dem Kamin gemütlich gemacht, Molly lag vor Maighread auf dem Teppich und schlief.

Im Hintergrund lief eine CD von Battlefield Band. Die sanften und eindringlichen Klänge von Dudelsäcken und Geigen brachten einen Hauch Mystik in den Raum.

Die Freundinnen hatten bereits über Joshua, die Schafzucht und Elisabeths Sturschädel gesprochen, und Maighread fand, es war an der Zeit, Chloe etwas aus der Reserve zu locken – sie wusste noch kaum etwas von ihr.

Im ersten Moment schien es, als wollte Chloe sich verschließen, doch dann kam Bewegung in sie. Sie zog ihre Füße aus den Hausschuhen, hob sie auf den Sessel und schlang die Arme um die Knie. Einen Moment lang saß sie still da und sah in die Flammen.

Maighread ließ ihr Zeit. Masche um Masche arbeitete sie sich an den Handstulpen für Eilidh voran und lauschte der Musik, während Chloe ihre Gedanken sammelte.

»Ich war von Herzen gern Psychologin, weißt du?«, begann sie, in das nächste Lied hinein zu erzählen. Maighread sah im Widerschein des Feuers den Glanz in Chloes Augen. Ganz offensichtlich bewegte es sie sehr, über ihren Weg zurück nach Callwell zu sprechen.

Maighread schwieg und wusste, dass Chloe ihr die Geschichte in ihrem eigenen Tempo erzählen würde.

»Schon das Studium war genau das, was ich mir vorgestellt hatte – also abgesehen von dieser vermaledeiten Statistik.« Jetzt wurde sie lebendig. »Wusstest du, dass die meisten Abbrecher des Psychologiestudiums nicht an der Psyche und ihren Funktionen scheitern, sondern an der Statistik? Na egal, ich hab es hingekriegt und hatte direkt nach meinem Abschluss eine Stelle in Glasgow. Alles lief prima.

Ich hatte einen Job in einer Tagesklinik und war für Patienten mit Depressionen und Zwangsstörungen zuständig. Anfangs hatte ich meinen Chef an meiner Seite, aber nach einigen Monaten übergab er mir die ersten Patienten in Alleinverantwortung.«

»Ich stelle es mir schrecklich anstrengend vor, mit psychisch kranken Menschen zu arbeiten. Hut ab vor deiner Kraft, dass du das kannst.«

Chloe nickte. »Es war unglaublich anstrengend! Am schwierigsten fand ich die Abgrenzung. Ich konnte nie einfach Feierabend machen und das Leid und die Probleme meiner Patienten vergessen – das ging nicht. Frag meinen Ex. Tom hatte bald die Nase voll, weil ich oft am Abend noch gearbeitet habe, weil ich mit den Gedanken dauernd bei meinen Patienten und deren Problemen war und weil ich ihn total vernachlässigte – zumindest behauptete er das. Wir haben uns schließlich getrennt.«

»Das tut mir leid«, sagte Maighread leise in Chloes Erzählpause hinein.

Doch sie winkte ab und lachte kurz auf. »Kein Problem – wir haben einfach nicht zusammengepasst. Was soll ich mit einem Mann, der meine Arbeit nicht respektiert. Ich wette mit dir, wäre er jetzt noch mein Freund und mit mir hier in Callwell, würde er behaupten, ich ziehe meine Kräuter ihm vor.

Offen gestanden bin ich sogar ganz gern allein. Vielleicht ticke ich so? Oder aber ich habe einfach noch nicht den richtigen Mann getroffen. Keine Ahnung, jedenfalls bin ich nicht auf der Suche, sondern ganz zufrieden mit dem, was ich habe.« Sie machte eine ausschweifende Handbewegung und deutete damit an, dass sie das Haus ebenso wie ihre Kräuterleidenschaft meinte.

»Nach der Trennung lief es ziemlich gut für mich, ich bekam immer mehr Verantwortung im Job, und meine Arbeit machte mich stolz und glücklich.« Jetzt drehte Chloe sich zu Maighread. »Du glaubst nicht, wie wundervoll es ist, wenn man einen Patienten aus der Dunkelheit führen durfte. Dieses erste zaghafte Aufhellen, das man an der Mimik der Menschen, am Ausdruck und an den Augen ablesen kann. Natürlich schafft man das nicht immer, aber wenn, dann ist es unbezahlbar.

Ich war ziemlich gut darin, die Situationen einzuschätzen und das richtige Maß zu finden, in dem ich meine Patienten forderte und unterstützte. Und dann habe ich einen schrecklichen Fehler gemacht.« Der Glanz in Chloes Augen wurde zu fließenden Tränen. Sie beugte den Kopf nach vorn und krallte ihre Hände in die Haare.

Maighread strickte und lauschte, während Chloe ihr von einem ihrer Patienten erzählte, mit dem sie einen weiten Weg durch seine Krankheit gegangen war und wie er langsam wieder ins Leben zurückgefunden hatte.

»Nick ging es gut. Er hatte es fast geschafft, monatelang habe ich ihn betreut. Gespräche, Verhaltenstherapie und Medikamente entfalteten eine harmonische Wirkung und führten ihn Tag für Tag ein Stück mehr aus der Dunkelheit heraus. Es war richtig, ihn zu entlassen. Er freute sich darauf, seine Familie freute sich, und er hatte sogar die Möglichkeit, wieder in die Schule zu gehen, um seinen Abschluss nachzuholen. Es war alles organisiert und schien sich perfekt zu entwick…« Die letzten Buchstaben wurden von Chloes Schluchzen verschluckt.

Maighread legte ihr Strickzeug zur Seite und ging zu Chloe hinüber. Sie setzte sich zu ihr auf die Sessellehne und legte den Arm um sie. Chloe ließ sich gegen sie fallen. Sie kauerte sich zusammen und ließ sich von Maighread halten.

Als die Schluchzer weniger wurden, setzte Chloe sich wieder auf. Mit einem entschuldigenden Lächeln nahm sie das

Taschentuch, das Maighread ihr hinhielt, putzte sich die Nase und trocknete ihre Augen.

»Einen Tag vor seinem zweiundzwanzigsten Geburtstag hat er sich in den Tod gestürzt. Er war mit dem rauen Leben da draußen nicht klargekommen, und ich habe es nicht gemerkt. Verstehst du, Maighread? Ich bin schuld am Tod eines Menschen. Am nächsten Tag habe ich gekündigt. Mir blieb nur die Flucht, denn ich fühlte mich dem *echten* Leben nicht mehr gewachsen, und das ist bis heute so.« Jetzt lachte sie ein kleines, zittriges Lachen und zuckte mit den Schultern. »Deshalb bin ich hier. Inzwischen liebe ich mein Leben hier und bin zufrieden mit meinen Kräutern, aber im Grunde bin ich einfach zu feige für alles andere.«

»Das war bestimmt nicht einfach. Ich meine, dir ein neues berufliches Standbein aufzubauen. Wie bist du überhaupt darauf gekommen, etwas mit Kräutern zu machen?«

Inzwischen hatte Maighread sich wieder auf ihren Platz zurückgesetzt und ohne darüber nachzudenken ihr Strickzeug wieder aufgenommen. Das leise Klackern des Nadelspiels beruhigte sie.

Natürlich hatte sie geahnt, dass Chloe mit einem Schatten kämpfte, aber mit so einer schlimmen Geschichte hatte sie nicht gerechnet.

»Oh, da brauchst du nur Eilidh fragen.« Chloe lächelte, sie saß wieder mit angezogenen Knien da und sah auf das Feuer. »Sie ist ein Schatz, weißt du. Ohne sie hätte ich vermutlich den Halt verloren und wäre hier in dem Haus langsam, aber sicher vor die Hunde gegangen. Jetzt kann ich zumindest etwas tun, was mir Freude macht.«

»Es ist bestimmt nicht einfach, damit über die Runden zu kommen«, sinnierte Maighread halblaut vor sich hin.

Chloe griff den Gedanken auf. »Reich werde ich nicht,

das ist wohl wahr. Aber ich lebe bescheiden, so komme ich zurecht. Was aber noch viel wichtiger ist – ich kann keinem Menschen mehr schaden.«

»Wie lange ist das her?«, wollte Maighread nun wissen.

»Es fühlt sich an, als sei es gestern gewesen«, kam die Antwort von Chloe prompt. »In Wirklichkeit war es im Sommer vor einem Jahr.«

»Weißt du eigentlich, dass du eine unglaublich starke Frau bist?«, fragte Maighread.

»Ja genau, oder wie nennt man das, wenn jemand vor der Welt wegläuft und sich im hintersten Winkel versteckt? Ah, jetzt fällt es mir ein! Die richtige Bezeichnung ist: elender Feigling.« Chloes Lachen klang bitter.

»Also wenn du mich fragst, würde ich sagen, du therapierst dich selbst. Du gibst deiner Seele die Chance zu heilen. Daran ist nichts feige.«

Chloe verzog ihr Gesicht und tippte sich gegen die Stirn, um Maighread zu zeigen, dass sie mit ihrer Hobbyanalyse Welten danebenlag – doch die ließ sich nicht beirren.

»Ich meine das ernst«, sprach Maighread weiter. »Auch wenn ich keine Psychologin bin, so habe ich doch ein gewisses Maß an gesundem Menschenverstand. Ich habe dir sehr aufmerksam zugehört und dabei das Leuchten gesehen, wenn du von deinen Patienten sprichst. Du hast diesen Job aus vollem Herzen gemacht, Chloe. Und du hast vielen Menschen geholfen. Du bist sehr verletzt worden; das kann geschehen, wenn man sein Herz an etwas hängt. Vermutlich ist das die größte Hürde in deinem Beruf – die Grenzen zu akzeptieren und sich selbst nicht die Schuld zu geben, wenn die Krankheit stärker ist als die Therapie.

Was hättest du denn tun sollen? Einen Patienten einsperren, der in diesem Moment bereit ist, sich dem Leben wieder zu stellen? Das geht doch gar nicht! Keiner konnte ahnen, dass Nicks Kraft nicht genügt, um es zu schaffen.«

Jetzt hob Chloe die Hand, um Maighread zu stoppen. »Du bist toll, Maighread. Ich danke dir von Herzen für den Versuch, mich von der Schuld freizusprechen, aber spar dir die Anstrengung. Als Therapeutin hätte ich für ein Netz sorgen müssen, das im Notfall greift. Ich bin nicht nur eine miserable Psychologin, ich habe versagt und tue der Menschheit einen Gefallen, indem ich nicht mehr in meinem Beruf arbeite. Das ist der Fakt.«

»Hattest du ein Handy?«

»Wie meinst du das? Damals? Ja, natürlich! Jeder hat doch ein Handy, oder?«

»Hatte Nick deine Nummer?«, fuhr Maighread fort.

»Selbstverständlich. Ich war Tag und Nacht erreichbar!« Chloe schien die Frage fast schon als Beleidigung zu empfinden, doch Maighread war nun genau da, wo sie hatte hinwollen.

»Und wieso sagst du dann, du hättest nicht für ein Netz gesorgt?«, fragte sie und lächelte Chloe an. »Nick hatte die Wahl. Er konnte sich zwischen dem Netz – einem Anruf bei dir – oder dem Suizid entscheiden. Er hat – durch die Krankheit im Denken beeinträchtigt – die falsche Wahl getroffen. Und genau das hätte er bei jedem engmaschigeren Netz auch getan. So traurig und tragisch das ist: Er wollte nicht gerettet werden, Chloe. Das ist nicht deine Schuld.«

»Vielleicht, vielleicht auch nicht. Es tut so oder so schrecklich weh.«

»Lass dir Zeit, Chloe. Es wird besser werden, davon bin ich fest überzeugt.«

Chloe und Maighread saßen da, lauschten wieder der Musik von Battlefield Band und ließen ihre Gedanken spazieren gehen.

»Und was ist mit dir, Maighread?«, fragte Chloe irgendwann unvermittelt? »Wovor läufst du weg?«

»Wie kommst du denn …?«, setzte Maighread zur Abwehr an. Doch ein Blick auf Chloes wissenden Gesichtsausdruck brachte sie ins Stocken. »Vielleicht hast du recht. Lass es uns kurz und pragmatisch zusammenfassen – meine Beziehung ist in die Brüche gegangen. Frag nicht weiter, bitte. Es ist vorbei, ich will es nicht wieder aufkochen. Der Aufenthalt hier in Callwell kommt mir ganz gelegen. Ich muss mir darüber klar werden, wohin ich möchte, aber eines ist sicher: Zurück nach Edinburgh will ich auf keinen Fall.«

Chloe stand auf, ging in die Küche und kam gleich darauf mit einer Packung *Chocolate Orange* zurück.

Sie machte eine entschuldigende Geste und sagte: »Ich weiß, es ist noch nicht Weihnachtszeit, aber ich finde, wir haben uns ein bisschen Schokolade verdient. Und *Chocolate Orange* hat so etwas unglaublich Tröstendes. Es ist Nahrung für die Seele.«

»Chloe, du bist ein Schatz. Ich liebe sie!«, rief Maighread und verdrehte gleich darauf genüsslich die Augen, als sie sich den ersten Schokoladenschnitz im Mund zergehen ließ.

Mail@Lindsay.Robertson

Hey Mum!

Leider gibt es noch nichts Neues, Grandma weigert sich, mit mir zu sprechen. Was ist nur los mit euch beiden? Ihr seid so furchtbar stur! Aber das kann ich auch. Ich lasse mich nicht so leicht entmutigen.

Es wäre so schön, wenn du hier wärst, wenn wir dieses Schweigen endlich gemeinsam beenden und einen Neuanfang wagen könnten.

Inzwischen bin ich sogar froh, dass das Schicksal mich an den Loch Lomond verschlagen hat – ich glaube wirklich, das war Fügung. Die Menschen hier sind so freundlich und haben mich in ihre Gemeinschaft aufgenommen, als gehörte ich hierher.

Obwohl ich Chloe erst kurz kenne, fühle ich mich ihr so verbunden, dass ich sagen möchte, wir sind Freunde. Mit ihr habe ich den absoluten Glückstreffer gelandet, nicht nur als Freundin, sondern auch als Vermieterin. Es ist so schön, am liebsten würde ich einfach hierbleiben.

Oh, Mum, stell dir vor, ich glaube, ich weiß jetzt, was ich künftig beruflich machen will.

Das Wollgeschäft im Ort hat mich auf die Idee gebracht. Leider scheint es dauerhaft geschlossen zu sein, sonst hätte ich sicher längst für Umsatz gesorgt. Vielleicht ist der Besitzer im Urlaub und hat vergessen, ein Schild in die Tür zu hängen? Egal, ich werde in den nächsten Tagen wieder vorbeischauen, irgendwann wird er ja wohl öffnen.

Aber was ich dir erzählen wollte! Ich glaube, ich werde einen kleinen Strickladen eröffnen. Stopp! Verdreh jetzt nicht die Augen oder schüttel den Kopf. Hör mir bitte erst einmal zu, bevor du sagst, dass ich spinne, und ich versuche, dir meine Gedanken aufzuschreiben:

- Stricken erfährt gerade einen regelrechten Boom, ich könnte den Trend für mich nutzen.
- Mit meiner Marketingerfahrung kann ich mich und mein Geschäft sicher optimal präsentieren.
- Ich möchte einen stationären Laden mit einem Onlinehandel kombinieren, damit habe ich größtmögliche Reichweite.
- Ich kann meine eigenen Strickerfahrungen nutzen und zu der angebotenen Wolle passende Strickstücke präsentieren – so sehen die Kunden, wie die Wolle verarbeitet wirkt.
- Ich kann handgestrickte Sachen verkaufen – als zusätzliches Standbein.
- Ich kann Kurse anbieten. Viele Menschen würden zum Beispiel gern Socken stricken, trauen sich aber nicht, weil sie denken, es ist zu kompliziert.
- Es gibt ein sehr breites Strick- und Häkelnetzwerk, das eröffnet mir viele Möglichkeiten.
- Stricken ist gesund! Ja, wirklich! Es entspannt, beruhigt, fördert die Konzentration und stärkt die Koordination, um die wichtigsten Punkte zu nennen. Es gibt sicher noch mehr, die mir auf die Schnelle nicht einfallen.

Jetzt muss ich mir nur gut überlegen, wo ich den Strickladen eröffnen möchte – London könnte ich mir vorstellen. Dann muss ich eine passende Immobilie finden und die Bank von meiner Idee überzeugen, damit sie mir einen Kredit gewährt. Wenn es in Callwell nicht schon einen Wollladen gäbe, könnte ich glatt versucht sein, hier am Loch Lomond zu bleiben.

Du siehst also, Mum, auch wenn ich hier auf den Spuren meiner Vergangenheit unterwegs bin, habe ich die Zukunft fest im Blick. Ich bin ganz kribbelig vor Aufregung!

Trotzdem gehe ich jetzt ins Bett, es ist schon nach Mitternacht. Morgen muss ich wieder früh raus, wir wollen einen Ausflug nach Inchconnach machen, die Wallabys besuchen.

Ich dachte erst, dass Chloe einen Scherz macht, aber es stimmt – ich hab es inzwischen im Netz nachgelesen –, es gibt hier tatsächlich frei lebende Wallabys.

Mum, es ist so wunderschön hier – ich hoffe, dass ich noch viel Zeit in Callwell verbringen darf. Ich möchte den Loch Lomond im Verlauf der Jahreszeiten erleben, ganz bestimmt ist es im Frühjahr ein Traum hier, wenn das Leben rund um den See erwacht, oder im Sommer, wenn die Sonne das Wasser glitzern lässt. Hier in den Highlands scheinen Himmel und Erde sich so nah, der Zauber dieser Landschaft berührt meine Seele und macht mich ganz tief im Innern glücklich. Verstehst du, was ich meine?

Ich schreib dir bald wieder. Schlaf gut, Mum.

Ich hab dich lieb!

Kuss,
Deine Maighread

Kapitel 15

Joshua

Langsam und möglichst leise bewegten sie sich zu dritt durch den herbstlichen Wald. Das Wetter war wunderbar. Durch die lichten Baumkronen drängten Sonnenstrahlen, malten goldene Sprenkel auf den Boden und tauchten alles in einen beinahe mystisch wirkenden Schimmer.

Es war der perfekte Tag für ihren Ausflug nach Inchconnach – auch wenn Joshua mit seinem schlechten Gewissen kämpfte. Auch um die fälligen Wasserproben zu nehmen, konnte er sich keinen besseren Tag vorstellen. Doch er hatte sich die Chance, Zeit mit Maighread zu verbringen, nicht entgehen lassen wollen. Manchmal musste man eben Prioritäten setzen. Vielleicht konnten sie auf dem Heimweg einen kleinen Umweg zu den festgelegten Entnahmestellen machen und die Proben gemeinsam nehmen. Jetzt wollte Joshua erst einmal den Tag genießen.

Joshua dachte an die vielen Fragen, mit denen Maighread ihn während der Überfahrt gelöchert hatte, und war glücklich. Sie hatte alles wissen wollen – über den Loch Lomond, über das Boot und auch über Joshuas Umweltschutzarbeit. Ihre Begeisterung war direkt aus ihr herausgesprudelt, Joshua hatte gespürt, wie sehr sie den See und die Natur mochte.

Nachdem sie die Insel erreicht hatten, war Maighread nicht mehr zu bremsen gewesen – sie hatte es kaum noch erwarten können, endlich Wallabys zu sehen.

Ihre Fröhlichkeit war ansteckend. Wenn sie lachte und ihre Augen übermütig blitzten, fühlte sich auch Joshua fröhlich und leicht. Wie machte sie das nur?

Er beobachtete diese Frau, die das Unwetter ihm quasi vor die Füße gespült hatte, und bewunderte ihre Natürlichkeit. Joshua war ziemlich sicher, dass sie keine Ahnung hatte, was sie mit ihm anstellte.

Plötzlich blieb sie stehen.

»Da! Schaut doch! Da ist eins.« Maighread schaffte es, fast unhörbar zu flüstern, obwohl Joshua ihr ansah, dass sie am liebsten laut herausgeplatzt wäre und gejubelt hätte.

Joshua, der direkt hinter ihr stand, beobachtete sie fasziniert, er sah das Strahlen in ihrem Gesicht. Sie freute sich wie ein kleines Kind und zauberte damit automatisch auch ihm ein Lächeln auf die Lippen.

Er fand es erstaunlich, dass sie sich – bei allem, womit sie gerade zu kämpfen hatte – dennoch mit so einer Leichtigkeit auf den Ausflug einlassen konnte. Die Stärke, die in dieser zarten Frau steckte, imponierte ihm.

Maighread merkte zum Glück nichts von Joshuas Gedanken und auch nicht, wie eindringlich er sie musterte. Voller Begeisterung zeigte sie mit dem Finger zwischen den Bäumen hindurch und bebte dabei vor Aufregung.

Widerstrebend löste Joshua sich von ihren Lippen, deren Schwung er gerade bewundert hatte, und folgte mit seinem Blick der Richtung, in die sie wies. Zwischen den Zweigen entdeckte er, wie sie gesagt hatte, das erste Wallaby. Doch es wühlte ihn nicht halb so sehr auf wie seine Gefühle, die gerade ganz ohne seine Erlaubnis einen Reel tanzten.

Ob sie auch gerne tanzte? Sie war nicht vertraut mit der Highlandertradition, aber der Reel, der typische schottische Volkstanz, würde ihr bestimmt gefallen. Er sah direkt vor sich, wie sie Hand in Hand zu Dudelsackklängen und wild singenden Geigen im Takt hüpften und sprangen. Und lachten – mit Maighread war es unfassbar leicht zu lachen.

Vielleicht hatten sie im Anschluss an die Highland Games Gelegenheit dazu? Die Feier danach war immer ziemlich ausgelassen – feucht-fröhlich und voller Musik. Joshuas Gedanken sprangen, als wollten sie sich dem Tanz seiner Gefühle anschließen.

Am liebsten hätte er die Arme um Maighread gelegt und sie an sich gedrückt. Er wollte ihre Freude über das Wallaby hautnah mit ihr teilen und konnte sowieso an nichts anderes mehr denken als an Maighread – ihre zarte Haut, ihr blasses Gesicht, die vollen, dunklen Locken, die schlanke Gestalt, das Grün ihrer Augen, die niedliche Nase mit dem leichten Stups. Wie bei einem Kaleidoskop verwirbelten die Bilder und Empfindungen und präsentierten alle paar Sekunden eine neue Kombination. Er hatte keine Macht mehr über sein Herz, es hatte sich, ohne ihn zu fragen, an diese junge Frau gehängt. Joshua war hin- und hergerissen zwischen Glückseligkeit und Panik.

Er wollte Maighread fühlen, ihre Wärme spüren und seine Nase an ihren Hals drücken, um ihren Duft in sich einsaugen zu können. Sie verwendete, wenn er seiner Nase glauben durfte, kein Parfum. Nur ein sanfter Hauch von Rose umspielte sie, Joshua tippte auf eine von Chloes Seifen.

Je mehr Zeit er mit Maighread verbrachte, desto mehr gefiel sie ihm. Als sie ihn gestern mit den Olf geneckt hatte, war es endgültig um ihn geschehen gewesen.

Ihre Art von Humor traf ihn genau ins Herz, seither zog es ihn in ihre Richtung. Hätte er sich nach Schweiß und Schaf stinkend Chelsea genähert, hätte sie sicher nur angewidert die Nase gerümpft und ihn duschen geschickt und nicht mit ihm herumgealbert. Hatte er zu früh aufgegeben? Vielleicht sollte er der Liebe doch noch eine Chance geben … Es war doch möglich, dass nicht alle Frauen so oberflächlich waren wie seine Ex-Freundin.

Doch die Angst, erneut verletzt zu werden, saß ihm im Genick. Er hatte den Schmerz noch nicht vergessen, den Chelsea ihm zugefügt hatte. Doch an sie wollte er jetzt nicht denken. Mit einem Räuspern rief er sich selbst zur Ordnung.

Maighread drehte sich zu ihm um und sah ihn vorwurfsvoll an.

»Jetzt hast du es verscheucht«, beklagte sie sich schmollend. Sie sah sehr süß aus, wenn ihre grünen Augen vorwurfsvoll aufblitzten. Joshua war versucht, sie noch ein wenig zu necken, um dieses Blitzen noch einmal sehen zu können, doch er widerstand dem Impuls.

»Das tut mir leid. Pass auf, wir suchen uns einen Platz, wo wir die Decke hinlegen und gemütlich sitzen können. Ich verspreche dir, dann bin ich ganz leise. Okay? Für dich auch, Chloe?«

»Oh, tut so als sei ich gar nicht da. Ich überlege ohnehin gerade, ob ich mich nicht vielleicht ein bisschen abseilen könnte. Ich würde so gern nach ein paar Kräutern gucken. Es wächst jetzt zwar nicht mehr so viel, aber wer weiß? Ich habe vorhin am Wegrand eine Stelle mit Hagebutten und ein paar Holundersträuchern gesehen, ein bisschen Dekomaterial für meine Gestecke könnte ich auch gebrauchen.« Sie zwinkerte Joshua zu, und er schenkte ihr ein dankbares Lächeln.

Natürlich hatte seine Freundin längst gemerkt, dass sein Herz Feuer gefangen hatte. Sie hatte es sogar schon vor ihm gewusst und es ihm gestern, als Maighread kurz im Bad gewesen war, auf den Kopf zugesagt.

Da hatte er es allerdings noch vehement von sich gewiesen und war wirklich überzeugt gewesen, dass Chloe sich etwas einbildete. Jetzt, wo er darüber nachdachte, musste er schmunzeln. Chloe kannte ihn wohl tatsächlich besser als er sich selbst. Oder sie hatte eben einfach den klareren Blick, weil sie nicht persönlich involviert war.

Es war unwichtig, wieso Chloe es gewusst hatte – wichtig war lediglich die Chance auf etwas ungestörte Zeit mit Maighread, die sie ihm gerade als vorzeitiges Weihnachtsgeschenk bot.

Joshua war sehr zufrieden mit sich und der Welt. Dieser Tag entwickelte sich durchaus erfreulich. Was für ein ungeheures Glück, dass Peter verschlafen hatte.

Junge, was treibst du da eigentlich?, fragte Joshua sich plötzlich in Gedanken selbst. *Du vergaloppierst dich gerade, und am Ende bist du der Trottel, dem mal wieder das Herz gebrochen wird. Was erwartest du denn von dieser Frau? Sie ist nur auf Stippvisite hier in Callwell zwischengelandet und wird in kürzester Zeit ihre Flügel ausbreiten und wieder davonfliegen. Tu dir das doch nicht an!*

Doch der vernünftige Joshua, der da gerade an seinen Verstand appellierte, hatte gegen den emotionalen Joshua, der es kaum erwarten konnte, endlich neben dieser tollen Frau auf dieser verflixten Decke zu sitzen, keine Chance.

Sie verabredeten sich mit Chloe in einer Stunde am Boot und marschierten in unterschiedliche Richtungen davon. Während er vor Maighread einen ausgetretenen Pfad entlangging, hielten sie Ausschau nach einem guten Sitzplatz.

»Es ist so klasse, dass Molly bei Eilidh bleiben durfte«, sagte Maighread leise. »Ich hätte sie zwar gern bei mir, aber mit Hund hat man wohl gar keine Chance, Wallabys zu Gesicht zu bekommen. Ich hätte wirklich nie gedacht, dass ich die Tiere in meinem Leben einmal in freier Wildbahn sehen würde. Australien ist mir zu weit weg, und ein Teil der Tierwelt dort ist für meinen Geschmack einfach zu giftig«, erklärte sie. »Ich dachte ja echt erst, ihr nehmt mich auf den Arm. Wie kommt es eigentlich, dass hier Kängurus leben?«

»Das haben wir unserer *Fastest Granny on Water* zu verdanken«, antwortete Joshua und grinste.

»Wie bitte?« Maighread war so abrupt stehen geblieben, dass Joshua leicht gegen sie rempelte – nicht das Schlechteste, was ihm passieren konnte. Doch nur kurz, denn auf Maighreads Stirn waren Gewitterwolken aufgezogen.

»Hör mal, Joshua, wir kennen uns noch nicht so gut, deshalb erkläre ich es dir: Ich lache unglaublich gerne – auch über mich. Ich liebe es, herumzualbern und Spaß zu haben. Nur für dumm verkaufen lasse ich mich nicht gern. Das nervt viel mehr, als dass es lustig ist. Also – hast du Lust, mir eine vernünftige Antwort zu geben, oder wollen wir uns einfach hier hinsetzen und schweigen, damit die Wallabys sich aus ihren Verstecken trauen?«

Hoppla, bei ihren Worten hatte Maighread loderndes Feuer in den Augen. Joshua hatte das Gefühl, als würde sie Funken sprühen. Aber er blieb gelassen. »Wie kommst du darauf, dass ich dich für dumm verkaufen will? Du wirst es vielleicht nicht glauben, aber mir geht es ebenso wie dir. Lachen und Spaß jederzeit, Scherze, die andere oder mich kleinmachen, brauche ich nicht und mache ich nicht.«

Er konnte an ihren Gesichtszügen ablesen, dass er sie verwirrte, aber er setzte nicht nach, sondern ließ sie ein bisschen zappeln. Das war eine kleine Strafe dafür, dass sie ihm unterstellt hatte, er würde blödes Zeug reden.

Seine Taktik ging auf. Nachdem er nichts mehr sagte, lenkte Maighread ein. »Okay, dann tut es mir leid. Ich habe das wohl falsch aufgefasst, bitte entschuldige.« Sie musterte ihn und zuckte dann mit den Schultern. »Aber auch wenn ich länger drüber nachdenke, verstehe ich nicht, was du meinst. Vielleicht ist es ja ein Scherz, den nur Einheimische verstehen«, versuchte sie es nun in einem versöhnlicheren Ton.

Doch Joshua schüttelte entschieden den Kopf. »Nein«, sagte er. »Es ist überhaupt kein Scherz. Pass auf, wenn ich mich richtig erinnere, ist hinter der nächsten Biegung ein Felsen, auf dem wir gut sitzen können. Wir machen es uns gemütlich, und ich erzähle dir, was es mit unserer rasenden Granny auf sich hat. Und dann gucken wir Wallabys. Deal?«

Maighread nickte, lächelte und marschierte weiter.

»Lady Arran Colquhoun war sehr tierlieb, besonders hatten es ihr exotische Tiere angetan«, erzählte Joshua, nachdem sie es sich auf dem Felsen bequem gemacht hatten. »Sie hat die Wallabys nach dem Ersten Weltkrieg auf diese Insel bringen lassen, auf der sich ihr Sommersitz befand. Lady Colquhoun ist hier aufgewachsen und blieb der Gegend ihr ganzes Leben lang verbunden.«

»Und wieso rasende Granny?«

»Ihre zweite Leidenschaft, neben den Tieren, waren schnelle Boote. Sie war eine sehr erfolgreiche Motorbootrennfahrerin. Und, glaubst du mir jetzt?«

Maighread sah bezaubernd aus, mit einem Hauch Verlegenheitsröte auf den Wangen. »Tut mir leid, ich glaube, ich muss mich erst an eure außergewöhnlichen Highlandergeschichten gewöhnen.« Sie kuschelte sich tiefer in ihre Jacke und zog den Schal etwas höher. »Wollen wir jetzt leise sein?«, fragte sie.

Joshua legte den Finger an ihre Lippen und genoss das heiße Kribbeln, das die Berührung auslöste.

»Lebst du zusammen mit deinen Eltern auf Callwell Castle?«, fragte Maighread, nachdem sie den Wallabys eine ganze Zeit lang schweigend beim Spielen und Fressen zugesehen hatten. Sie sprach leise, und die Tiere ließen sich nicht stören.

»Mit meinem Vater«, antwortete Joshua ebenso leise.

»Und wo lebt deine Mutter?«

Ein angedeutetes Kopfschütteln genügte. Maighread legte ihre Hand auf seine. »Tut mir leid, ich wollte nicht …«

Offensichtlich wusste sie nicht, wie sie sich ausdrücken sollte. Joshua streichelte mit seinem Daumen über ihre Hand und lächelte sie an. »Ist schon in Ordnung«, beruhigte er sie. »Du konntest es ja nicht wissen.«

Nach einem weiteren Moment der Stille, in dem sie zu den Tieren hinübersahen, setzte Maighread erneut an. Offensichtlich bewegte sie das Thema. »Was ist passiert? Möchtest du darüber reden?«, fragte sie.

Joshua spürte, dass Maighread nicht aus Neugier fragte, sondern aus Anteilnahme – deshalb ging er auf das Thema ein. »Meine Mutter war ein zauberhafter Mensch, weißt du«, begann er zu erzählen. Joshua sprach leise, mit ruhiger Stimme, aber nicht mehr flüsternd weiter, als ein Wallaby sich ihnen näherte. Die Menschen in seinem Wald störten es kein bisschen. Fast wirkte es, als wolle es ebenfalls der Geschichte lauschen.

»Früher, als Anne McLoughlin, so hieß meine Mutter, noch lebte, fuhren sie und mein Dad mindestens einmal im Monat in die Stadt. ›Wir müssen etwas Kultur schnuppern, damit wir nicht völlig verwildern‹, hat sie immer gesagt. Sie mochte die Stadt und das bunte Treiben dort sehr, selbst die immerwährende Unruhe fand sie bei ihren Besuchen spannend zu beobachten. Und doch war sie jedes Mal überglücklich, wenn sie wieder wohlbehalten in ihrem Castle landete. Wie Menschen freiwillig in der Hektik der Großstadt leben konnten, war ihr ein Rätsel. In diesem Punkt waren wir uns absolut einig.«

»Wie gut ich euch verstehe«, seufzte Maighread. »Wenn ich es mir aussuchen könnte, würde ich – nach allem, was ich bisher hier erlebt habe – den Loch Lomond und die Highlands auch jeder Stadt vorziehen.«

»Dann bleib doch einfach hier.« Es war Joshua herausgerutscht, doch schon im nächsten Moment biss er sich auf die Lippe. Er war so ein Idiot – stocherte in der Wunde herum und machte es Maighread nur unnötig schwer.

Zum Glück nahm sie es locker. »Ja«, sagte sie, »wenn das so einfach wäre, dann könnte ich tatsächlich in Versuchung kommen.« Sie sah ihm direkt in die Augen. »Bitte entschuldige, ich habe dich unterbrochen. Erzähl mir bitte mehr von deiner Mutter. Was war sie für ein Mensch? Wie war das Leben mit ihr auf Callwell Castle?«

»Es war toll. Sie war die beste Mum, die ich mir hätte wünschen können. Sie hat mir Freiheiten gelassen, aber immer darauf achtgegeben, dass ich nicht den Weg verliere. Durch sie ist meine Liebe zur Natur und zu den Tieren gewachsen. Sie hat mir gezeigt, wie wichtig es ist, unsere Welt zu schützen. Und sie hat versucht, mich für ihre Stadtausflüge zu begeistern«, erzählte Joshua und lachte bei der Erinnerung daran.

»Hat wohl nicht so gut funktioniert?«, fragte Maighread und warf ihm einen belustigten Seitenblick zu.

»Nicht wirklich, nein. Ich meine, ja, ich bin ein paar Mal mitgegangen, aber hey, ich war vierzehn, was glaubst du wohl, was mich mehr interessierte: Klavierkonzerte und Theateraufführungen oder eine Angeltour auf dem Loch Lomond?«

Jetzt lachte Maighread.

»Siehst du, du verstehst, was ich meine«, kommentierte Joshua, doch Maighread schüttelte den Kopf.

»Ich lache mehr, weil du das Alter vorschiebst. Wie alt bist du?«

Joshua stutzte, er verstand nicht ganz, worauf sie hinauswollte. »Neunundzwanzig«, antwortete er nach einem kurzen Moment des Überlegens.

»Und was interessiert dich mehr? Ein klassisches Klavierkonzert oder eine Bootstour auf dem See?«, fragte Maighread und grinste ihn triumphierend an.

Joshua konnte nicht anders, er stimmte in ihr Lachen ein. »Ertappt«, gab er zu. »Es lag wohl nicht am Alter. Wobei ein Klavierkonzert durchaus auch seinen Reiz hat – besonders, wenn man dafür nicht in die Stadt muss«, setzte er hinterher.

»Du bist also nicht besonders gern mit deinen Eltern in die Stadt gefahren?«, nahm Maighread das Thema wieder auf.

»Ich hab die Zeit für Highlandstrolchereien genutzt, wie Eilidh meine Streifzüge gern nennt. Ich habe Tiere beobachtet oder bin zum Angeln gegangen. So hatten wir alle – jeder nach seiner Fasson – eine gute Zeit, und wenn Mum und Dad zurück waren, hatten wir uns etwas zu erzählen.« Joshua holte tief Luft und seufzte. »Hätte ich geahnt, wie wenig Zeit uns bleiben würde – ich wäre sicher viel öfter mit Mum in Konzerte gegangen.«

»Einen Teil von ihr, ihre Liebe, trägst du in dir. Das kann dir niemand nehmen«, tröstete Maighread ihn leise und drückte seine Hand.

Joshua nickte und lächelte ihr zu; er war froh, dass sie sich wieder dem Wald und den Tieren zuwandte und keine Antwort von ihm erwartete.

Seine Gedanken blieben bei seiner Mutter. Die Vergangenheit ließ sich nicht mehr ändern, er war kein Freund von »wäre, hätte, wenn«. Lieber hielt er die Erinnerungen wach, die ihn mit seiner Mutter verbanden, als dem hinterherzujammern, was er versäumt hatte.

Anne McLoughlin hatte den Herbst geliebt, und auch Joshua mochte diese Jahreszeit. Selbst die häufigen, typisch schottischen Regenschauer störten ihn nicht.

Sie hatte so viel Fröhlichkeit versprüht, ihrer guten Laune konnte man sich kaum entziehen. Nicht einmal während der schwierigen Zeit seiner Pubertät hatte er im Beisein seiner Mutter lange muffig sein können. Anne McLoughlin hatte es immer wieder im Handumdrehen geschafft, die Gewitterwolken seiner schlechten Laune wegzuzaubern.

Er hätte so gerne mehr Zeit mit ihr gehabt. Sie wäre sicher Feuer und Flamme, wenn sie wüsste, dass er sich beruflich und aus Überzeugung dem Schutz schottischer Gewässer verschrieben hatte. Es war ihre Saat, die in ihm aufgegangen war.

Auch von Maighread wäre sie begeistert, ging es ihm durch den Kopf, und er war sich absolut sicher, dass es stimmte. Seine Mutter hatte ihm immer gesagt, er würde es wissen, wenn die Richtige seinen Weg kreuzte, doch bis heute hatte Joshua das angezweifelt. Ein Teil von ihm zweifelte noch immer, doch der andere Teil zog mit aller Macht in Maighreads Richtung.

Möglichst unauffällig verlagerte Joshua sein Gewicht und kam dabei – wie unbeabsichtigt – ein Stück näher an Maighread heran.

»Danke«, flüsterte er und hob eine Hand, um Maighread eine Locke aus dem Gesicht zu streichen. Sie drehte den Kopf zu ihm. Ihre Blicke verfingen sich ineinander. Stumm saßen sie da und sahen sich nur an. Tiefer, immer tiefer. Joshua hatte das Gefühl, in das Grün ihrer Augen einzutauchen und direkt in Maighreads Seele zu landen. Und er fühlte, dass es ihr mit ihm ebenso ging.

Langsam beugte er den Kopf. Sie hob das Kinn, reckte sich ihm ein wenig entgegen. Er konnte die Wärme ihres Atems auf seinen Lippen spüren. Ein kurzer Moment des Zweifels jagte wie ein Blitz durch seine Gedanken, doch Joshua wollte nicht nachdenken und nicht zögern. Alles, was er in diesem Moment wollte, war fühlen. Gerade als ihre Lippen sich endlich trafen, zerschnitt ein Ruf die Stille des Waldes.

»Hey, Joshua, Maighread, da seid ihr ja. Ich hab euch gesucht!«

Joshua riss den Kopf herum.

Peter kam mit großen Schritten den Pfad entlang direkt auf sie zu. »Ich hab doch gesagt, dass ich mitkomme. Und bitte sehr: Hier bin ich!«

Kapitel 16

Maighread

Eilidhs Augen glitzerten im Schein der Küchenlampe, als sie voller Bewunderung über ihre neuen Handwärmer strich.

»Sie sind wunderschön, so warm und weich. Und was für ein tolles Muster! Es wirkt so fröhlich, diese kleinen Erhebungen erinnern mich an verstreute Blümchen. Ich kann gar nicht glauben, dass du das extra für mich gemacht hast.«

Maighread lächelte Eilidh an. »Es ist nur ein kleiner Dank für deine offenen Arme und dein offenes Herz. Ich freue mich, dass du meine *Sweet Times* magst.«

»Sweet Times«, wiederholte Eilidh nachdenklich und tupfte auf ein paar der Noppen. Dann nickte sie und sagte: »Ja, der Name passt. Lieblich, fröhlich – süße Zeiten eben. Danke schön, du Liebe, sie sind absolut bezaubernd. Damit werden meine Hände wunderbar warm durch den Winter kommen.« Jetzt sah sie Maighread direkt an. »Trinkst du noch einen Tee?«

Maighread warf einen prüfenden Blick auf ihre Handyuhr und lehnte ab. »Ein andermal sehr gern wieder, ich muss jetzt los, Chloe wartet.«

»Gibt es denn … ich meine … hast du …« Eilidh schüttelte den Kopf und zog unwirsch die Augenbrauen zusammen. »Vergiss es, manchmal bin ich ein wirklich dummes Huhn.« Energisch straffte sie die Schultern, legte ihre neuen Handstulpen auf den Tisch, zögerte kurz, nahm sie wieder hoch und streifte sie sich über die Hände. »Ich werde jetzt extra rausgehen, damit ich sie tragen kann«, erklärte sie und öffnete die Küchentür. »Dann will ich dich nicht länger aufhalten. Komm, ich begleite dich raus.«

Molly, die nur auf dieses Kommando gewartet hatte, trippelte aufgeregt voraus und drehte sich im breiten Flur übermütig ein paar Mal um sich selbst. Doch Maighread ging nur zögerlich ein paar Schritte und blieb dann noch mal stehen und wandte sich Eilidh zu.

»Ich weiß, was du fragen wolltest, Eilidh«, sagte sie und zuckte mit den Schultern. »Leider gibt es noch nichts Neues. Grandma blockt mich komplett ab. Aber ewig kann sie sich nicht taub und stumm stellen, ich werde nicht aufgeben.«

Als Antwort tätschelte Eilidh ihr die Wange und schenkte ihr ein aufmunterndes Nicken. Dann gingen sie gemeinsam zur vorderen Tür, wo Molly schon ungeduldig winselte. Maighread wusste, dass sie darauf hoffte, Bonny und Lennox draußen zu treffen – sie wusste aber auch, dass das nichts werden würde. Laut Eilidh war Joshua auf dem See und hatte die Hunde bei sich.

Seit dem Moment im Wald auf der Decke hatte Maighread keine Gelegenheit mehr gehabt, ihn alleine zu sprechen. Nach Peters Auftauchen war die Stimmung gekippt. Joshua war den Rest des Tages übellaunig gewesen, und Peter hatte mit seinem Lachen und seiner Unruhe die Wallabys verscheucht. Nur Chloe war hochzufrieden und voll bepackt mit einer halben Stunde Verspätung am Treffpunkt erschienen.

Peters Einladung, mit ihm auf seinem Boot zurückzuschippern, hatte Maighread dankend abgelehnt. Doch auch das hatte nicht geholfen, Joshuas Stimmung wieder zu heben.

Er hatte sich nach dem Anlegen sofort verabschiedet und etwas von dringenden geschäftlichen Pflichten gemurmelt.

Peter hatte Maighreads Abfuhr im Handumdrehen verdaut und sich auf seine charmante Art bei Chloe und Maighread zum Essen eingeladen.

»Wenn du uns mit deinem Hundeblick anguckst, können wir ja gar nicht Nein sagen«, hatte Chloe gesagt und sein Kinn gekrault, als wäre er wirklich ein Hund. »Oder was meinst du, Maighread?«

Es war ein gemütlicher Abend geworden, doch Maighreads Gedanken waren ständig zurück auf die Insel gewandert – zurück auf die Decke und in Joshuas Arme.

Den nächsten Tag hatten Chloe und sie zu Hause verbracht, denn es hatte fast so schlimm geregnet wie am Tag von Maighreads Ankunft in Callwell. Das war den Freundinnen gar nicht ungelegen gekommen, so hatten sie nicht das Gefühl gehabt, etwas zu versäumen, während sie sich im Haus gemütlich einmummelten.

Chloe hatte Gestecke für die Gärtnerei gebunden, und Maighread hatte an den Stulpen für Eilidh gestrickt.

»Grüß Chloe von mir«, rief Eilidh Maighread hinterher und holte sie aus ihrer Gedankenwelt zurück in den Moment.

»Wird erledigt! Dann bis bald, Eilidh. Mach's gut!«

Mit einem glücklichen Lächeln auf den Lippen und einem letzten Winken mit ihren in die Stulpen gepackten Hände schloss Eilidh die große Eingangstür von Callwell Castle.

Maighread machte sich beschwingt auf den Weg. Ein Blick auf die Uhr zeigte ihr, dass sie sich mit Eilidh verplaudert hatte und nun ein bisschen sputen musste.

Bei dem Gedanken an Eilidhs Freude kicherte Maighread ein bisschen. Sie konnte gar nicht mehr zählen, wie oft Eilidh sich bei ihr bedankt hatte – dabei war das doch wirklich nur eine Kleinigkeit. Die *Sweet Times* herzustellen war eine schöne Entspannung für Maighread gewesen, eine Abwechslung zu der langwierigen Strickerei an ihrer Seelenwärmer-Jacke, die inzwischen aber auch langsam dem Ende entgegenwuchs.

Sie hatte den Entwurf *Warming Thoughts* genannt, wärmende Gedanken, weil sie immer das Gefühl hatte, wenn sie sich einen Seelenwärmer überstreifte, würden ihre Gedanken tatsächlich weicher und wärmer. Und dieses Modell gefiel ihr mit den unterschiedlichen Zöpfen besonders gut.

Wie die meisten Menschen, die Handarbeiten liebten, hatte auch Maighread immer einige angefangene Arbeiten gleichzeitig auf den Nadeln. Sie plante das nicht, es passierte einfach. Oft war es sinnvoll, um bei größeren Werken zwischendurch etwas Abwechslung zu haben und nicht die Freude daran zu verlieren.

Manchmal brauchte sie auch etwas, das nicht bis zum Ende des aktuellen Projekts warten konnte – so wie jetzt gerade die Handstulpen für Eilidh. Und dann wieder hatte sie eine Idee, die so lange in ihrem Kopf herumspukte, bis sie endlich zu den Nadeln griff und es ausprobierte. Und dann gab es diese Momente, in denen sie eine bestimmte Wolle fand und gar nicht anders konnte, als ein neues Kunstwerk zu beginnen.

Maighread wechselte bei ihren Arbeiten zwischen Fremdanleitungen und eigenen Entwürfen. Sie liebte es, verschiedene Muster zu kombinieren und mit Symmetrie und Asymmetrie zu spielen. Oft strickte sie aus dem Bauch heraus und staunte dann selbst, wenn sie das Ergebnis sah.

Sich Muster und Formen für eigene Projekte auszudenken liebte sie sehr, aber um Anleitungen zu schreiben, brauchte man Zeit und eine gute Konzentration. Die Menge der Maschen zu jonglieren, im Kopf die Vorstellung zu entwickeln, sie auf den Nadeln auszuprobieren und nebenbei immer gleich zu notieren, was sie tat, damit es nachvollziehbar blieb – das war kein Klacks. Deshalb waren viele ihrer Arbeiten auch Einzelstücke, und die paar Anleitungen, die sie geschrieben hatte, hatte sie bislang nicht veröffentlicht.

Sie wusste aus eigener leidvoller Erfahrung, wie viele Nerven es kosten konnte, wenn ein Fehler sich in eine Anleitung geschlichen hatte – und auf der anderen Seite, wie schnell eben genau dies passierte.

Irgendwann würde sie sich trauen und auch anderen ihre Anleitungen zeigen. Sie spürte den Wunsch schon lange, und ebenso lange ignorierte sie ihn. Neben ihrer aufreibenden Arbeit in der Agentur und ihrem Leben mit Dylan war kein Platz für derlei Träumereien gewesen.

Doch jetzt – vielleicht war das der richtige Zeitpunkt, um sich einmal mit ihren eigenen Träumen und Wünschen auseinanderzusetzen. Es war doch sicher kein Zufall, dass die Idee eines eigenen kleinen Strickladens sie nicht mehr losließ.

Während ihr all die Dinge durch den Kopf gingen, hatte Maighread – Molly immer ein Stück voraus – den Weg bis zum Treffpunkt am See zurückgelegt. Molly hatte Chloe schon vor ihr entdeckt und sauste mit fliegenden Ohren auf ihre neue Freundin zu.

Unglaublich, wie wohl ihre Süße sich hier in Callwell fühlte, dachte Maighread. Die Hündin hatte sich in den letzten Tagen verändert. Nicht nur, dass sie jetzt ohne jede Mäkelei ihren Napf im Nu leerte – was hatte Maighread früher nicht alles ausprobiert, weil Molly kein Futter wirklich gern mochte –, nein, sie war auch lebhafter geworden, hatte mehr Flausen im Kopf und schien so glücklich zu sein, dass sie manchmal richtig übermütig wurde.

In Edinburgh hatte Maighread Molly oft mit ins Büro oder zu Besprechungen genommen. Da die Hündin sehr entspannt und unauffällig war, hatte Dylan es geduldet. Oft hatten die Leute gar nicht gemerkt, dass sie irgendwo in Maighreads Nähe unter einem Tisch lag und schlief. Wäre sie da ebenso lebhaft gewesen, hätte Dylan vermutlich verlangt, dass Molly während der Arbeitszeit bei einem Hundesitter blieb.

»Was ist?«, rief Chloe und winkte zu Maighread rüber. »Willst du weiter tagträumen, oder machen wir jetzt unseren Spaziergang am See entlang. Du wolltest doch die Heimat deiner Mutter kennenlernen.«

»Aber hallo!«, antwortete Maighread und schob die vielen Gedanken, die ihr im Kopf herumschwirrten, aus ihrem Bewusstsein. Mit ein paar Schritten war sie bei Chloe und lächelte sie erwartungsvoll an. »Ich möchte jeden Grashalm kennenlernen und so viel wie möglich über deine Kräuter erfahren.«

Der Weg am See entlang war wundervoll. Als läge ein Zauber über der Welt. Maighread atmete tief durch und spürte, wie die Freude über diesen Ort sie durchflutete. Das Wasser spiegelte den Himmel wider und die Leichtigkeit der Wolken, im Schatten unter Sträuchern aber schillerte es dunkel in changierenden Grün- und Brauntönen. Mystisch und geheimnisvoll wirkte es, und sofort bekam Maighread Lust, dieses Gefühl in einem gestrickten Tuch festzuhalten. Sie würde mit den Tönen spielen und das Muster zwischen leicht verspielt und gesetzt-schwer wechseln lassen. Ein großes Perlmuster mit einem eingesetzten Laceteil könnte es werden.

»Diese Herbstfarben sind besonders«, sagte sie, während sie neben Chloe herging. »Ich kann es gar nicht beschreiben, sie lösen so viele Gefühle in mir aus. Sie machen mich glücklich und ein bisschen melancholisch, sie versprechen mir Geborgenheit – weißt du, es ist, als ob die Natur zu mir spricht.«

»Oh ja«, stimmte Chloe ihr zu. »Die Natur erzählt viele

Geschichten; es kommt auf den Menschen an, welche von ihnen er hört.«

»Ich werde das sehr vermissen, wenn ich wieder in der Stadt bin.« Maighread konnte einen wehmütigen Seufzer nicht verhindern.

»Darf ich dir einen Rat geben?«, fragte Chloe. Als Maighread nickte, sprach sie weiter. »Du bist oft mit den Gedanken bei später – ich meine, klar, du musst an die Zukunft denken und dir darüber klar werden, was du machen möchtest und wo – aber vielleicht würde es dir guttun, nicht jeden schönen Moment mit diesem Blick in die Zukunft zu belasten? Natürlich wirst du das …«, Chloe machte eine ausschweifende Handbewegung, »… vermissen, aber jetzt gerade bist du hier, und du darfst es genießen. Das wird dir Kraft geben. Ich bin fest davon überzeugt, dass alles gut wird. Du wirst deinen Weg finden und ihn gehen. Alles zu seiner Zeit.«

»Danke, Chloe. Ja, du hast recht. Ich nehme mir selbst damit immer wieder die Freude. Die Vergangenheit loszulassen gelingt mir erstaunlich gut, aber die Zukunft drängt sich ständig in mein Jetzt. Wahrscheinlich weil ich so gar keine Ahnung habe, wie sie aussehen soll. Diese Ungewissheit zehrt an mir – gerade auch weil es hier so schön ist, dass ich am liebsten bleiben würde.«

»Was ich gut verstehen kann«, sagte Chloe. »Ich bin auch glücklich hier. Und jetzt im Moment bist du hier, und wir genießen das. Einverstanden?«

»Sehr. Und nachher geh ich zu Grandma. Wenn sie nicht mit mir spricht, werde ich mir ein Zelt und einen Schlafsack besorgen und in ihrem Garten campen. Sie mag ein Sturkopf sein, aber hey, ich bin ihre Enkelin, ich habe ihren Sturkopf und den von meiner Mum geerbt, doppelte Sturheit also – das wäre doch gelacht!«

Mittlerweile waren sie beinahe am Bootsanleger angekommen. Maighread konnte nicht anders, sie suchte mit ihren Blicken nach Joshuas Boot. Und tatsächlich – er legte gerade an. Maighread hob die Hand und wollte winken, doch in dem Moment trat eine Frau neben Joshua. Sie sprachen miteinander, lachten. Joshua half ihr an Land und umarmte sie.

Chloe hatte nichts von dem kleinen Zwischenfall mitbekommen, da sie gerade einen besonders knorrigen, dekorativen Ast entdeckt hatte. »Sieh nur, der ist perfekt, um ein Gesteck einzuarbeiten. Den nehme ich mit.« Sie strich über die teilweise mit Moos bewachsene Rinde und hielt Maighread ihren Fund vor die Nase. »Ist der nicht toll?«

»Schön«, antwortete Mairead und lächelte flüchtig. Sie war mit ihren Gedanken am Bootssteg.

Was war das für eine Frau? Was trieb Joshua für ein Spiel mit ihr? Er hatte keinen Ton von einer Frau gesagt. Selbst Chloe wusste nichts davon, sonst hätte sie es ihr doch gesagt. Aber sie hatte Maighread ja sogar absichtlich in Joshuas Richtung geschoben und keinen Hehl aus ihren Kuppelversuchen gemacht. Maighread verstand gerade gar nichts mehr.

»Komm, wir nehmen den Weg hier«, sagte Chloe und zeigte auf einen Pfad, der tiefer in den Wald hinein und ein Stück vom See wegführte. Das war Maighread sehr willkommen. Nichts wie weg vom Bootsanleger!

Hatte sie sich das zwischen ihr und Joshua nur eingebildet? Dieser Moment auf der Decke – kurz bevor Peter zu ihnen gestoßen war –, das war doch nicht nur Fantasie gewesen. Es hatte doch gekribbelt zwischen ihnen, oder etwa nicht? Konnte sie sich tatsächlich so täuschen?

Sie fühlte sich von Joshua betrogen, auch wenn ihr bewusst war, dass dieses Gefühl überzogen war – immerhin hatte er ihr nichts versprochen, und es war nichts zwischen ihnen gewesen, abgesehen von diesem Fast-Kuss. Doch sie konnte an ihrem Empfinden nichts ändern, diese andere Frau so nah bei ihm fühlte sich an wie ein Schlag in ihre Magengrube.

Lieber jetzt gleich, bevor mehr passiert war, versuchte Maighread sich selbst aufzumuntern. Sie hatte keine Lust auf neuen Liebesstress, und jetzt wusste sie zumindest, dass sie auf sich aufpassen musste.

Sollte Joshua McLoughlin sich ein anderes Spielzeug suchen – sie stand nicht zur Verfügung.

***

Auf der großen Wiese direkt vor Callwell tobte das wilde Leben. Die Highland Games waren die letzte große Veranstaltung des Jahres und sorgten noch einmal für ordentlich Trubel, bevor der Winter sich über Land und Leute legte.

Das sonst so stille Örtchen präsentierte sich pulsierend vor Lachen und Leben. Auf dem Platz hatten sich die Teilnehmer versammelt. Die Sportler wärmten sich auf, Schiedsrichter machten die Runde und begutachteten mit gewichtiger Miene die einzelnen Stationen. Die Zuschauerränge rundherum waren bereits gut belegt. Bänke, mitgebrachte Stühle, Decken – die Menschen tummelten sich vergnügt und in voller Erwartung der Wettkämpfe. Wortfetzen und Lachen wehten wild durcheinander und vereinten sich mit Düften von gebratenen Würstchen, Fish and Chips und Süßigkeiten.

Chloe und Maighread suchten sich einen Platz auf einer Bank in den vorderen Reihen der Zuschauer.

»Da ist Joshua«, rief Chloe und winkte wild zu ihm hinüber.

»Und Peter«, sagte Maighread und schenkte Chloes Cousin ein strahlendes Lächeln. »Viel Glück!«, rief sie in seine

Richtung. Joshua dagegen streifte sie kaum mit ihrem Blick, gerade so, dass es nicht zu unhöflich wirkte. Der konnte ihr gestohlen bleiben. Chloes fragend hochgezogene Augenbraue ignorierte sie.

Seit Maighread vergangenen Dienstag Joshua mit dieser anderen Frau gesehen hatte, war sie jedem Gespräch über die McLoughlins, Callwell Castle und vor allem Joshua aus dem Weg gegangen.

Die letzten Tage hatte sie viel gestrickt und begonnen, sich im Internet zu ihrem Thema passende Gruppen zu suchen. Sie wollte ein Netzwerk aufbauen, das ihr vielleicht half, wenn es mit dem Strickladen wirklich ernst wurde.

Und dann hatte sie der Eifer gepackt – mit vollem Elan hatte sie die Anleitung für ihre *Sweet Times* geschrieben und ein Tuch in ähnlichem Stil begonnen. Sie nannte es *Velvet Dreams*, Samtene Träume, denn es symbolisierte für Maighread den Start in ein neues Leben. Sie hatte vorsichtig begonnen, ihre Träume zu leben, und das fühlte sich richtig gut an.

Auf den einschlägigsten Immobilienseiten hatte sie sogar schon nach Mietangeboten für passende Läden geforscht. Nach kurzer Suche war ihr klar geworden, dass London unerschwinglich war – so hatte sie ihren Fokus nach Glasgow verlegt. Das war genau die Mitte zwischen Callwell und Kilmarnock.

Kurz hatte Maighread sogar überlegt, ihre Mum in ihre Pläne einzuweihen. Als Immobilienmaklerin könnte sie ihr sicher bei der Suche helfen und Tipps geben, auf was sie achten musste – aber auch wenn sie miteinander telefonierten und Maighread ihr Mails schrieb und versuchte, ihre Beziehung wieder geradezurücken, war sie doch immer noch sauer wegen dieser großen Lüge, mit der Lindsay sie hatte aufwachsen lassen.

Außerdem waren es noch keine ausgeklügelten Pläne, es waren vielmehr Träume, die sich langsam im realen Leben manifestierten. Noch konnte alles zerplatzen wie eine Seifenblase.

Eilidh kam mit großen Schritten und roten Wangen zu ihnen und setzte sich neben Chloe. Natürlich trug sie ihre neuen Armstulpen, worüber Maighread sich sehr freute. Dieses Geschenk hatte sie wirklich gut ausgesucht.

»Hallo, ihr zwei! Jetzt war ich fast zu spät, ich musste noch warten, bis der Apfelkuchen fertig gebacken war.«

Als hätten die Veranstalter nur auf Eilidh gewartet, ging es genau in dem Moment los, in dem sie sich mit einem erleichterten Schnauben auf die Bank sinken ließ.

Die Loch Lomond Piper Band marschierte unter den Klängen des Loch-Lomond-Songs ein. Die Musiker liefen eine Parade rund um den Platz, positionierten sich mitten auf dem Wettkampfplatz und spielten noch zwei weitere traditionelle Titel.

Dann wurde es ernst – zumindest für die starken Männer, die ihre Kräfte und ihr Können messen wollten. Für alle anderen Menschen, die sich hier versammelt hatten, blieb es entspannt und unterhaltsam.

Während die Teilnehmer Gewichte wuchteten, sich mit einem schweren Stein anmutig wie Balletttänzer drehten, nur um ihre Last im richtigen Moment mit ordentlich Kraft von sich zu schleudern, gab es für die Zuschauer rundherum Angebote für Leib und Seele.

Eine Highland-Dancer-Gruppe zeigte ihr Können auf der Bühne neben dem Wettkampfareal. Das Karussell für die kleinsten Highlander zog unermüdlich seine Kreise.

Chloe, Eilidh und Maighread beobachteten gespannt die beiden größten Kontrahenten. Peter und Joshua lagen ziemlich gleichauf.

Erst beim Baumstammwerfen gewann Joshua einen deutlichen Vorsprung – sein Wurf war perfekt, der Stamm überschlug sich und blieb exakt auf zwölf Uhr liegen. Peters Baumstamm schaffte es nicht über den Wendepunkt und schlug auf sechs Uhr wieder auf dem Boden auf.

Nach der ersten Enttäuschung zuckte Peter mit den Schultern, zwinkerte Maighread zu und gönnte sich einen kleinen Schluck Whisky.

»Noch hat er eine Chance«, kommentierte Chloe und feuerte ihren Cousin an – womit sie Joshuas Protest provozierte.

»Und was ist mit mir?«, rief er entrüstet zu ihr hinüber.

»Du auch, ist doch klar!«, konterte sie vergnügt. »Go, Joshua, go!«

Jetzt grinste er zufrieden und wandte sich der nächsten Aufgabe zu. Steintragen war an der Reihe. Dabei mussten die Männer den sogenannten *Stone of Manhood*, den Maighread wohl nur mithilfe eines Seilzugs hätte heben können, über eine Distanz von mehreren Yards tragen. Wieder lag Joshua vor Peter, wenn auch nur knapp.

Doch während Joshua schon jubelte, kam noch ein weiterer Kandidat an die Reihe. Unter dem Jubel der Menge wuchtete der Mann den Stein ein gutes Stück weiter als gerade eben der Titelverteidiger.

»Scott McBrayer«, stellte Chloe mit erstaunt aufgerissenen Augen fest.

Auf Maighreads fragenden Blick hin erklärte sie: »Er ist hier aufgewachsen und mit uns zur Schule gegangen. Dann ist er mit seiner Familie nach Edinburgh gezogen, seither habe ich ihn nicht mehr gesehen.« Sie konnte ihre Augen gar nicht mehr von dem Neuankömmling losreißen.

Offenbar hatten Joshua und Peter gerade die gleiche Eingebung, denn sie begrüßten den Mann mit Schulterklopfen und großem Hallo.

Maighread schnappte nur Fetzen der Unterhaltung auf, aber es war offensichtlich, dass die drei sich über das Wiedersehen freuten. Doch sie hatten nicht lange Zeit für Plaudereien, die Highland Games gingen weiter, es gab noch etliche Aufgaben zu bewältigen.

»Kommt ihr mit?«, fragte Chloe irgendwann und stand auf. »Ich brauch was zu trinken und will mich ein bisschen ins Getümmel stürzen. Zehn Minuten werden die Kerle es ja wohl aushalten, ohne dass wir sie anfeuern.«

»Geht ihr nur, ihr Küken. Ich halte die Plätze frei«, sagte Eilidh. »Was ist, soll Molly bei mir bleiben? Macht nicht zu lange, die Jungs kommen demnächst an die letzte Aufgabe. Wir wollen doch zusammen den Sieger bejubeln.«

»Zehn Minuten, Eilidh. Bis gleich.«

»Sei brav, Molly. Pass schön auf Eilidh auf.«

Damit machten sie sich auf den Weg. Allerdings kamen sie nicht weit, denn alle paar Meter wurde Chloe begrüßt und in Gespräche verwickelt, während Maighread neugierig begutachtet wurde.

Natürlich hatten alle längst von Elisabeths Enkelin und dem Drama um ihr Erscheinen gehört.

»Ich geh zurück, Chloe«, raunte Maighread ihrer Freundin leise zu. Unter all den neugierigen Blicken war ihr gar nicht wohl. Chloe musterte sie kurz und fiel dann ihrer Gesprächspartnerin ins Wort, die gerade ausschweifend von ihren fünf Enkelkindern erzählte.

»Nicht böse sein, Mary, aber mein Typ wird verlangt … Was glaubst du, wie beleidigt Peter wäre, wenn ich ihn nicht noch weiter anfeuere.«

Schon hakte sich Chloe bei Maighread unter und zog sie zielstrebig und ohne auf die Gesprächsversuche der Leute einzugehen zu ihrem Platz zurück.

»Nicht so einfach, was?«, sagte sie nur. »Komm, wir kümmern uns um die Männer. Mal sehen, was Scott mit Joshua und Peter anstellt. Früher war er jedenfalls immer einer der Besten.«

Maighread war dankbar, dass sie nichts dazu sagen musste; sie hätte gerade keine passende Antwort gehabt.

Molly freute sich, als ihr Frauchen wieder zurückkam. Sie begrüßte Maighread schwanzwedelnd und leckte ihr die Hände.

»Jaaa! Peter, los, du schaffst es«, schrie Chloe unvermittelt. Sie war aufgesprungen und klatschte in die Hände, während sie Motivationsparolen für ihren – inzwischen hoffnungslos hinten liegenden – Cousin über den Platz schrie.

Doch auch Joshua hatte ziemlich zu kämpfen, denn Scott war eine unerwartete und reichlich harte Konkurrenz.

Mit einem minimalen Vorsprung schaffte Joshua am Ende den Sieg. Scott war beim Schwenken des Gewichtes zwischen seinen Beinen am Stoff seines Kilts hängen geblieben.

Und so stand nach viel Ächzen und Schnaufen auch in diesem Jahr am Ende der Loch Lomond Highland Games wieder Joshua als strahlender Sieger da.

Die Zuschauer hielt es nicht mehr auf ihren Plätzen. Sie strömten aus allen Richtungen auf die Wiese, jubelten den starken Highlandern zu und bedachten alle mit reichlich Applaus und Schulterklopfen, schließlich hatte sich nicht nur der Sieger die Anerkennung redlich verdient.

»Wisst ihr was?«, rief Peter. »Lassen wir die Meute hier hinter uns. Statt der obligatorischen Nachfeier im Pub lade ich euch zu einem Whisky-Tasting ein – sagen wir in einer

Stunde bei mir? Maighread, was ist, bist du bereit, den Verlierer zu trösten?«

Er lächelte sie an und spielte dabei wieder einmal so gekonnt mit seinem treuherzigen Hundeblick, dass Maighread laut lachen musste. »Du willst jetzt damit aber nicht sagen, dass ich der Trostpreis bin?«, konterte sie.

Peter grinste. »In dem Fall wärst du ein Trostpreis, der jeden Sieger vor Neid erblassen lässt«, sagte er und legte den Arm um ihre Taille. »Was ist, seid ihr dabei? Chloe, Joshua, Eilidh, Scott?«

»Danke, Peter, aber das überlass ich euch jungen Leuten«, lehnte Eilidh die Einladung freundlich, aber bestimmt ab. »Ich werde mich hier mal noch ein bisschen umsehen. Es ist doch immer schön, Leute zu treffen, die man sonst monatelang nicht zu Gesicht bekommt – und dann muss ich nach Hause, die Arbeit ruft.«

Chloe, Joshua und Scott nahmen Peters Einladung allerdings mit Begeisterung an. Wobei Joshuas Miene ziemlich düster war, dafür, dass er gerade diesjähriger Gesamtsieger der Loch Lomond Highland Games geworden war.

Kapitel 17

Maighread

»Wieso sehen Männer im Kilt eigentlich so verdammt sexy aus?«, fragte Chloe später, als sie bei Peter in der Destillerie zusammensaßen. Sie hatten bereits die ersten Whiskys getestet, und es machte sich eine wohlige Entspannung in der Runde breit.

Abgesehen von Joshuas forschenden Blicken, die er Maighread immer wieder zuwarf und die so gar nicht relaxt wirkten. Maighread wich ihm so gut es ging aus, konnte aber die Unruhe, die er in ihr auslöste, kaum unterdrücken. Verflixt, er sollte sich lieber um seine Freundin kümmern, als ihr Seelenleben durcheinanderzubringen. Mit einer kleinen Bewegung drehte Maighread sich so, dass sie sich etwas von Joshua abwandte, und nahm Chloes Frage auf.

»Das fragst du nur, weil du die durchtrainierten Jungs von hier im Kilt gewohnt bist. Steck mal einen Mann in einen Kilt, der noch nie einen getragen hat und der sich auch nicht drin wohlfühlt. Ich sage dir – es ist ein Graus! So weit weg von sexy wie ein Schaf vom Spitzentanz.«

Chloe amüsierte sich köstlich über diesen Vergleich. »Echt? Wie kommst du da drauf? Hast du damit Erfahrung? Also mit uncoolen Männern im Kilt meine ich natürlich, nicht mit Spitzentanz bei Schafen.«

Chloe wollte es natürlich wieder genau wissen. Maighread überlegte, ob das wohl schon immer ihre Art gewesen oder ein Überbleibsel ihrer therapeutischen Arbeit war. Jedenfalls war Chloe meist eine sehr aufmerksame Gesprächspartnerin, die Aussagen gern hinterfragte und es liebte, Gedanken und Emotionen zu reflektieren.

»Frag lieber nicht«, antwortete Maighread. »Wir hatten einmal eine Werbekampagne mit Männern in Kilts. Es war zum Abgewöhnen, kann ich dir sagen. Es war eine Katastrophe.« Sie schüttelte den Kopf, als sie an die Typen dachte, die damals wie Holzpuppen vor der Kamera herumgestakst waren. Und es hatte nicht am Körperbau gelegen. Auch diese Männer waren gut trainiert und durchaus sexy gewesen. Nur eben nicht im Kilt.

»Ich glaube, der Schlüssel, damit ein Mann im Kilt cool und attraktiv wirkt, liegt in der Selbstverständlichkeit, mit der das Kleidungsstück getragen wird.«

»Und wir durchtrainierten Jungs hier haben die nötige Lässigkeit?«, fragte nun Peter dazwischen. »Na, wenn ich gewusst hätte, dass du mich im Kilt sexy findest, hätte ich mich nach den Spielen nicht in meine Jeans geworfen.«

»Fishing for compliments?« Maighread lachte und streckte Peter ganz kurz die Zunge raus.

Der zuckte nur mit den Schultern und grinste. »Man nimmt, was man kriegen kann«, sagte er.

Jetzt prustete Chloe los. »Was nicht bei drei auf den Bäumen ist, meinst du wohl. Das ist wieder typisch Peter.«

»Manche Typen sehen im Kilt aber auch wirklich aus, als hätten sie sich verkleidet«, mischte sich nun auch Joshua in das Gespräch ein. Es war offensichtlich, dass er genug hatte von der kleinen Flirterei zwischen Maighread und Peter.

»Himmel, Jungs, eingebildet seid ihr gar nicht, was? Da hab ich ja was angerichtet mit dem Thema. Aber bitte schön, da ihr es offensichtlich sehr nötig habt: Ja, ihr seid sexy und super krass männlich in euren Kilts. Seid ihr jetzt zufrieden?« Sie verdrehte die Augen und schüttelte lachend den Kopf. »Unfassbar, wie eitel die Jungs heutzutage sind, was?«, fragte sie in Maighreads Richtung.

Bevor Maighread aber antworten konnte, setzte sich nun Scott in Szene. »Na warte mal ab, bis du mich in Jeans siehst!« Er zeigte eine Reihe ebenmäßiger weißer Zähne, als er lachte. »Du wirst dich auf der Stelle in mich verlieben.«

»Scott McBrayer, du warst in der Highschool schon immer mächtig von dir überzeugt. Wie ich feststelle, hat sich das in all den Jahren kein bisschen geändert«, tadelte Chloe ihn, während das Funkeln in ihren Augen etwas ganz anderes erzählte.

»Und du warst schon damals mächtig in mich verschossen, glaub nur nicht, ich hätte das nicht gemerkt«, gab Scott unbeeindruckt zurück.

»Die Dummheit der Jugend«, kam es trocken von Chloe zurück – in ihren Mundwinkeln zuckte es amüsiert, als Scott empört nach Luft schnappte und offensichtlich keine weitere schlagfertige Antwort mehr parat hatte.

Maighread, die das Geplänkel der beiden beobachtet hatte, war ziemlich sicher, dass Chloe nicht nur damals sehr in Scott verschossen gewesen war, sondern mindestens ein Teil dieser Gefühle auch heute noch vorhanden war. Und wenn sie sich nicht täuschte, glitzerte in Scotts Augen durchaus auch Interesse.

»Und wie haben dir deine ersten Highland-Games gefallen?« Joshuas Stimme, ganz nah an ihrem Ohr, ließ Maighread einen Schauer über den Rücken laufen. Sie hatte gerade einen Schluck Whisky genommen, verschluckte sich vor Schreck und musste fürchterlich husten.

Nach etlichen Rückenklopfern von Peter und Joshua – die beiden schienen einen Wettkampf auszutragen, wer kräftiger klopfen konnte – duckte sich Maighread unter den konkurrierenden Händen weg, atmete tief durch und putzte sich erst mal die Nase.

»Ihr wollt mich zwar nicht ersticken lassen, aber dafür prügelt ihr mich k.o.?«, fragte sie, und einen Moment lang war sie echt sauer. Nicht wegen der etwas ausgeuferten Hilfsversuche, sondern wegen dieser ständigen unsinnigen Flirterei.

Was sollte diese ganze Spielerei denn überhaupt? Peter wusste ganz genau, dass sie nichts von ihm wollte. Er hatte ihr in den letzten Tagen immer deutlichere Avancen gemacht, und sie hatte ihm klipp und klar gesagt, dass in ihrem Leben kein Platz für einen Mann war. Ohne jedes Zögern, er musste es verstanden haben. Und trotzdem benahm er sich, als wollte er ihr Herz erobern. Er ignorierte ihre Ansage einfach.

Und obendrauf auch noch Joshua. Der Joshua, der auf dem Bootssteg eine andere Frau geküsst hatte. Was bildete er sich denn überhaupt ein?

»Wo hast du denn eigentlich deine Freundin gelassen? Solltest du deinen Sieg nicht mit ihr feiern?« Schon während sie es aussprach, hätte Maighread sich am liebsten in ein Schaf verwandelt und wäre in einer großen Herde in Deckung gegangen.

Was war sie nur für eine dumme Nuss?! Es ging sie doch überhaupt nichts an. Weder wo Joshuas Freundin war, noch ob er überhaupt wirklich eine Freundin hatte oder nur einfach jede Frau, die ihm vor die Füße stolperte, küsste und in den Armen hielt.

Zum Glück hatten die anderen nichts von ihrem Ausrutscher mitbekommen. Peter schenkte gerade Whisky nach und referierte über Destillation, Reifezeit und Fasswahl bei dieser Sorte, und Chloe und Scott waren mit sich und Geschichten von früher beschäftigt – sie schwebten in einer anderen Welt.

Joshua saß da und starrte Maighread an. Es dauerte Sekunden, bis er den Mund öffnete und ihr antworten wollte. Zeit genug für Maighread, um sich zu fangen. Bevor er das erste Wort herausgebracht hatte, war sie auch schon aufgestanden.

»Leute, seid mir nicht böse, aber ich muss noch mal zu meiner Grandma. Es lässt mir keine Ruhe, dass sie heute nicht bei den Spielen war. Peter, danke für das Tasting. Lasst euch nicht stören und genießt die nächsten Sorten für mich mit. Komm, Molly!«

Mit einem kurzen Winken war Maighread, Molly dicht auf den Fersen, auch schon zur Tür hinaus. An der frischen Luft musste sie zuerst einmal tief durchatmen, um sich zu beruhigen.

Doch kaum hatte sie sich etwas gefasst, ging die Haustür auf, und Joshua trat neben Maighread.

»Maighread, kannst du mir bitte sagen, was los ist? Ich meine, tut mir leid, ich hätte mich melden sollen, ich weiß. Es ist nur, ich war nur, ach, keine Ahnung, die ganze Situation hat mich überrumpelt.« Er stand dicht vor ihr und hatte seine Hände auf ihre Oberarme gelegt. »Meine Gefühle sind eindeutig schneller als mein Kopf. Ich wollte dir auf keinen Fall den Eindruck vermitteln, dass du …«

Jetzt wurde es Maighread zu bunt. Sollte er seine verlogene Stotternummer abziehen, bei wem er wollte. Wenn er sie anlügen wollte, dann musste er früher aufstehen.

Entschlossen streifte sie seine Hände ab. »Vergiss es, Joshua. Gefühle sind nicht immer geeignet, auf sie zu hören, bleib du lieber bei deinem Verstand, und der sagt ja wohl eindeutig: Finger weg. Das ist schon richtig so. Ich möchte mich nirgends dazwischendrängen, und außerdem hab ich gerade wahrhaftig genug andere Sorgen, als mich um irgendein dummes Bauchflattern zu kümmern.« Sie ließ den vollkommen verdutzten Joshua stehen und lief los.

Im Gehen drehte sie sich noch einmal kurz zu ihm um. »Vergiss es bitte, okay? Zwischen dir und mir war nichts, und es wird auch nichts sein. Punkt.«

Genau das hatte sie Peter fast wortwörtlich gesagt. Offenbar war sie gerade in einer Phase, in der sie keinen sonderlich guten Draht zum anderen Geschlecht hatte – dabei hatte alles so vielversprechend angefangen.

Sie hörte die Haustür ins Schloss fallen, offensichtlich folgte er ihrer Aufforderung und gesellte sich wieder zu den anderen. Gut so, sollte er sein angekratztes Ego vom Whisky umspülen lassen, dann hatte er sie sicher in kürzester Zeit vergessen.

Maighread hoffte nur, dass er es sich eine Lehre sein ließ und für die Zukunft vielleicht doch über etwas mehr Treue nachdenken würde – sie würde es seiner Freundin wünschen.

Was für ein Glück, dass Peter sie auf Inchconnach im richtigen Moment gestört hatte – nicht auszudenken, wohin das hätte führen können. Sie hatte wirklich genug Sorgen, da brauchte es nicht auch noch Liebeskummer obendrauf.

Maighread hatte das Haus ihrer Grandma erreicht. Sie blieb stehen und wappnete sich für einen neuen Versuch, mit ihr in Kontakt zu kommen. Die Nacht war ziemlich kühl, und die Sterne funkelten über Maighread, als wollten sie ihr Mut zublinzeln. Obwohl es windstill war, zog Maighread ihren Schal ein wenig enger, kuschelte sich einen Moment mit der Wange an die weiche Wolle und genoss das sanfte Streicheln.

Das Licht im hinteren Zimmer war an, ihre Grandma war also noch auf. Maighread klingelte – nichts rührte sich im Haus. Auch nach dem zweiten und dritten Klingeln passierte nichts.

Das war eigenartig. Maighread war sich sicher, dass ihre Großmutter zumindest bis zur Tür kommen würde, auch wenn sie ahnte, dass es ihre Enkelin war. Es fühlte sich für sie fast schon wie ein Ritual an, dass Maighread klingelte und lauschte, bis sie die schlurfenden Schritte ihrer Granny hörte, die sich von innen der Tür näherten. Und dann, wenn es auf der anderen Seite wieder ruhig geworden war, redete Maighread und hoffte jedes Mal inständig darauf, die richtigen Worte zu finden, die vielleicht doch dafür sorgten, dass sich die Tür öffnete.

Genau diese Hoffnung trieb sie immer wieder zurück zu diesem Haus. Auf diese Weise hatte sie ihrer Granny schon etliche Geschichten aus ihrem Leben erzählt, von ihrer Kindheit, von ihrer enttäuschten Liebe und von ihrem Job. Nur ihre Mutter ließ sie vorsorglich außen vor. Solange Maighread nicht wusste, worum es in dem Streit damals gegangen war, war die Gefahr, dass sie mit einem falschen Wort versehentlich Wunden aufriss und alles schlimmer machte, zu groß. Das wollte sie unbedingt vermeiden.

Nachdem sie zehn Minuten vor dem Haus ihrer Großmutter gestanden und gewartet hatte, wurde Maighread unruhig. Sie bekam immer stärker das Gefühl, dass etwas nicht stimmte. Erst war ihre Grandma nicht zu den Highland Games gekommen, und jetzt reagierte sie nicht auf das Klingeln. Hoffentlich war ihr nichts passiert!

Vielleicht konnte sie einen Blick durch eines der Fenster werfen? Maighread zögerte, sie mochte es nicht, in die Privatsphäre anderer Menschen einzudringen, aber die Angst um ihre Großmutter war größer als ihre moralischen Bedenken. Und schon Sekunden später erkannte sie, dass sie sich richtig entschieden hatte.

Elisabeth Robertson lag vor ihrem Sessel auf dem Boden und rührte sich nicht.

»Granny!«, schrie Maighread und klopfte an die Scheibe. »Granny, hörst du mich? Ich hol Hilfe, hab keine Angst, ich bin gleich bei dir!« Voller Panik drehte Maighread sich einmal um sich selbst.

Was sollte sie jetzt tun? Sie wollte losrennen, zu den anderen zurück, doch dann fiel ihr ein, dass sie Chloe anrufen konnte. Sofort suchte sie mit fahrigen Fingern in ihrer Kontaktliste nach der Nummer. Vor Aufregung zitterte sie so sehr, dass sie mehrfach ansetzen musste, bis sie endlich auf den richtigen Namen getippt hatte. Zum Glück nahm Chloe den Anruf nach dem zweiten Klingeln an.

»Hey, Maighread, was ist, willst du nicht doch wieder zu uns kommen? Peter fährt hier tolle …«

»Chloe, bitte, ich bin bei Grandma, ich brauch Hilfe. Schnell! Sie liegt in ihrem Wohnzimmer auf dem Boden. Ich weiß nicht, was los ist, ich komme nicht rein. Bitte, was soll ich nur tun?«

»Wir sind gleich da!« Noch bevor Maighread Danke sagen konnte, hatte Chloe das Gespräch beendet.

Maighread wandte sich wieder dem Haus zu. Sie drückte ihre Nase gegen die Fensterscheibe, um besser sehen zu können. Atmete ihre Granny? Verzweifelt beobachtete Maighread den Brustkorb ihre Großmutter; zweimal dachte sie, eine kleine Bewegung zu sehen, doch im nächsten Moment war sie sich nicht mehr sicher.

Molly stupste Maighread an und winselte. Sie spürte die Verzweiflung ihres Frauchens. »Alles gut, Molly, es ist alles gut. Ganz bestimmt ist alles gut. Sie ist nur ohnmächtig, das kann doch mal vorkommen. Vielleicht hat sie zu wenig getrunken, oder sie wollte zu schnell aufstehen.«

Während ihr die Tränen übers Gesicht rannen, versuchte sie, Molly und gleichzeitig sich selbst zu beruhigen. Sie hielt es nicht mehr aus, untätig vor dem Fenster zu stehen, während ihre Granny drinnen lag und Hilfe brauchte, deshalb rannte sie um das Haus herum und drückte gegen alle Fenster, in der Hoffnung, dass eines vielleicht nicht richtig geschlossen war.

Das Badezimmerfenster war gekippt, sofort versuchte Maighread hineinzugreifen, um die Verriegelung zu lösen. Doch sie war zu klein und kam nicht dran.

»Verflixt noch mal!«, fluchte sie und rannte los, um sich eine Erhöhung zu suchen, auf die sie klettern konnte.

Maighread bog um die Hausecke und prallte ungebremst gegen eine muskulöse Brust. Durch den Aufprall wurde sie zurückgeworfen, und nur das schnelle Zupacken kräftiger Hände verhinderte ihre unsanfte Landung auf dem Pflasterweg.

»Wo willst du hin? Wo ist Elisabeth?« Es war Joshuas Stimme. Vor Erleichterung schluchzte Maighread auf. Sie war so durcheinander, dass sie nur unverständlich stammelte.

»Maighread, beruhige dich, wir sind da, wir helfen ihr. Aber du musst die Nerven behalten, hörst du?«

Sie nickte, und endlich schaffte sie es, verständliche Worte hervorzubringen. »Sie liegt im Wohnzimmer. Das Haus ist abgeschlossen, das Badezimmerfenster steht auf Kipp, es ist aber zu hoch für mich.«

»Los.« Schon zog Joshua sie mit sich. Ohne nachzudenken packte er sie an den Hüften und hob sie hoch, als wäre sie ein Federgewicht, das er nur so zum Spaß stemmte.

Nach kurzer Zeit war das Fenster auf und Maighread im Haus. Sie rannte durch den Flur, riss die Haustür auf und rannte auch schon wieder zurück und ins Wohnzimmer.

So oft hatte sie sich den Moment vorgestellt, wenn sie das erste Mal das Haus ihrer Großmutter betreten würde – dass es allerdings so dramatisch werden würde, hatte sie dabei nie vor Augen gehabt. Im Moment waren ihr das Haus, die Einrichtung und die Emotionen, die in diesen vier Wänden steckten, vollkommen gleichgültig.

»Granny, ich bin da. Hörst du mich? Sag doch was! Granny!« Maighread schüttelte die Schultern der alten Frau in dem Versuch, sie wach zu bekommen. Ihr Gesicht war merkwürdig verschoben, aber sie atmete. »Sie lebt. Gott sei Dank, sie lebt!«, rief Maighread.

Bevor sie wusste, wie ihr geschah, hatte Scott sie bereits sanft, aber sehr bestimmt zur Seite geschoben und sich über die bewusstlose Elisabeth gebeugt.

Er prüfte ihren Puls und hob die Augenlider. Dann drehte er sich von ihr weg und kramte in einer großen Tasche. Gleich darauf hielt er ein Stethoskop in seinen Händen und hörte die Patientin ab.

»Habt ihr schon den Krankenwagen gerufen?«, fragte er, nachdem er die Stöpsel wieder aus seinen Ohren genommen hatte.

Daran hatte Maighread vor lauter Aufregung gar nicht gedacht. Sie wollte schon nach ihrem Handy greifen, doch Chloe nahm ihre Hand und drückte sie beruhigend.

»Ja, sie brauchen … jetzt noch etwa sechs Minuten«, informierte sie Scott nach einem schnellen Blick auf ihre Armbanduhr. Er nickte ernst.

»Ich brauche eine Decke, damit sie nicht noch weiter auskühlt. Joshua, kannst du das Feuer wieder in Gang bringen? Maighread, machst du bitte die Außenbeleuchtung an, damit die Sanitäter gleich erkennen, wo sie hinmüssen?«

»Aber …«, versuchte Maighread einzuwenden, doch Scott lächelte sie an und sagte: »Keine Angst, ich passe auf deine Granny auf. Ich bin Arzt«, erklärte er.

Arzt, natürlich, dachte Maighread, darauf hätte sie auch selbst kommen können. Wer sonst hatte eine Tasche mit Stethoskop bei sich? Etwas beruhigt tat sie, um was er sie gebeten hatte.

Die Zeit schien stillzustehen, während sie alle sehnsüchtig auf die Ankunft des Krankenwagens warteten.

Elisabeth war inzwischen wieder bei Bewusstsein, wirkte aber noch verwirrt. Außerdem hatte sie eine linksseitige Lähmung.

Scott beruhigte seine Patientin. Er machte ein paar Tests und erklärte ihr dann, dass sie einen Schlaganfall hatte. Er redete langsam und deutlich und immer gerade so viel, dass Elisabeth beschäftigt war, das Gesprochene zu verarbeiten, und nicht in Panik verfallen konnte.

Maighread blieb auf Scotts Anweisung hin außerhalb von Elisabeths Blickfeld. Sie musste es jetzt unbedingt vermeiden, ihre Grandma unnötig aufzuregen. Joshua, der den Kamin angeheizt hatte, als müsste man die nächste Eiszeit mit Feuer bekämpfen, stellte sich zu Maighread und zog sie in seine Arme. Selbst wenn sie gewollt hätte, sie hätte nicht die Kraft gehabt, um sich zu wehren. Aber sie wollte es auch gar nicht.

Endlich tönte die Sirene durch die Nacht. Nur einen Moment später wurde Elisabeth auf einer Trage aus dem Haus und in den Krankenwagen geschoben. Maighread wollte mitfahren, doch Scott hielt sie zurück.

»Bleib hier und pack ein paar Sachen für deine Grandma zusammen, Maighread. Sie kommt nach Glasgow in die Stroke Unit«, sagte er.

»Im Moment kannst du nichts für sie tun. Morgen fahre ich dich hin, heute braucht sie ärztliche Versorgung und Ruhe«, ergänzte Joshua.

»Sie hatte großes Glück, dass du sie gefunden hast«, erklärte nun Scott, der noch schnell mit den Sanitätern gesprochen hatte. »Jetzt ist sie erst einmal in guten Händen, alles andere wird sich zeigen.«

Alles andere wird sich zeigen. Dieser Satz hallte in Maighread nach und schlich sich auch später in ihre Träume. Immer wieder schreckte sie aus einem unruhigen Schlaf hoch.

Granny, ach Granny, bitte werd wieder gesund!, flehte Maighread stumm in ihr nass geweintes Kissen. Dann stand sie auf und holte sich ihr Notebook ins Bett.

Mail@Lindsay.Robertson

Hey Mum,

es tut mir leid, ich hab schlimme Nachrichten. Bitte erschrick nicht, aber Grandma hatte heute einen Schlaganfall. Jetzt ist sie in Glasgow im Krankenhaus, ich werde morgen zu ihr fahren. Sobald ich mehr weiß, melde ich mich bei dir.

Es war ein großes Glück, dass ich sie gefunden habe, aber ich mache mir auch schreckliche Vorwürfe, weil ich Angst habe, dass ich schuld bin. Bestimmt hat die Aufregung, die ich durch mein Auftauchen ausgelöst habe, dazu beigetragen. Es tut mir so leid. Wenn ich geahnt hätte, wie schlimm das alles wird – aber ich wollte sie doch nur kennenlernen.

Scott sagt, ich soll mich nicht verrückt machen, ein bisschen Aufregung allein hätte das nicht verursacht, aber ich fühle mich trotzdem schrecklich. Ich bin nur froh, dass es hier Menschen gibt, die für mich da sind. Chloe ist rührend. Stell dir vor, sie hat sogar mit Joshua gestritten, weil der unbedingt wollte, dass ich mit zu ihm komme.

Ach so, ich merke gerade, ich erzähle dir von den Menschen hier, aber die meisten wirst du gar nicht kennen. Von Chloe, meiner wunderbaren Mitbewohnerin, habe ich dir ja schon erzählt. Und auch Joshua ist in meinem Alter, also kannst du ihn nicht kennen, aber seinen Vater vielleicht. John heißt er.

Scott McBrayer ist auch unsere Generation, ihn habe ich erst heute kennengelernt, er war ein paar Jahre nicht in Callwell und lebt jetzt wohl irgendwo zwischen Callwell und Glasgow, wenn ich das richtig verstanden habe. Es war heute so viel los, in meinem Kopf herrscht ein einziges Durcheinander. Scott ist Arzt, was für ein Glück, dass er hier war, er hat bei Grandma die Erstversorgung gemacht, bevor der Krankenwagen eingetroffen ist.

Und dann gibt es noch Peter, Chloes Cousin.

Peter und Joshua sind beide wirklich nett, sie scheinen allerdings einen Flirtwettkampf auszutragen, obwohl mir überhaupt nicht danach ist. Peter ist zwar süß, aber nicht der Typ Mann, der mich reizt. Joshua schon eher. Um ehrlich zu sein, wäre ich fast schwach geworden. Zum Glück hab ich rechtzeitig gemerkt, dass er kein Single ist. Ich hab es ihm auf den Kopf zugesagt, aber er versucht immer noch, es zu leugnen.

Ach, ich schreibe so einen dummen Unsinn, als ob das alles interessant wäre oder überhaupt wichtig. Ich muss mich einfach ein wenig ablenken, denn meine Gedanken kreisen die ganze Zeit nur um Grandma, und ich kann nicht schlafen.

Morgen werde ich sie besuchen. Ich werde ihr ein paar Sachen aus ihrem Haus zusammenpacken und bringen. Sie wird froh sein, wenn sie frische Wäsche hat. Und dann bleibe ich so lange bei ihr, bis sie mit mir spricht.

Ich hoffe so sehr, dass sie sprechen kann. Als ich sie gefunden habe, hatte sie eine linksseitige Lähmung. Aber Scott sagt, das kann vorübergehend sein, und mit etwas Glück erholt sie sich ganz schnell. Genau das wünsche ich mir, dass sie sich schnell erholt, dass es ihr bald wieder gut geht und dass wir die gemeinsame Zeit, die uns bleibt, auch nutzen können.

Vielleicht willst du das ja auch. Ich gebe dir morgen durch, in welchem Krankenhaus sie liegt, dann kannst du sie besuchen, wenn die Ärzte es erlauben – und du es möchtest.

Ich hab dich lieb, Mum. Pass bitte auf dich auf!

Kuss,
Deine Maighread

PS: Es ist mitten in der Nacht, aber ich kann nicht schlafen. Zu viele Gedanken, zu viele Gefühle, die in mir durcheinanderwirbeln. Ich werde jetzt den Seelenwärmer zu Ende stricken und ihn morgen Grandma schenken. Ich hab ihn Warming Thoughts genannt, ich hoffe, er tut ihr gut.

Kapitel 18

Elisabeth

Als Elisabeth die Augen aufschlug, sah sie im ersten Moment nur verwaschenes Weiß. War das der Übergang in eine andere Welt? War sie gestorben, ohne es zu merken? Elisabeth war sich nicht sicher. Sie hörte Schritte und Stimmen, die aber etwas entfernt schienen. Eine Frau lachte, etwas klapperte.

Nach ein paar Sekunden klärte sich das Bild, und Elisabeth erkannte eine weiße Zimmerdecke und ein Metallgestell mit einem Haltegriff über sich. Sie erkannte zwar, was sie sah, doch sie konnte sich keinen Reim darauf machen. Wo war sie? Was war passiert? Angst stieg in ihr hoch, sie wurde unruhig und versuchte, sich zu erinnern.

Das Letzte, was Elisabeth wusste, war, dass sie in ihrem Wohnzimmer gewesen war und sich in ihren Sessel setzen wollte. Ihr war schwindlig geworden. Und dann?

Sosehr Elisabeth sich auch bemühte, der Rest der Erinnerung blieb undeutlich. Eindrücke verwischten sich, Bilder schoben sich übereinander. Sie hatte wohl auf dem Boden gelegen. Da waren Stimmen gewesen. Plötzlich hatte sie jemand an der Schulter berührt, sie war durchgeschüttelt worden. Aber weshalb? Immer wieder versuchte Elisabeth, ihre Erinnerungen einzuordnen und zu verstehen, was geschehen war, aber sie konnte das Chaos in ihrem Kopf nicht sortierten, deshalb gab sie den Versuch auf und versuchte, sich stattdessen aufzusetzen.

Es funktionierte nicht, sie hatte keine Kraft und schaffte es lediglich, den Kopf für ein paar Sekunden leicht anzuheben. Erschöpft ließ sie ihn gleich wieder auf das Kissen sinken.

Stück für Stück nahm sie mehr wahr, doch es war nicht dazu angetan, dass sie sich wohler fühlte. Ihr Mund war wie ausgetrocknet, die Zunge klebte am Gaumen und fühlte sich rau an, Elisabeth hatte großen Durst. Außerdem war ihr eiskalt, und sie fühlte sich entsetzlich müde.

Kaum hatte sie das gedacht, fielen ihr auch schon wieder die Augen zu. Sie durfte jetzt nicht schlafen, sie brauchte Informationen, musste wissen, was mit ihr los war. Verbissen kämpfte sie gegen den Schleier an, der sich wieder über ihr Bewusstsein legen wollte. Sie musste auf sich aufmerksam machen.

Als sie versuchte zu sprechen, kam nur ein schauerliches Krächzen über ihre Lippen. Ihre Stimme gehorchte ihr nicht richtig, und auch mit ihrem Mund stimmte etwas nicht. Sie versuchte, ihre linke Hand zu heben, und bekam einen Schrecken, als es nicht klappte. Die Hand reagierte nicht. Sie versuchte es rechts, das funktionierte.

»Sie sind ja wach, das ist schön«, tönte eine fröhliche Stimme neben ihr. Gleich darauf schob sich ein freundliches Gesicht in Elisabeths Blickfeld. Eine junge Frau lächelte sie an, betrachtete sie mit einem prüfenden Blick und strich ihr kurz über die Wange. »Willkommen zurück, liebe Mrs. Robertson. Ich bin Schwester Caitlin und werde mich in der nächsten Zeit um Sie kümmern.« Sie sprach langsam und klar, trotzdem fiel es Elisabeth schwer, den Worten zu folgen.

Die Frau nahm Elisabeths Hand und fühlte den Puls. Dann nickte sie und lächelte wieder. »Alles in Ordnung so weit. Wissen Sie, wo Sie sind, Mrs. Robertson?«

Elisabeth bewegte den Kopf und deutete damit ein Nein an, nach dem Krächzen gerade eben traute sie ihrer Stimme nicht.

»Sie hatten einen Schlaganfall und sind jetzt seit ein paar Stunden bei uns auf Station in der Stroke Unit. Haben Sie keine Angst, Sie hatten großes Glück. Soweit wir es absehen können, wurden Sie rechtzeitig gefunden. Es kommt alles wieder in Ordnung, Mrs. Robertson, Sie brauchen nur ein wenig Geduld. Okay? Haben Sie mich verstanden?«

Gefunden? Hatte die junge Frau gerade gesagt, sie war gefunden worden? Aber von wem? Sie war doch in ihrem Haus gewesen – allein. Wieder dachte sie an die Stimmen, die sie gehört hatte, als sie in ihrem Wohnzimmer auf dem Boden lag.

»Mrs. Robertson?«

Elisabeth riss sich von ihrer Grübelei los und konzentrierte sich wieder auf die Schwester – dass es sich um eine Krankenschwester handelte, hatte sie inzwischen verstanden.

»Durst«, krächzte Elisabeth mühsam und versuchte wieder, sich aufzusetzen.

Doch die Schwester legte ihr die Hand auf die Schulter und schüttelte den Kopf. »Bleiben Sie liegen. Sie müssen sich ausruhen. Ich hole Ihnen sofort etwas zu trinken. Vorher stelle ich Ihr Kopfteil etwas höher, dann gibt es Tee für Sie.«

Elisabeth nickte, sie hob ihre rechte Hand – die ihr ja zum Glück gehorchte – und wischte sich über die Stirn. Als sie versuchte zurückzulächeln, merkte sie, dass ihr Mund sich verzogen anfühlte, erstaunt tastete sie nach ihrer Lippe.

»Nicht erschrecken, Mrs. Robertson«, reagierte die Schwester sofort auf die Bewegung. »Sie haben eine leichte Lähmung, das ist nichts Ungewöhnliches nach einem Schlaganfall. Es braucht etwas Zeit, aber die Lähmung wird zurückgehen. In Ordnung? Kann ich Sie kurz allein lassen, um den Tee zu holen?«

Elisabeth hörte ein Klacken. Sie drehte den Kopf zur Seite und sah, dass die Schwester ein Gitter hochgeklappt hatte – wie bei einem kleinen Kind. Wahrscheinlich hatte sie Angst, Elisabeth könnte aus dem Bett fallen – als ob ihr danach wäre, jetzt herumzuturnen.

Während Schwester Caitlin den Tee holte, versank Elisabeth wieder in ihrer Gedankenwelt. Sie hatte also einen Schlaganfall gehabt. Sie erinnerte sich an die kurze vorübergehende Schwäche beim Bettenbeziehen – war das ein Vorbote gewesen? Gut möglich, wahrscheinlich hätte sie auf die Signale achten sollen. Vielleicht hätte der Arzt es verhindern können. Doch Elisabeth schob den Gedanken wieder weg. Die Grübeleien nützten nichts. Jetzt war es ohnehin nicht mehr zu ändern. Viel mehr interessierte sie, wer sie gefunden hatte. Und wie waren die Helfer in ihr Haus gekommen?

Plötzlich schob sich das blasse Gesicht ihrer Enkeltochter vor ihr inneres Auge. Maighread, natürlich! Ein neues Stück Erinnerung trieb aus den Tiefen ihres Unbewussten an die Oberfläche.

Elisabeth hatte ihre Stimme gehört, ihr aber nicht antworten können. Ihre Enkeltochter hatte sie gefunden und dann vermutlich Hilfe organisiert. Diese Erkenntnis berührte Elisabeth zutiefst.

Die aufgewühlten Emotionen rissen sie mit sich, Elisabeth spürte das leichte Kribbeln der Tränen, die rechts und links über ihre Schläfen liefen und in ihren Haaren hängen blieben.

Maighread, dachte sie und spürte eine Wärme in ihrem Inneren, die dort lange nicht mehr gewesen war. Hatte sie alles falsch gemacht? War sie zu hart gewesen mit ihrer Ablehnung? War dieser Schlaganfall die gerechte Strafe für ihre verflixte Sturheit?

Vielleicht hätte sie mit dem Mädchen sprechen sollen, statt alles abzublocken. Konnte sie das jetzt nachholen? Bekam sie eine zweite Chance?

Der nächste Gedanke schob sich dunkel über diesen Funken Hoffnung. Was war mit Lindsay? Wenn Elisabeth ihre Enkelin in ihr Leben ließ, dann käme es früher oder später zu einer Konfrontation mit ihrer Tochter.

So viele Jahre hatte sie sich nichts sehnlicher gewünscht als eine Möglichkeit, mit Lindsay zu sprechen. Doch nachdem ihre Tochter auf zwei Versöhnungsversuche und auf ihren Brief, in dem sie ihr von Bobs Tod schrieb, nicht reagiert hatte, hatte Elisabeth dieses Kapitel ihres Lebens abgeschlossen. Sie hatte die Trauer um ihre Tochter, die Wut, die Enttäuschung und die Bitterkeit in eine Kammer ihres Herzens verbannt und diese verschlossen, sonst wäre sie an diesen Gefühlen zugrunde gegangen.

Und jetzt sollte das alles wieder aufwirbeln? Maighread glaubte offenbar, sie könnte jenseits des Streits ihre Großmutter kennenlernen, aber das konnte nicht funktionieren. Es würde nur die alten Wunden aufreißen. Es bestand die Gefahr, dass Maighread zwischen ihrer Mutter und ihrer Großmutter zerrieben wurde. Am Ende hätte nicht nur Elisabeth großen Kummer, sondern ihre Enkeltochter auch. Das wollte sie ihr ersparen.

Am besten wäre es, wenn Maighread wieder aus Callwell verschwand. Elisabeth hatte nicht die Kraft, sich alldem zu stellen und aufs Neue zu kämpfen. Sie war froh, dass ihre Enkeltochter ihr geholfen hatte, dafür würde sie ihr danken und ihr dann sagen, dass sie gehen sollte. Elisabeth würde ihr Leben so leben wie die letzten Monate auch – allein.

Doch sofort wurde ihr bewusst, was das bedeutete. Sie hatte einen Schlaganfall gehabt. War sie überhaupt noch in der

Lage, ihr Leben eigenständig zu führen? Könnte sie den Alltag bewältigen und für sich selbst sorgen? Im Moment sicher nicht, aber die Schwester hatte ja gesagt, es würde alles wieder gut werden. Elisabeth war sich nicht sicher, ob das nur dahergesagte tröstende Worte gewesen waren oder ob es stimmte.

Bevor sie sich noch weiter in dunklen Zukunftsvisionen verlieren konnte, ging die Tür auf. Schwester Caitlin kam gut gelaunt plaudernd mit dem Tee zurück.

***

»Danke, es geht mir schon viel besser«, beteuerte Elisabeth am nächsten Morgen, nachdem sie ein paar Stunden tief und traumlos geschlafen hatte.

Erstaunlicherweise stimmte es. Sie fühlte sich zwar wie gerädert, aber es war kein Vergleich mehr zu ihrem Zustand in der Nacht, als Schwester Caitlin ihr mit der Schnabeltasse Tee einflößen musste. Jetzt konnte Elisabeth wieder relativ normal sprechen, ihre Lippen reagierten wieder – zwar noch verzögert und schwerfällig, aber sie bewegten sich. Auch ihr Kopf war klarer; der dicke Nebel, in dem ihre Gedanken letzte Nacht geschwommen waren, hatte sich etwas gelichtet.

Elisabeth musterte die Nadel, die in ihrem Handrücken steckte, und folgte mit dem Blick dem Schlauch bis zu dem Infusionsbeutel an der Halterung über sich. Sie hatte keine Ahnung, was für eine Medizin man ihr verabreichte, aber ganz offensichtlich tat sie ihren Dienst.

Die junge Frau, die sie nach ihrem Befinden gefragt hatte, freute sich, als hätte Elisabeth ihr gerade verkündet, dass sie in der Lotterie gewonnen hatte.

»Das ist wundervoll, Mrs. Robertson. Fantastisch. Wenn es so schnell zu einer Erholung kommt, dann ist das ein absolut positives Zeichen. Wenn Sie sich stark genug fühlen, helfe ich Ihnen jetzt, sich etwas aufzusetzen, und bringe Ihnen Ihr Frühstück. Was meinen Sie? Schaffen Sie das?«

»Sie sind nicht Schwester Caitlin, oder?«, fragte Elisabeth, ohne auf die Frage einzugehen. Sie war unsicher, die Frauen sahen sich ähnlich, und ihre Erinnerung an letzte Nacht war unscharf. Trotzdem hatte sie das Gefühl, eine andere Person vor sich zu haben.

Prompt nickte die junge Frau. »Ich bin Schwester Milla, Mrs. Robertson. Schwester Caitlin hatte Nachtschicht und hat jetzt Feierabend. Sie kommt heute Abend wieder.«

Elisabeth freute sich. Es erfüllte sie mit Genugtuung, dass ihr der Schwesternwechsel aufgefallen war. Ganz hatte dieser verflixte Schlaganfall ihr Denkvermögen also nicht zerstört.

»Danke, Schwester Milla. Frühstück wäre toll. Ich denke, ich bin stark genug«, gab sie jetzt auch die Antwort auf die Frage von vorher.

Doch schon kurze Zeit später holte die Realität Elisabeth schmerzhaft ein. Auf den Befehl ihres Gehirns hin, sich zu bewegen, zuckte ihre linke Hand zwar, aber sie war nicht einsatzbereit. Während die Schwester ihr eine Scheibe Brot mit Butter und Marmelade bestrich, sank Elisabeths Mut wieder und machte einer Angst Platz, die sie frösteln ließ.

Schwester Milla schnitt das Brot in sehr kleine Happen und wies Elisabeth an, es langsam angehen zu lassen. Sie sollte sich Zeit nehmen und in aller Ruhe kauen.

»Ich leiste Ihnen Gesellschaft, dann kann ich Ihnen helfen, wenn es nötig ist.«

Nach drei Happen und einer halben Tasse Tee lehnte Elisabeth sich erschöpft in ihr Kissen zurück.

»Das genügt, Schwester Milla. Ich glaube, ich muss etwas schlafen.« Kaum hatte sie es ausgesprochen, schloss sie auch schon die Augen und hoffte, die junge Frau würde sie allein lassen.

»Machen Sie sich keine zu großen Sorgen, Mrs. Robertson. Es ist so weit alles in Ordnung, Sie hatten wirklich großes Glück und werden rasch wieder auf die Beine kommen. Ein bisschen Geduld, dann wird ganz bestimmt alles wieder gut.«

Elisabeth unterdrückte ein Schluchzen und wartete, bis sich die Tür hinter der Schwester mit einem leisen Klacken schloss, bevor sie sich ihrem Kummer hingab.

Diese jungen Dinger hatten leicht reden. Von wegen keine Sorgen machen. Wie sollte es denn jetzt weitergehen? Wieso, lieber Gott, hast du mich nicht einfach sterben lassen?, klagte Elisabeth stumm. Dann hätte sie jetzt keine Sorgen mehr und müsste sich keine Gedanken darum machen, wie es weitergehen sollte. Sie wollte nicht in ein Heim. Auf keinen Fall.

Kapitel 19

Maighread

»Guten Morgen, Maighread. Morgen, Chloe.« Joshua trat trotz der für einen Sonntag sehr frühen Stunde gut gelaunt zu den Freundinnen in die Küche. Und das, obwohl ihm der vorige Tag mit den Highland Games, dem Whisky-Tasting und der spätabendlichen Aufregung um Elisabeth doch eigentlich gewaltig in den Knochen stecken müsste. Maighread jedenfalls fühlte sich wie vom Jacobite Steam Train überfahren. Wäre sie Harry Potter oder Hermine, könnte sie sich ihre ächzenden Muskeln und Knochen wenigstens mit einem Zauberstabschwung im Handumdrehen fit hexen – so aber versuchte sie, sich möglichst wenig zu bewegen, um ihren schmerzenden Körper nicht noch mehr zu reizen. Es würde sicher noch eine Weile dauern, bis ihre Lebensgeister wieder wach waren.

Joshua dagegen wirkte wach und fit und sprühte vor Energie. Seine Haare standen vom Wind zerzaust wild ab, seine Nase und die Wangen waren von der Kälte gerötet. Er brachte einen Schwung kühle Luft von draußen mit herein und rieb sich die offensichtlich kalten Hände. Er sah aus, als könnte er es nicht abwarten, in neue Abenteuer aufzubrechen und die Welt zu erobern. Maighread konnte nichts dagegen tun, bei seinem Anblick ging ihr das Herz auf. Vergiss es, mahnte sie sich selbst und versuchte, das laute Pochen in ihrer Brust zu ignorieren.

»Hey Joshua, guten Morgen. Setz dich und trink einen Tee mit uns.« Chloe stand auf und holte eine weitere Tasse. »Willst du was frühstücken? Es ist noch Rührei da und Bacon.«

»Danke, Chloe, das ist lieb, aber Eilidh war schon wach, und du weißt ja, wenn sie mich erwischt, lässt sie mich nicht ohne Frühstück aus dem Haus«, lehnte er die Frühstückseinladung ab. »Ich werde ihr unter die Nase reiben, dass sie mir damit die Chance auf ein Frühstück mit zwei großartigen Frauen vermasselt hat«, schob er mit Blick in Maighreads Richtung noch hinterher. »Aber ein Tee wäre fein.«

Joshua setzte sich und musterte Maighread, die seinen Gruß nur leise erwidert hatte, eindringlich. Sie spürte seinen forschenden Blick, während sie so tat, als würde sie sich auf ihr Rührei konzentrieren.

»Gibt es etwas Neues? Hast du was vom Krankenhaus gehört?«, fragte er.

Okay, sie musste sich ihm stellen, auch wenn sie keine Ahnung hatte, wie. Er tat gerade so, als sei nichts zwischen ihnen gewesen und als könne er kein Wässerchen trüben, also würde sie es auch erst einmal neutral versuchen. Im Moment gab es ohnehin wichtigere Themen als Joshua McLoughlin, auch wenn ihr Herz etwas anderes behauptete.

»Ich habe angerufen, aber sie geben mir keine Auskunft. Ab neun Uhr darf ich Grandma besuchen, in einer halben Stunde etwa will ich los.«

Sie hoffte, er würde den Wink verstehen, doch weit gefehlt. Er quittierte ihre Aussage mit einer ausladenden Geste seiner Arme. »Das passt ja perfekt! Hier bin ich – stets zu Diensten, Mylady.«

Das kam überhaupt nicht infrage. Sie war schließlich kein blinder Maulwurf und kam in ihrem bisherigen Leben ganz gut ohne einen persönlichen Chauffeur zurecht. Sie hatte nicht vor, daran etwas zu ändern. Während sie überlegte, wie sie Joshua höflich, aber bestimmt abwimmeln konnte, stand Chloe auf.

»Hört mal, ihr beiden, ich hoffe, ihr nehmt es mir nicht übel, aber ich hab Lizzy versprochen, ihr heute noch mindestens vier neue Gebinde in die Gärtnerei zu bringen. Ich sollte mich an die Arbeit machen. Maighread, bringst du mir Molly nachher rüber, wenn du losfahren willst? Wir beide werden uns einen schönen Tag machen. Das wird ihr sicher besser gefallen, als stundenlang im Auto zu sitzen und auf dich zu warten.«

»Wir können Molly auch zu Eilidh bringen«, warf Joshua sofort ein. »Sie kann mit Bonny und Lennox spielen, die drei verstehen sich doch so gut.«

Chloe zuckte kurz mit den Schultern, stellte ihr Geschirr in die Spülmaschine und wandte sich Richtung Arbeitszimmer. »Macht es, wie ihr wollt, mir ist beides recht.«

»Ich bring Molly gleich zu dir«, rief Maighread ihrer Freundin noch hinterher. Sie nahm ihre Tasse in beide Hände und genoss die Wärme, die von ihr ausging und sich auf Maighreads Finger übertrug.

Zwischen Joshua und ihr entstand eine geladene Stille, oder kam es nur ihr so vor? Unter halb geschlossenen Lidern warf Maighread einen kurzen, prüfenden Blick zu ihm hinüber. Er wirkte nicht halb so angespannt, wie sie sich fühlte.

»Konntest du etwas schlafen?«, fragte Joshua in ihre Überlegungen hinein. »Du hast dir bestimmt große Sorgen gemacht, auch wenn Scott meinte, es sei wohl nicht lebensbedrohlich.«

Sie wollte es nicht, sie versuchte mit aller Kraft, es zurückzuhalten, aber Joshuas verständnisvolle Art brachte Maighread zur Weißglut. Sie hatte sein scheinheiliges Getue so satt, dass der Zorn sie sogar ihre Muskelschmerzen vergessen ließ.

»Was willst du eigentlich von mir, Joshua? Was soll das Theater? Spielst hier den stolzen Highlander, der seiner Lady zu Hilfe eilt, und tust so, als seist du mein Freund. Und währenddessen sitzt irgendwo deine Freundin und wartet darauf, dass du dich meldest. Weißt du was? Verschwinde einfach. Kümmere dich um deine Freundin, ich brauch dich nicht. Weder um nach Glasgow ins Krankenhaus zu kommen noch aus sonst irgendeinem Grund. Verschwinde und lass mich in Ruhe.«

Sie stellte ihre halb volle Tasse mit so einer Wucht vor sich auf dem Tisch ab, dass Tee überschwappte. Immer noch wütend stand sie auf, holte einen Lappen, um die Pfütze wegzuwischen, und setzte sich dann wieder.

Joshua hatte jede ihrer Bewegungen beobachtet. Jetzt sah er ihr offen ins Gesicht. Kein Schatten zog über seine Miene, Maighread konnte nicht den Hauch von Schuldbewusstsein erkennen. Wie abgebrüht musste er sein, wenn ihm diese offene Konfrontation kein bisschen peinlich war?

Im Stillen beglückwünschte Maighread sich, dass sie nicht auf diesen Menschen hereingefallen war. Er hätte ihr das Herz aus dem Leib gerissen und es zerfetzt – schlimmer als Dylan.

Wieder senkte sich die fast schon vertraute Stille auf sie, doch dieses Mal nahm Joshua das Schweigen wahr. Maighread konnte an seinem Gesicht ablesen, dass es in ihm arbeitete. Er brauchte lange, bis er seine Gedanken sortiert hatte. Vermutlich überlegte er sich neue Lügen, die er ihr auftischen konnte. Wie hatte sie sich nur so von seiner charmanten Art und seinem guten Aussehen täuschen lassen können? Sie verstand sich selbst nicht mehr.

»Gut gebrüllt, Tigerin«, sagte Joshua schließlich. »Aber

bevor du mich hier in der Luft zerfetzt, lass uns das bitte gemeinsam aufdröseln. Du fragst mich, was ich von dir will – die Antwort würde ich gerne etwas nach hinten schieben, wenn du erlaubst.« Ohne ihre Zustimmung abzuwarten, sprach er weiter. Er klang etwas gereizt, aber Maighread hörte auch den versöhnlichen Unterton, der in seiner Stimme mitschwang. »Dann also zu Punkt zwei, und darauf möchte ich mit einer Gegenfrage antworten: Wie zur Hölle kommst du darauf, dass ich eine Freundin habe?«

Maighread antwortete mit einem Schnauben, das sie versuchte, verächtlich klingen zu lassen. Doch damit kam sie bei Joshua nicht durch. Er bewegte keine Miene und sah sie so lange abwartend an, bis sie ihm eine Antwort gab.

»Du warst mit ihr auf deinem Boot. Du hast sie am Bootssteg umarmt und sie geküsst. Du sagst, du hast keine Freundin? Okay, dann hast du eben diese Nicht-Freundin umarmt und geküsst, das macht es für mich nicht besser. Immerhin hast du kurz zuvor mit mir geflirtet; und wäre Peter nicht dazwischengekommen …« Den Rest des Satzes ließ sie unausgesprochen.

Die ganze Sache war ihr ohnehin peinlich genug, sie spürte eine unnatürliche Hitze in ihren Wangen, sicher sah sie aus wie ein pausbackiger roter Apfel. Vermutlich glänzte sie auch so, denn ihr brach gerade der Schweiß aus.

»Weißt du eigentlich, wie unglaublich bezaubernd du aussiehst, wenn du wütend bist?«, fragte Joshua und grinste sie breit an.

Jetzt hatte sie aber endgültig die Nase voll von seiner Arroganz. Sie stand so hastig auf, dass Molly, die in ihrem Körbchen neben dem Tisch geschlafen hatte, erstaunt den Kopf hob. »Es ist besser, wenn du jetzt gehst, Joshua. Ich muss meine Sachen packen und demnächst los.«

Sie wollte an ihm vorbeirauschen, doch er war auch aufgestanden, schnappte sich ihre Hand und zog Maighread zu sich zurück.

»Außerordentlich bezaubernd – ich entschuldige mich jetzt schon, aber ich werde dich hin und wieder wütend machen müssen, um dieses unglaubliche Blitzen in deinen Augen zu wecken.«

Für einen kurzen Moment dachte Maighread, er würde sie küssen, doch er straffte die Schultern, atmete tief ein und seufzte beim Ausatmen. »Ich habe verstanden, du bestehst auf klare Verhältnisse. Was meinst du, soll ich dir nach dem Besuch im Krankenhaus Mara vorstellen? Würde dir das helfen?«

Das wurde ja immer besser! Was hatte er vor? Legte er es auf eine Ménage-à-trois an? Mit ihr sicher nicht, da musste er sich eine andere suchen!

Maighread war angespannt und versuchte, ihre Hände aus seinem eisernen Griff zu befreien. Doch gegen Joshuas Kraft hatte sie natürlich keine Chance. »Lass mich sofort los!«, zischte sie ihn an, doch er dachte gar nicht daran.

»Mara ist meine Arbeitskollegin, wir kennen uns seit der Studienzeit. Sie war zu Besuch hier und hat mir bei den Probeentnahmen geholfen.«

Jetzt wurde es Maighread schwindlig und so heiß, dass sie befürchtete, sie könnte aus den Ohren dampfen. Doch so schnell gab sie sich nicht geschlagen. »Ich hoffe, sie weiß, dass du sie nur als Arbeitskollegin geküsst hast.«

»Maighread, keine Ahnung, was du gesehen hast, ehrlich, ein leidenschaftlicher Kuss kann es jedenfalls nicht gewesen sein. Mara und ich sind gute Bekannte und arbeiten zusammen. Mehr ist da nicht. Sie wird nächsten Sommer heiraten – und zwar nicht mich, was auch vollkommen in Ordnung ist. Was auch immer du gesehen hast, es war vollkommen harmlos. Mara war gestolpert, als sie vom Boot auf den Steg geklettert ist. Ich habe sie aufgefangen und habe ihr wohl ein Küsschen auf die Wange gegeben. So unbedeutend, dass ich mich gar nicht genau daran erinnere. Mag sein, dass es aus der Ferne anders gewirkt hat, aber glaube mir, da war nichts Leidenschaftliches. Es war eine freundschaftliche Umarmung und ein freundschaftliches Wangenküsschen – nicht mehr und nicht weniger.« Jetzt zeigte er wieder sein selbstsicheres Grinsen. »Aber dass dich dieser vermeintliche Kuss so auf die Palme bringen kann – ich gebe zu, das gefällt mir. Ich bin dir also nicht so egal, wie du versuchst, mir weiszumachen.«

Inzwischen hatte Maighread ihre Gegenwehr aufgegeben. Sie stand da, sah Joshua prüfend an und schämte sich so sehr für ihre blühende Fantasie, dass sie sich am liebsten in Luft aufgelöst hätte. Bevor sie ihre Sprache wiedergefunden hatte, wechselte Joshua das Thema.

»Nachdem das nun geklärt wäre, möchte ich gerne zu Punkt eins unserer Tagesordnung zurückkommen.« Er klang etwas amüsiert, sah ihr dabei allerdings tief und ernst in die Augen. Maighread tauchte in dieses Blau ein. Wieder funkelten goldene Punkte darin. Sein Gesicht näherte sich ihrem …

»Ach, ihr seid ja noch da. Ich will gar nicht stören, brauche nur etwas Tee.«

Chloes Grinsen war wie eine kalte Dusche für Maighread. Sie zuckte zurück und wischte sich verlegen die Locken hinter das Ohr. Joshuas Stirn war jetzt wütend gerunzelt, auf seinen Lippen lag ein lautloser Fluch.

Ein kurzer Blick auf die Uhr sagte Maighread, dass es Zeit war, aufzubrechen, wenn sie um neun bei ihrer Granny sein wollte.

***

Das mehrstöckige Gebäude mit der breiten Glasfront schüchterte Maighread ein. Sie hatte Krankenhäuser noch nie leiden können. Allein dieser Geruch löste bei ihr jedes Mal einen Fluchtinstinkt aus. Prüfend sah sie an der Fassade hinauf und bemühte sich, ihre Angst klein zu halten. So viel Leid, so viele Schicksalsgeschichten, die sich hinter jedem einzelnen dieser Fenster abspielten.

Gerade trat ein junges Pärchen mit einem Baby im Tragesitz zur Tür heraus. Eine strahlende junge Familie in einer Wolke aus Glück. Ja, dachte Maighread, froh über diese kurze Begegnung, die sie aus ihrer Beklemmung riss. Dramen können auch glückliche Wendungen haben. Sie hoffte aus ganzem Herzen, dass das Schicksal sich im Fall ihrer Großmutter zum Guten wenden würde und sie noch eine lange gemeinsame Zeit haben würden, um sich in aller Ruhe kennenzulernen.

Doch es war nicht allein das Krankenhaus, das sie bange werden ließ – ein großer Teil ihrer Anspannung rührte von der Ungewissheit her. Maighread hatte keine Ahnung, was sie gleich erwartete. Wie ging es ihrer Grandma? Und würde sie heute endlich mit ihr sprechen? Konnte sie überhaupt sprechen?

Nachdem sie am Telefon keine Auskunft bekommen hatte, konnte sie für den Moment wirklich nur hoffen. Und das tat sie mit aller Inbrunst, derer sie fähig war. Um sich Mut zu machen, stellte Maighread sich vor, wie sie die Tür zum Krankenzimmer öffnete und es ihrer Grandma schon wieder viel besser ging. Sie sah das Gesicht ihrer Granny vor sich, ihre Lippen, auf die sich bei ihrem Anblick ein Lächeln legen würde. Das wünschte sie sich so sehr.

Schlaganfälle konnten auch leichte Verläufe haben, das hatte sie letzte Nacht gegoogelt, und daran klammerte sie sich und weigerte sich, andere Möglichkeiten in Erwägung zu ziehen; trotzdem wusste sie natürlich, dass diese bestanden, und auch wenn sie sich nicht erlaubte, daran zu denken, saß dieses Wissen irgendwo in ihr und zwickte schmerzhaft.

»Und? Bist du bereit?« Joshua legte den Arm um sie, und sie genoss seine Nähe. Jetzt war sie froh, dass sie sich hatte überreden lassen und seine Chauffeursdienste in Anspruch genommen hatte.

»Nein«, kam es prompt direkt aus Maighreads Seele. Sie schüttelte den Kopf und nickte gleich darauf. »Ja«, sagte sie jetzt und holte noch einmal tief Luft, bevor sie auf die automatische Tür zuging.

Kaum hatte sie das Gebäude betreten, zog sich auch schon schmerzhaft ihr Magen zusammen. Dieser Geruch ließ ihre Knie weich werden. Merkwürdigerweise fühlte sie sich schlagartig immer selbst krank, das war bisher bei jedem ihrer Besuche in einem Krankenhaus so gewesen. Mal zwickte der Blinddarm, ein andermal sperrte sich das Knie, oder ihr Hals wurde so kratzig, dass sie fürchtete, sie müsse sich die Mandeln rausoperieren lassen. Prompt begann ihr Herz zu stolpern. Leider war Joshuas Nähe nicht geeignet, ihren rasenden Puls zu beruhigen.

»Ich bin bei dir. Wir suchen den Arzt und sprechen mit ihm. Danach gehst du zu Elisabeth rein, und ich warte vor der Tür. Und wenn es länger dauert, fahre ich zu einem Kollegen, mit dem ich ohnehin noch etwas besprechen muss. Mach dir keine Sorgen. Es wird alles gut, vertrau mir.«

Bei seinem »vertrau mir« spürte Maighread wieder die Hitze in ihr Gesicht steigen. Ihr Argwöhnen war ihr immer noch peinlich bis in die Spitzen ihrer dunklen Locken.

Dankbar für seine Begleitung und dafür, dass er ihr ihr Misstrauen nicht übel nahm, lächelte Maighread Joshua kurz an. Dann ging sie zielstrebig auf die Aufzugfront zu. Ihre

Grandma lag in Zimmer 406, also mussten sie in den vierten Stock fahren. Auf dem Wegweiser las sie *Stroke Unit* und erinnerte sich daran, dass Scott diesen Ausdruck gestern gebraucht hatte. Das musste der Fachbegriff für die Station für Schlaganfallpatienten sein.

»Ich bin Ihnen sehr dankbar, Doktor Miller. Was Sie hier ausführen, klingt doch insgesamt sehr positiv. Meine Grandma hatte wohl wirklich Glück im Unglück.«

Maighread schenkte der Ärztin ein warmes Lächeln. So wie sich das alles anhörte, würde sich ihre Großmutter nach ein paar Tagen in der Klinik und einer anschließenden Rehabilitationsmaßnahme wieder vollständig erholen – zumindest standen die Chancen dazu sehr gut, wenn sie selbst das wollte und mitmachte. Maighread würde alles dafür tun, dass ihre Genesung sich wirklich so positiv entwickelte.

»Es gibt nur ein Problem«, bremste Doktor Miller nun aber Maighreads Enthusiasmus.

»Sie haben noch eine andere Erkrankung gefunden?« Das war der erste Gedanke, der Maighread in den Kopf schoss. Das hörte man doch immer wieder, dass jemand wegen einer Erkältung zum Arzt ging und dort etwas weit Schlimmeres festgestellt wurde.

Bitte nicht, flehte sie stumm.

Doktor Miller ließ sie nicht lange im Ungewissen. »Nein, nichts dergleichen. Nur – ihre Großmutter ist eine sehr – hm, wie soll ich das ausdrücken? –, eine sehr charakterstarke Person. Ja, ich denke, so kann man das sagen.«

An dieser Stelle lachte Maighread erleichtert auf und nickte zustimmend. »Wem sagen Sie das?«, fragte sie dazwischen. »Meine Grandma ist die Königin der Sturköpfe, wenn sie mich fragen.«

Die Ärztin lachte auch. »Ich hab versucht, es etwas diplomatischer auszudrücken, aber Sie bringen die Wahrheit wohl auf den Punkt. Jedenfalls hat Mrs. Robertson mir vorhin klipp und klar gesagt, dass sie keine Stunde länger als unbedingt notwendig hier im Krankenhaus verbringen möchte. Von einer Anschlussheilbehandlung wollte sie gar nichts hören. Was meinen Sie, können Sie vielleicht mit ihr sprechen und sie von der Notwendigkeit einer solchen Maßnahme überzeugen?«

»Um ehrlich zu sein«, antwortete Maighread, »ich kann Ihnen nichts versprechen, denn ich habe meine Grandma gerade erst vor Kurzem kennengelernt, und bislang scheint sie nicht gerade sehr angetan von mir zu sein.«

»Elisabeth steht sich manchmal selbst im Weg«, mischte sich nun Joshua ein, der bislang nur stumm dabeigesessen hatte. »Wir werden das gemeinsam in Angriff nehmen. Notfalls holen wir Eilidh mit ins Boot – sie kennt Elisabeth schon ewig und hat einen guten Draht zu ihr. Vermutlich weil sie beide ähnlich ticken. Also Doktor Miller, wir geben unser Bestes.«

»Mehr kann ich nicht verlangen. Mrs. Robertson kann froh sein über Menschen aus ihrem Umfeld, die sich um sie kümmern.« Die junge Ärztin warf einen Blick auf ihre Uhr. »Es tut mir leid, aber ich habe gleich einen Termin. Haben Sie noch Fragen?«

»Muss ich auf irgendetwas achten, wenn ich meine Grandma jetzt gleich besuche?«, fragte Maighread.

»Nein, sie ist stabil und für das, was war, schon wieder ziemlich kräftig. Vertrauen Sie Ihrem Bauchgefühl und überfordern Sie Ihre Großmutter nicht, aber ansonsten gibt es von meiner Seite keine Einschränkungen.«

Sie traten gemeinsam aus dem Besprechungszimmer. Nach einer kurzen, freundlichen Verabschiedung rauschte die Ärztin mit fliegendem Kittel den langen Gang hinunter. Maighread und Joshua gingen ein paar Schritte und blieben vor Zimmer 406 stehen.

»Toi, toi, toi«, sagte Joshua, als hätte Maighread einen Theaterauftritt vor sich. »Du schaffst das!«

Er streichelte ihr kurz über ihren Rücken und lächelte ihr noch einmal Mut zu, dann trat er einen Schritt zur Seite. Maighread hob ihre Hand und klopfte. Gleich darauf öffnete sie die Tür und trat leise in das Krankenzimmer ein.

Die Sonne schien schräg durch das Fenster und blendete Maighread. Doch davon ließ sie sich nicht bremsen. Sie machte ein paar Schritte, bis sie das Bett und ihre Granny erkennen konnte, dann blieb sie stehen.

»Hallo Grandma. Du hast Besuch! Darf ich reinkommen? Wie fühlst du dich?«

Kapitel 20

Maighread

»Maighread«, klang es leise vom Bett zu Maighread hinüber. Ihr Herz machte einen Freudensprung – ihre Granny sprach mit ihr! Ein Schluchzer der Erleichterung löste sich aus Maighreads Brust. Mit zwei großen Schritten war sie am Bett ihrer Großmutter. Ohne zu zögern griff sie deren Hand und streichelte über ihren Handrücken.

»Granny«, flüsterte Maighread unter Tränen. »Ach, Granny.«

»Die Ärztin sagt, ich werde wieder – kein Grund also, hier alles zu überschwemmen. Oder willst du mich in deinen Tränen ertränken?« Die etwas ruppigen Worte konnten nicht verbergen, dass die Stimme ihrer Großmutter zitterte, als würde sie selbst jeden Moment in Tränen ausbrechen. Als Maighread ihr in die Augen sah, erkannte sie, dass es darin verdächtig glitzerte. Was für eine Heulerei, dachte Maighread, dabei war das so ein glücklicher Moment!

Sie lachte, wischte sich entschlossen über die Augen und lachte wieder, als trotz all ihrer Versuche, das Weinen zu stoppen, sofort neue Tränen nachströmten. »Das ist nur die Freude, Granny. Ich bin so unglaublich dankbar.«

Selbst wenn sie gewollt hätte, sie konnte die Hand ihrer Grandma gar nicht loslassen. Immer wieder musste sie über die zarte, von Altersflecken überzogene Haut streicheln. Sie sah die von der harten Arbeit krummen Finger und die

Furchen und Narben, die das Leben hinterlassen hatte, und war davon überzeugt, noch nie so wunderschöne Hände gesehen zu haben. Am liebsten hätte Maighread sich hinuntergebeugt und ihre Wange an diese Hand geschmiegt, aber das traute sie sich nicht.

Zögerlich hob ihre Granny ihren Daumen und berührte damit Maighreads Handrücken – Maighread kam es so vor, als wäre ihre Großmutter ebenso ängstlich, etwas falsch zu machen, wie sie selbst.

»Wenn es stimmt, was man mir so berichtet hat und was meine Erinnerung mir an Bruchstücken von Bildern und Eindrücken preisgibt, dann bin wohl ich diejenige, die dankbar sein muss. Auch wenn ich keine Ahnung habe, wie du ins Haus gekommen bist, sieht es so aus, als hättest du mir das Leben gerettet.«

Ihre Grandma lehnte sich tiefer ins Kissen und schloss für einen Moment die Augen. Das Sprechen – vielleicht auch die Begegnung – schien sie Kraft zu kosten.

Maighread nutzte die Zeit, um das Gesicht ihrer Großmutter zu studieren. Sie erkannte vertraute Züge und fühlte sich dieser alten Frau so nahe, dass ihr das Herz schmerzte vor Glück.

Die Fältchen um die Augen zeigten, dass ihre Grandma wohl ihr Leben lang gern gelacht hatte – zumindest interpretierte Maighread das so, auch wenn sie natürlich wusste, dass vermutlich viele Stunden in Sonne und Wind ihren Teil dazu beigetragen hatten. Maighread konnte und wollte sich ihre Grandma einfach lachend vorstellen.

Zwischen den Augenbrauen hinunter zum Nasenrücken zeigte sich eine senkrechte Einkerbung. Dort saßen wohl die Sorgen. Am liebsten hätte Maighread darübergestrichen und damit alle Probleme weggestreichelt. Doch wie eben schon traute sie sich auch das nicht. Sie wusste nicht, wie ihre Grandma auf so viel Vertraulichkeit und Nähe reagieren würde, und wollte dieses zarte Band, das sich gerade erst zwischen ihnen flocht, nicht durch eine unbedachte Handlung zerreißen.

Das erste Eis war zwar gebrochen, aber noch konnte Maighread nicht einschätzen, wie sich alles weiterentwickeln würde. Sie wollte ihrer Grandma die Zeit lassen, die sie brauchte, und sich nicht aufdrängen.

»Ich wollte dich eigentlich wegschicken«, sagte ihre Grandma plötzlich und hielt die Augen immer noch geschlossen.

Maighread stockte der Herzschlag vor Schreck, und sie zuckte zusammen. Ihre Granny tastete nach ihrer Hand und tätschelte sie. »Ich wollte – sagte ich. Aber jetzt geht es nicht.« Sie öffnete die Augen, und zum ersten Mal sahen sie sich offen und ganz direkt an – Großmutter und Enkelin.

Erleichtert erkannte Maighread die Wärme und Zuneigung im Blick der älteren Frau. Jetzt wusste sie, dass alles gut war.

Granny schüttelte den Kopf. »Ich wollte es wirklich, der Herr ist mein Zeuge, aber es geht nicht.« Sie musterte Maighread von oben bis unten. »Du bist also meine Enkelin«, stellte sie mit einem überraschten Unterton in der Stimme fest. »Hübsch bist du. Du kommst sehr nach deinem Grandpa, hat deine Mutter dir das gesagt?«

Im nächsten Moment wurde sie blass und biss sich auf die Unterlippe. Sie atmete etwas zittrig durch, Maighread spürte, wie aufgewühlt ihre Granny war, und sprang ihr bei.

»Lass uns doch erst einmal nur von uns sprechen, was meinst du, Grandma? Hast du Lust? Und kannst du noch, oder wird es dir zu viel?«

»Ach was zu viel. Ich bin ein Arbeitspferd, mich wirft so schnell nichts aus der Bahn.« Um ihren Worten Gewicht zu geben, richtete sie sich etwas auf und ließ das Kopfteil ihres Bettes hochfahren. »Na, dann nur zu. Setz dich zu mir und erzähle mir was. Komm.« Auffordernd klopfte sie auf die freie Stelle der Matratze neben ihren Beinen.

»Das mache ich sehr gern! Nur eine Sekunde, Grandma, bitte. Ich sag schnell Joshua Bescheid, dass wir ein wenig Zeit brauchen.« Auf den fragenden Blick ihrer Großmutter erklärte sie: »Joshua McLoughlin. Er hat mich hergebracht. Ich vermute mal, er dachte, ich wäre zu aufgewühlt, um selbst zu fahren. Na ja, und jetzt wartet er vor der Tür, weil wir ja nicht wussten, ich meine, weil, also …«

»Weil du erst herausfinden musstest, ob der olle Sturkopf im Krankenbett mit dir spricht. Sag es ruhig, wie es ist.«

Spontan beugte Maighread sich hinunter und gab ihrer Grandma ein Küsschen auf die Wange. Kein Gedanke mehr daran, ob das zu viel Nähe war, ob ihre Granny etwas dagegen haben könnte oder was auch immer. Sie tat einfach, was ihr Herz ihr sagte, wie die Ärztin es ihr geraten hatte.

Während sie zur Tür ging, sah sie im Augenwinkel, wie ihre Großmutter mit ihrer rechten Hand die Stelle auf der Wange berührte, die Maighread gerade geküsst hatte. Ein warmes Lächeln breitete sich auf dem Gesicht ihrer Großmutter aus, und sie schien von innen zu leuchten.

»Hallo, liebe Mrs. Robertson. Wie geht es Ihnen? Alles so weit in Ordnung? Es ist Zeit für Ihr Mittagessen.« Die Schwester kam fröhlich und energischen Schrittes ins Zimmer gerauscht und stellte das Tablett, das sie in den Händen hielt, auf dem Klapptisch neben dem Bett ab. Als sie Maighread bemerkte, rief sie: »Oh, wir haben Besuch. Das ist ja schön. Bei einer gemütlichen Plauderei wird man doch gleich viel schneller gesund. So ist es recht. Und jetzt noch ordentlich essen, dann ist die Welt bald wieder in Ordnung.« Sie hob den Deckel vom Teller – es gab Schweinebraten, Kartoffelbrei und Karottengemüse. »Der Kartoffelbrei und die Karotten sind ja kein Problem, um es mit einer Hand zu essen. Wenn ich Ihnen das Fleisch schneide, kommen Sie dann klar?«, fragte die Schwester und nahm auch direkt Messer und Gabel vom Tablett.

»Grandma, darf ich?«, fragte Maighread, die nach einem Spaziergang durch den Park vor ein paar Minuten wieder ins Zimmer gekommen war. In den letzten Stunden waren sie und ihre Großmutter sich Stück für Stück nähergekommen, sodass es sich für Maighread selbstverständlich anfühlte, diese Aufgabe zu übernehmen.

Als ihre Großmutter nickte, hielt Maighread der Schwester die Hand hin, damit diese ihr das Besteck gab. »Ich werde das Fleisch schneiden und meiner Grandma helfen, kein Problem. Danke, Schwester Julie«, sagte sie mit einem Blick auf das Namensschild der jungen Frau. Sie hatte noch nicht ausgesprochen, als die Schwester ihr auch schon Messer und Gabel überreicht hatte.

»Prima, das kommt mir sehr gelegen, ich bin sowieso schon etwas spät dran mit der Essensverteilung. Vielen Dank! Ich bringe nachher Tee und sehe mal, ob ich ein paar Cookies oder ein Sandwich organisieren kann, damit Sie mir nicht verhungern«, erklärte sie in Maighreads Richtung. »Guten Appetit«, rief sie noch und rauschte fröhlich trällernd aus dem Zimmer. Sekunden später hörte man durch die Wand ihre helle Stimme im Nebenzimmer.

»Ein bisschen zu viel gute Laune«, meinte Granny, »aber vermutlich ist es ihre Strategie gegen das Elend, das sie hier im Krankenhaus ertragen muss.«

»Du darfst die Hoffnung und das Glück nicht vergessen«, betonte Maighread. »Als ich heute hier ankam, hab ich auch gedacht, es geht hier um Leid und Kummer. Weißt du, ich kann Krankenhäuser nicht ausstehen – irgendwie wird mir immer selbst ganz elend, wenn ich eins betrete. Aber heute, gerade als ich daran dachte, wie schrecklich es hier ist, kam mir eine junge Familie mit ihrem neugeborenen Baby entgegen. Und da wurde mir klar, dass es in einem Krankenhaus nicht nur um Kummer geht, sondern auch sehr oft um Glück. Ich meine, sieh uns an – was überwiegt? Die Sorge darüber, dass du im Moment krank bist, oder die Freude, dass es dir bald wieder gut gehen wird?«

»Da ist was dran«, stimmte Granny ihr zu. »Aber wir sind, glaube ich, auch eine Ausnahme. Was glaubst du, wie viele Großmütter und Enkelinnen sich hier in diesem Krankenhaus so kennenlernen durften wie wir.«

Maighread sah, dass ihre Großmutter etwas fröstelte. Sofort legte sie die Gabel auf den Teller und rief: »Vor lauter Aufregung habe ich vergessen, dass ich ein Geschenk für dich dabeihabe.« Sie sprang vom Bett und ging zu ihrer großen Tasche. »Sieh mal, Granny, ich möchte dir diesen Seelenwärmer schenken. Ich nenne das Modell *Warming Thoughts* und ich hoffe, dass er dich wärmt, deine Seele streichelt und dir gute Gedanken schenkt. Was meinst du? Willst du erst essen oder ihn direkt überstreifen?«

»Warming Thoughts«, wiederholte ihre Großmutter und betrachtete Maighreads Strickarbeit mit leuchtenden Augen. »Wunderschön«, sagte sie und nickte anerkennend. »Du hast ein ausgezeichnetes Strickbild, Liebes. Absolut ebenmäßig. Und er ist ganz wunderbar weich! Und du hast ihn so genannt, das heißt, das ist dein eigenes Design?«

Maighread spürte, dass ihr die Hitze in die Wangen stieg.

Sie nickte und zuckte entschuldigend mit den Schultern. »Design ist ein großes Wort. Der Seelenwärmer ist nichts Besonderes, nur ein einfaches Zopfmuster, aber ich mag ihn.«

»Und wie besonders er ist!«, widersprach ihre Granny mit einer erstaunlichen Vehemenz in der Stimme. »Alleine die richtige Aufteilung für die Zöpfe zu finden ist eine Heidenarbeit. Es muss ja eine Harmonie entstehen. Es ist pfiffig, dass du es symmetrisch gehalten hast, aber nicht von der Mitte aus gespiegelt – dadurch brichst du die Exaktheit und bringst eine zweite Ebene ins Spiel. Ich bekomme bei so etwas immer erst einmal einen Knoten im Kopf«, erklärte sie.

»Wow, Grandma, du bringst es genau auf den Punkt. Du bist die Erste, die auf Anhieb erkennt, was ich mir bei der Anordnung gedacht habe. Aber was meinst du mit *bei so etwas*? So, wie du es analysierst, klingt es ja beinahe, als würdest du auch eigene Strickdesigns entwerfen!«

Jetzt zog ein Schatten über das Gesicht ihrer Granny und wischte das Leuchten weg, das gerade noch da gewesen war.

»Hilfst du mir hinein?«, bat sie, ohne auf Maighreads Frage einzugehen.

Gleich darauf saß sie in ihren Seelenwärmer gekuschelt da und aß langsam und bedächtig ihr Mittagessen. Etwas schien sie zu beschäftigen, doch Maighread fragte nicht nach. Wenn ihre Grandma mit ihr darüber sprechen wollte, würde sie es tun.

Um nicht nur untätig dazusitzen und ihrer Großmutter beim Essen zuzusehen, nahm Maighread ihr Strickzeug zur Hand. Sie hatte ihr neues Tuch *Velvet Dreams* dabei. Sie wollte es Chloe schenken, als Dank für ihre Freundschaft und die Unterstützung. Maighread betrachtete die Arbeit und freute sich wie jedes Mal über ihre Wollauswahl. Die Fleece DK war aus hundert Prozent Wensleydale-Wolle – weich mit dem klaren Charakter einer echten Schurwolle und mit einem ganz eigenen seidigen Glanz.

»West Yorkshire Spinners«, bemerkte ihre Großmutter mit Blick auf das Etikett, das Maighread aus der Tasche gerutscht war. »Gute Qualität.« Dann aß sie weiter.

»Grandma, heute morgen habe ich mit der Ärztin gesprochen. Sie meinte, du solltest, wenn du wieder fit genug bist, in eine Nachsorgeklinik gehen. Anschlussheilbehandlung hat sie es genannt.« Ihre Großmutter schnaubte verächtlich. Doch Maighread ließ sich nicht beirren. »Sie erwähnte schon, dass du das nicht willst. Aber sie meinte auch, dass es wichtig ist. Du musst deine Motorik wieder schulen, und die Gedächtnislücken werden sich auch erst mit der Zeit wieder füllen, wenn du trainierst. Das Personal bei so einer Rehabilitation ist extra dafür ausgebildet, dich dabei zu unterstützen.«

»Sag mal, Maighread, wieso kannst du eigentlich die ganze Zeit hier sein? Du hast mir doch Anekdoten von deiner Arbeit erzählt, also hast du einen Job. Hast du Urlaub? Und ist diese Arbeit in der Werbebranche gut? Ich hätte vermutet, du machst etwas, was mit deiner Strickerei zu tun hat – so gut, wie du das machst«, sagte ihre Großmutter, als hätte sie das Thema gar nicht mitbekommen, über das Maighread gerade gesprochen hatte.

Maighread lächelte nachsichtig und seufzte leise. Sie hatte ja gewusst, dass ihre Granny ein Sturkopf war – aber sie hatte auch noch ein paar Tage Zeit, um sie von der Notwendigkeit dieser Kur zu überzeugen. Deshalb beugte sie sich dem Wunsch ihrer Granny und ging auf den Themenwechsel ein.

»Bis vor Kurzem habe ich in einer Werbeagentur gearbeitet, die gar nichts mit Stricken zu tun hatte. Aber es gab eine ungute Verwicklung mit meinem Chef, der jetzt leider auch mein Ex-Freund ist. Für den Moment habe ich mir eine Auszeit genommen, aber demnächst muss ich natürlich wieder arbeiten. Weißt du, ich habe mir tatsächlich überlegt, umzuschwenken. Du kennst ja sicher Tibbys Strickladen. Vielleicht sollte ich mich dort bewerben. Der Laden sieht so aus, als könnte die Besitzerin Unterstützung gebrauchen. Ich weiß nicht genau, ob sie Urlaub macht oder ich einfach immer zu den falschen Zeiten dort war – jedenfalls war immer geschlossen, wenn ich vorbeigegangen bin. Ich glaube, dieser Laden hat dringend ein bisschen liebevolle Aufmerksamkeit nötig. Und ich könnte arbeiten und mich trotzdem ein bisschen um dich kümmern, wenn du das möchtest.«

Atemlos saß sie da und wartete die Reaktion ihrer Großmutter ab. Würde sie das Angebot annehmen? Würden sich Maighreads Träume von gemeinsamer Zeit und richtigem Kennenlernen tatsächlich erfüllen? Wenn, dann könnte das der Anfang sein, denn Maighread hatte die Hoffnung, Mutter und Großmutter zu versöhnen, noch lange nicht aufgegeben.

»Du kommst aus der Werbebranche und willst jetzt eine einfache Wollverkäuferin werden?«, fragte Granny und warf ihr einen überraschten Blick zu.

»Wieso denn nicht? Ich liebe Wolle, ich liebe Handarbeiten. Was soll falsch daran sein, in dem Bereich zu arbeiten, der mich glücklich macht.«

»Hast du schon mal eine reiche Wollverkäuferin gesehen?«, entgegnete ihre Grandma, doch damit brauchte sie Maighread nicht zu kommen.

»Wer sagt denn, dass ich unbedingt reich sein möchte?«, fragte sie prompt zurück. »Glücklich, ja, das wäre ich gern, aber das hat nur geringfügig mit materiellem Reichtum zu tun. Ich muss so viel verdienen, dass ich meine Wohnung und mein Essen bezahlen kann. Vielleicht könnte ich nebenher auch noch ein paar meiner Stricksachen verkaufen? Dann könnte ich das Gehalt, das in so einem kleinen Laden vermutlich nicht üppig sein wird, damit aufbessern.«

Sie zögerte kurz, dann beschloss sie, ihrer Granny von ihren Träumen zu erzählen.

»Für den Anfang jedenfalls fände ich es vollkommen in Ordnung, Wollverkäuferin zu sein. Irgendwann hätte ich gern einen eigenen Laden. Weißt du, ich träume davon, hochwertige englische Wolle zu verkaufen. Dass ich ein Faible für die West Yorkshire Spinners habe, hast du ja schon mitbekommen. Und dann würde ich mir gern ein eigenes Stricklabel erarbeiten. Stell dir das mal vor: *Designed bei Maighread*. Weißt du, heutzutage gibt es ja ganz viele Möglichkeiten, sich einen Namen zu machen. Wenn sich das so entwickelt, wie ich es mir erträume, werde ich mir über das Internet ein Netzwerk aufbauen. Wozu habe ich denn sonst das ganze Marketingzeug gelernt. Es wäre ja dumm, wenn ich mein Wissen nicht für mich nutzen würde. Ich weiß sogar schon, wie ich meinen Laden nennen würde: Wolle & Zeit. Denn genau das möchte ich den Leuten bieten. Eine kleine Auszeit, während sie in ihren Wollträumen schwelgen. Vielleicht könnte ich eine Sitzecke einrichten, wo man einen Tee trinken kann, stricken und plaudern. Ach, ich sehe es schon richtig vor mir. Eines Tages werde ich diesen Traum verwirklichen, Granny. Aber um dahin zu kommen, hätte ich überhaupt kein Problem, eine Zeit lang eine angestellte Wollverkäuferin zu sein.«

»Hm«, machte ihre Großmutter und hielt Maighread ihren Pudding hin. »Hier, möchtest du?«, fragte sie.

Doch Maighread lehnte ab. »Der ist für dich, iss nur. Ich hab noch gar keinen Hunger. Chloe macht immer ein sehr üppiges und leckeres Frühstück.«

Die Wahrheit war, dass die Enttäuschung über Grannys Gleichgültigkeit ihr wie ein Stein im Magen drückte. Sie hatte ihrer Großmutter gerade ihr Herz geöffnet, Träume mit ihr geteilt, über die sie noch nie mit jemandem gesprochen hatte, und Granny reagierte überhaupt nicht darauf.

Vielleicht hatte sie gar nicht alles verstanden, suchte Maighread in Gedanken nach einer Erklärung. Sie hatte vor lauter Begeisterung ziemlich schnell gesprochen, und das Internet war vermutlich nichts, womit ihre Großmutter sich auskannte. Maighread schluckte die Enttäuschung hinunter und wandte sich wieder ihrer Strickerei zu, während ihre Granny den Pudding löffelte.

Es klopfte, und gleich darauf streckte Joshua den Kopf zur Tür herein. »Störe ich?«, fragte er leise.

Bevor Maighread antworten konnte, rief Granny schon: »Herein mit dir. Komm nur her, der alte Drachen ist gerade satt, du hast nichts zu befürchten.«

Er trat ein, schloss die Tür hinter sich und stellte sich neben das Bett.

»Deinen Humor hast du jedenfalls nicht verloren«, stellte er fest. »Schön, dass es dir schon besser geht, Elisabeth«, sagte er und strich ihr über die Schulter. »Du hast uns einen ziemlichen Schrecken eingejagt.«

»Danke für deine Hilfe«, antwortete sie. Dann musterte sie ihn mit zusammengezogenen Augenbrauen. »Und dafür, dass du Maighread seit ihrer Ankunft unterstützt hast. Sie hat mir alles erzählt, von der Reifenpanne, von den Schafen und eurem Ausflug zu den Wallabys.«

Joshuas Kopf fuhr herum. Er suchte Maighreads Blick. Doch Maighread lächelte nur und gab nicht preis, was ihre Großmutter mit *alles* meinte. Sollte Joshua ruhig ein bisschen ins Schwitzen kommen.

»Das hab ich gern gemacht«, antwortete Joshua nun etwas verhalten. Maighread beobachtete ihn amüsiert; es war offensichtlich, dass er sich unbehaglich fühlte, weil er nicht wusste, was ihn als Nächstes erwartete.

Doch dann wandte Elisabeth sich an Maighread. »Liebes, entschuldige bitte, aber würde es dir etwas ausmachen, Joshua und mich einen Moment allein zu lassen? Ich muss etwas ...«, sie suchte nach dem richtigen Wort, »... Persönliches mit ihm besprechen. Es dauert nicht lange, versprochen.«

Erstaunt legte Maighread die Nadeln aus der Hand und stand auf. »Selbstverständlich, kein Problem«, sagte sie und verließ mit einem fragenden Blick in Joshuas Richtung den Raum. Seinem Gesichtsausdruck nach hatte er keinen Schimmer, was ihre Großmutter von ihm wollte.

Maighread tigerte unruhig den Flur hoch und runter und brütete dabei alle möglichen Ideen aus, was ihre Großmutter wohl so Geheimes mit Joshua zu besprechen haben könnte. Nichts schien ihr plausibel; wie sie es auch drehte und wendete, sie kam auf keine vernünftige Antwort.

Hatte sie sich getäuscht? Waren sie und Granny sich in den letzten Stunden doch nicht so nahegekommen, wie sie geglaubt hatte? Wieso konnte sie etwas Persönliches nicht mit ihr, ihrer Enkelin, besprechen? Vertraute sie ihr nicht?

Ja, sie kannten sich erst sehr kurz, aber sie waren doch eine Familie. Spielte der Streit zwischen Granny und ihrer Mutter wieder mit hinein? War Granny deshalb auch ihr gegenüber misstrauisch? Dabei hatten sie sich den ganzen Vormittag so gut unterhalten. Sie hatten miteinander gelacht. Granny hatte ihr Geschichten von ihrem Grandpa und vom Leben am Loch Lomond erzählt, Maighread hatte ihre Granny mit Anekdoten aus ihrer Schulzeit und ihrem Arbeitsleben in der Agentur unterhalten. Die Grübelei bereitete Maighread Kopfschmerzen, aber sie brachte sie kein Stück weiter.

Ein paar Minuten später kam ein ganz offensichtlich sehr gut gelaunter Joshua aus dem Krankenzimmer. Sein Grinsen zog sich so weit, wie seine Lippen es zuließen, und seine Augen blitzten vor Vergnügen.

»Ich habe mich verabschiedet und warte in der Cafeteria auf dich. Geh ruhig wieder zu ihr.«

»Aber …«, setzte Maighread an, doch Joshua schüttelte den Kopf und fuhr sich mit zusammengelegten Daumen und Zeigefinger über die Lippen, als wolle er sie verschließen. Er schenkte ihr einen liebevollen Blick, drehte sich um und ging beschwingten Schrittes den Gang hinunter Richtung Aufzüge.

Mail@Lindsay.Robertson

Hey Mum!

Ich war heute bei Grandma im Krankenhaus. Stell dir vor – sie spricht mit mir!

Ja, du liest richtig. Sie hat endlich eingesehen, dass ich nichts für den Streit zwischen euch kann, oder zumindest vermute ich, dass sie es eingesehen hat. Wir haben uns heute stundenlang unterhalten. Es geht ihr schon wieder ziemlich gut, nur die linke Hand will noch nicht richtig, aber auch da gibt es bereits kleine Fortschritte.

Weil sie noch etwas schwach ist, haben wir schwierige Themen allerdings noch außen vor gelassen, deshalb haben wir auch nicht über dich gesprochen. Aber ich bin mir sicher, auch das werden wir eines Tages tun.

Weißt du, Mum, ich finde es sehr schön hier in Callwell. Ich genieße es zu wissen, dass du hier deine Kindheit verbracht hast – ich fühle mich dir nahe, wenn ich am Ufer des Loch Lomond sitze und den Wellen bei ihrem ewigen Spiel zusehe.

Vermisst du das alles nicht?

Ich kann hier meine Wurzeln fühlen, endlich habe ich nicht nur ein Zuhause, sondern eine Heimat. So wie es im Moment aussieht, überlege ich mir ernsthaft, hier in Callwell sesshaft zu werden.

Wieso sollte ich in irgendeine Stadt ziehen, wo ich kein soziales Netz habe, wo ich komplett bei null anfangen müsste, wenn ich hier alles habe, was ich mir wünsche.

Bitte, Mum, überleg es dir, ob du nicht herkommen willst. Nicht sofort, im Moment ist Granny, glaube ich, noch nicht stark genug für eine Konfrontation, aber in ein paar Wochen.

Die Ärzte wollen, dass Granny eine Reha macht, aber sie weigert sich noch. Ich versuche, sie zu überreden, aber du weißt ja, wie stur sie ist.

Genauso stur wie du nämlich – und ich. Und deswegen gebe ich nicht auf! Ich möchte, dass ihr beiden wieder zueinanderfindet.

Bitte Mum, wage einen Versuch!

Ich setze mich jetzt mit Chloe zusammen ins Wohnzimmer. Sie wirkt irgendwie bedrückt, mal sehen, ob ich sie aufheitern kann.

Melde dich, wenn du es dir überlegt hast.

Ich hab dich lieb, Mum!

Kuss,
Maighread

Kapitel 21

Maighread

Maighread, Chloe und Molly hatten es sich vor dem Kamin gemütlich gemacht, das gehörte inzwischen zu ihrem abendlichen Ritual.

Molly lag ganz nah bei Maighread. Wenn sie es ihr erlaubt hätte, wäre die Hündin ihr vermutlich sogar auf den Schoß geklettert. Offensichtlich hatte sie ein großes Bedürfnis nach Nähe, nachdem Maighread den ganzen Tag ohne sie unterwegs gewesen war. Als Maighread ihren Fuß ein wenig von ihr wegbewegte, rutschte die Hündin sofort nach. Ganz klar: Sie brauchte Körperkontakt.

»Meine Süße! Also gut, pass auf, ich komm ein bisschen zu dir runter.« Maighread ließ sich neben Molly auf den Boden sinken und lehnte sich mit dem Rücken gegen den Sessel. Mollys Kopf lag sofort auf Maighreads Schoß. Sie streichelte ihrer Fellnase ausgiebig den Bauch und das Kinn und schmuste so lange mit ihr, bis Molly ganz entspannt einschlief und leise anfing zu schnarchen.

Chloe hatte eine Zeitschrift auf den angezogenen Beinen liegen und blätterte ein wenig darin herum. Doch ihr Blick blieb nicht ruhig bei den aufgeschlagenen Seiten. Während Maighread Molly kraulte, beobachtete sie Chloe und spürte eine ungewohnte Unruhe, die von ihr ausging.

»Ich bin so glücklich, Chloe, du kannst dir gar nicht vorstellen, wie leicht und frei ich mich plötzlich fühle. Geht es dir auch gut?« Maighread hob ganz vorsichtig Mollys Kopf von ihrem Schoß und bettete ihn auf den Teppich, dann kam sie vom Boden hoch und setzte sich Chloe gegenüber in den Sessel. Sie nahm ihre Strickarbeit zur Hand, senkte sie aber gleich wieder und sah zu ihrer Freundin hinüber.

Chloe lächelte flüchtig und blätterte gedankenverloren die nächste Seite um. Doch Maighread spürte, dass etwas nicht stimmte. Ihre Freundin wirkte fahrig und unkonzentriert.

»Chloe?«, fragte Maighread, nachdem sie ihr auf die Frage, ob es ihr gut ging, keine Antwort gegeben hatte. »Was ist los? Irgendetwas stimmt nicht, das spüre ich. Magst du mir erzählen, was dir auf der Seele liegt?« Ein Gedanke blitzte ihr durch den Kopf, und sie erschrak. »Ist es wegen mir? Geh ich dir auf die Nerven? Oder hat Molly dich gestört? Hat sie etwas angestellt?«

Chloe hatte bei Maighreads Rückkehr zwar beteuert, dass alles ganz prima gewesen sei, aber jetzt bekam Maighread doch Bedenken.

»Du Spinnerin«, kam dieses Mal prompt eine Antwort. Begleitet von der passenden Geste. »Wie kommst du denn auf so eine Idee? Wieso solltest du mir auf die Nerven gehen? Ich bin froh, dass du da bist. Und Molly ist ein Schatz«, beteuerte Chloe. »Es hat überhaupt nichts mit dir oder deiner Süßen zu tun. Wirklich nicht.«

Erleichtert atmete Maighread auf, das war schon mal eine gute Nachricht. Es hätte sie tief getroffen, wenn Chloe ein Problem mit ihr hätte oder sie und Molly nicht miteinander zurechtkämen. »Und womit hat es dann zu tun? Ich merke doch, dass was los ist, und ich höre dir gerne zu, wenn du darüber reden möchtest. Du hast mir so viel geholfen. Wenn ich jetzt was für dich tun kann, das würde mich von Herzen freuen«, sagte sie eindringlich.

Maighread wollte ihrer Freundin beistehen, wenn sie Unterstützung brauchte – genauso, wie Chloe ihr beistand, seit sie sich kennengelernt hatten.

»Als Schauspielerin hätte ich wohl keine großen Chancen, was?«, fragte Chloe und lächelte schief. »Ich wollte eigentlich nicht, dass du oder überhaupt jemand etwas merkt.«

Das klang dramatisch. Maighread machte sich auf das Schlimmste gefasst. Sie schob die Maschen auf den Nadeln nach hinten und legte das Strickzeug weg – Chloe sollte ihre gesamte Aufmerksamkeit bekommen.

»Scott war heute hier«, begann Chloe nach einer Weile zu erzählen. »Wir waren am See spazieren. Frag Molly, sie hatte Spaß bis in die Fellspitzen. Scott ist ein ausgezeichneter und sehr ausdauernder Stöckchenwerfer.« Sie lächelte versonnen. »Kein Wunder, dass die Kleine so tief schläft.«

Oha, Scott also. Doch so wie Chloe aussah, war ihr Ausflug nicht halb so idyllisch gewesen, wie sie gerade versuchte, ihn darzustellen.

»Habt ihr euch gestritten?«, wagte Maighread nach einiger Zeit einen Vorstoß, weil Chloe wieder in ihr Schweigen verfallen war.

»Wie?« Chloe schreckte hoch und schüttelte sofort wild mit dem Kopf. »Aber nein! Scott ist ein wunderbarer Mensch. Nein, es ist nur …« Entschlossen legte Chloe die Zeitschrift zur Seite und sah den Flammen im Kamin bei ihrem Tanz zu.

Jetzt war Maighread wirklich neugierig – was konnte es denn noch sein, wenn es nicht an Scott lag? Sie zwang sich, Ruhe zu bewahren und abzuwarten, aber es fiel ihr sehr schwer. Sie fühlte sich kribblig, als bestünde die Neugier, die in ihr nach oben blubberte, aus Millionen von Champagnerbläschen.

»Du weißt doch, dass Scott Arzt ist«, begann Chloe.

»Dem Himmel sei Dank, ja! Ohne Scott wäre ich gestern …« Maighread merkte, dass sie jetzt nicht an der Reihe war zu reden und stoppte mitten im Satz. »Ja, Scott ist Arzt. Ist das ein Problem für dich?«, fragte sie.

»Er hat in Glasgow die Leitung einer Klinikstation übernommen … und engagiert sich nebenher ehrenamtlich für Menschen, denen es psychisch nicht so gut geht und die lernen müssen, wieder mit dem Leben zurechtzukommen. Er arbeitet in seiner Freizeit als Arzt für einen sozialen Verein.«

Bislang klang das für Maighread alles durchweg positiv, aber auch wenn sie es noch nicht fassen konnte, irgendwo musste ein Haken an der Sache sein.

»Okay«, sagte Maighread etwas gedehnt, um Chloe zu signalisieren, dass sie noch mehr Informationen benötigte, um die Angelegenheit richtig einzuordnen.

»Dieser Verein sucht eine freie Therapeutin, die an zwei Tagen für ihn arbeitet. Verstehst du?«

Jetzt klickte es in Maighreads Kopf. »Scott hat dich gefragt, ob du die Stelle übernehmen willst?«, fragte sie ohne Umschweife.

»Er will einfach nicht akzeptieren, dass ich nicht mehr als Therapeutin arbeiten will. Ich kann das nicht, Maighread. Ich würde es kein zweites Mal ertragen, wenn ein Mensch sich wegen meiner Unfähigkeit etwas antäte. Ist das so schwer zu verstehen?«

Chloe fuhr sich fahrig mit den Händen durch die Haare und weinte leise vor sich hin. Wortlos nahm sie das Taschentuch, das Maighread ihr reichte, und putzte sich die Nase. Sie atmete tief ein und prustend wieder aus. »Er versteht mich einfach nicht. Dabei habe ich ihm alles erzählt. Ich habe ihm meine Unfähigkeit direkt vor die Nase gehalten – und er tut so, als wäre das alles nichts. Er sagt, ich soll es mir in aller Ruhe überlegen.«

Im ersten Moment wollte Maighread jubeln und Chloe sagen, was für eine großartige Chance das war – doch sie besann sich. Im Moment war Chloe ganz klar nicht zugänglich für Argumente. Sie hatte sich in das Netz ihrer Selbstvorwürfe zurückgezogen und wollte nichts zulassen, was sie von ihrer eigenen Überzeugung des Versagens abbringen könnte.

Also beschloss Maighread, erst einmal nicht auf das Stellenangebot einzugehen. Sie würde bei dem ansetzen, was sie selbst von Chloe wusste und wie sie sie kennengelernt hatte, ihr erzählen, wie beeindruckt sie von ihr war.

»Weißt du, Chloe, wir kennen uns ja gerade erst kurz, aber ich verdanke dir jetzt schon so viel – das ist unfassbar. Ich bin mir gar nicht sicher, ob ich ohne dich noch hier in Callwell wäre – es hätte auch sein können, dass ich den Kampf aufgegeben hätte ohne deine Unterstützung. Du und Joshua, ihr wart, ohne mich zu kennen, einfach für mich da. Ihr seid in mein Leben gesprungen und wart meine Freunde, ohne Wenn und Aber. Manchmal habe ich den Eindruck, als würden sich unsere Seelen schon viel länger kennen – verstehst du, was ich meine?«

»Ich bin echt froh, dass es dich zu uns verschlagen hat«, sagte Chloe. »Es ist ja nicht so, dass ich nur dir helfe, glaub das nur nicht! Du tust mir richtig gut. Endlich habe ich jemanden in meinem Alter, den ich mag, mit dem ich mich unterhalten kann, lachen kann, diskutieren. Ich lebe wirklich gern hier und ich mag Peter und Joshua. Und klar, es gibt auch ein paar Frauen, die wirklich okay sind, aber …«

»Es ist ein Unterschied, ob man jemanden kennt oder wirklich befreundet ist«, bestätigte Maighread. »Was mich wirklich nachhaltig beeindruckt an dir, Chloe, ist dein Mut.«

Bis zu dieser Stelle hatte Chloe noch mit Maighread im gleichen Takt getanzt – bei dem Wort Mut verlor sie allerdings den Rhythmus. Sie schüttelte belustigt den Kopf.

»Ja genau: Chloe, die Mutige! Hat Angst vor der großen weiten Welt, vor der Verantwortung und davor, Mist zu bauen, und verkriecht sich am Loch Lomond, um in ihren Kräutertöpfen zu rühren. Sehr mutig, wahrhaftig eine Heldin, die Chloe.«

»Liebe Chloe, jetzt halt aber mal die Luft an. Ich muss dir nicht erzählen, dass Mut viele Gesichter hat – oder? Für mich bist du eine starke und mutige Frau. Du warst verzweifelt und hattest den Mut, noch einmal ganz von vorne anzufangen. Du hast freiwillig dein bisheriges Leben über Bord geworfen. Das ist nicht mutig, nein? Ist es nicht mutig, auf einen sicheren Lohn zu verzichten und sich stattdessen auf das Abenteuer der Selbstständigkeit einzulassen? Ist es nicht mutig, etwas anzufangen, von dem man nicht weiß, ob es einen in Zukunft ernähren wird?«

»Also bitte – immerhin habe ich das Haus, so groß war das Risiko ja wohl nicht«, setzte Chloe entgegen, doch Maighread spürte, dass ihr Widerstand schwächer wurde.

»Ist es nicht mutig, das eigene Haus aufs Spiel zu setzen, nur um sich eine neue Existenz aufzubauen? Was glaubst du wohl, wie lange du ein Haus hättest, wenn du deine Rechnungen nicht bezahlen könntest?«

Maighread hatte sich in Rage geredet, aber sie wollte Chloe auch nicht überfahren. Also griff sie sich ihr Strickzeug. Die Nadeln klapperten lauter als sonst, als sie fast hektisch ein paar Maschen arbeitete, um sich zu beruhigen. Im Nu hatte sie die Reihe beendet.

»Es braucht eine große Portion Mut, um zu seiner Angst zu stehen, Chloe. Und mit genau diesem Mut wirst du eben diese

Angst auch überwinden – mit deinem Mut und mit der Hilfe deiner Freunde. Erinnere dich an deine Motivation, Psychologin zu werden. Denk an deine Patienten, denen es heute wieder gut geht, auch, weil du sie ein Stück ihres schwierigen Weges begleitet hast. Das ist ein Geschenk, Chloe, und zwar eines an dich selbst und an deine Patienten.«

»Und wenn wieder etwas passiert? Wenn ich versage?«

»Das weiß ich nicht, Chloe, aber du bist – und das ist meine tiefste Überzeugung – eine wunderbare Therapeutin, die den Menschen nicht nur ihr Wissen schenkt, sondern auch ihr Herz. Und du bist nicht Gott. Du kannst nicht allen Menschen helfen, aber sollen wirklich alle Menschen den Preis dafür zahlen, dass es einen gab, den du nicht erreicht hast? Dann hätten wir bald keine Fahrlehrer mehr. Keine Ärzte, keine Hebammen – ja nicht mal mehr Mechaniker gäbe es dann.«

»Wie bitte?«

Jetzt hatte Maighread es geschafft, Chloe aus ihrem Jammernetz herauszulocken, sie spürte es. »Na überleg doch mal. Eine Hebamme hilft Frauen, Kinder zur Welt zu bringen. Aber jede Geburt ist ein Risiko, und es kann immer etwas schiefgehen. Es kann vorkommen, dass einem Kind oder einer Mutter bei der Geburt etwas passiert, und die Hebamme kann nicht helfen. Wenn sie sich daraufhin in Selbstvorwürfe verstrickt und sich weigert, noch einmal einer werdenden Mutter zu helfen, aus lauter Angst, dass wieder etwas schiefgehen könnte, dann haben alle künftigen werdenden Mütter schlechte Karten. Genauso der Arzt, der vielleicht einem Patienten nicht helfen kann. Ein Fahrlehrer, dessen Schüler nach bestandener Prüfung einen schlimmen Unfall baut. Ein Mechaniker, der …«

»Stopp! Ich hab dich verstanden. Lass mir einen Moment Zeit, um darüber nachzudenken.«

Sehr zufrieden strickte Maighread die nächsten Reihen, während Chloe grübelte. Zwischendurch sah sie zu ihrer Freundin hinüber und konnte an ihrer Miene ablesen, dass es nicht mehr das ängstliche »Ich kann das nicht!« war, das Chloe beschäftigte, sondern vermutlich eher ein »Könnte Maighread recht haben?«. Das war perfekt. Mehr musste es für diesen Moment auch gar nicht sein.

Maighread beschloss, das Thema für heute beiseitezuschieben und Chloe ein bisschen abzulenken.

»Morgen fahre ich nachmittags zu Grandma. Ich werde versuchen, sie zu dieser Rehabilitation zu überreden.«

Genau wie sie es erwartet hatte, nahm Chloe diesen Rettungsring dankbar an. »Fährst du selbst, oder bekommst du wieder den speziellen Highlanderfahrdienst?«, fragte sie und grinste zu Maighread hinüber.

Die streckte ihr die Zunge raus und lachte. »Ich kann sehr gut selbst fahren. Joshua hat ja schließlich auch noch einen Job.«

»Hm«, machte Chloe. »Und nur noch Augen für eine gewisse Frau mit dunklen Locken.« Sie musterte Maighread, die nicht auf die Anspielung einging. Chloes Geduldsfaden riss. »Komm schon, verrate es mir, was läuft da zwischen euch?«

Doch Maighread schüttelte den Kopf. »Ob du es glaubst oder nicht, es gibt nichts zu verraten. Um ehrlich zu sein, ich habe keine Ahnung. Oh, apropos keine Ahnung: Als wir heute bei Granny waren, hat sie mich aus dem Zimmer geschickt, um etwas mit Joshua zu besprechen. Hast du eine Idee, was die beiden so Wichtiges zu bereden haben könnten, was ich nicht hören darf?«

»Elisabeth und Joshua?«, fragte Chloe und dachte nach. Doch sie kam zu keinem Ergebnis. »Keine Idee. Hast du ihn nicht gefragt?«

Empört schnaubte Maighread. »Was glaubst du wohl? Aber keine Chance. Er hat mir kein Wort verraten.«

***

»Das Leben war plötzlich so leer, weißt du. Ohne Bobs Lachen, ohne seine Stimme war alles anders. Manchmal dröhnte die Stille im Haus so sehr in meinen Ohren, dass es wehtat.« In Elisabeths Augen schimmerten Tränen, aber auf ihren Gesichtszügen lag gleichzeitig ein glückliches Lächeln.

Sie hatte Maighread von ihrem Bob erzählt, wie er gewesen war, was für Dinge er gemocht hatte: die Loch Lomond Bagpipers, bei denen er als ausgezeichneter Dudelsackspieler selbst Mitglied gewesen war. Und was er gar nicht hatte ausstehen können: grünen Salat und schlecht gelaunte Menschen. Ich bin doch kein Hase, hatte er immer gesagt und das Grünzeug, wann immer Elisabeth es ihm hatte durchgehen lassen, verschmäht.

Maighread hatte zu Beginn ihres Besuchs auf dem Stuhl neben Grannys Bett gesessen, doch das war ihrer Großmutter zu weit weg gewesen. »Komm doch zu mir«, hatte sie Maighread gebeten. Und so hatte sie die Schuhe ausgezogen und saß nun am Fußende bei ihrer Granny auf dem Krankenbett.

Sie war überglücklich, dass es ihrer Großmutter heute schon wieder ein Stück besser ging als gestern. Sie waren zusammen ein Stück den Krankenhausflur entlanggegangen, mit etwas Stütze hatte ihre Grandma es ganz gut geschafft. Sogar die linke Hand reagierte wieder ein bisschen und ließ sich ein Stück anheben.

»Es ist wirklich schade, dass wir uns nicht früher kennengelernt haben, Liebes«, sagte Granny jetzt mit einem tiefen

Seufzer. »Du hättest bestimmt dafür gesorgt, dass das Haus nicht so still ist.«

Grannys Miene verfinsterte sich, und Maighread ahnte, dass ihre Gedanken jetzt bei ihrer Mum waren. Sie entschloss sich, einen Versuch zu wagen.

»Was ist zwischen euch geschehen, Grandma? Wie kam es dazu, dass so ein tiefer Graben zwischen dir und meiner Mum aufreißen konnte?«

Doch Grandma schüttelte den Kopf. »Ich bin die falsche Person, um dir das zu beantworten, Kind. Sprich mit deiner Mutter, sie wird es dir vielleicht sagen können. Ich habe keine Ahnung, weshalb Lindsay so derart unversöhnlich ist, aber mit der Zeit habe ich es akzeptiert und damit abgeschlossen.«

»Wolltest du deshalb nichts mit mir zu tun haben?«, fragte Maighread. »Weil du damit abgeschlossen hast? Aber was zwischen Mum und dir steht, hat doch mit uns nichts zu tun, Granny.«

Sie saßen da und sahen sich in die Augen. Maighread sah Verletztheit, Einsamkeit, Verbitterung, aber auch Liebe und Wärme im Blick ihrer Großmutter. Die ganze Weisheit eines langen Lebens lag darin.

»Ach Kind, Menschen tun manchmal törichte Dinge«, sagte Granny. »Ich hatte Angst. Ich dachte, wenn ich dich in mein Leben lasse, rührt das die alte Geschichte wieder auf. Und wenn Lindsay mich dann erneut wegstößt, dann kehrt der Schmerz nur stärker zurück.«

»Danke.« Mehr brachte Maighread nicht raus. Aber in diesem Wort steckte alles, und ihre Granny verstand.

»Lass mich einen Moment die Augen schließen, Kind, das Laufen und viele Sprechen macht mich müde.« Schon im nächsten Moment fielen Grandma die Augen zu.

Maighread betrachtete die alte Frau, die sie so sehr in ihr Herz geschlossen hatte, dass sie sich ein Leben ohne sie schon jetzt gar nicht mehr vorstellen konnte. Was für ein Geschenk, endlich eine Großmutter zu haben. Sie würde gut auf sie aufpassen, das nahm sich Maighread fest vor.

Dann lehnte sie sich an das Fußteil des Bettes zurück und begann zu stricken. Ein paar Reihen noch, und das *Velvet Dreams* für Chloe war fertig. Allerdings hatte dieser Abschluss es noch einmal in sich. Maighread schüttelte lächelnd über sich selbst den Kopf. Wieso musste sie ausgerechnet außen entlang Noppen setzen? Es war ziemlich mühsam, jede vierte Masche musste sie vervierfachen, die Arbeit wenden, diese vier Maschen zurückstricken, erneut wenden und noch mal vorstricken, um dann die erweiterte Masche durch Überziehen wieder auf eine zu reduzieren.

Um das zu bewerkstelligen, musste sie ständig die Nadeln samt Tuch, das daran hing, hin und her drehen. Sie hatte lange überlegt, ob sie nicht einen anderen Abschluss wählen sollte – schließlich war es ihr Entwurf, sie hatte es in der Hand.

Aber sosehr sie sich auch darum bemühte, sie konnte sich dieses Tuch nur mit genau diesen Noppen an der äußeren Kante vorstellen – also musste sie sich eben durchbeißen und sich Masche für Masche im Schneckentempo voranstricken.

Es hatte etwas von diesem Spiel, das sie als Kind manchmal mit ihren Freundinnen gespielt hatte. Julie hatte es damals aus einem Urlaub in Deutschland mitgebracht. Sie hatten beim Gehen ihre Schritte gezählt, und dann blieb man stehen, und es hieß: ein Hut, ein Stock, ein Regenschirm und vorwärts, rückwärts, seitwärts, ran.

Diese Erinnerung versöhnte sie mit der Mühsal der gefühlt tausend Noppen, die sie vor sich hatte.

Kapitel 22

Joshua

Zufrieden betrachtete Joshua sein Werk. Diese Idee hatte er gehabt, als er vergangenen Sonntag mit Elisabeth gesprochen hatte, und jetzt, drei Tage später, war es geschafft.

Um seine mit Ölfarbe verschmierten Hände zu reinigen, griff er zu Terpentin und Lappen. Er hatte sich etwas verspielt bei den letzten Details, deshalb hatte es länger gedauert, als er eingeplant hatte. Ein Blick auf die Uhr trieb ihn zur Eile an. Es war schon kurz vor neun, um halb zehn war er mit Chloe und Maighread verabredet, wobei Maighread allerdings nichts davon wusste – zumindest nicht, wenn Chloe dichtgehalten hatte, wovon Joshua ausging.

Während er sich so schnell es ging die Farbe von den Fingern wischte, sang Joshua gut gelaunt vor sich hin. »It's a beautiful day«, trällerte er und schnappte sich trotz Eile den Pinsel, um ihn sich als Mikrofon vor den Mund zu halten. Bonny hob den Kopf und sang die zweite Stimme.

Joshua freute sich so sehr auf das, was gleich passieren würde, dass er sogar den Michael Bublé gab und ein paar Tanzschritte auf den Schuppenboden legte. Er musste seine Energie einfach irgendwie rauslassen, die Vorfreude machte ihn kribbelig.

Die letzten Tage hatten ihn gehörig Nerven gekostet. Nicht nur weil er alles so hatte planen müssen, dass Maighread keinen Verdacht schöpfte; viel schlimmer war, dass er ihr nichts sagen durfte, wenn er nicht alles verderben wollte.

Er konnte es kaum erwarten, sie strahlen zu sehen, und war immer wieder in Versuchung geraten, sie zumindest mit kleinen Hinweisen neugierig zu machen – aber er war standhaft geblieben. Diese Überraschung sollte perfekt werden, und dazu brauchte es eben etwas Vorbereitungszeit und absolute Verschwiegenheit.

Wie gut, dass er in Chloe eine Verbündete hatte. Joshua lachte, als er daran dachte, wie Chloe vor Freude ausgeflippt war, als er sie in die Verschwörung eingeweiht hatte. Sie hatte in den letzten Tagen angespannt und irgendwie traurig gewirkt, doch als er ihr von Elisabeths und seinem Plan erzählt hatte, war diese Schwere von ihr abgefallen.

Sie hatte es sich nicht nehmen lassen, ein Gesteck herzustellen, das er gestern, während Maighread in Glasgow gewesen war, abgeholt und gleich an Ort und Stelle platziert hatte.

Schwieriger war es mit dem anderen Teil der Überraschung gewesen. Steven war auf Geschäftsreise gewesen und hatte nicht gewusst, ob er rechtzeitig wieder in der Firma sein würde. Doch gestern Abend dann der erlösende Anruf!

»Alles klar, Joshua, ich bin zurück und freu mich, wenn du mit deiner Freundin zu Besuch kommst. Wenn du ein Zimmer brauchst – das *Lissy's* in Addingham ist sehr empfehlenswert. Es wird von einer alten Lady geführt, die darin aufgeht, es ihren Gästen schön zu machen. Schöne Zimmer, gute Betten und hervorragendes Essen. Die romantischen Wiesen mit Pferden und Schafen rundherum nicht zu vergessen.« Er hatte lautstark über seine nicht gerade versteckte Anspielung gelacht.

»Das klingt sehr gut«, hatte Joshua geantwortet, ohne dass er auf den romantischen Hinweis eingegangen war. »Kannst du mir die Nummer geben? Wir werden so zwischen 16 und 17 Uhr bei dir in der Spinnerei sein und erst danach in das

Bed & Breakfast fahren. Am nächsten Morgen geht es dann zurück nach Callwell.«

»Ach was, ich werde einfach anrufen und euch ein Zimmer reservieren, wenn du willst.«

»Zwei Zimmer, bitte«, hatte Joshua korrigiert. »Sagst du der Vermieterin bitte, dass es später werden kann? Und sie ist nur eine Freundin«, sagte er, »nicht *meine* Freundin.« Und hatte in Gedanken ein »zumindest noch nicht« hinterhergeschoben.

Seit dem zweiten misslungenen Kussversuch hatte Joshua keinen neuen Anlauf mehr gestartet. Mit dem Geheimnis, das er in sich trug, wollte er Maighread lieber ein bisschen auf Abstand halten, er hatte Angst, sich im Zauber der ersten Nähe doch noch zu verquatschen.

»Okay, zwei Zimmer also – und ich dachte, ich bekomme eine Einladung zur Hochzeit«, hatte Steven am anderen Ende der Leitung gescherzt.

In dem Moment hatte auch Joshua lachen müssen. Er hatte seinem Freund nicht böse sein können, auch wenn der in diesem Punkt etwas plump war. Joshua nahm es mit Humor. »Wirst du, Steven, das verspreche ich dir. Irgendwann ganz bestimmt. Danke für deine Hilfe, zwei Zimmer also, bitte. Danke, mein Freund. Maighread wird begeistert sein, wenn sie erfährt, was ich vorhabe. Mach dich schon mal darauf gefasst, dass sie dir so viele Fragen stellt, wie ein Wensleydale kurz vor dem Scheren Wolle hat.«

***

»Der Laden hat leider dauernd geschlossen«, hörte er Maighreads Stimme schon von Weitem. »Das brauchst du gar nicht erst versuchen, Chloe.«

»Ach komm, vielleicht haben wir Glück. Bei dem Tempo, in dem du strickst, brauchst du unbedingt Wollnachschub. Es wundert mich, dass du nicht Kundin des Jahres in dem Wollshop geworden bist, in dem du sonst eingekauft hast.«

»Das braucht dich nicht zu wundern, ich habe selten so viel Zeit wie im Moment, um meiner Leidenschaft nachzugehen. Als ich noch in der Agentur gearbeitet habe, musste ich mir jede Stunde Strickzeit mühsam erkämpfen – zumal Dylan das Nadelgeklapper nervig fand.«

»Was für ein Typ«, kommentierte Chloe. »Gerade dieses leise Klappern macht es doch so unglaublich gemütlich. Sollte ich je anfangen zu stricken, dann nur wegen der Nadelklapperei. Aber dafür hab ich ja jetzt zum Glück dich.«

Joshua, der still im Laden gestanden hatte, hatte das Gespräch verfolgt und grinste in sich hinein. Gleich war es so weit. Jetzt mach schon, Chloe!, feuerte er sie stumm an.

Endlich drückte sie die Klinke und öffnete die Tür. »Sieh nur, es ist offen«, rief sie und tat sehr überrascht. »Na also, sag ich doch, man sollte die Hoffnung nie aufgeben!«

Gleich darauf standen die beiden Frauen mit Molly im Schlepptau im Laden – Chloe breit grinsend, Maighread ziemlich verwirrt.

»Joshua«, rief sie, als sie ihn erkannte. »Was machst du denn hier? Musst du für Eilidh Wolle besorgen?«

Doch er schüttelte nur den Kopf. Als er Maighread sah, hatte es ihm für einen Moment die Sprache verschlagen. Er hatte das Gefühl, sie wurde Tag für Tag hübscher.

Die Freude über die Aussöhnung mit ihrer Großmutter hatte zu ihrer Zartheit noch ein glückliches Strahlen gezaubert. Diese Frau war ein Engel – ein Engel mit alabasterfarbener Haut und dunklen Locken. Ein Engel mit Feuer in den grünen Augen, wenn er zornig wurde.

»Hallo Joshua, das ist ja eine Überraschung«, rief Chloe jetzt vollkommen übertrieben und unnatürlich. Das merkte Maighread natürlich sofort.

»Wollt ihr mir langsam verraten, was hier gespielt wird?« Sie sah sich suchend um. »Ist Tibby auch hier? Vielleicht kann ich mich direkt um einen Job bewerben? Granny würde sich sicher freuen, wenn ich ihr sagen könnte, dass es geklappt hat.«

»Weißt du eigentlich, was Tibby für ein Name ist?«, fragte Chloe, statt ihr eine Antwort zu geben. Joshua war froh, dass sie ihm noch einen Augenblick Zeit gab, um sich wieder zu fangen.

»Tibby? Wieso? Ein ganz normaler Mädchenname, würde ich sagen.«

»Stimmt, Tibby ist ein ganz normaler Mädchenname – aber es kann auch die Kurzform von Elisabeth sein«, erklärte Chloe und sah Maighread auffordernd an.

»Okay«, kam es jetzt wieder von Maighread. »Dann also Elisabeth. Ist sie denn da? Ich würde sie gern kennenlernen.«

Jetzt war Joshua so weit, die Sache zu übernehmen.

»Du kennst sie schon, Maighread. Sie liegt im Moment in Glasgow im Krankenhaus.« Er hielt einen Schlüsselbund in die Höhe. »Ich soll dich herzlich grüßen und dir sagen, wenn du hier einen Job möchtest, sollst du dich bitte an die neue Besitzerin wenden.«

Chloe kicherte.

Maighread sah von Joshua zu Chloe, dann wieder zu Joshua. Man konnte an ihrem Gesicht ablesen, wie sie versuchte zu verstehen, was hier gerade vor sich ging. Doch der Groschen war noch nicht gefallen.

»Okay«, sagte sie gedehnt. »Du sagst jetzt gerade, dass der Laden meiner Grandma gehört, richtig? Und sie hat ihn an jemanden verpachtet? Und wer ist diese neue Besitzerin? Ich muss schon wissen, wen ich fragen soll.«

»Sie heißt Maighread Robertson … Ich glaube, du kennst sie.«

»Ich … Wie bitte?«

Maighread wankte. Joshua war mit einem Schritt neben ihr und stützte sie. Vorsichtig, als wäre sie zerbrechliches Porzellan, führte er sie zu dem Stuhl, der rechts im Eck stand.

Chloe hatte sich Molly geschnappt und tanzte mit ihr durch den Raum.

»Maighread hat einen Strickladen! Maighread hat einen Strickladen!« Molly verstand zwar sicher nicht, was genau vor sich ging, aber da Chloe so ausgelassen und glücklich war, ließ sie sich von der Freude anstecken und bellte zu Chloes Gesang – nicht so klangvoll wie Bonny, dafür aber mit viel Vergnügen.

»Erklärst du es mir bitte noch einmal richtig?«, bat Maighread und sah Joshua an, der neben ihr stand. Jetzt zog er den zweiten Stuhl zu sich und setzte sich Maighread gegenüber.

»Du weißt doch, dass deine Großmutter mit mir allein sprechen wollte. Ja, da hat sie mich beauftragt, dir den Laden zu zeigen und dir in ihrem Namen das Angebot zu machen, ihn zu übernehmen.«

»Ja, aber …«

»Elisabeth wurde von ihrem Mann oft Tibby genannt, und als sie den Wollladen von der Vorbesitzerin übernommen hat, hat Bob ihr das Ladenschild geschenkt. Seither ist es eben Tibbys Strickladen. Nach Bobs Tod hatte Elisabeth nicht mehr die Kraft, den Laden weiterzuführen. Aber verkaufen wollte sie ihn auch nicht. Deshalb ist hier alles so geblieben, wie du es jetzt siehst. Es ist noch Wolle da, Nadeln, Zubehör. Im Prinzip könntest du direkt eröffnen – aber deine Großmutter möchte nicht, dass du ihn einfach so übernimmst. Sie war sehr beeindruckt von deiner Energie, von deinen Träumen, deinen Ideen und deinem Talent. Sie möchte, dass es dein Laden wird. Du sollst tun und lassen, was dir gefällt. Und wenn du einverstanden bist, helfe ich dir auch bei der Renovierung. Neue Regale, ein frischer Anstrich – was dir halt so einfällt.«

»Ich weiß gar nicht, was ich sagen soll«, war alles, was Maighread zusammenbrachte. Sie saß da und staunte mit riesengroß aufgerissenen Augen den Raum an.

»Das Gesteck ist mein Willkommensgeschenk«, mischte sich jetzt Chloe ein. »Ich dachte mir, mit ein paar Kräutern und Blumen wirkt es gleich viel lebendiger – gerade weil der Laden so lange leer stand. Es ist der Ast, den wir bei unserem ersten gemeinsamen Spaziergang gefunden haben. Weißt du noch?«

»Und von mir bekommst du auch ein Geschenk«, sagte Joshua. »Chloe, kannst du bitte dafür sorgen, dass Maighread nicht rausschaut, während ich es fertig mache? Und nicht schummeln, verstanden?«

Schon sauste er nach draußen zu seinem Wagen. Er holte die Leiter, Werkzeug und Schild, und schon Augenblicke später war er dabei, das Tibbys-Strickladen-Schild abzuhängen und stattdessen sein Werk zu befestigen.

Danach klebte er noch einen großen Zettel an die Scheibe und rief: »Jetzt dürft ihr kommen!«

Sofort stürmten Maighread, Chloe und Molly nach draußen.

Maighread starrte das Schild an. *Maighreads Wolle & Zeit* stand da. Joshua war besonders stolz auf die von ihm gemalte Wolle. Dafür, dass er kein ausgesprochenes Zeichentalent hatte, hatte er seine Sache ganz ausgezeichnet gemacht, fand er. Es hatte ihn aber auch jede Menge Nerven gekostet und reichlich Farbe, weil er die Fehlversuche immer wieder überstrichen hatte.

»Joshua!«, rief Maighread und fiel ihm um den Hals.

Das wäre der perfekte Moment!, ging es Joshua durch den Kopf. Doch gleich darauf wurde ihm klar, dass es nicht stimmte. Dieser Moment gehörte Maighread und ihrem neuen Strickladen. Sie schwebte im Wollglück. Und so wunderte er sich nicht, als sie ihm zwar einen Kuss auf die Wange drückte, aber dabei keinerlei romantische Stimmung aufkam.

So mitten auf der Straße unter den Blicken der Anwohner, mit Chloe und Molly als Zeugen – das wäre wirklich nicht die Traumkulisse für einen ersten Kuss.

»Und bitte übersieh nicht das hier«, sagte Joshua und freute sich diebisch, als Maighread vor Überraschung kiekste.

An das Fenster hatte er einen großen Zettel geklebt: *Neueröffnung demnächst!*

»Danke! Danke, danke, danke!« Maighread konnte sich vor lauter Freude gar nicht mehr wieder einkriegen. Sie tanzte auf der Straße herum, sah immer wieder nach oben, um ihr neues Schild zu bewundern, und umarmte Chloe, Molly und Joshua abwechselnd.

»Am liebsten würde ich sofort anfangen zu planen«, sagte Maighread, nachdem sie sich ein wenig beruhigt hatte. »Aber zuerst muss ich nach Glasgow. Ich muss mich bei Granny bedanken. Unbedingt! Ich fass es nicht, dass ihr mich alle so an der Nase herumgeführt habt. Ich fass es wirklich nicht!« Sie lachte und schüttelte immer wieder den Kopf.

Nach einer Weile kehrte wieder etwas Ruhe ein, und sie gingen alle wieder hinein. Jetzt machte Maighread sich daran, den Laden zu erkunden. Sie stöberte in den Regalen, nahm das fast leere Lager unter die Lupe, pustete Staub von einem alten Quittungsblock und strich andächtig über das in die Jahre gekommene Holz des Tresens.

»Es ist so wunderwunderschön hier. Ich sehe es schon vor mir. Ein bisschen Farbe und Licht, eine gemütliche Sitzecke und Wolle – ich muss mich um mögliche Lieferanten kümmern. Und um Bezugsquellen für Nadeln und Zubehör. Ich muss mir eine Werbeaktion überlegen, damit die Menschen wissen, dass Tibbys Strickladen jetzt Maighreads Wolle & Zeit heißt und wieder geöffnet ist – also, *wenn* es dann wieder geöffnet ist, natürlich. Ich brauche Farbe und Werkzeug. Kisten, um alles sicher zu verpacken, was später wieder in den renovierten Laden soll.« Maighread fuhr sich mit den Händen in die Haare, drehte sich um sich selbst und vibrierte vor lauter sich überschlagenden Gedanken.

»Vor allem musst du Ruhe bewahren. Das muss nicht alles in den ersten fünf Minuten erledigt werden, hörst du?«, versuchte Chloe Maighread lachend zu beruhigen.

»Ähm, Maighread, eine Kleinigkeit wäre da noch«, sagte Joshua und zwinkerte Chloe zu.

»Was bitte kann denn jetzt noch kommen?«, fragte Maighread ehrlich verwundert. »Mehr geht doch gar nicht.«

»Es gehört zum Paket dazu, gewissermaßen«, sagte Joshua. »Bevor wir gleich zu Elisabeth ins Krankenhaus fahren, solltest du bitte ein paar Sachen zusammenpacken – Wechselkleidung und was du sonst so brauchst. Wir werden erst morgen nach Callwell zurückkommen.«

»Wie bitte? Aber wieso? Wo fahren wir denn hin?«

Doch Joshua gab ihr keine Antwort. Wieder machte er, wie schon im Krankenhaus nach seinem Gespräch mit Elisabeth, diese Bewegung mit den Fingern, als wollte er sich die Lippen verschließen.

»Na dann, auf geht's. Komm, ich helf dir packen.« Chloe schob ihre Hand unter Maighreads Ellenbogen und zog sie mit sich. »In zehn Minuten kannst du sie abholen, Joshua«, rief sie noch über die Schulter hinweg. Joshua zeigte mit dem Daumen nach oben und nickte.

Er blieb im Maighreads Wolle & Zeit zurück und sah sich um, um den Renovierungsaufwand etwas einschätzen zu können. Das hatte er die letzten Tage zwar schon mehrfach getan, aber jetzt, nachdem Maighread es wusste, fühlte es sich irgendwie realer an. Vorher war es ein Traum gewesen, jetzt war es Wirklichkeit.

Wie es aussah, gab es nicht allzu viel zu tun. Das würden sie sicher gut in ein paar Tagen schaffen. So, wie er Maighread einschätzte und wie sie die in die Jahre gekommenen Hölzer bewundert hatte, würde sie so viel wie möglich beim Alten belassen. Sie war wirklich eine ausgesprochen besondere Frau. Und sie hatte in den letzten Minuten wieder ein Stück seines Herzens erobert.

Bevor Joshua die Tür abschloss, holte er noch das alte Ladenschild herein. Maighread sollte entscheiden, was sie damit machen wollte.

Kapitel 23

Maighread

»Wieso sagst du mir jetzt nicht endlich, wo wir hinfahren?«, quengelte Maighread, als sie Glasgow Richtung Süden verließen. Natürlich rechnete sie nicht wirklich mit einer Antwort, Joshua hatte offenbar ein Talent, Geheimnisse für sich zu behalten, trotzdem versuchte sie, seit sie in Callwell gestartet waren, in unregelmäßigen Abständen etwas aus ihm rauszubekommen.

»Warst du schon mal in Keighley?«, fragte Joshua, und Maighreads Kopf fuhr überrascht zu ihm herum.

»Keighley?« Sie überlegte, doch die Stadt sagte ihr nichts – natürlich hatte sie den Namen schon mal gehört, aber mehr nicht. »Nein, nicht dass ich wüsste.«

»Dann wird sich das heute ändern.« Joshua lächelte, hielt den Blick jedoch auf die Straße gerichtet, der Verkehr war wie so oft in Glasgow dicht und anstrengend. »Elisabeth wirkte heute schon richtig munter, findest du nicht?«, fragte er jetzt, ohne eine weitere Erklärung zu ihrem Fahrziel. »Ich kenne sie ja schon lange, aber ich habe sie noch nie so fröhlich erlebt, wie wenn du bei ihr bist. Sie hat ja sogar gekichert.«

Maighread musste lachen, obwohl sie langsam die Geduld mit Joshua und seiner Geheimniskrämerei verlor. »Ja, sie ist wirklich süß, wie sie da in ihrem Bett thront und sich freut, wenn ihre Pläne funktionieren. Ich kenne sie zwar noch kaum, aber ich hab sie sehr lieb, weißt du«, sagte sie leise.

»Ich bin wirklich dankbar, so eine Großmutter zu haben – und traurig über die vielen verpassten Jahre.«

Joshua nickte nachdenklich. »Ich kann es mir vorstellen. Verlorene Zeit ist wie ein Loch in der Seele. Bei mir und meiner Mum ist es umgekehrt. Wenn ich geahnt hätte, wie wenig Zeit wir haben, hätte ich ganz sicher manches anders gemacht, die gemeinsame Zeit intensiver erlebt, mehr gemeinsam unternommen, ihr viel öfter gezeigt, wie wichtig sie mir ist.« Er seufzte und sprach dann weiter. »Manches könnt ihr nicht mehr nachholen, aber ich glaube, ihr könnt das, was jetzt ist, viel bewusster genießen als manch andere Familie. Ihr seid euch sehr darüber im Klaren, wie kostbar das ist, was ihr an euch habt. Vielleicht wäre das nicht so, wenn ihr euch schon ein Leben lang kennen würdet?«

»Es tut mir leid, dass deine Mum so früh gestorben ist«, sagte Maighread. »Aber ich bin sicher, sie wusste immer, wie sehr du sie liebst.«

»Danke«, kam es leise von Joshua.

Maighread hatte das Gefühl, dass Joshua das nicht vertiefen wollte, deshalb kam sie wieder zu sich und ihrer Situation zurück. »Wenn nur meine Mutter endlich ihren Sturkopf aufgeben würde«, seufzte sie. »Sie will Granny einfach keine Chance geben.«

»Warte ab. Wenn sie hört, was dir alles Gutes in Callwell passiert, ändert sie vielleicht doch noch ihre Meinung.« Joshua setzte den Blinker und überholte einen Wagen. »Ich glaube übrigens, mein Dad kennt deine Mutter. Es wird wirklich Zeit, dass ihr beide euch kennenlernt, vielleicht kann er dir etwas über sie erzählen, was dir hilft, sie zu verstehen.«

»Ich bin gespannt auf deinen Dad«, antwortete Maighread. »Ist er denn wieder da?«

»Ja, seit vorgestern. Eigentlich ist er ja immer nur ein paar

Tage weg, aber ein Freund hatte ihn überredet, eine Woche dranzuhängen und mit ihm fischen zu gehen, deshalb hat die Reise länger gedauert als normal. Ich glaube, er genießt es, mehr Freiheit zu haben dadurch, dass ich nach Hause zurückgekommen bin. Er weiß, dass ich mich gut um Callwell Castle kümmere.«

»Moment!«, rief Maighread mitten in Joshuas Gedanken zu seinem Vater hinein. »Jetzt sag aber nicht, dass wir zu Mara fahren. Aber Keighley? Ich dachte, sie lebt in Glasgow? Joshua, was soll das denn? Ich will das nicht, es war doch nur ein Missverständnis, und überhaupt, ich meine …«

»Beruhige dich. Wir fahren nicht zu Mara – traust du mir wirklich zu, dir so einen Besuch als besondere Überraschung zu verkaufen?«

»West Yorkshire Spinners«, las Maighread, als Joshua auf den Parkplatz vor dem Firmengebäude fuhr und den Motor abstellte. »West Yorkshire Spinners? Joshua! Wirklich?«

Sie konnte es kaum fassen, andererseits fiel es ihr beim Anblick des Firmenschildes wie Schuppen von den Augen – Joshua hatte doch erzählt, dass sein Freund dort arbeitete. Er hatte gesagt, dass er versuchen wollte, eine Besichtigung zu arrangieren – Maighread hatte das bis zu diesem Augenblick komplett vergessen. Sie konnte kaum fassen, dass er das wirklich getan hatte. Ihr Herz schlug im Galopp vor lauter Freude.

Sie stiegen beide aus. Joshua kam um den Wagen herum und stellte sich neben Maighread, die versuchte, alles, was sie vor sich sah, in sich aufzusaugen. Eine der letzten Kammspinnereien Englands und einer ihrer Lieblingswollhersteller – und sie durfte gleich da rein und sich alles ansehen. Sie war aufgeregt, als wäre sie wieder fünf und es wäre Weihnachtsmorgen.

»Überraschung gelungen?«, fragte Joshua, und seine Augen funkelten vor Freude, im Blau glitzerten die goldenen Punkte, die Maighread so sehr liebte.

»Und wie!«, jubelte sie.

Sie drehte sich so, dass sie Joshua gegenüberstand, und sah ihn eindringlich an. »Danke«, sagte sie. »Das bedeutet mir wirklich viel.«

Ohne darüber nachzudenken hob sie ihre Arme und schlang sie dem Mann um den Hals, der ihr in der Zeit, seit sie in Callwell war, so sehr ans Herz gewachsen war. Sie stellte sich auf die Zehenspitzen und hob ihm ihr Gesicht entgegen.

Joshua nahm Maighread in die Arme, und die Welt um sie herum versank. Auf einem Parkplatz in West Yorkshire flog Maighread gemeinsam mit Joshua einmal zu den Sternen und zurück.

Als sie sich endlich berührten, fühlten seine Lippen sich weich und warm an und wie ein Versprechen.

Sie schafften es beide nicht, den Kuss zu beenden. Immer wieder lösten sie sich ein kleines bisschen, nur um im nächsten Moment sofort wieder die Nähe zu suchen. Maighread spürte die Rauheit von Joshuas Wangen, auf denen sich der kurz geschorene Bart ausbreitete. Sie ließ ihre gespreizten Finger in sein Haar gleiten, während der anfangs schüchterne Kuss immer intensiver wurde.

Die Welle der Erregung, die durch Maighread fuhr, als ihre Lippen sich öffneten und sie zum ersten Mal Joshuas Zunge an ihrer fühlte, war unbeschreiblich.

Sie hörte ein leises Stöhnen und war sich nicht sicher, ob es von ihr kam oder von ihm.

Wenn sie so weitermachten, käme es heute noch zu einer Schlagzeile: Schafzüchter und Wollhändlerin wegen Erregung öffentlichen Ärgernisses verhaftet.

Ganz vorsichtig, um das Band zwischen ihnen nicht zu zerreißen, löste Maighread sich deshalb von Joshua, blieb aber eng an ihn gedrängt stehen und betrachtete ihn.

»Wow«, das Wort war kaum mehr als eine Bewegung ihrer Lippen. Sein Lächeln berührte ihr Innerstes.

»Ja«, flüsterte er. »Wow.«

Eine Tür fiel krachend ins Schloss, und Schritte knirschten über den Kies. Maighread und Joshua drehten sich in Richtung des Geräuschs.

Wie gerne hätte Maighread diesem Kuss nachgefühlt, ihre Emotionen sortiert und dann noch einmal von Joshuas Lippen gekostet, um sicher zu sein, dass sie nicht träumte – aber die Welt um sie herum war wieder da und forderte ihre Aufmerksamkeit. Ein nächster Kuss musste warten.

»Hey, Joshua, ich dachte mir doch, dass ich dich erkannt habe. Willkommen bei den West Yorkshire Spinners«, rief der Mann, der mit federnden Schritten auf sie zukam, schon aus einigen Metern Entfernung.

Als er sie erreicht hatte, streckte er Maighread die Hand entgegen. »Steven, hallo. Du musst Maighread sein«, sagte er. »Schön, dich kennenzulernen.«

Maighread mochte Steven sofort. Er hatte ein Lausbubengesicht und Grübchen in den Wangen. Seine offene Art machte es ihr leicht, sich wohlzufühlen.

Nachdem Steven ein paar Worte mit ihr gewechselt hatte, begrüßte er Joshua mit einer herzlichen Umarmung und ordentlich Schulterklopfen.

Worte flogen zwischen den Männern hin und her, und Maighread überließ die beiden ihrer Wiedersehensfreude. Sie sah sich lieber schon einmal um und war beeindruckt von den großen Hallen, die sie erspähen konnte.

Dort also entstand diese wunderbare Wolle, die unter ihren

Händen zu Kleidung und Accessoires wurde. Sie konnte es kaum erwarten, einen Blick in die Produktion zu werfen.

»*Nur* eine Freundin also?«, hörte sie hinter sich Steven flüstern. Gleich darauf lachte er warm und weich und klopfte Joshua wieder auf die Schulter.

Maighread suchte Joshuas Blick und stellte verblüfft fest, dass er verlegen wirkte. Verlegen und ziemlich glücklich, ergänzte sie ihre Beobachtung.

»Also gut, ihr zwei!«, sagte Steven jetzt, und seine Worte vibrierten vor Energie. »Braucht ihr nach der Fahrt erst einen Tee, oder wollen wir zuerst durch die Spinnerei gehen und es uns hinterher gemütlich machen?«

»Ein Tee wäre zwar großartig«, sagte Joshua prompt und lächelte zu Maighread rüber, »aber ich glaube, Maighread kann es kaum erwarten, endlich Wolle zu sehen.«

»Alles klar«, kommentierte Steven. »Dann wollen wir mal.«

Die nächste Stunde liefen sie durch die Produktionshallen der West Yorkshire Spinners, und Steven beantwortete geduldig alle Fragen, die nur so aus Maighread heraussprudelten.

In der Färberei wollte sie wissen, was für eine Basis die Farben hatten, wie lange die Wolle getaucht werden musste, welche Farben bei den Kunden besonders beliebt waren und ob sich das Färben je nach Farbe unterschiedlich auf die Wollstruktur auswirkte. Sie saugte alle Informationen gierig auf.

Die großen weißen Säcke mit den Wollvliesen trieben ihr Tränen der Rührung in die Augen. Sie war so beeindruckt und voller Dankbarkeit, dass sie keine Worte dafür hatte.

»Ich hatte dich gewarnt«, sagte Joshua irgendwann mit einem Augenzwinkern zu Steven.

»Gewarnt?«, fragte Maighread neugierig.

Joshua beugte sich zu ihr runter und gab ihr einen schnellen

Kuss. »Ja«, sagte er. »Davor, dass du vermutlich mehr Fragen hast als ein Wensleydale kurz vor der Schur Wolle am Leib.«

Maighread lachte und formulierte prompt die nächste Frage. »Wie viel Wolle kommt denn pro Schaf und Schur zusammen? Gibt es zwischen den Rassen große Unterschiede? Ich meine, ich weiß, dass die Vliese je nach Stelle eine unterschiedliche Qualität haben. Die Ränder und am Hals sind glaube ich nicht so hochwertig wie der Mittelteil, richtig? Aber wie ist es, wenn ich ein Vlies von einem Wensleydale und sagen wir einem Shropshire vergleiche?«

»Du willst es wirklich genau wissen«, staunte Steven. Aber man merkte ihm an, dass ihn die vielen Fragen absolut nicht störten. Im Gegenteil, er freute sich über Maighreads Begeisterung. »Ja, die Unterschiede sind tatsächlich enorm. Wir hier in der Spinnerei machen uns das zunutze. Wir bieten zum Teil rassenreine Schurwolle an – die Wensleydale zum Beispiel, aber auch die Bluefaced Leicester –, wir kombinieren die Wollen aber auch, um bestimmte Qualitätsergebnisse zu erhalten. Das Ganze ist eine Wissenschaft für sich, und weite Teile unserer Forschung hierzu sind natürlich geheim. Das macht die Qualität aus, für die unsere Spinnerei steht.«

»Die Fleece DK der Wensleydales ist ein Traum«, bestätigte Maighread Steven. »Ich habe gerade ein Tuch aus ihr auf den Nadeln. Dieser seidige Schimmer und die Flauschigkeit – ich bin total begeistert.«

»Hast du das dabei? Zeigst du es mir nachher? Ich freue mich immer, wenn ich den Weg unserer Wolle bis zu den Endverbrauchern verfolgen kann. Was ist es denn für ein Tuch? Eins von unseren Designern?«

Mit dieser Frage hatte Maighread nicht gerechnet. »Nein«, antwortete sie und zuckte entschuldigend mit den Schultern. »Dieses Mal ist es ein eigener Entwurf«, gab sie etwas verlegen zu. Es kam ihr merkwürdig vor, einem solchen Profi gegenüber von eigenen Entwürfen zu sprechen. »Aber das *Misty Meadow* aus eurer Kollektion habe ich auch schon gestrickt. Eine ausgesprochen gute Anleitung. Es ist eins meiner Lieblingstücher.«

»Darüber müssen wir eingehender sprechen. Was ist, hast du genug gesehen?« Er warf einen prüfenden Blick auf seine Uhr. »Tea Time würde ich sagen.«

Schweren Herzens löste sich Maighread von den Produktionshallen und folgte den Männern in einen gemütlichen Besprechungsraum. Der Abschiedsschmerz währte nur kurz, denn sie entdeckte, dass in dem Raum einige der neuesten Modelle auf Büsten drapiert waren, und stürzte sich mit Begeisterung darauf.

»Wow«, hauchte sie und bewunderte ein zartes Tuch, das sich wie eine Wolke federleicht an ihre Haut schmiegte, als sie es sich über die Hand legte.

»Die Exquisite«, kommentierte Steven. »Unsere Luxuswolle mit Seidenanteil. Bei diesem Schmucktuch wurde sie einfach gearbeitet, deshalb ist es so zart. Sieh dir den Loop daneben an, gleiche Wolle, aber in Doubleface gestrickt.«

Während Maighread die Strickarbeiten bewunderte, goss Steven Tee ein, und eine Etagere mit Teegebäck, Scones und Sandwiches wurde von einer freundlichen Dame hereingebracht.

»Was ist, kannst du dich losreißen und zu uns setzen?«, fragte Joshua.

»Entschuldigung. Ich wollte nicht unhöflich sein, es ist nur – ich bin so unglaublich begeistert. Ich fühle mich gerade wie im Himmel.« Sie setzte sich und atmete tief durch. »Vielen Dank, Steven, für die Möglichkeit, das alles hier zu sehen, und für deine Geduld.«

»Kein Problem, mir scheint, mit dir habe ich eine ziemlich professionelle Gesprächspartnerin. Du strickst ziemlich viel, oder? Hast du dein Tuch dabei, an dem du gerade arbeitest?«

Was für eine Frage!

Maighread hob ihre große Tasche auf ihren Schoß, und kurz darauf war es Steven, der staunte. »Das ist gut«, sagte er. »Wirklich gut. Du hast ein ausgezeichnetes Strickbild. Und der Entwurf gefällt mir, das Muster wirkt sehr ausgewogen.«

»Frag nicht, wie oft ich die Reihenfolge getauscht habe, bis es mir gefallen hat«, lachte Maighread.

Sie freute sich riesig über das Lob des Profis.

»Unser Besuch bei dir hat übrigens noch einen anderen Grund; es ging nicht nur darum, Maighread eine Freude zu machen. Was ich dir nicht gesagt habe: Sie ist seit heute Eigentümerin eines Strickladens. Maighreads Wolle & Zeit, den Namen solltest du dir merken. Ich glaube, Maighread mit ihrer Energie und ihrem Talent wird die Strickwelt aufwirbeln.«

»Ein Strickladen. Das ist ja ausgezeichnet. Was für Wolle verkaufst du denn?«, fragte Steven. »Ich hoffe keine australische Schurwolle«, schob er hinterher.

»Auf keinen Fall!«, beteuerte Maighread ohne jedes Zögern. »Ich liebe Wolle, aber Tierschutz ist mir auch wichtig. Ich werde nie im Leben Wolle von Züchtern verkaufen, die ihren Tieren Leid zufügen.«

»Ich hoffe sehr, sie werden das Mulesing bald verbieten«, mischte sich Joshua ein.

Maighread schauderte, als sie daran dachte, wie die Tiere behandelt wurden. Mulesing war ein für die Tiere schmerzhaftes Verfahren, das den Befall von Parasiten verhindern sollte. Die Farmer behaupteten zwar, die Methode sei für die Schafe nicht schlimm, aber Maighread sah das anders. Das

Problem war, dass die Züchter einerseits Schafe mit möglichst viel Haut wollten, dadurch aber andererseits besonders im heißen Klima Australiens Probleme mit Hautfalten entstanden, die nur durch schmerzhafte Eingriffe gelöst werden konnten.

Nein, Maighread wollte gar nicht weiter darüber nachdenken, sonst wurde ihr elend zumute. Das war jetzt auch nicht das Thema, denn dass sie eine solche Wolle weder verarbeitete noch verkaufen würde, stand fest.

»Ich hatte noch nicht wirklich Gelegenheit, um über alles nachzudenken«, erklärte sie Steven, »aber ich möchte nach Möglichkeit englische Wolle anbieten. Wenn ich euch als Kundin willkommen bin, selbstverständlich mit großer Freude auch eure. Gibt es einen Katalog? Und Händlervereinbarungen? Das würde mich wirklich sehr freuen.«

»Absolut!«, rief Steven und stand auf. »Moment, ich bin gleich wieder da.«

Kaum war die Tür hinter ihm zu, nahm Joshua Maighreads Hände in seine und zog sie zu sich. Sie landete auf seinem Knie, und er legte die Arme um sie. »Und? Gefällt dir deine Überraschung?«

Maighread antwortete ihm ohne Worte. Wieder staunte sie, wie gut seine Lippen sich anfühlten. Seine Hände streichelten über ihren Rücken, und ihr Herz pochte so heftig, dass sie dachte, er müsste es an seiner Brust fühlen.

Die Tür ging wieder auf. Maighread riss sich von Joshua los und setzte sich wieder auf ihren Platz. Steven grinste vielsagend, kommentierte die Situation aber nicht.

Er hatte drei Gläser in der einen und eine Flasche Sekt in der anderen Hand. Unter dem Arm klemmte eine Mappe.

»Ich dachte mir, so viele gute Nachrichten und Neuanfänge sollten mit etwas anderem begossen werden als nur mit Tee.

Maighread, kannst du mir die Mappe abnehmen? Die ist für dich.«

Sofort griff Maighread zu und blätterte auch sogleich in den Unterlagen, während Joshua Steven die Gläser abnahm und Steven den Korken knallen ließ.

»Wir unterstützen unsere Händler mit allerlei Aktionen. Sieh dir alles in Ruhe an.« Er reichte ihr ein Glas, schob eines zu Joshua hin und nahm das dritte selbst in die Hand. »Ihr Lieben, ich möchte mit euch anstoßen. Auf das Kennenlernen, auf den Neubeginn, auf eine gute Zusammenarbeit und …«, er zwinkerte Joshua zu, »… auf die Liebe!«

»Deine Entwürfe?«, fragte Steven eine gute Weile später, nachdem sie Sekt und Tee getrunken und die Etagere um einige Köstlichkeiten erleichtert hatten. »Machst du das nur für dich, oder schreibst du auch Anleitungen dazu? Hast du ein Moodboard? Das könnte vielleicht interessant für uns sein.«

»Beides«, sagte Maighread nach kurzer Überlegung. »Zu manchen Entwürfen habe ich Anleitungen geschrieben, aber bis jetzt habe ich noch nichts davon veröffentlicht. Aber das wird ganz bestimmt kommen, jetzt, wo es das Wolle & Zeit gibt. Ein Moodboard, um alles zu präsentieren, habe ich leider nicht.«

»Schade, das hätte es vereinfacht.« Steven überlegte kurz, dann schüttelte er den Kopf. »Was soll's, manchmal muss man die ausgetretenen Pfade auch verlassen und etwas wagen. Darf ich deinen Kontakt an unseren künstlerischen Leiter weitergeben? Wärst du auch in diesem Bereich vielleicht an einer Zusammenarbeit interessiert? Ich meine, ich kann nichts versprechen, aber ich könnte mir durchaus vorstellen, dass sich etwas entwickelt. Was meinst du?«

»Ich, du, ich meine – wirklich? Meinst du das ernst?« Maighread war fassungslos.

Sie schwebte auf Wolken, hatte das Gefühl, vom Leben alle Geschenke bekommen zu haben, die sie sich je gewünscht hatte, und dann legte das Schicksal immer noch eine Schippe drauf. Als wäre es ein Pendel. Zuerst war alles immer noch schlimmer und schlimmer geworden, und jetzt wurde es von Sekunde zu Sekunde schöner.

Am liebsten hätte sie in diesem Moment die Zeit angehalten. Jetzt, in dieser Sekunde, war ihr Leben perfekt.

Mail@Lindsay.Robertson

Liebe Mum,

du kannst dir gar nicht vorstellen, was hier gerade alles passiert. Mein Leben steht Kopf, und ich schlage Purzelbäume vor lauter Glück.

Mum, ich glaube, ich bin nicht am Loch Lomond, sondern im Himmel gelandet. Ach, ich würde dir so gerne alles persönlich erzählen. Aber am Telefon geht das nicht. Da du dich immer noch weigerst, nach Callwell zu kommen, werde ich dir also die wichtigsten Neuigkeiten in dieser Mail schreiben.

Setz dich besser, bevor du es liest, es könnte dich sonst umhauen.

Stell dir vor, Mum, ich habe mich verliebt. Ja, du liest richtig. Ich habe mich verliebt. So richtig mit Haut und Haaren, mit Herz, Seele und Körper. Mit – ach mit allem eben. Komplett. Durch und durch. Es gibt keinen Nanomillimeter an mir, der nicht verliebt ist. Ich weiß, es ist unglaublich schnell und überraschend, wo ich mir doch gerade erst geschworen hatte, nie wieder einen Mann in meinem Leben zu brauchen, aber ich trau mich sogar jetzt schon zu sagen: Es ist viel mehr als Verliebtheit. Ich glaube, ich liebe gerade zum ersten Mal in meinen Leben richtig. Und es ist wunderwunderschön.

Das war so nicht geplant, aber ich konnte gar nichts dagegen machen. Was soll man tun, wenn der Blitz einschlägt?

Joshua ist so ein Schatz. Er ist warmherzig, liebevoll, zärtlich, einfühlsam. Ach, er ist perfekt. Du kannst es mir ruhig glauben. Es gibt einfach nichts, was nicht richtig an ihm wäre.

Stell dir vor, er hat – ach so, nein, bevor ich das schreibe, muss ich dir erst von Grandma erzählen.

Hattest du eine Ahnung, dass deine Mum einen Strickladen besitzt? Vermutlich nicht, denn sie hat das Geschäft wohl erst übernommen, nachdem du weg warst. Na, auf jeden Fall hatte sie einen, und – jetzt kommt es! – sie hat ihn mir geschenkt.

Ja, es ist wahr. Sie hat ihn einfach so an die nächste bzw. übernächste Generation weitergegeben.

Ich bin seit gestern stolze Besitzerin des Maighreads Wolle & Zeit. Mein eigener kleiner Strickladen in den Highlands. Klingt das nicht zauberhaft?

Grandma hatte nach Grandpas Tod keine Kraft mehr, den Laden weiterzuführen. Sie hat es zuerst mit verkürzten Öffnungszeiten versucht, aber auch das war ihr zu viel. Die Bürokratie wird ja nicht weniger, nur weil man weniger verkauft, also hat sie den Laden geschlossen. Einfach abends den Schlüssel umgedreht und nicht wieder geöffnet.

Es ist alles noch wie an ihrem letzten Arbeitstag. Es liegt sogar noch Wolle in den Regalen – deshalb dachte ich ja die ganze Zeit, der Laden sei nur vorübergehend geschlossen und die Eigentümerin vielleicht im Urlaub. Seit meiner Ankunft in Callwell schleiche ich um den Laden herum und hoffe, Wolle kaufen zu können. Ja, und jetzt gehört er plötzlich mir.

Das bedeutet natürlich auch, dass meine berufliche Zukunft nun entschieden ist. Ich werde nach Callwell ziehen, in meinem eigenen Strickladen arbeiten und mich selbstverständlich um Grandma kümmern.

Nach ihrem Schlaganfall wird sie zwar wieder fit werden, aber ich glaube, sie ist trotzdem dankbar, wenn sie ihr Leben nicht mehr ganz allein stemmen muss.

So, und jetzt wieder zurück zu Joshua.

Er hat mir gestern in Grannys Auftrag den Laden übergeben. So lieb, ich kann es gar nicht beschreiben. Sogar mein eigenes Ladenschild hat er mir gemacht – und das, obwohl er gar nicht gut zeichnen kann. Allerdings glaube ich, diese Behauptung war Fishing for Compliments, denn es ist ganz bezaubernd geworden. Chloe sagt das auch, und sie hat nicht wie ich die rosa Brille auf. Ich habe das Schild fotografiert und hänge dir ein Bild an die Mail an, damit du dir selbst ein Urteil bilden kannst.

Aber jetzt kommt es! Das war nämlich längst noch nicht alles.

Nachdem er mir den Laden übergeben hatte, hat er mich entführt. Na ja, also nicht ganz richtig entführt, aber er hat gesagt, ich soll ein paar Sachen für eine Nacht packen und mit ihm kommen. Das Ziel hat er nicht verraten.

So ein Schurke, ich war kurz davor, vor Neugier zu platzen. Wie gut, dass ich die Spannung überlebt habe, sonst hätte ich etwas ganz Besonderes verpasst. Joshua ist nämlich mit mir zu den West Yorkshire Spinners gefahren. Ich durfte die Produktionsräume besichtigen, Fragen stellen und habe jetzt also schon meinen ersten Wollhersteller, der mich künftig beliefern wird.

Das ist alles so verrückt und wunderschön, dass ich es noch immer nicht fassen kann. Es wäre sogar möglich, dass ich als Designerin für die Spinners arbeiten darf.

Ja, da staunst du. Ich auch! ☺

Wir sind gerade erst von unserem Kurztrip zurückgekommen. Ich werde gleich einen langen Spaziergang mit Molly und Chloe machen und Chloe alles erzählen. Sie will natürlich alle Einzelheiten wissen und kann es kaum erwarten.

Und heute Abend will Joshua mich seinem Vater vorstellen. Er heißt John. Ich glaube, das habe ich dir schon mal geschrieben. Gerade fällt mir auf, dass du gar nicht darauf eingegangen bist. Na egal, ich denke jedenfalls, dass ihr euch von früher kennt.

Mum, ich hab dich lieb! Und ich bin ganz schrecklich wundervoll glücklich.

Deine Maighread.

Mail@Maighread.Robertson

Das ist alles viel zu überstürzt, Maighread. Komm bitte zu mir nach Kilmarnock, wir können dir hier einen passenden Laden suchen.

Mum

Mail@Lindsay.Robertson

Hey Mum,

entschuldige bitte, aber was soll das denn?

Du tust so, als würde ich hier am Loch Lomond in mein Verderben rennen. Hast du nicht verstanden, was ich dir gesagt habe? Ich bin glücklich, hörst du, richtig richtig glücklich. Ich will hierbleiben, möchte die Zeit mit Grandma genießen und an ihrer Seite sein. Sie hat lange genug einsam hier gelebt. Und ich möchte, dass du zu mir kommst – nicht umgekehrt.

Ich bin verliebt, ich habe einen eigenen Strickladen, und ich habe endlich eine Großmutter.

Alles, was mir jetzt noch fehlt, ist eine Mutter, die sich mit mir über all das Glück freut.

Bitte, Mum, freu dich doch für mich!

Hast du vergessen, wie atemberaubend schön es hier am Loch Lomond ist? Wenn man am Ufer sitzt, die Sonne sich dem Abend entgegenneigt und das sich im Wasser reflektierende Licht direkt deine Seele berührt – das ist so schön, dass es wehtut. Ich spüre, dass ich hier meine Wurzeln habe – genau wie du!

Mum, es gibt kein Zurück für mich. Hier in Callwell, am Ufer des Loch Lomond, habe ich meine Heimat gefunden. Hier treffen sich meine Vergangenheit, meine Gegenwart und meine Zukunft. Der Kreis schließt sich. Ich kann fühlen, dass ich angekommen bin.

Mum, ich werde in Callwell leben, arbeiten und auch lieben. Ich werde diesen Strickladen zum Erfolg führen, und wer weiß, vielleicht übergebe ich ihn irgendwann meiner Tochter.

Bitte, Mum, stell dich nicht quer. Freue dich mit mir und gönne mir mein Glück. Ich möchte, dass meine Tochter, wenn es dann irgendwann so weit ist, die Chance hat, mit ihrer Großmutter aufzuwachsen.

Lass diese traurige und jammervolle Geschichte sich nicht wiederholen.

Voller Hoffnung,
Deine Maighread

Mail@Maighread.Robertson

Ach Maighread, Kind!

Bitte tu nichts Unüberlegtes! Lass dich auf nichts ein, hörst du? Das kann nicht gut gehen! Dieser Kerl wird dir das Herz brechen. Ich kann es dir nicht erklären, vertrau mir bitte, ich weiß es einfach.

Und das mit dem Laden ist eine Schnapsidee.

Ich komme! Warte auf jeden Fall auf mich, bevor du irgendetwas unterschreibst.

Mum

Kapitel 24

Maighread

»Mein Sohn ist wirklich ein Glückspilz«, sagte John und lächelte zu Maighread hinüber. »Wie oft findet man schon bezaubernde junge Damen mitten in den Highlands?«

Maighread lachte und schüttelte heftig den Kopf. »Sehr bezaubernd sah ich ganz sicher nicht aus, als er mich aufgesammelt hat – eher wie ein durchs Wasser gezogenes schwarzes Schaf.«

»Und statt sich über meine Hilfe zu freuen, hat sie mir direkt eine mächtige Beule verpasst«, protestierte Joshua. Er machte ein vorwurfsvolles Gesicht und rieb sich die Stirn, als täte sie ihm noch immer weh. Nur die goldenen Funken in seinen Augen verrieten, dass er sie auf den Arm nahm.

»Ich habe dich nicht gegen den Türholm gestoßen, mein Lieber, das hast du schon dir selbst zu verdanken«, konterte Maighread gut gelaunt. Sie lächelte, als sie sich an die ersten Momente ihres Kennenlernens erinnerte und daran, dass sie zuerst gedacht hatte, Ed Sheeran stünde dort mitten in den Highlands.

Sie lehnte sich zurück und streckte sich ein bisschen. Es war spät geworden, Zeit für Maighread, sich zu verabschieden.

Dieser Abend war wundervoll verlaufen, die anfängliche Nervosität hatten John und Joshua Maighread im Handumdrehen genommen, und Eilidh hatte mit ihrer Herzlichkeit dafür gesorgt, dass Maighread sich fühlte, als sei sie zu Hause.

Vater und Sohn – Maighread schmunzelte, als sie daran dachte, wie die beiden um ihre Aufmerksamkeit konkurriert hatten. John war ein ausgesprochen sympathischer Mann, dem man ansah, dass er genauso gern lächelte wie sein Sohn. Die beiden waren ein gutes Team, das Band zwischen ihnen war deutlich zu spüren.

»Vielen Dank für diesen wundervollen Abend. Eilidh, dein Essen war ein Traum, danke! Ich werde mich jetzt verabschieden. Molly, komm, ab nach Hause.« Bevor einer der Anwesenden einen Einwand erheben konnte, war Maighread auch schon aufgestanden und streckte John zum Abschied die Hand hin.

»Der Dank liegt bei uns. Ich hoffe, du wirst uns noch sehr oft besuchen. Callwell Castle steht dir jederzeit offen.«

Ganz selbstverständlich nahm John sie in die Arme und drückte ihr rechts und links ein Küsschen auf die Wange.

»Gute Nacht, Liebes«, sagte auch Eilidh und schenkte ihr ein warmes Lächeln, bevor sie Richtung Küche verschwand.

»Ich bringe dich zum Auto.«

Und dort standen sie, eng umschlungen, und küssten sich. Wieder und wieder fanden ihre Lippen zueinander.

Erst als Maighreads Zähne vor Kälte klapperten, löste sie sich aus Joshuas Umarmung und stieg in den Wagen.

Ein letzter zärtlicher Blick, dann trat sie auf das Gaspedal.

***

»Vorsichtig, Granny, mach langsam, sonst verheddert es sich.«

Maighread hielt den Wollstrang zwischen ihren Händen gespannt und passte sich so gut wie möglich den noch etwas ungelenken Wicklungen ihrer Großmutter an. Sie saßen in deren Wohnzimmer in Callwell.

»Das Wollewickeln ist ideal, um die Motorik der Hand zu schulen«, lobte Chloe und nickte anerkennend. »Das geht ja schon richtig gut. Es ist wirklich bemerkenswert, wie schnell du dich erholt hast, Elisabeth. Fast nicht zu glauben, dass der Schlaganfall gerade erst eine knappe Woche her ist.«

»Die Ärztin sagt, ich habe großes Glück gehabt, ein derart positiver Verlauf sei sehr selten.«

Molly hatte sich zu Grannys Füßen zusammengerollt und blinzelte manchmal, wenn der zwischen Maighread und Granny durchhängende Wollfaden sie berührte.

»Ich kann immer noch nicht fassen, dass du deinen Sturschädel durchgesetzt hast, Grandma. Aber weißt du, wenn ich dein strahlendes Lächeln sehe, denke ich, dass du vermutlich recht hattest. In einer Nachsorgeklinik wärst du eine von vielen gewesen, hier bei uns in Callwell bist du eine Patientin mit vielen Pflegerinnen.«

»Und mit einem Pfleger, der gerade sehr leidenschaftlich für das leibliche Wohl sorgt«, kam es aus der Küche, wo Joshua fröhlich summend in einem Stew rührte.

»Gib nur nicht so an, du Superkoch! Das war ja wohl eher Eilidh, die sich darum gekümmert hat«, konterte Chloe und lachte.

Maighread saß zwischen all diesen lieben Menschen und ihrer Hündin und konnte ihr Glück kaum fassen. Der Moment wäre perfekt gewesen, wenn nicht Lindsays hysterischen Mails ihr auf der Seele gelegen hätten. Aber sie schob den Gedanken daran so weit es ging in den Hintergrund. Wenn ihre Mum da war, würde sich bestimmt alles klären. Sie kannte Joshua doch überhaupt nicht. Wie kam sie nur dazu, ihm böse Absichten zu unterstellen? Wieso sollte er Maighread das Herz brechen?

»Unterschätze du lieber nicht die Kunst des Aufwärmens«, kam es prompt von Joshua, der jetzt, den Kochlöffel in der Hand, in der Tür auftauchte. Er hatte sich Grannys Schürze umgebunden und versuchte ganz offensichtlich, so auszusehen, als wüsste er, was er tat. »In zehn Minuten gibt es Mittagessen.«

»Hmm«, machte Maighread und leckte sich über die Lippen. Sie hätte sich gern den Bauch gerieben, aber das ging nicht, über ihren Händen hing immer noch der Strang Fleece DK, den ihre Großmutter wickelte. Ihre Bewegungen waren noch sehr gemächlich. Maighread war ziemlich sicher, dass sie solche Wickeleien früher im Zeitraffer absolviert hatte. Aber es war okay, sie hatten es ja nicht eilig.

»Sehr gut, dass es bald was zu essen gibt«, sagte Granny und senkte das kleine Knäuel, das sich in ihrer Hand gebildet hatte, in den Schoß. »Ich bin tatsächlich schon wieder hungrig«, stellte sie erstaunt fest. »Und auch schon wieder etwas müde. Nach dem Essen werde ich mich für einen ausgiebigen Mittagsschlaf zurückziehen«, verkündete sie. »Das habe ich der Ärztin schließlich versprochen, sonst hätte sie mich nicht heute schon gehen lassen.«

»Es hat mich auch erstaunt, dass wir dich schon mitnehmen durften, Grandma. Aber ich habe mich vergewissert, die Ärztin meinte, es gäbe keinen Grund, dich übers Wochenende im Krankenhaus festzuhalten, wenn du dich an die Anweisungen hältst und deine Medikamente regelmäßig nimmst. Und für beides werden wir alle gemeinsam sorgen, falls du es vergessen solltest.« Maighread hob ihren Zeigefinger aus dem Wollstrang heraus und wedelte damit vorsorglich Richtung Granny.

»Jetzt siehst du aus wie dein Großvater.« Ihre Großmutter hielt wieder mit dem Wickeln inne und lächelte.

»Sollen wir später weitermachen, Granny? Möchtest du dich ausruhen?«

»Essen fassen, alle Mann!«, rief Joshua von der Küche aus direkt in Maighreads Frage hinein.

»Das ist die Antwort.« Maighread lachte. »Moment, ich hänge den Strang über die Sessellehne.« Vorsichtig, damit nichts durcheinandergeriet, legte sie den Wollstrang über die Ecke des Sessels. »So geht es. Gibst du mir das Knäuel?« Sie streckte Granny die Hand entgegen und legte das angefangene Knäuel auf den Sessel. »Da kann es erst einmal bleiben, bis wir Lust haben weiterzumachen.«

Mit etwas Unterstützung kam Elisabeth vom Sessel hoch. Beim Aufstehen fiel ihr Blick wieder auf das Schild, das Joshua auf Maighreads Bitte über den kleinen Sekretär gehängt hatte. Ihre Grandma lächelte Maighread an. »Eine schöne Idee, Kind, ich werde mich jeden Tag über die Erinnerung freuen. Aber nur weil ich weiß, dass es mit dem Strickladen weitergeht – das macht es mir leicht.« Langsam gingen sie zusammen in die Küche.

»Ich habe lange nicht mehr mit solchem Appetit gegessen«, sagte Granny mit Blick auf ihren fast leeren Teller. »Eilidh kocht wirklich ausgezeichnet, und du mein Junge hast offenbar ein echtes Talent als Aufwärmer.« Sie tätschelte Joshuas Hand, und Maighread sah das amüsierte Blitzen in ihren Augen. »Es ist wundervoll, dieses Haus mit so viel Leben und Lachen gefüllt zu sehen. Ich danke euch. Ich danke euch von Herzen.« Grandma senkte die Lider. Sie tupfte sich die Augen mit der Serviette und hob dann wieder den Blick.

Was auch immer ihre Mum behauptete, Maighread wusste, dass sie das Richtige tat. So grundlegend konnte ihr Herz sich nicht täuschen.

»Wie ist das jetzt eigentlich, wo meine Freundin einen Strickladen hat. Ich bräuchte dringend neue Kiltstrümpfe, bekomme ich die bei dir?«

»Das kommt auf die Bezahlung an«, antwortete Maighread und überlegte, wie viele Küsse sie wohl verlangen konnte. Vielleicht wäre ja auch eine Fußmassage ein angemessener Preis. Doch dann schüttelte sie den Kopf. »Wobei, bevor ich falsche Versprechungen mache, muss ich zugeben, dass ich noch nie Kiltstrümpfe gestrickt habe. Sind das einfache Kniestrümpfe, oder gibt es dabei etwas Besonderes zu beachten?«

»Kind, dass du Kiltstrümpfe stricken kannst, bezweifle ich keine Sekunde. Bei deinem Talent gibt es nichts, was du nicht aus Wolle zaubern könntest. Und den Trick dabei verrate ich dir heute Nachmittag, nach meiner Ruhezeit. Einverstanden? Hast du Sockenwolle da?«

Maighread nickte. »Mehr als genug, Granny. Steven hat mich mit Wolle eingedeckt, damit ich mich von der Qualität der Spinnerei überzeugen kann – als würde ich die nicht längst kennen und schätzen.«

»Sehr gut. Dann machen wir das später. Würde es dir etwas ausmachen, mich in mein Schlafzimmer zu begleiten, Maighread? Ich fühle mich etwas erschöpft.«

»Hast du dir schon eine Webadresse eingerichtet?«, fragte Joshua etwas später. Sie hatten zu dritt die Küche aufgeräumt und es sich dann im Wohnzimmer gemütlich gemacht.

Das Feuer im Kamin prasselte, der Tee in den Tassen dampfte, und Maighread fühlte sich rundherum wohl. Trotzdem war sie weit davon entfernt, sich träge in eine Decke einzukuscheln; sie vibrierte förmlich vor lauter Energie und Lust, die Planung für ihren kleinen Strickladen voranzutreiben.

Während Granny im Wohnzimmer gesessen hatte, hatte Maighread sich zurückgehalten. Sie wollte sie in ihrem noch etwas angeschlagenen Zustand nicht zu sehr aufregen. Dass es aufregend für sie wäre, wenn es um den kleinen Strickladen ging, davon war Maighread überzeugt. Umso mehr freute sie sich, dass sie jetzt ganz offen sprechen und Pläne spinnen konnte.

Sie wollte so schnell wie möglich Eröffnung feiern. Während sie mit Joshua auf dem kleinen Sofa saß, ihre Füße in seinem Schoß lagen und er sie sanft massierte, schnappte sie sich ihr Notebook und öffnete eine neue Datei.

»Zeit, Ideen zu sammeln. Was fällt euch zu meinem kleinen Strickladen ein? Was sollte ich unbedingt anbieten? Womit könnte ich die Leute auf mich aufmerksam machen? Nur zu. Alle Ideen sind erlaubt. Sortiert und bewertet wird erst später.« Maighread hielt kurz inne. »Am besten erzähle ich euch vorab, was mir im Kopf herumschwirrt, dann wisst ihr, in welche Richtung es ungefähr gehen soll. Also: Ich möchte Tradition und Moderne verbinden. In Maighreads Wolle & Zeit sollen sich Jung und Alt gleichermaßen wohlfühlen. Es soll gemütlich werden, damit der Aufenthalt bei mir im Laden wie eine kleine Auszeit wird. Neben dem Ladenlokal möchte ich einen Onlineshop haben und ein möglichst breit greifendes Netzwerk aufbauen. Ich möchte Wolle nebst Zubehör wie Nadeln, Maschenmarkierer und derlei Kleinkram, von mir gestrickte Kleidung und Accessoires und auch eigene Anleitungen verkaufen. Es wäre auch möglich, das Sortiment zu erweitern. Ja, das war es erst mal von mir. Jetzt seid ihr dran. Bitte schön. Feuer frei!«

Joshua und Chloe ließen sich nicht lange bitten, und schon tippte Maighread einen Ideenfetzen nach dem anderen in ihre Tasten. Die drei brainstormten gut gelaunt eine ganze Zeit lang, bis die Ideen immer wilder und verrückter wurden. Maighread kannte diesen Effekt aus unzähligen Sitzungen in der Agentur – das war meist der Moment, in dem jeder noch etwas beitragen wollte, aber keinen vernünftigen Ansatz mehr fand. Deshalb stoppte sie die Ideenflut.

»Es reicht erst mal. Ich werde das alles sortieren und genau überlegen, was davon ich umsetzen kann und möchte. Ganz sicher werde ich in nächster Zeit einiges aus diesem Ideenpool schöpfen können. Danke, ihr seid super! Ich freue mich schon so auf die Zeit im Strickladen. Ich seh es vor mir, wie Kunden mit mir über Wollqualitäten und Strickpläne plaudern.

Wer weiß, vielleicht kann ich ja später auch einen Stand bei Festivals machen. Dort trifft man meist Wollverrückte aus der ganzen Welt. Und wenn ich von mir designte Stücke zu präsentieren habe, kann ich mir das schon ziemlich gut vorstellen. Vielleicht versuche ich mich auch einmal selbst mit Färben. Als zusätzliche Nische, meine ich.«

Chloe saß ihr gegenüber und hing offensichtlich ihren eigenen Gedanken nach.

»Chloe«, sagte Maighread leise. Genug über das Wolle & Zeit gesprochen – jetzt war Chloe dran.

»Hm?«, machte ihre Freundin.

»Darf ich?«, fragte Maighread, nicht sicher, wie sie sich ausdrücken sollte, falls Chloe nicht vor Joshua darüber sprechen wollte. Doch ihre Freundin verstand sie sofort.

»Oh, du meinst wegen Joshua?« Sie zuckte mit den Schultern. »Ich hab es noch nie erzählt, aber jetzt – er fragt sowieso die ganze Zeit schon. Also gut, warum nicht. Es lässt mich ohnehin nicht los.«

»Chloe hat ein Angebot für einen Job als Therapeutin. Nur tageweise – in Glasgow. Aber sie glaubt, sie kann es nicht.«

»Hey, Chloe, das klingt doch super. Was ist das für ein Job, und wieso solltest du das nicht können? Du hast studiert, hast deinen Abschluss, hast therapeutische Erfahrung – wo genau liegt das Problem?«, fragte Joshua. »Ist es wegen Scott?«, schob er die nächste Frage nach.

»Das Angebot kommt von Scott«, erklärte Chloe und schüttelte den Kopf. »Aber nein, mit Scott hat das Problem nichts zu tun.« Sie atmete tief durch und nickte. »Also gut, von Anfang an.«

Und so berichtete Chloe, den Blick wie schon bei ihrem ersten Gespräch mit Maighread fest auf das Kaminfeuer gerichtet, von dem Grund ihrer Rückkehr nach Callwell und von Scotts Angebot.

»Ich wusste immer, dass du einen Schatten mit dir herumschleppst«, sagte Joshua leise. »Danke für dein Vertrauen, Chloe.« Er sah eine Weile sinnierend vor sich hin. »Was ich aber nicht verstehe: Wovor genau hast du so eine große Angst? Ich weiß schon, der Junge hat sich umgebracht, und das ist schlimm, sehr schlimm sogar. Für ihn, für seine Familie und letztlich auch für dich. Aber es ist nicht deine Schuld, das muss dir doch klar sein. Eine Therapie ist letztlich nichts anderes als Medizin. Wir alle wissen, dass Medizin nicht immer helfen kann. Leider, aber es ist so. Dann müsste ja jeder Arzt, der für einen seiner Patienten keine wirksame Medizin findet, die Flinte ins Korn werfen und aufgeben. Das wäre schlimm für alle, denen er dann nicht mehr helfen würde!«

»So ähnlich habe ich auch argumentiert«, bestätigte Maighread und freute sich, dass Joshua und sie ohne Absprache ähnliche Gedankengänge hatten. »Aber ich verstehe trotzdem auch Chloes Angst, so etwas noch einmal erleben zu müssen. Diese quälende Frage, ob man vielleicht etwas vergessen hat, etwas besser hätte machen können, es früher hätte merken müssen …«

»Oh, das verstehe ich auch, absolut. Aber Selbstvorwürfe sind an dieser Stelle falsch. Eine vernünftige Reflexion gehört zum Job. Ich denke, du wirst immer darüber nachdenken, Chloe, ob du alles richtig machst, und immer dein Bestes geben. Mehr darf man nicht verlangen. Nicht von jemand anderem und auch nicht von sich selbst. Dass es passieren kann, dass deine Methoden scheitern, daran wird niemand etwas ändern können. Und dass genau dieses Risiko einem Angst macht, ist absolut verständlich. Die Frage ist nur: Was ist größer? Der Wunsch, Menschen zu helfen, oder die Angst, einem Menschen nicht helfen zu können?«

»Ich bin davon überzeugt, dass viele der jungen Frauen, um die du dich kümmern sollst, aus ganzem Herzen dankbar sein werden und mit deiner therapeutischen Unterstützung wieder in ein glücklicheres Leben finden können. Willst du denen wegen deiner Angst die Chance darauf nehmen?«

»Wenn ich euch so zuhöre, komme ich mir ganz schön egoistisch vor«, sagte Chloe und kauerte sich in ihrem Sessel ganz klein zusammen.

»Nein, Chloe, nicht egoistisch, das wollte ich nicht sagen. Du hast das Recht, so zu leben, wie du es möchtest. Was ich mich aber frage, ist, ob du es denn wirklich so möchtest, wie es jetzt ist, oder ob du dich von deiner Angst bestimmen und eingrenzen lässt. Wenn du von der Psychologie sprichst, spürt man nämlich, dass du darin aufgehst und wie sehr es dich erfüllt, Menschen zu helfen. Darum geht es mir. Ich möchte, dass du das tust, was dein Herz dir sagt. Nicht der ängstliche Teil deiner Seele, sondern der freie, mutige Teil.«

Chloe nickte. Tränen liefen ihr über das Gesicht, aber sie lächelte. »Danke. Es ist ein Geschenk, Freunde wie euch zu haben.« Sie stand auf. »Ist es okay, wenn ich euch jetzt allein lasse? Ich glaube, ich muss mal ein gutes Stück spazieren gehen und mir über einiges klar werden. Ihr habt mir ordentlich Denkstoff gegeben. Darf ich Molly mitnehmen?«

»Klar doch, macht euch auf den Weg, dann spare ich mir heute die Gassi-Runde. Lass dir den Kopf freipusten und höre auf das, was dein Herz dir sagt! Wir wollen einfach nur, dass du deinem Glück nicht selbst im Weg stehst.«

Chloe gab Maighread und Joshua jeweils ein Küsschen auf die Wange, und schon war sie mit Molly an ihrer Seite auf dem Weg an den Loch Lomond. Maighread wusste, wo sie ungefähr laufen würde, Chloe hatte ihr längst die meisten ihrer Lieblingsstrecken gezeigt.

»Und wir beide genießen noch ein bisschen das Kaminfeuer. Was meinst du?«, fragte Joshua. Er zog Maighread zu sich, sodass sie mit ihrem Rücken gegen seinen Oberkörper gelehnt lag, und knabberte an ihrem Ohrläppchen.

»Was würdest du sagen, wenn ich dich auf mein Zimmer einlade?«, fragte Maighread irgendwann etwas atemlos nach einem sehr intensiven Kuss.

Ihr ganzer Körper stand in Flammen, der Wunsch, Joshua zu spüren, ihn zu streicheln, seine Hände auf ihrer Haut zu fühlen und ihm so nahe zu sein, wie es nur ging, war übermächtig.

»Bist du sicher?«, flüsterte er ihr ins Ohr.

Für seine Rücksicht liebte Maighread ihn direkt noch ein bisschen mehr, doch sie hatte keine Zweifel mehr.

Am Abend nach dem Besuch bei den West Yorkshire Spinners hatten sie es sich in ihrem Zimmer in Lissy's Bed & Breakfast gemütlich gemacht und lange intensiv geschmust. Aber sosehr Maighread Joshuas Nähe genossen hatte, sie wollte nichts überstürzen. Und so hatte sie ihn und auch sich selbst immer wieder gebremst, wenn sie drohten zu weit zu gehen.

Am Ende hatten sie in getrennten Zimmern geschlafen. Joshua hatte es akzeptiert und sie nicht gedrängt, auch wenn es ihm sehr schwergefallen war. Maighread wusste sehr wohl, wie viel Kraft es ihn gekostet haben musste, sie nicht zu überreden.

Doch jetzt war es anders. Maighreads Körper und ihre Seele wollten nur noch eines: mit diesem Mann zusammen sein. Ganz kurz tauchten Lindsays Mails vor ihrem inneren Auge auf und die Frage, ob sie das nur wollte, weil ihre Mutter sie so eindringlich gewarnt hatte. Aber sie schob diesen Gedanken sofort wieder von sich.

Sie war eine erwachsene Frau und Joshua ein wunderbarer Mann. Sie liebten sich, sie waren ein Paar, und es war die normalste Sache der Welt, dass sie jetzt gemeinsam in ihr Zimmer gingen.

Ohne weitere Worte stand Maighread auf und zog Joshua mit sich. Es war noch ungewohnt, in ihr Zimmer zu gehen. Es war das frühere Kinderzimmer ihrer Mum, das ihre Grandma zu einem im Grunde nie genutzten Gästezimmer umfunktioniert hatte.

Mit einem leisen Klick schloss sie die Tür, und plötzlich war alles Denken unwichtig, und Maighread fühlte nur noch.

Gierig suchte Maighread Joshuas Lippen, klammerte sich an ihn und fuhr ihm durch die Locken. Eng aneinandergedrängt schafften sie es bis zum Bett und ließen sich gemeinsam auf die Matratze fallen.

Das Blau von Joshuas Augen wirkte vor Leidenschaft verhangen, viel dunkler als sonst. Maighread küsste ihn. Sie küsste seine Nasenspitze, seine Stirn, seine Augenwinkel, seine Ohren und hinter den Ohren und wanderte über seinen Hals abwärts. Sein T-Shirt war ihr ihm Weg.

Entschlossen schob sie ihre Hände unter den Stoff und zog ihm das Shirt über den Kopf. Ohne zögern nahm sie ihre Entdeckungsreise wieder auf. Sie drückte mit der flachen Hand gegen Joshuas Brust, und er gab ihrem Impuls nach und legte sich hin. Maighread kniete sich neben ihn und wanderte mit ihren Lippen über seine Brust abwärts zu seinem Bauchnabel.

Joshua atmete scharf ein, als sie ihre Hand auf die Wölbung in seiner Jeans legte. Er streichelte ihren Rücken, wollte nun auch unter ihren Pulli, doch Maighread flüsterte: »Gleich. Erst bin ich dran, mein Geschenk auszupacken.«

Und genau das tat sie auch.

»Wow« war das Erste, was Joshua irgendwann sagte.

Maighread kicherte. Sie lag seitlich in seinem Arm und hatte eine Hand auf seine Brust gelegt.

»Bin ich im Himmel oder auf der Erde?«, fragte sie, während sich ihr Herzschlag langsam beruhigte.

»Wenn das der Himmel ist, dann möchte ich bitte für immer hierbleiben«, antwortete Joshua.

»Ich auch.« Maighread fuhr mit den Fingerspitzen über Joshuas Brusthaar und ließ ihre Gedanken wandern. »Ich wünsche mir, für immer hier in Callwell zu bleiben. Die Gegend ist wundervoll, die Menschen sind herzlich, und da gibt es dann auch noch diesen Kerl, so einen rothaarigen Highlander, weißt du, der hat auch ein bisschen was mit meinem Wunsch zu tun. In seinem Kilt sieht er verdammt sexy aus.«

»Wenn du genau hinsiehst, wirst du feststellen, dass meine Haare rotbraun sind«, korrigierte Joshua und stupste Maighread auf die Nase.

»Was hat dich eigentlich nach Callwell zurückgetrieben?«, fragte sie jetzt. »Du hättest doch bestimmt Chancen auf eine Karriere gehabt, oder? Umweltschutz ist doch ein Thema, das enorme Möglichkeiten bietet. Wenn ich an die vielen Energiekonzerne denke ... Wieso die Highlands?«

»Ich hatte tatsächlich ein ziemlich lukratives Angebot«, bestätigte Joshua Maighreads Vermutung. »Ich hätte in Amerika für einen Ölkonzern arbeiten können und wäre vermutlich inzwischen reich. Aber ich bin ein Träumer«, gab er mit einem kleinen Schulterzucken zu. »Ja, jetzt ist es raus. Du hast dich mit einem eingelassen, der auf Millionen pfeift, wenn er dafür die Moral über Bord werfen müsste.«

»So etwas in der Art habe ich vermutet.« Maighread verteilte Küsschen auf Joshuas Brust. »Mir scheint, unsere Seelen haben sich gefunden. Meine Mutter versteht auch nicht, wieso ich nicht lieber viel Geld mit Werbung mache, als mich hier in mein Unglück zu stürzen.«

»Sehr unglücklich siehst du gerade aber nicht aus«, kommentierte Joshua.

Maighread legte ihr Gesicht auf seinen Bauch und lächelte zu ihm hoch. »Ich hab vergessen, was das gerade war, was mich so glücklich gemacht hat. Ich fürchte, du musst es mir noch einmal zeigen«, sagte sie und grinste.

»Soso. Meine Freundin hat Probleme mit ihrem Gedächtnis«, neckte Joshua und streichelte Maighreads Wange.

Sein Bauch grummelte, da Maighread direkt mit dem Ohr darauf lag, es klang tief und vibrierte in ihrem Gehörgang. Sie kicherte.

»Was gibt es denn zu lachen? Gedächtnisprobleme sind keine Kleinigkeit.«

Maighread kicherte weiter und umkreiste liebevoll seinen Bauchnabel. »Du brommselst.«

»Bitte was tue ich? Ist das etwas Unanständiges?«

»Sag mal, hattest du nie Meerschweinchen? Die Knattern manchmal ganz tief, und genau das hat dein Bauch auch gerade getan. Das nennt man in der Fachsprache brommseln.«

Joshua schüttelte den Kopf. »Du kommst auf Ideen«, sagte

er. »Unglaublich. Aber solange du nicht die Nase rümpfst und behauptest, ich brächte es auf fünfunddreißig Olf, ist ja alles okay.«

Maighread rutschte etwas nach oben, vergrub ihr Gesicht an seiner Halsbeuge und sog seinen Duft ein. »Hm«, machte sie. »Egal ob ein Olf oder fünfzig«, kommentierte sie. »Ich liebe sie alle, wenn sie von dir kommen.«

Gerade als Maighread erneut begann, eine Spur von Küssen seinen Bauch hinab und immer weiter hinunterzuziehen, ertönte die Haustürglocke.

»Vergiss nicht, wo ich gerade war«, sagte Maighread mit Bedauern in der Stimme. »Wir machen genau da weiter.«

Schnell sprang sie aus dem Bett, hüpfte in aller Eile in ihre Jeans, zog sich im Laufen den Pulli über den Kopf, eilte zur Tür und öffnete.

»Mum!«

Kapitel 25

Maighread

Maighread stand in der Küche und kümmerte sich um frischen Tee. Nachdenklich stand sie am Fenster, während sie darauf wartete, dass das Wasser kochte. Der Himmel bot wieder einmal das für die Highlands typische, beeindruckende Schauspiel. Wolken fegten über das Blau hinweg, auf ihrem Weg formierten sie sich immer wieder neu und malten damit Geschichten an den Himmel.

Würden Mum und Grandma sich auch neu formieren? Die nächsten Minuten würden vermutlich darüber entscheiden, wie das Leben der drei Robertson-Frauen weiterging. Maighread wünschte sich die Versöhnung von ganzem Herzen. Sie hoffte auf eine glückliche Zeit hier am Loch Lomond, wo der Traum ihres kleinen Strickladens Wirklichkeit geworden war. Sie wollte keinen Schatten durch ihr Leben schleppen müssen.

Chloe hatte ihr etwas über Familiensysteme erzählt. Es war wichtig, dass die beiden Frauen Frieden miteinander schlossen – wichtig für sie beide, aber auch wichtig für Maighread und ihre Kinder, die es vielleicht irgendwann geben würde. Ansonsten würden sich die negativen Muster aus diesem System immer weiter übertragen – abgeschwächt vielleicht, weil Maighread reflektierte und es schaffte, sich von einigem abzugrenzen, aber es wäre dennoch immer da.

Aus dem Wohnzimmer klangen gedämpft die Stimmen ihrer Mum und Grandma. Sie klangen energisch. Lindsays

Worte kamen schnell und abgehackt. Grannys Antworten langsamer, bedächtiger. Weil sie die Besonnenere war oder weil sie als Folge des Schlaganfalls noch langsamer war? Maighread war sich nicht sicher.

Die Situation war fast bis zum Zerreißen angespannt, und Maighread hatte große Angst, dass es ihrer Granny zu viel werden könnte. Sie hatte ihre Mum eindringlich gebeten, Rücksicht zu nehmen. Lindsay hatte kurz genickt, weshalb Maighread hoffte, dass sie sich wirklich daran halten würde. Lindsay wirkte beherrscht, sie hatte alle ihre Emotionen hinter einer beinahe unbeweglichen Maske versteckt.

»Da bist du also, Lindsay.«

»Guten Tag, Mutter. Ich muss mit dir sprechen.«

Das waren die ersten Worte gewesen, als Mum und Granny sich im Hausflur das erste Mal seit so vielen Jahren gegenübergestanden hatten.

Der Wasserkocher flötete, und Maighread goss den Tee auf. Während sie wartete, dass er zog, konnte sie ihre Neugier nicht mehr bremsen. Leise schlich sie in den Flur und blieb vor der angelehnten Wohnzimmertür stehen.

Worum ging es zwischen den beiden Frauen? Sie wollte jetzt endlich wissen, welches Drama Lindsay so von ihrer Mutter weggesprengt hatte, dass sie noch heute keinen Weg zurück mehr sah.

»Du stürzt Maighread in ihr Unglück, Mutter. Verdammt noch mal, jetzt glaub es doch endlich!«, fuhr Lindsay Granny an.

»Erklär es mir. Sag einer dummen alten Frau, was daran so schlimm sein soll, dass sie ihrer Enkeltochter einen Strickladen überschreibt.«

»Ach, dieser verflixte Laden – darum geht es doch nicht!«, fauchte Lindsay. »Du verstehst es wirklich nicht, ich fass es nicht. Du hast es nicht kapiert. All die Jahre und du bist immer noch nicht draufgekommen. Also gut. Mutter, Maighreads Vater …«

»Ich weiß, er ist früh gestorben. Maighread hat es mir erzählt.«

»Ach was. Das ist doch nur eine Geschichte. Irgendwie musste ich meinem Kind ja klarmachen, warum es keinen Vater hat. Wie lange ist es her, dass ich von hier weggegangen bin, hm? Und was genau war noch mal der Auslöser? Ach ja, richtig! Ich war schwanger. Schwanger! Kapierst du es jetzt endlich? Maighread ist die Tochter von John McLoughlin, Mutter.«

Maighread schlug sich die Hand vor den Mund, um nicht aufzuschreien. Schon wieder eine Lüge. Ihre Mum hatte Maighreads ganzes Leben auf Lügen aufgebaut. Jeder, der ihr nicht in den Kram gepasst hatte, war verbannt und von Lindsay für tot erklärt worden. Und jetzt das. Es dauerte ein paar Sekunden, bis Maighread die Tragweite dieser Lüge bewusst wurde. Für einen Moment dachte sie, sie fiele in Ohnmacht. Doch Maighread zwang sich zu atmen, obwohl ihr Körper sich gegen das Luftholen sträubte.

John McLoughlin war ihr Vater. Maighread hatte sich in ihren Halbbruder verliebt! Sie dachte an Joshua, an die wunderschönen Stunden, die sie miteinander verbracht hatten. Und sie hatte gedacht, zwei gleiche Seelen hätten sich gefunden – sie hatte mit ihrem Bruder geschlafen.

Im Wohnzimmer herrschte jetzt Stille. Ganz offenbar musste auch Elisabeth diese Information verarbeiten.

»Ich konnte nie darüber sprechen, und dann, als Maighread beschloss, hierherzufahren, wollte ich die alten Geschichten nicht wieder aufleben lassen. Wozu sollte ich John da mit hineinziehen? Er hat sein eigenes Leben, seine eigene Familie. Wir brauchen ihn nicht. Ich konnte ja nicht ahnen, dass Maighread als Allererstes auf Joshua treffen würde. Versteh doch endlich. Maighread muss weg aus Callwell. Sie muss fort von diesem Mann, bevor es zu spät ist.«

Lindsay schluchzte. Granny schrie leise auf.

Außer sich vor Verzweiflung rannte Maighread los. Nur in Pulli und Jeans, mit Hausschuhen an den Füßen rannte sie zur Haustür hinaus, die Dorfstraße hinunter und immer weiter, bis sie am Ufer des Loch Lomond ankam. Sie schluchzte und keuchte und war kurz davor, einfach weiterzurennen – ins Wasser hinein und immer weiter.

Sie wollte fort. Nur noch weit, weit fort.

Statt ins Wasser lenkte Maighread ihre Schritte den Uferweg entlang. Ihre Muskeln brannten, sie konnte kaum noch atmen, trotzdem schleppte sie sich blind vor Tränen weiter. Den Stein, der im Weg lag, sah sie zu spät, stolperte und stürzte. Beim Aufprall fuhr ein scharfer Schmerz durch ihren Unterschenkel. Ihr Bein blieb in einem unnatürlichen Winkel liegen, sie konnte es nicht mehr bewegen.

Das Boot, das sich vom See aus näherte, bemerkte sie erst, als der Rumpf auf das Ufer traf und der Kies knirschte. Vor Schmerz sah sie nur verschwommen einen Mann auf sich zueilen. Doch im nächsten Moment wusste sie, dass das Schicksal noch nicht mit ihr fertig war. So, wie gerade erst immer noch etwas Schönes obendrauf gekommen war, wenn sie gedacht hatte, es ging nicht mehr, lachte ihr das Elend jetzt mitten ins Gesicht.

»Maighread?« Es war Johns Stimme – die Stimme ihres Vaters. »Was ist passiert? Ach du meine Güte, dein Bein! Was machst du denn nur? Ich hab dich vom See aus beobachtet, du bist gerannt, als wäre die Baobhan-Seidh hinter dir her.«

»Wäre sie das nur«, keuchte Maighread. Sollte die Todesfee sie doch holen, dann hätte sie wenigstens ihre Ruhe.

Maighread weinte hemmungslos. Als John sich zu ihr hinunterbeugte und den Arm um sie legen wollte, um sie zu trösten, schüttelte sie ihn ab.

»Lass mich in Ruhe!«, fauchte sie.

Was wollte er von ihr? Tat so unschuldig und hilfsbereit. Wo war er gewesen all die Jahre, als Maighread sich einen Vater gewünscht hatte? Und wie hatte er tatenlos zusehen können, wie sie und Joshua sich verliebten. Die Wut gab Maighread die Kraft, das Schluchzen zu stoppen.

»Maighread, was ist denn nur los? Ich will dir doch helfen. So wie das Bein aussieht, ist es gebrochen.«

»Was kümmert es dich – Dad?« Das »Dad« spuckte sie ihm förmlich ins Gesicht. Ja, da würde er schlucken, wenn ihm klar wurde, dass sie Bescheid wusste.

Doch John richtete sich auf. Alle Farbe wich ihm aus dem Gesicht. Seine Augen weiteten sich vor Entsetzen.

»Maighread!«, rief er, als er wieder sprechen konnte. »Was redest du denn da? Wie kommst du auf die Idee, mich Dad zu nennen?«

Maighread beobachtete jede seiner Regungen. Die Spannung fesselte sie so sehr, dass sie den messerscharfen Schmerz, der von ihrem Bein aus durch ihren Körper jagte, nur noch wie durch Watte gedämpft wahrnahm.

John stand da und starrte sie fragend an. Dann ging er wieder in die Hocke.

»Komm, jetzt stell dich nicht quer. Ich werde dir helfen. Wir müssen es nur bis zur Straße schaffen.«

Hatte er sie nicht verstanden? Oder dachte er, sie nannte ihn Dad, weil sie hoffte, er würde ihr Schwiegervater werden? Konnte es tatsächlich sein, dass John McLoughlin gar nicht wusste, dass er eine Tochter hatte?

Die Fragen überschlugen sich in Maighreads Gedanken,

und sie versuchte, aus Johns Verhalten schlau zu werden. Vor lauter Überlegungen vergaß sie ihre Abwehr und schaffte es tatsächlich mit Johns Unterstützung die wenigen Meter bis zur Straße. Sie keuchte vor Schmerz, aber sie schaffte es.

Kaum hatte er sie bei einem Findling abgesetzt, an den sie sich lehnen konnte, nahm sie den Faden wieder auf. »Hast du mich verstanden? Du bist mein Vater. Mum ist hier. Sie ist vorhin angekommen, und sie hat es Granny gesagt. Sie sagt, du bist mein Vater.« Jetzt versagte Maighread die Stimme, und sie weinte wieder. Verzweifelt schlug sie die Hände vor ihr Gesicht. »Und Joshua ist mein Bruder.«

John sagte nichts.

Als Maighread irgendwann die Hände sinken ließ, erkannte sie, dass sie alleine war. Ihr Vater hatte sie schon wieder im Stich gelassen. Nur seine Jacke lag neben Maighread.

Plötzlich wurde ihr auch bewusst, wie entsetzlich kalt ihr war. Ohne darüber nachzudenken, wem sie gehörte, schlüpfte sie hinein und blieb sitzen. Sie wusste nicht, was sie sonst hätte tun sollen.

Wie viel Zeit verging und und wie viele Tränen sie vergoss, merkte sie nicht mehr, aber irgendwann fielen ihr vor Erschöpfung die Augen zu.

»Miss?« Die Stimme kam von weit her. Mühsam blinzelte Maighread. Ein Sanitäter beugte sich über sie. »Nicht erschrecken, wir wollen Ihnen helfen und uns um Ihr verletztes Bein kümmern. Wir legen Sie jetzt auf eine Trage, in Ordnung?«

Lasst mich doch einfach hier sitzen und sterben, wollte Maighread antworten. Aber sie hatte nicht mehr die Kraft dazu, Worte zu bilden. Sie schloss ihre Augen wieder und überließ sich den fremden Händen.

***

»Es ist Besuch für Sie da«, sagte die Schwester und berührte Maighread sanft an der Schulter, um zu sehen, ob sie wach war. »Ein junger Mann, der sich offensichtlich große Sorgen um Sie macht.«

Ihr Unterschenkel war tatsächlich gebrochen, man hatte das Bein gerichtet und eingegipst. Außerdem hatte Maighread über Nacht zur Beobachtung im Krankenhaus bleiben müssen. Die Ärzte wollten sichergehen, dass keine Komplikationen auftraten – nicht nur wegen des Beins, sondern auch wegen der Unterkühlung.

Doch Maighread hatte trotz allen Seelenleids erstaunliche Selbstheilungskräfte, wie der Arzt vorhin bei der Visite festgestellt hatte. Seit sie am Tag zuvor versorgt worden war, waren die Schmerzen erträglich. Wie es aussah, kam sie ohne Operation davon und hatte sich trotz der Kälte noch nicht einmal einen Schnupfen eingefangen.

Das war ihr aber egal. Alles war egal. Maighread fühlte sich innerlich taub. Sie ließ die Behandlung über sich ergehen, sie aß immer gerade so viel, dass die Schwestern es nicht kommentierten. Sie funktionierte – doch am liebsten wäre sie gestorben.

»Schicken Sie ihn weg. Ich möchte niemanden sehen«, murmelte sie und drehte ihr Gesicht zur Wand.

»Sind Sie sicher, Maighread? Er sieht aus, als wäre es dringend, dass er Sie sehen darf. Ich glaube, Sie haben ihm einen gehörigen Schrecken eingejagt mit Ihrem Unfall. Vielleicht nur ganz kurz?«

»Nein.«

Maighread wollte nichts hören, und vor allem wollte sie Joshua nicht sehen. Sie hörte das leise Seufzen der Schwester und wartete auf das Klacken der Tür, das ihr sagte, dass sie den Raum verlassen hatte. Dann drehte Maighread den Kopf wieder und starrte an die weiße Decke.

Es klopfte leise an die Tür.

»Ich habe gesagt *keinen Besuch*! Was ist denn daran so schwer zu verstehen?«, fauchte Maighread.

Im nächsten Moment öffnete sich die Tür, und Chloe streckte ihren Kopf in das Zimmer. »Maighread? Liebes, bitte, schick mich nicht weg.«

Chloe! Maighread zögerte einen Moment, doch die Freude darüber, ihre Freundin zu sehen, war größer als das Bedürfnis, die weiße Decke anzustarren.

Ihr Schweigen deutete Chloe als Ja und kam ans Bett. Dort blieb sie erst einmal stehen und musterte Maighread besorgt. »Du musst mir nichts erklären. Deine Mum und John haben mit mir gesprochen. Ein ziemlicher Mist ist das alles. Da brauche ich nicht zu versuchen, irgendetwas schönzureden. Aber ich verspreche dir, wenn du den Schock überwunden hast, wirst du dieser ganzen Sache auch positive Seiten abgewinnen können.«

Maighreads verächtliches Schnauben nahm Chloe mit einem Lächeln hin. »Ja, ich weiß. Das hört sich jetzt für dich vollkommen lächerlich an. Du hast gerade erst die Liebe gefunden und direkt wieder verloren – da kann kein Mensch auf der Welt sich vorstellen, dass daraus etwas Positives entstehen könnte. Das ist okay, es wird trotzdem so kommen.«

»Ist meine Mum noch da?«, fragte Maighread.

Chloe nickte. »Sie und Elisabeth schweigen sich an. Es herrscht Kalter Krieg.« Sie verdrehte die Augen, um Maighread zu zeigen, wie lächerlich sie dieses Verhalten fand.

»Wenn das alles für irgendetwas gut gewesen sein könnte, dann nur dafür, dass ich die beiden jetzt zwingen werde, miteinander zu sprechen. Ich werde keine Ruhe geben, bis alles auf dem Tisch liegt.« Maighread atmete zittrig ein und aus. »Hilfst du mir?«, bat sie ihre Freundin.

»Na hör mal! Das ist ja wohl Ehrensache.« Chloe klatschte

in die Hände. Dann lächelte sie Maighread auffordernd an. »Was ist, willst du hier in deinem Krankenbett Urlaub machen, oder bist du bereit, mit mir nach Hause zu fahren? Der Arzt sagt, du kannst gehen, wenn du dich stark genug fühlst. Die Krücken stehen bereit, das Bein darfst du vorerst nicht belasten, in ein paar Wochen bekommst du einen leichteren Gehgips, dann wird es einfacher.«

»Hab ich denn ein Zuhause?«, fragte Maighread.

»Du hast sogar zwei, Liebes. Möchtest du zu deiner Grandma oder lieber zu mir?«

»Wenn du mit mir kommst, dann bitte zu Granny. Ich möchte, dass Mum und Grandma endlich aufhören zu streiten.« Maighread setzte sich auf und blieb auf der Bettkante sitzen, bis ihr Kreislauf sich stabilisiert hatte. Dabei fiel ihr etwas anderes ein: »Was ist denn mit Molly? Wer kümmert sich um sie?«

»Sie ist bei Eilidh und bei Bonny und Lennox. Es geht ihr gut.«

Auf Callwell Castle also.

Maighreads Unterlippe zitterte, als sie krampfhaft versuchte, nicht schon wieder zu weinen. Chloe setzte sich neben sie und legte den Arm um Maighread. »Das tut weh, das ist doch verständlich. Wenn es dich interessiert: Joshua sieht aus wie ein Gespenst. Es hat euch beide knallhart erwischt.«

»Ich möchte nicht über ihn sprechen«, presste Maighread heraus. Sie konnte es nicht ertragen. Sie wusste nicht, wie sie leben sollte, ohne ihm nahe zu sein, ohne ihn zu fühlen, zu riechen und zu hören. Energisch schluckte sie und straffte ihre Schultern. »Also, was ist? Können wir?«

Weil sie etwas zu schnell aufstand, wurde ihr schwindlig, und sie kam ins Wanken. Doch Chloe war sofort zur Stelle und stützte sie. Dann schob sie ihr die Krücken unter die Achseln und lief neben ihr her, um bei Bedarf helfen zu können.

Kapitel 26

Maighread

»So, meine Lieben, jetzt lasst uns ganz in Ruhe miteinander sprechen. Ich bin eure Mediatorin und werde darauf achten, dass ihr sachlich bleibt. Bitte respektiert es, wenn ich Stopp sage, das ist wichtig. Nur so werden wir die Fakten auf den Tisch bringen können.« Chloes Stimme klang sehr selbstbewusst und souverän.

Da weder Mum noch Grandma bereit schienen, die Runde zu eröffnen, übernahm Maighread diesen Part. Sie lag auf dem Sofa, das Bein auf Kissen gebettet. Die anderen saßen auf Sesseln um sie herum. »Mum, wusste John, dass er … dass ich seine Tochter bin?«, stellte sie die Frage, die sie, seit sie es wusste, am meisten beschäftigte.

Lindsay schüttelte den Kopf. »Ich habe ihm nichts gesagt, Maighread. Er hatte keine Ahnung.«

Maighread spürte, wie ihr der erste Stein vom Herzen fiel. Es war, als löste sich ein Knoten in ihrer Seele. John hatte es nicht gewusst, er hatte also nicht zugesehen, wie sie mit Joshua gemeinsam auf ihr Unglück zusteuerte. Das war die erste gute Nachricht, seit dieses Unwetter über sie hereingebrochen war.

Wieder schwiegen alle. Maighread versuchte, den Punkt zu finden, von dem aus sie die Geschehnisse aufdröseln könnte. »Wieso bist du abgehauen, Mum?«, fragte sie also, denn dieser Moment schien für sie der Dreh- und Angelpunkt zu sein.

Es war der Beginn der Katastrophe, von dem aus sie sich gesprächstechnisch in alle Richtungen bewegen konnten.

Lindsay hatte die Hände aneinandergelegt und stützte ihr Kinn auf die Fingerspitzen, während sie nachdachte.

»Deine Granny und ich hatten eine schwierige Zeit damals. Ich steckte in der Pubertät und war – heute weiß ich das und kann es auch zugeben – kein sehr einfacher Teenager.«

Granny schnaubte und nickte zustimmend. Als sie den Mund öffnete, um etwas dazu zu sagen, hob Chloe die Hand, um sie zu stoppen. »Erst Lindsay, bitte«, sagte sie und nickte Mum zu, damit sie weitersprach.

»Deine Großmutter fand es viel zu früh für mich, mich mit Jungs einzulassen. Sie hat mir verboten, mich zu verabreden.« Lindsay lachte. »Als ob man einem verliebten Mädchen verbieten könnte, sich mit seinem Freund zu treffen.« Jetzt zuckte sie mit den Schultern. »Je mehr Mum dagegen war, desto mehr verliebte ich mich in John. Sie wusste natürlich nicht, dass es John war – Himmel, sie hätte die Hölle aufgerissen in Callwell Castle, wenn sie das gewusst hätte. Eines Tages merkte ich, dass etwas nicht stimmte. Es dauerte nicht lange, da wurde mir klar, dass ich schwanger war.«

»Ich hab es nicht gewusst«, murmelte Granny entgegen Chloes Bitte, erst einmal zu schweigen.

Mum fuhr herum. Zorn sprühte ihr aus den Augen. »Du willst es nicht gewusst haben? Na bitte, Lügen, immer wieder Lügen. Mum, ich habe dir gesagt, dass ich schwanger bin!«

»Stopp!«, rief Chloe, bevor die Situation eskalieren konnte. »Tief durchatmen. Alle!«, befahl sie. Dann wandte sie sich an Lindsay. »Danke, Lindsay, für deine Ehrlichkeit. Ich glaube, wir kommen dem Zentrum des Unheils näher. Schaffst du es, jetzt Elisabeth sprechen zu lassen?«

Mum kämpfte mit sich, doch dann nickte sie kurz und verschränkte die Arme vor ihrer Brust.

»Es war eine wirklich schwierige Zeit mit dir. Alles, was ich sagte, erregte deinen Widerspruch. Nichts konnte ich dir recht machen. Wir stritten nur noch. Wie das manchmal so ist mit Töchtern in der Pubertät. Ich wusste, dass du dich mit Jungs rumtriebst, und ich habe versucht, das mit Strenge zu unterbinden.« Granny machte eine Pause, dann sprach sie weiter: »Heute würde ich manches anders machen. Lindsay, es tut mir leid, wenn ich als Mutter versagt habe.«

»Und was ist mit der Schwangerschaft?«, fragte Chloe, um den Gesprächsfaden nicht zu verlieren.

Granny nickte. »Lindsay sagte mir tatsächlich, dass sie schwanger sei. Aber ich schwöre bei Gott, ich habe es ihr nicht geglaubt. Sie wirkte so unbeeindruckt von dieser vermeintlichen Schwangerschaft, und ich wusste, dass sie es liebte, mich zu provozieren, deshalb war ich fest davon überzeugt, dass es eine Lüge war. Sie hatte einfach wieder einmal etwas gefunden, von dem sie wusste, dass es mich auf die Palme bringen würde.« Elisabeth wischte sich über die Augen. »Und dann habe ich den größten Fehler meines Lebens begangen. Ich habe ihr gesagt, dass wir dann eben zu einer Engelmacherin gehen, fertig. Wenn ich nur geahnt hätte … aber ich war so verletzt, so zornig auf mein eigenes Kind, weil ich dachte, sie will mich nur verletzen. Ich habe gedacht, wenn ich zurückprovoziere, merkt sie, dass ich ihr die Lüge nicht glaube. Und um das Ganze noch schlimmer zu machen, habe ich zu ihr gesagt, ich werfe sie aus dem Haus, wenn sie mir nicht gehorcht.«

Jetzt weinten alle, die sich im Kreis versammelt hatten. Lindsay schüttelte wieder und wieder den Kopf, und Granny sah so klein und zerbrechlich aus in ihrem Elend, dass es Maighread das Herz zerriss.

»Ihr macht das wirklich ganz ausgezeichnet«, lobte Chloe die beiden Frauen, nachdem sie sich die Nase geputzt hatte. »Elisabeth, wie ging es weiter?«, fragte sie.

Granny schnäuzte sich und nahm den Faden wieder auf. »Lindsay war plötzlich weg. Sie hat ihre Sachen gepackt und war verschwunden. Das wollte ich nicht, selbstverständlich wollte ich das nicht. Ich dachte, ich könnte ihr eine Lektion erteilen, nie hätte ich mein Kind ins Unglück gestürzt. Wie konntest du nur glauben, dass ich dich zu einer Engelmacherin schleppen würde, Lindsay. Kinder sind doch ein Gottesgeschenk.«

»Woher hätte ich das wissen sollen, Mum?«, stellte Lindsay die Gegenfrage.

»Gut, dann sind wir jetzt ein großes Stück weiter«, mischte sich Chloe ein, bevor eine der Frauen den Weg verlassen und der anderen Vorwürfe machen konnte. »Gab es danach noch mal Kontakt zwischen euch?«, fragte sie und sah Lindsay an. Die schüttelte verneinend den Kopf.

Chloe wandte sich mit der gleichen Frage an Maighreads Grandma, die nickte. »Ich habe es versucht. Und wie! All die Jahre habe ich dafür gebetet, meine Tochter wiederzubekommen. Es hat Bob und mir das Herz gebrochen. Doch Lindsay war wie vom Erdboden verschluckt. Ich habe sogar einen Privatdetektiv beauftragt, und der fand sie tatsächlich. Sie lebte in einem kleinen Ort in der Nähe von Edinburgh. Er hat Fotos gemacht und mir eine Adresse gegeben. Ich habe Briefe geschrieben, aber es kam nie eine Antwort. Als Bob gestorben war, habe ich es noch mal versucht und wieder geschrieben. Als auch auf diesen Brief keine Antwort kam, habe ich es akzeptiert und endlich losgelassen. Das Schicksal hatte mir meine Tochter geraubt, und ich konnte nichts daran ändern.«

»Ich habe nie einen Brief bekommen. Aber ich habe auch nur ganz kurz dort gewohnt, ich war dort für ein paar Wochen bei Freunden untergekommen. Der Kontakt ist nach meinem Wegzug abgebrochen. Es war ein ziemlich chaotischer und ständig wechselnder Haufen Menschen, die dort lebten. Mum, ich habe nie Briefe von dir erhalten! Ich war so verletzt. Meine Mutter wollte mich zwingen, mein Kind wegzumachen, ich konnte nicht anders, ich musste die Brücke einreißen, um Maighread und mich zu schützen. Ich hatte keine Ahnung, dass es in Wirklichkeit nur ein Erziehungsversuch gewesen war. Mum, wie konntest du?«

»Was hast du ihr geschrieben?«, fragte Chloe in Grannys Richtung.

»Ich habe sie um Verzeihung gebeten. Ich wusste ja längst, wie dumm ich gewesen war, wie falsch meine Worte waren und wie verletzend. Ich habe sie gebeten, nach Hause zu kommen. Ihr erklärt, dass ich das mit der Schwangerschaft nicht geglaubt hatte und mich danach sehne, sie und meine Enkeltochter zu …« An dieser Stelle versagte ihre Stimme.

Lindsay saß wie erstarrt auf ihrem Stuhl. Sie sah fassungslos zu ihrer Mutter. Dann endlich stand sie auf und ging zu ihr hinüber. Zögernd streckte sie die Hand aus. »Mum?« Ihre Stimme war nicht mehr als eine Andeutung, doch Granny reagierte, sie hob den Kopf, ergriff die ausgestreckte Hand und stand auf. Mutter und Tochter fielen sich in die Arme und hielten sich fest. Lange standen sie so da.

Irgendwann verließen Elisabeth die Kräfte, und sie sank in ihren Sessel zurück. Lindsay ließ sie aber nicht los, sie hielt weiter ihre Hand und setzte sich zu ihr auf die Lehne.

»Danke, Chloe«, flüsterte Maighread. Bevor Chloe etwas sagen konnte, ertönte die Türglocke, und sie stand auf, um die Tür zu öffnen. Kurz darauf kehrte sie mit John ins Zimmer zurück. Er blieb im Türrahmen stehen und sah Maighread mit großen Augen an, als hätte er noch nie eine junge Frau gesehen.

»Du bist wunderschön«, sagte er irgendwann, und Maighread schluchzte auf. Genau das hatte Joshua so oft zu ihr gesagt.

»Das geht nicht«, sagte sie, als sie wieder sprechen konnte. »Chloe, gibst du mir bitte meine Krücken? Ich muss hier raus. Aber John, bleib bitte. Sprich mit Mum. Wenn es schon reinen Tisch gibt, dann jetzt bitte richtig. Mehr kann doch sowieso nicht mehr kaputtgehen.«

»Lindsay und John haben sich ausgesprochen«, sagte Chloe, als sie einige Zeit später zu Maighread ins Zimmer kam. »Er hofft, dass du ihm die Chance gibst, dich kennenzulernen.«

»Ende gut, alles gut, wie?«, fragte Maighread mit einer vor Sarkasmus triefenden Stimme. »Nur die kleine Maighread hat in diesem Spiel die Niete gezogen. Tja, einer muss wohl der Dumme sein.«

»Ich kann mir vorstellen, dass es sich genau so anfühlt. Aber erlaubst du mir, ein Stück Realität in deine Gefühlswelt zu bringen?«

»Oh, bitte schön, aber gerne doch. Ich helfe dir. Ist es nicht real, dass ich meine große Liebe verloren habe?«

Chloe setzte sich zu ihr aufs Bett.

»Ja, dagegen kann ich leider nichts vorbringen. Das ist real. Und ganz sicher tut es unerträglich weh«, sagte sie. »Aber lass es mich ergänzen. Du hast eine Großmutter und einen Vater gewonnen – zwei Lose, die ganz offensichtlich keine Nieten waren. Du hast einen Strickladen, den du dir so sehr erträumt hast – ein Glückslos würde ich sagen. Und du hast eine Freundin gewonnen«, dabei zeigte sie auf sich selbst und lächelte. »Die wiederum hat durch dich ihr Selbstbewusstsein wiedergefunden und – nur so nebenbei – einen neuen Job angenommen.«

Maighread lächelte schwach. »Ich kann es gerade nicht so zeigen, aber ich freue mich sehr, Chloe, von ganzem Herzen. Für dich und für die Menschen, denen du guttun wirst.«

»Danke! Aber jetzt wieder zu dir zurück. Da sind doch einige Glückslose zusammengekommen, meinst du nicht? Ich weiß, das ist momentan kein Trost, aber Joshua wird dir immer ein guter Freund sein, das weiß ich.«

»So wie du das sagst, klingt das fast gut, es gibt nur ein Problem: Ich werde Joshua nie als Schwester gegenübertreten können. Ich kann das nicht, verstehst du? Ich weiß, es ist nicht unsere Schuld, aber ich schäme mich so sehr. Ich habe mit meinem Bruder geschlafen. Und das Schlimmste ist – ich liebe ihn noch immer, und zwar als Mann, nicht als Bruder. Und das wird sich nie ändern. Deshalb kann ich nicht hierbleiben. Es geht einfach nicht. Ich werde Mum bitten, mich mit nach Kilmarnock zu nehmen, und mir dort einen Job suchen, wenn ich wieder gesund bin.«

»Maighread, ich bitte dich. Lass dir doch etwas Zeit. So eine Entscheidung sollte man nicht übers Knie brechen. Gib dir selbst eine Chance. Hier am Loch Lomond könntest du glücklich werden. Das mit Joshua kriegst du hin, ich weiß das. Ihr werdet es gemeinsam hinbekommen.«

Doch Maighread schüttelte vehement den Kopf. »Vergiss es, Chloe. Ich danke dir sehr für deine Hilfe, ohne dich hätten wir die Verstrickungen der Vergangenheit wohl nie gelöst, aber an dieser Stelle ist Schluss. Gehst du bitte wieder zu den anderen rüber, ich möchte gern allein sein.«

»Eine Sache noch, dann werde ich gehen. Okay?«

Maighread schnaufte etwas genervt, nickte aber trotzdem.

Chloe hatte so viel für sie getan, sie konnte ihr die Bitte nicht abschlagen.

»Erinnerst du dich noch an deinen Traum und das Traumglas?«

Chloe zog ein Marmeladenglas aus ihrer Tasche. Einen Moment wusste Maighread nicht, wovon Chloe sprach, doch dann fiel es ihr wieder ein. Sie hatte in ihrer ersten Nacht bei Chloe geträumt, dass sie immer wieder mit Anlauf in einen Berg weicher Wolle gesprungen war.

»Dann wollen wir jetzt einmal nachsehen, was ich damals dazu notiert hatte«, sagte Chloe. Sie schraubte das Glas auf, holte die Zettel heraus und hielt sie so, dass sie beide es lesen konnten. Da stand:

1. Deutungsmöglichkeit: Wolle wird in deinem künftigen Leben eine Rolle spielen und dir Sicherheit und Geborgenheit schenken.
2. Deutungsmöglichkeit: Die Wolle drückt deine Sehnsucht nach Geborgenheit aus. Da sie dich sicher umhüllt, zeigt es, dass dein Sprung nach Callwell – in deine Vergangenheit und damit auch Zukunft – richtig war. Du bist auf dem richtigen Weg, und es wird sich positiv entwickeln. Du wirst die Herzenswärme finden, nach der du dich sehnst.

»Na, da würde ich sagen: Zweimal ordentlich daneben«, kommentierte Maighread.

»Oder zweimal Treffer«, konterte Chloe. »Noch ist das letzte Wort dieser Geschichte nicht gesprochen. Denk ein bisschen über das nach, was ich dir gesagt habe, Maighread. Versprich es mir.« Sie umarmte ihre Freundin und gab ihr ein Küsschen auf die Wange. »Ich lasse dich jetzt alleine.«

»Maighread, bist du wach?« Es war Johns Stimme, die von der Tür herüberklang. Maighread blinzelte in die Dunkelheit, sie wusste nicht, ob es Tag oder Nacht war. Automatisch tastete sie nach ihrem Nachttischlicht und ließ es aufflammen.

Im Türrahmen stand John und sah zu ihr rüber. »Darf ich bitte hereinkommen?«, fragte er jetzt eindringlich. »Bitte«, schob er noch einmal hinterher.

Maighread nickte. John war ihr Vater, und er war genauso unerwartet in diese Sache hineingerutscht wie sie. Dieses Gespräch war sie ihm schuldig.

John setzte sich zu ihr aufs Bett und betrachtete sie wieder mit diesem Staunen im Blick. »Meine Tochter«, flüsterte er. »Du ahnst gar nicht, wie glücklich ich bin, dass es dich gibt.«

»Glück – na ja. Es tut mir leid, ich bin gerade weit entfernt von jedem Glück. Das verstehst du sicher.«

»Ein Gespräch weit, würde ich sagen.« John lächelte sie warm an. »Das alles ist ein ziemliches Chaos, was? Aber pass auf, ich habe mich gerade lange mit Chloe unterhalten, und sie hat mir klargemacht, dass die Zeit des Schweigens nun endgültig vorbei sein muss. Also nicht so direkt, sie wusste ja nicht, dass es noch immer etwas gibt, was nicht ausgesprochen wurde, aber – sie ist eine sehr kluge und empathische Therapeutin, das jedenfalls habe ich heute festgestellt.«

»John«, Maighread brachte es nicht fertig, »Dad« zu sagen, »was genau willst du mir sagen?« Maighread hatte das Gefühl, dass ihr Vater um etwas herumschlich. »Bitte nicht noch eine Bombe, die heute hochgeht. Mir fehlt die Kraft für weitere Katastrophen.«

»Und wenn es keine Katastrophe wäre?«

Maighread seufzte und schloss kurz die Augen. »Sag es bitte einfach!«

»Meine Frau Anne und ich, wir haben uns sehr geliebt, weißt du. Nachdem deine Mutter verschwunden war, hatte ich nicht mehr daran geglaubt, dass mir das noch einmal passieren würde. Lindsay war meine erste große Liebe, und diese Liebe war echt. Mehr als die eines unreifen Teenagers. Aber dann kam Anne. Unser Leben war fast perfekt, aber leider konnte Anne keine Kinder bekommen. Wir haben alles versucht, wir waren bei vielen Ärzten, in Kliniken – es war eine Katastrophe und hat uns schwer zugesetzt.«

»Na, irgendwann habt ihr dieses Problem ja gelöst«, mischte sich Maighread jetzt ein, die langsam die Geduld verlor. »Sonst hättet ihr ja keinen Sohn.«

John nickte. »Ja, wir haben das Problem gelöst. Allerdings hat Anne nie ein Kind geboren. Niemand weiß davon, und Maighread, glaube mir, es fällt mir nicht leicht, darüber zu sprechen, denn ich habe Anne auf dem Sterbebett versprochen, dieses Geheimnis zu wahren. Aber Anne ist tot, und du lebst. Es gilt, mein Wort, das ich meiner todkranken Frau gegeben habe, gegen das Glück meiner Tochter abzuwägen. Und ich habe beschlossen, dass du genug gelitten hast.« Er holte noch einmal tief Luft. »Joshua ist mein Adoptivsohn, Maighread.«

»Was?« Maighread konnte gar nicht so schnell umschalten. Hatte ihr Dad ihr gerade ihr Leben zurückgegeben?

John nickte. »Anne wollte nicht, dass er es erfährt. Aber unter diesen Umständen geht es nicht anders. Ich werde …« Der Rest des Satzes wurde in Maighreads stürmischer Umarmung erstickt.

»Danke«, sagte sie. »Danke, Dad!«

»Kann ich dich alleine lassen?«, fragte John und löste sich vorsichtig aus Maighreads Umklammerung. »Ich muss Joshua suchen und mit ihm sprechen.«

Die Tür ging auf, und Joshua stand da. »Nicht nötig, Dad, ich habe alles gehört.« Er ging auf seinen Vater zu. Die beiden Männer sahen sich an, auf ihren Gesichtern spiegelten sich Fragen und Unsicherheit, dann umarmten sie sich.

»Danke, Dad!«, sagte Joshua.

John nickte. »Ich danke dir, mein Sohn.«

Joshua sah seinen Vater an, Maighread konnte sich vorstellen, was für ein Chaos gerade in seinem Kopf herrschen musste. »Lass uns bitte später sprechen«, sagte Joshua schließlich. »Okay?«

Als John nickte, drückte Joshua seinen Vater noch einmal, dann löste er sich von ihm und drehte sich zu Maighread.

Ihre Blicke trafen sich – nur Sekunden später lagen auch sie sich endlich wieder in den Armen.

Die Welt um sie herum löste sich auf.

Maighreads Bauch gab ein lautstarkes Grummeln von sich. Joshua legte den Kopf schief. »Du brommselst«, stellte er fest.

Maighread nickte. »Ich habe Hunger«, verkündete sie. »Wie war das mit dem Pfleger, der für das leibliche Wohl sorgt? Gilt das nur für Grandma oder auch für mich als Patientin?«

Er senkte den Kopf und gab ihr einen innigen Kuss. »Vorspeise«, murmelte er und lachte, als Maighreads Magen wieder lautstark knurrte.

Maighreads Strickanleitungen

Abkürzungen

abh	abheben (wenn nichts weiter dabeisteht, immer wie zum Links-Stricken abheben)
Fh	Faden hinten
Fv	Faden vorne
HR	Hinreihe
kfb	Masche von vorne und dann dieselbe Masche von hinten noch einmal stricken (1 Masche zugenommen)
kfbf	Masche von vorne, von hinten und noch einmal von vorne stricken (2 Maschen zugenommen)
li	links
M	Masche(n)
mB	(make Bobble = Noppe) in eine Masche vorne, hinten, vorne, hinten einstechen, Arbeit umdrehen, 4 li, Arbeit umdrehen, 4 re, 2., 3. und 4. Masche über die erste ziehen
MM	Maschenmarkierer
re	rechts
RR	Rückreihe
tavM	tiefer gestochen aufnehmen aus der vorderen Masche
tafM	tiefer gestochen aufnehmen aus der folgenden Masche
verschr	verschränkt
wdh	wiederholen
ZN	Zopfnadel
zus	zusammen

Warming Thoughts – Seelenwärmer

Wolle: Bo Peep DK, West Yorkshire Spinners
Material: 52 % Wolle (Falkland-Wolle), 48 % Nylon
Lauflänge auf 50 g ca. 112 m
Maighreads Farbe: Space Hopper
Verbrauch: 750 g
Nadelstärke 4
Der Seelenwärmer ist eine Einheitsgröße.
Sehr kleine oder große Größen können das Muster anpassen, hierzu 24 Maschen (je 12) auf beiden Seiten nach den 3 Randmaschen nach Bedarf hinzufügen oder weglassen.

Maschenprobe: 10 x 10 cm: 22 M x 28 R
Größe des Rechtecks: Breite 100 cm, Höhe 120 cm

Bündchen unten und oben je 5 cm hoch
3 re, 3 li

Rand: je 3 Maschen am Anfang und Ende der Reihe
Hinreihe:
1. Masche rechts stricken, 2. Masche abheben (Faden vor der Masche), 3. Masche rechts stricken

Rückreihe:
1. Masche abheben (Faden vor der Masche), 2. Masche rechts stricken, 3. Masche abheben (Faden vor der Masche)

Muster: Zweier- und Dreier-Zöpfe glatt rechts
3 M (ZNh)/3 M re: 3 M auf Hilfs-N nach hinten legen, die folgenden 3 M rechts stricken, dann die 3 M der Hilfs-N rechts abstricken

3 M (ZNv)/3 M re: 3 M auf Hilfs-N nach vorne legen, die folgenden 3 M rechts stricken, dann die 3 M der Hilfs-N rechts abstricken

Zwischenräume kraus rechts

Tipp: Setze bei der zweiten Reihe bei jedem re-li-Wechsel einen Maschenmarkierer, dann musst du bei den Rückreihen nicht zählen.

Anschlag 225 Maschen
Rapport:
1. Reihe: 1 re, 1 abh (Fv), 221 re, 1 abh (Fv), 1 re
2. Reihe (alle Rückreihen): 1 abh (Fv), 1 re, 1 abh (Fv), 3 re, 6 li, (6 re, 9 li, 6 re, 6 li) 3-mal, 3 re, 6 li, 6 re, 9 li, 6 re, 6 li, 3 re, (6 li, 6 re, 9 li, 6 re) 3-mal, 6 li, 3 re, 1 abh (Fv), 1 re, 1 abh (Fv)
3. Reihe: 1 re, 1 abh (Fv), 4 re, [3 M (ZNh)/3 M re, 6 re, 3 M (ZNh)/3 M re, 9 re] 3-mal, 3 M (ZNh)/3 M re, 3 re, 3 M (ZNh)/3 M re, 6 re, 3 M (ZNh)/3 M re, 9 re, 3 M (ZNh)/3 M re, 3 re, [3 M (ZNh)/3 M re, 6 re, 3 M (ZNh)/3 M re, 9 re] 3-mal, 3 M (ZNh)/3 M re, 3 re, 1 re, 1 abh (Fv), 1 re
4. Reihe: wie die 2. Reihe
5. Reihe: 1 re, 1 abh (Fv), 221 re, 1 abh (Fv), 1 re
6. Reihe: wie die 2. Reihe
7. Reihe: 1 M re, 1 abh (Fv), 19 re, (3 M (ZNv)/3 M re, 21 re) 2-mal, (3 M (ZNv)/3 M re, 30 re) 2-mal, (3 M (ZNv)/3 M re, 21 re) 2-mal, 3 M (ZNv)/3 M re, 16 re, 1 abh (Fv), 1 re
8. Reihe: wie 2. Reihe
(Rapport Ende, wieder bei Reihe 1 beginnen)

Los geht's:
Bündchen 5 cm

Rapport bis zu einer Höhe von etwa 115 cm wiederholen (liegend gemessen)
Abschlussbündchen 5 cm
Die letzte Reihe – alle Maschen abketten

Fertigstellung:
Fäden vernähen
Das Rechteck der Länge nach (im Strickverlauf) auf die Hälfte zusammenlegen und an den Seiten ein Stück zusammennähen.
Die Armöffnung bleibt offen.
Jetzt kann gekuschelt werden.

Velvet Dreams – Schal

Wolle: FLEECE DK – 100 % WENSLEYDALE-GEMS-SCHURWOLLE, West Yorkshire Spinners
Material: 100 % Wolle (Wensleydale-Wolle)
Maighreads Farbe: Amazonite
Lauflänge auf 100 g ca. 225 m
Verbrauch: 250 g
Nadelstärke 4

Das Tuch ist im Halbrund von oben nach unten gearbeitet.
Maschenprobe: 10 x 10 cm: 22 M x 28 R
Größe: 200 cm x 50 cm

Anschlag: Garter Tab oder alternativ 9 Maschen
Tipp: Wer den Garter-Tab-Maschenanschlag nicht kennt und mit der Erklärung alleine nicht zurechtkommt – es gibt hilfreiche Videos im Netz dazu.

Muster:
Perl:
re/li jede Reihe versetzt

Dreierstich:
1. Reihe: li
2. Reihe: 1 kfbf, 3 li zusammen

Bogen:
1. Reihe: re
2. Reihe: li
Reihen 1 und 2 insgesamt 3-mal stricken

7. Reihe: 4 re zus, 2 U, re, 2 U, re, 2 U, re, 2 U, re, 2 U, re, 2 U, 4 re verschr zus
8. Reihe: re, bei den Umschlägen immer die erste Schlaufe stricken und die zweite von der Nadel rutschen lassen.

Noppen:
1 kfbfb, Arbeit wenden, 4 li, Arbeit wenden, 4 re, diese 4 M re verschränkt zusammenstricken.

Erklärung:
4 M re zusammenstricken
4 re, die gestrickten Maschen auf die linke Nadel zurück, die 2. M (von der Nadelspitze aus), 3. und 4. M über die 1. M ziehen. (3 M abgenommen)

4 M re verschränkt zusammenstricken
4 re, bei diesen gestrickten Maschen auf der rechten Nadel nun die 2. M (von der Nadelspitze aus), 3. M und 4. M über die 1. M ziehen. (3 M abgenommen)

Zunahmen:
In jeder ungeraden Reihe die zweite und vorletzte Masche kfbf.
In jeder geraden Reihe die zweite und vorletzte Masche kfb.

Musteraufteilung:

Reihe	**Muster**
1–16	Perlmuster
17–32	Bogen
33–36	glatt rechts
37–46	Perl
47–58	Dreierstich

59–82	Bogen
83–86	glatt rechts
87–96	Perl
97–108	Dreierstich
109–114	glatt rechts
115	Noppen
116–118	glatt rechts
119	abketten

Garter-Tab-Anschlag:
2 M anschlagen,
9 Reihen kraus rechts
Arbeit um 90° nach rechts drehen, an der Seite entlang 5 M aufnehmen und direkt stricken
Arbeit um 90° nach rechts drehen, an der Anschlagkante 2 M aufnehmen
Gesamt 9 M auf der Nadel

Jetzt geht es los:
1. Reihe: 1 re, 1 kfbf, (1 re, 1 li) 2-mal, 1 re, 1 kfbf, 1 re
2. Reihe: 1 re, 1 kfb, (1 re, 1 li) 4-mal, 1 re, 1 kfb, 1 re
3. Reihe: 1 re, 1 kfbf, (1 li, 1 re) 5-mal, 1 li, 1 kfbf, 1 re
4. Reihe: 1 re, 1 kfb, (1 li, 1 re) 7-mal, 1 li, 1 kfb, 1 re
5. bis 16. Reihe: Perlmuster wie in Reihe 1 bis 4 gesetzt, Zunahmen weiterführen
17. Reihe: 1 re, 1 kfbf, 53 re, 1 kfbf, 1 re
18. Reihe: 1 re, 1 kfb, 57 li, 1 kfb, 1 re
19. bis 22. Reihe: wie in Reihe 17 und 18, Zunahmen weiterführen
23. Reihe: 1 re, 1 kfbf, 3 re, (4 re zus, 2 U, re, 2 U, re, 2 U, re, 2 U, re, 2 U, re, 2 U, 4 re verschr zus) 5-mal, 3 re, 1 kfbf, 1 re
24. Reihe: 1 re, 1 kfb, 75 re, 1 kfb, 1 re

25. bis 30. Reihe: wie die Reihen 17 bis 22, Zunahmen weiterführen

31. Reihe: 1 re, 1 kfbf, 2 re, (4 re zus., 2 U, re, 2 U, re, 2 U, re, 2 U, re, 2 U, re, 2 U, 4 re verschr zus) 7-mal, 2 re, 1 kfbf, 1 re

32. Reihe: 1 re, 1 kfb, 99 re, 1 kfb, 1 re

33. Reihe: 1 re, 1 kfbf, 101 re, 1 kfbf, 1 re

34. Reihe: 1 re, 1 kfb, 105 li, 1 kfb, 1 re

35. Reihe: 1 re, 1 kfbf, 107 re, 1 kfbf, 1 re

36. Reihe: 1 re, 1 kfb, 111 li, 1 kfb, 1 re

37. bis 46. Reihe: wie die Reihen 1 bis 16, Zunahmen weiterführen

47. Reihe: 1 re, 1 kfbf, 143 li, 1 kfbf, 1 re

48. Reihe: 1 re, 1 kfb, (1 kfbf, 3 li zus) 36-mal, 3 re, 1 kfb, 1 re

49. Reihe: 1 re, 1 kfbf, 149 li, 1 kfbf, 1 re

50. Reihe: 1 re, 1 kfb, 3 re, (3 li zus, 1 kfbf) 37-mal, 2 re, 1 kfb, 1 re

51. Reihe: 1 re, 1 kfbf, 155 li, 1 re, 1 kfbf

52. Reihe: 1 re, 1 kfb, 2 re, (1 kfbf, 3 li zus) 39-mal, 1 re, 1 kfb, 1 re

53. Reihe: 1 re, 1 kfbf, 161 li, 1 kfbf, 1 re

54. Reihe: 1 re, 1 kfb, 1 re, (3 li zus, 1 kfbf) 41-mal, 1 kfb, 1 re

55. Reihe: 1 re, 1 kfbf, 167 li, 1 kfbf, 1 re

56. Reihe: 1 re, 1 kfb, 1 re, (1 kfbf, 3 li zus) 42-mal, 2 re

57. Reihe: 1 re, 1 kfbf, 173 li, 1 re, 1 kfbf

58. Reihe: 1 re, 1 kfb, 1 re, (1 kfbf, 3 li zus) 44-mal, 1 kfb, 1 re

59. bis 64. Reihe: wie in Reihe 17 und 18, Zunahmen weiterführen

65. Reihe: 1 re, 1 kfbf, 1 re, (4 re zus, 2 U, re, 2 U, re, 2 U, re, 2 U, re, 2 U, re, 2 U, 4 re verschr zus) 15-mal, 1 re, 1 kfbf, 1 re

66. Reihe: 1 re, 1 kfb, 201 re, 1 kfb, 1 re

67. bis 72. Reihe: wie in Reihe 17 und 18, Zunahmen weiterführen

73. Reihe: 1 re, 1 kfbf, (4 re zus, 2 U, re, 2 U, re, 2 U, re, 2 U, re, 2 U, re, 2 U, 4 re verschr zus) 17-mal, 1 kfbf, 1 re
74. Reihe: 1 re, 1 kfb, 225 re, 1 kfb, 1 re
75. bis 80. Reihe: wie in Reihe 17 und 18, Zunahmen weiterführen
81. Reihe: 1 re, 1 kfbf, 12 re, (4 re zus, 2 U, re, 2 U, re, 2 U, re, 2 U, re, 2 U, re, 2 U, 4 re verschr zus) 17-mal, 12 re, 1 kfb, 1 re
82. Reihe: 1 re, 1 kfb, 249 re, 1 kfb, 1 re
83. bis 86. Reihe: wie in Reihe 17 und 18, Zunahmen weiterführen
87. bis 96. Reihe: wie die Reihen 1 bis 16, Zunahmen weiterführen
97. Reihe: 1 re, 1 kfbf, 293 li, 1 kfbf, 1 re
98. Reihe: 1 re, 1 kfb, (1 kfbf, 3 li zus) 74-mal, 1 re, 1 kfb, 1 re
99. Reihe: 1 re, 1 kfbf, 299 li, 1 kfbf, 1 re
100. Reihe: 1 re, 1 kfb, 3 re, (3 li zus, 1 kfbf) 75-mal, 1 kfb, 1 re
101. Reihe: 1 re, 1 kfbf, 305 li, 1 kfbf, 1 re
102. Reihe: 1 re, 1 kfb, 2 re, (1 kfbf, 3 li zus) 76-mal, 3 re, 1 kfb, 1 re
103. Reihe: 1 re, 1 kfbf, 311 li, 1 kfbf, 1 re
104. Reihe: 1 re, 1 kfb, 1 re, (3 li zus, 1 kfbf) 78-mal, 2 re, 1 kfb, 1 re
105. Reihe: 1 re, 1 kfbf, 317 li, 1 kfbf, 1 re
106. Reihe: 1 re, 1 kfb, 1 re, (3 li zus, 1 kfbf) 80-mal, 1 kfb, 1 re
107. Reihe: 1 re, 1 kfbf, 323 li, 1 kfbf, 1 re
108. Reihe: 1 re, 1 kfb, 1 re, (3 li zus, 1 kfbf) 81-mal, 2 re, 1 kfb, 1 re
109. bis 114. Reihe: wie in Reihe 17 und 18, Zunahmen weiterführen bis Reihe 113, ab Reihe 114 keine Zunahmen mehr!
115. Reihe: 1 re (1 mB, 3 re) 86-mal, 1 mB, 1 re
116. bis 118. Reihe: alle M re

119. Reihe: 1 re (1 re – beide Maschen zurück auf die li Nadel und 2 M re verschr zus str), wdh. bis zur letzten Masche

Fäden vernähen, Tuch spannen und fertig!

Sweet Times – Stulpen

Wolle: Illustrious, West Yorkshire Spinners
Maighreads Farbe: Seaglass
Material: 70 % Wolle (Falkland-Wolle), 30 % britisches Alpaka
Lauflänge auf 100 g ca. 225 m
Verbrauch: 80 g
Nadelstärke 4, Nadelspiel

Maschenprobe: 10 x 10 cm: 22 M x 28 R
Muster:
Perlmuster: re/li versetzt
Noppen (mB): 1 kfbfb, Arbeit wenden, 4 li, Arbeit wenden, 4 re, diese 4 M re verschränkt zusammenstricken

4 M re verschr. zus. str.:
4 re, die 2. M (von der Nadelspitze aus) über die 1. M ziehen, die 3. M über die 1. M, die 4. M über die 1. M ziehen. (3 M abgenommen)

Anschlag 32 Maschen zur Runde schließen
1. Runde: (1 re, 1 li) 16 mal, bis einschließlich Runde 20 wiederholen
21. bis 24. Runde: glatt rechts
25. Runde: (2 re, mB, 3 re, mB, 1 re) 4 mal
26. bis 28. Runde: glatt rechts
29. Runde: (mB, 3 re) 8 mal
30. bis 33. Runde: glatt rechts
34.Runde: (1 re, 1 li) 16 mal
35. Runde: (1 li, 1 re) 16 mal, bis einschließlich Runde 53 wiederholen
54. bis 57. Runde: glatt rechts

58. Runde: (2 re, mB, 3 re, mB, 1 re) 4 mal
59. bis 61. Runde: glatt rechts
62. Runde: (mB, 3 re) 8 mal
63. bis 77. Runde: glatt rechts
78. Runde: 15 re, MM, 1 tavM, 2 re, 1 tafM, MM, 15 re
79. Runde: 34 re
80. Runde: 15 re, MM, 1 tavM, 4 re, 1 tafM, MM, 15 re
81. Runde: 36 re
82. Runde: 15 re, MM, 1 tavM, 6 re, 1 tafM, MM, 15 re
83. Runde: 38 re
84. Runde: 15 re, MM, 1 tavM, 8 re, 1 tafM, MM, 15 re
85. Runde: 15 re, 1 tavM, MM weg, 10 re stilllegen, MM weg, 1 tafM, 15 re
Achtung, die aufgenommenen Maschen sollen an dieser Stelle nicht mehr zum Daumen, sondern zum Hauptteil gestrickt werden, damit es wieder 16 Maschen sind! Die Verbindung zwischen den ersten 16 und zweiten 16 Maschen – an den stillgelegten Daumenmaschen vorbei – gut anziehen. Ein kleines Loch entsteht, das wird später beim Vernähen geschlossen.
86. bis 95. Runde: je 32 M glatt rechts
96. Runde: (mB, 3 re) 8 mal
97. bis 99. Runde: glatt rechts
100. Runde: (2 re, mB, 3 re, mB, 1 re) 4 mal
101. bis 103. Runde: glatt rechts
104. bis 109. Runde: wie Runden 1 und 2
110. Runde: 1 re [(1 li – beide Maschen zurück auf die linke Nadel und 2 M rechts verschränkt zusammenstricken) (1 re – beide Maschen zurück auf die linke Nadel und 2 M rechts verschränkt zusammenstricken)] wdh. bis zur letzten Masche.

Zum Abschluss die erste Masche der abgenommenen Reihe noch mal aufnehmen und die letzten beiden Maschen rechts verschränkt zusammenstricken.

Daumen

Die stillgelegten Maschen aufnehmen (mit drei statt vier Nadeln lässt sich der Daumen leichter stricken). Zusätzlich zu den aufgenommenen Maschen am Daumenansatz auf beiden Seiten je eine Masche tiefer gestochen verschränkt aufnehmen. 12 Reihen im Perlmuster stricken und elastisch abketten, wie oben in Reihe 110.

Fäden vernähen und die warmen Hände genießen!

Ge-DANKE-n zum Schluss

Bei der Recherche für dieses Buch hat das Leben mir wieder besondere Begegnungen geschenkt.

So habe ich Nicola Sieker kennengelernt. Eine Frau, die mich von der ersten Sekunde an mit ihrer Authentizität, Herzlichkeit und ihrem unglaublichen Humor berührt hat. Nicola vertritt einige englische Wollhersteller auf dem deutschen Markt, unter anderem auch die West Yorkshire Spinners. Bei ihr (*www.woolhouse.de*) konnte ich auch die Wolle bestellen, die ich während der Entstehung des Romans nicht nur zu Recherchezwecken, sondern auch zum puren Vergnügen verstrickt habe.

Für meine Geschichte habe ich die Abläufe und Strukturen der West Yorkshire Spinners ein wenig literarisch angepasst, aber die Spinnerei – es ist tatsächlich eine der letzten Kammgarnspinnereien Englands – gibt es wirklich (*www.wyspinners.com*), und ich bin begeistert von der Liebe, die dort rund um die Wolle zu spüren ist. Ein Steven arbeitet meines Wissens dort aber nicht, der ist meiner Fantasie entsprungen.

Der Loch Lomond gilt als einer der schönsten Seen Schottlands, und es war mir ein großes Vergnügen, während meiner Arbeit an dem Roman gedanklich dort durch die Landschaft zu streifen.

Die Ortschaft Callwell samt Callwell Castle habe ich allerdings erfunden. Ein fiktiver Handlungsmittelpunkt lässt mir beim Erzählen mehr Freiheit, deshalb habe ich mich dazu entschieden.

Ich springe ganz so, wie es für die Geschichte passt, zwischen fiktiven und realen Orten hin und her, und so werden Sie vielleicht den ein oder anderen Handlungsplatz kennen oder sich überlegen, ob es ihn gibt oder nicht ... Das wäre super, denn das würde bedeuten, ich konnte Sie neugierig machen.

Für diesen Roman bin ich sogar zur Designerin geworden und habe meine ersten Strickanleitungen geschrieben. Designt habe ich schon immer, aber es waren immer Unikate. Ganz wie Maighread das erklärt, ist es noch einmal eine ganz andere Herausforderung, den Strickweg aufzuschreiben, und ich habe sie mit viel Freude angenommen.

Ein herzliches Dankeschön an meine Teststrickerinnen Margot Kiper, Ute Meyer, Kerstin Peske, Astrid Hoppmann und Petra Riegel. Ihr habt das klasse gemacht – danke für eure Begeisterung!

Meine Freundin Emma war wieder die erste Leserin, sie ist jedes Mal schon während der Entstehung eines meiner Romane dabei und sorgt dafür, dass ich auf den Weg zurückfinde, falls ich mich zwischendurch auf Abwege begebe.

Meine Agentin Beate Riess hat diesen Roman nicht nur wunderbar vermittelt, sondern mich mit ihrer Begeisterung für die Geschichte bestärkt und mir Schwung gegeben.

Energie gab auch die erwartungsvolle Vorfreude meiner Lektorin Christiane Branscheid.

Und ein wichtiger Antrieb sind natürlich Sie, meine Leser. Das Wissen, dass irgendwann Leserinnen und vielleicht auch Leser Lust haben, in meine Geschichte einzutauchen, verleiht mir Flügel.

Danke an alle – von Herzen!